[鹿小姐书系]

江苏凤凰文艺出版社
JIANGSU PHOENIX LITERATURE AND ART PUBLISHING, LTD

图书在版编目（CIP）数据

小娇妻 / 洛心辰著. --南京：江苏凤凰文艺出版社，2018.8

ISBN 978-7-5594-2409-9

Ⅰ. ①小… Ⅱ. ①洛… Ⅲ. ①长篇小说—中国—当代 Ⅳ. ①I247.5

中国版本图书馆CIP数据核字（2018）第134980号

小娇妻

作　　者　洛心辰
责任编辑　丁小卉　姚　丽
总 策 划　周　政
出版监制　杨翔森　曾筱佳
项目总监　猫懒懒
特约编辑　乔　木
封面设计　周　丽
版式设计　李映龙
封面绘制　卜若梨
责任监制　刘　巍　江伟明
出　　品　大周互娱
出版发行　江苏凤凰文艺出版社
出版社地址　南京市中央路165号，邮编：210009
出版社网址　http://www.jswenyi.com
印　　刷　湖南凌宇纸品有限公司
开　　本　880mm × 1230mm　1/32
字　　数　381千字
印　　张　10
版　　次　2018年8月第1版　2018年8月第1次印刷
书　　号　ISBN 978-7-5594-2409-9
定　　价　36.80元

小娇妻 目录

XIAO
小
JIAO
娇
QI
妻
MU
目
LU
录

我死也不要嫁给这种男人

第一章 Little wife

一双带着余温的手臂紧紧钩住他的脖子，软软的手臂一收，她毫不犹豫地对着他的双唇吻了下去！

她以灵巧的舌奋力撬开他的嘴，一股新鲜的，带着少女才有的清香、清甜的空气就这样涌进他的嘴里。

男人循着本能反吸过她的檀口，用力、贪婪地汲取她口中的一切。

他用双臂紧紧扣住她的娇躯，将她整个身子纳入自己怀中，用力禁锢，一双大手从她腰上沿着她曼妙的身子一路往上，最终滑向她的胸口。

强势的吻带着席卷一切的力量无情地掠夺两个人的理智。

一阵缠绵的吻后，他努力地睁开眼。

迎着光的方向，只那一眼，他便永远地记住了她，记住她被他吻过后红肿到不像话的唇，还有她被他摸过的妖精般凹凸有致的身子。

“四少，查清楚了。半年前在青城救了你的小姑娘，原来是慕家的独生女。”

卓希坐在副驾驶的位置上，侧过身将手里的一沓资料与照片递给了车后座上的男人。

卓希并不知自己打断了男人的回忆，继续报告道：“慕家老家是青城的，两年前才迁来M市。去年年底慕小姐回乡省亲，刚好遇上了您的那件事。”

车后座上的人不语，一双漆黑的瞳仁紧盯着手上照片里的小姑娘，一张张看过去，再一张张看回来。

气氛紧绷，卓希额角有些汗，他不自然地瞪了眼驾驶座上的大哥卓然，似在寻求帮助。

卓然透过后视镜小心翼翼地观察着车后座上男人的表情，这才试探着开口道："四少，上次您是被大少、二少联合陷害才掉进了水库里，慕小姐偶然遇上，并将您从水里救了上来，当时情况紧急，她才会给您做人工呼吸，绝对不是轻薄您的意思。再说，人家小姑娘把您一个大男人从水里捞出来，真的不容易，您……就不能放过她吗？"

世人皆知，江东首富凌家共有四位少爷，个个玉树临风、卓尔不凡，偏偏这四少脾气阴晴不定，生人难近，而且有洁癖，惧水，最难伺候。

卓然跟卓希是自小就跟在四少身边的，他们自然知道，上次那个小姑娘给四少做人工呼吸，同时，也夺去了四少的初吻。

私下里，他们也在猜测，这半年来四少坚持要找到她，为的就是找她算账。

"四少，慕家来M市时间虽然短，但是目前地位可不低，慕小姐又是慕家独生女，你若是找人家算账的话，只怕……"

卓希的话说了一半，骤然止住。

只因车后座上的男人突兀地抬起下巴，一双黑瞳仁凝重又带着探究，像看怪物一般看着卓希，男人开口道："谁说我要找她算账了？"

卓然惊得差点握不住方向盘，卓希也张大了嘴巴，一副不敢相信的样子。

上一次四少开口说话，是什么时候？

时间过去了太久，久到让人记不清了！

面对手下的惊讶，凌冽微微眯起眸子，莹亮的瞳仁释放出一丝危险的讯号。卓希却不怕死地追问了一句："那您找她，是为什么？"

凌冽心情颇好，弯了弯嘴角，合上了手里的照片，两眼望向窗外。

窗外倾盆大雨浇灌而下，即便是盛夏的下午，天色也是一片暗淡。水雾弥漫，凌冽透过深色的车窗瞧向外面，外面能见度不高。

"不知道。"

凌冽又吐出三个字。

卓家兄弟又是一惊。

卓然猛打方向盘，又急忙踩住了刹车。

惯性使然，车上三个人的身子均用力向前方冲了过去，所幸他们都系了安全带，凌冽的额头撞上了驾驶座的真皮座椅，没有受伤。

"四少！"

回过神来的卓希心尖一颤，一边解开安全带要去后面看看情况，一边埋怨哥哥："你怎么开的车？明知道下雨还不开慢点！"

“我……”卓然自己也吓白了脸，道，“有人撞上来了！”

“这是绕城高速，谁能撞上来？！”

“真的有人，我骗你做什么，差点就撞上她了！”

“四少，您没事吧？”

兄弟俩正在努力收拾残局，一道细小的白色身影忽然从卓希身后钻了过来，迅速溜进车里。

那敏捷灵动的姿态，就像是事先演练过千百回一样。

雨水顺着她的身子滴落下来，弄湿了车座跟脚垫，她还爬到了凌冽的身边，半蜷缩着身子，声音颤抖地开口道：“快……快开车！快点！”

卓然从后视镜看过去——

车后座上冻得发抖的一团，正穿着白色的连衣长裙，衣服跟黑色的长发都被雨水淋湿了，贴在她的身上。她的身材很不错，至少作为女人来说，有让她骄傲的资本。她身上的水珠不断往下滴着，她半张脸苍白着，不大看得清脸上的表情。

不过，那完美无缺的侧脸，那高高挺起的鼻梁，还有弧线优美的下巴，都说明她是个不折不扣的小美人。

她手里有一只小包包，正被她一脸紧张又很戒备地紧紧护在胸前。

不论从她刚才开口的声色上判断，还是从她粉嫩的肤质上判断，她都是个不超过十八岁的小丫头，一个看起来还挺可怜的小丫头。

这样的大雨，这样的高速路上，这样不要命地拦车……

好奇怪的小姑娘！

卓希扯了扯嘴角，他打开车后座的门，是为了检查四少有没有受伤，可不是给他人行方便的。

更何况，四少的车，是阿猫阿狗想坐就能坐的吗？

在四少发火之前，卓希拧起眉头就拎住了小丫头的后衣领，准备将她丢出去。

这个忽然冲出来，害他们差点出车祸的罪魁祸首！

“别！先生，后面有人追我，麻烦你把我载到城外就好！”

说着，她从小背包里摸出十张红票子递给卓希：“从市区打车，走绕城高速去城外，也就是一百多块车费。我给你一千，怎么样？”

卓希愣住，先是因为她怪异的路数，再是因为她的这张脸，怎么越看越眼熟？

一个答案呼之欲出，卓希张大了嘴巴，然后看向了凌冽：“四少，她……她是慕……”

没等卓希把话说完，小丫头已经两三脚把卓希从车门口踢了出去，白皙的小爪子一拉，车后座的门被关上了。

她扭过头来，眼巴巴地盯着身边的男人，讨好道：“你是他主子吧？我知道你不是缺钱的人，但是俗话说得好，救人一命，胜造七级浮屠，我给你两千，你让司机快点开车，到了城外我就下车，是生是死，绝对不会连累你！”

一双黑葡萄一般的大眼睛，车厘子一般殷红的小嘴，还有稚气的小脸白皙如雪，满满的胶原蛋白。

凌冽深深地看了她一眼，再抬眼一看，刚被踢出去的卓希又拉开了车门，凌冽不着痕迹地给了卓希一个眼神。

卓希原本想要说什么，却又听话地闭了嘴，乖乖回到了副驾驶的位置上。

卓然意会，将车重新开到了主干道上。

凌冽不知道从哪里变出了一条浴巾，递给她。

她道了谢，接过，毫不客气地擦了起来。凌冽没再理会她，执起钢笔利索地写下一个字递到了前面：慢。

车速一下子变慢。

车厢里很安静，没有人看见，凌冽的嘴角似乎又弯了弯。

“天哪！”卓然忽然出声，瞧着擦肩而过的车队，惊讶道，“一连派出十几辆一样的车子，这是要组车队吗？”

卓希定睛一瞧：“慕家的车！我认得其中几辆的车牌！”

车后座上的小丫头身子缩了又缩，惊觉到身侧有两道犀利的目光射向自己，仿佛没发现这是凌冽的试探，而像是单纯被吓住了，乖乖自己交代道：“你……你不用这样看着我，我是……是逃婚出来的，我家人逼我嫁人，但我不想嫁。”

瞧着眼前楚楚可怜的小家伙，凌冽对她的话有些怀疑。

凌冽重新打开手里的资料，背着她又看了一眼：慕天星，十八岁。

以慕家如今的地位，自然是一家有女百家求，又怎会在女儿年纪这么小的时候让其结婚？

更何况她还是独生女啊，自然是从小被捧在手心里宠着长大的，逼她嫁给她不愿嫁的男人，可能性很小。

“我不喜欢撒谎的女人！”

凌冽冷冷开口，再次望向她的眼神也是冷冷的，似有要把她从车里丢下去的意思。

慕天星心中警铃大作，誓死捍卫着车门，精致得不像话的小脸上满是坚定：“真的！我没有骗你！我父母为了商业利益，硬是逼着我嫁给凌家的四少爷！”

凌冽：“……”

慕天星："我才十八岁啊，可那位四少已经二十六岁了，都那么老了，还要老牛吃嫩草！"

凌冽："……"

慕天星："你也一定听说过，四少为人怪异得很，脾气阴晴不定，他家里那么有钱，二十六岁还不恋爱结婚，搞不好他有严重的心理问题！没准，他的生理也有问题呢，那我嫁过去，每天受气、提心吊胆不说，还要守活寡！"

凌冽："……"

慕天星："我死也不要嫁给那种男人！"

凌冽："……"

卓然通过后视镜小心翼翼地瞥了眼凌冽的表情，只这一眼，卓然就有一种"千里冰封、万里雪飘"的感觉。

卓然匆忙别开了眼，忍不住将车里的暖气又加大了些。

卓希捏着袖子悄悄擦着汗，这慕小姐之前在青城救了四少一命，现在又把四少损成了这样。

她到底知不知道、记不记得眼前的男人究竟是谁？

他忽然想起今日凌老爷子一再叮嘱，非要四少回凌家大宅一趟，还说有要事。莫非，这要事就是指四少跟慕家小姐的婚事？

"四……"卓希刚要开口，却被凌冽一个眼神制止。

他想要说的，凌冽早已经猜到了。

凌冽深不见底的眼眸幽幽地望着慕天星，面无表情道："有一点你可能不知道，凌家的那位四少，十七岁遭遇了一场车祸，所以双腿失去了站立的能力。"

慕天星愣愣地看着他，傻傻开口："你在跟我解释他至今单身的原因？"

凌家四少爷双腿瘫痪，还是个哑巴，这是众所周知的事情。

只是，整个江东一带凌家独大，凌老爷子又特别护短，有些身份地位的人若还想要在江东混下去，就很忌讳说凌家四少爷残疾的事情。

毕竟人心险恶，祸从口出，哪怕只是随口一提，落在别有居心的人的耳朵里，再添油加醋转述一番，迎来的只会是凌家的厌恶、怒气与不可预知的灾难。

而眼前这个男人，猜到了她是慕家的女儿，还如此直言不讳地说出凌家的忌讳，这不由让她心中一怔。

凌冽又盯着她瞧了一会儿，补充道："他还是个哑巴。"

慕天星："你胆子真大！"

凌冽不置可否地回应："你胆子也不小。"

她反驳："我可没提过凌家忌讳的事情！"

“呵呵。”

他浅笑，她是没提，可是她一个小姑娘，却敢逃婚，敢独自跑到下着倾盆大雨的高速公路上，敢随随便便就上一辆陌生人的车，敢当着他的面诋毁他本尊！小胆儿挺肥的！

车子驶下高速出口，卓然将车停在路边。

卓希递给小丫头一把黑色的大伞，凌冽给了她一张白净的便利贴，上面写着的是他的手机号码：“你一个小姑娘逃婚在外，勇气可嘉，车钱先欠着吧，回头安顿下来了再还我。”

慕天星原本数了一千块放在车后座上，听凌冽这么一提，犹豫着接过了雨伞，清亮的目光在他的脸和便利贴之间来回流转着……

最后，她在他指间抽走了那张便利贴，也拿回了钱，然后下车走人。

车子很快从她身侧驶过，溅起的一道道水花洒在她湿漉漉的裙摆上。

凌冽坐在原来的位置，一只手半撑着额头，一只手懒洋洋地在便利贴上写下什么，写完就把便利贴递到了前面。

——查。

卓希见到便利贴上的这个字，愣了一下：“四少，您是怀疑慕小姐今天接近您是别有用心？”

卓然道：“会不会半年前在青城，她就已经是个饵了？”

凌冽没有说话。

他不是一个信命的人，更不会相信太多太过的巧合。至于那丫头是不是真的别有用心，他只要耐心等着，看她会不会给他打电话就知道了。

他让卓希去查，不过是想要知道，如果她真的有问题，那么藏在她背后的人是谁。

凌家大宅坐落在M市东郊一座山的山顶。

正值夏季，车沿环山公路盘旋而上，入目之处一片翠绿葱茏，大雨过后的空气清新至极，打开车窗，可以听见清脆的蝉鸣声。

凌冽是凌家四公子中唯一一个外居的孩子，他的三个哥哥至今都随着凌家的长辈们一起住在凌家大宅里，只因凌老爷子疼惜小儿子，顾忌他的残疾，不忍他在市里、市郊来回奔波，才在市里给他买了一座漂亮的宅子，美其名曰让他安心休养，实则是已经放弃让他做凌家接班人的意思。

凌冽深深懂得这一点，也不戳破，甚至他更乐意与那一宅子的豺狼虎豹分开居住。

事实上，自从凌冽十七岁起搬离了凌家大宅之后，他的生活还真是安宁了不少。

薄薄的卡片一扫，精致的电子门应声而开，卓然将车缓缓驶入凌家大宅。

将近一年没有回来，这座宅子还是如过去一样，即便是立于山顶，看似阳光普照，却也透着令人压抑的厚重感，与院外美如画的景致、清新怡人的空气完全不搭。

车子越过园子内的停车场，直接在别墅门前停下，这是凌冽拥有的特权。

卓希从后备厢里取出轮椅，放在车后座的门口处。

管家过来接走了卓然手里的车钥匙，卓然走下车，跟卓希一起小心翼翼地将凌冽从车里搀出来，又扶着他安稳地坐在轮椅上。

大雨过后，山顶的天边挂起了一道绚烂的彩虹，卓希推着凌冽缓缓走向别墅大门。在漫天阳光里，凌冽身下那把银色的轮椅宛若耀眼的战车，竟璀璨得令人目眩神迷。

然而，卓希推着轮椅刚刚转过门口处，那里有如墙壁般高大的水族箱，凌冽甚至还没看清里面海龟的正脸，几道戏谑悠扬的声音便越过玄关传了过来——

“小四！你终于回来了！”

“呵呵，还是咱爸有号召力，几个电话就把小四喊回来了。”

“这也不能怪他，他不能走路，也不能说话，生活全得靠卓然跟卓希兄弟俩料理，回来一趟不容易。大哥，二哥，你们就别苛责他了，毕竟咱们好手好脚的，还能说话，小四那样是咱们不能感同身受的。”

“哈哈哈！”

“老三说得是！”

卓希的脸色很不好看，与身体健全的其他三位少爷相比，凌冽无疑是遭受凌家歧视的，而这从少爷们平日里的称呼上就可以看出来，其他三位少爷都是：老大、老二、老三，轮到凌冽就成了：小四。

对此，凌冽却表情淡然。

轮椅绕过玄关处，凌冽的身影完全落入大厅中央几人的视线中之后，卓希彬彬有礼地微微低首：“大少，二少，三少！”

沙发上的三人还未来得及有反应，视线已经被从侧边电梯里出来的老爷子吸引了过去，不约而同道：“爸爸！”

一袭橘红色的娇美身影，一半依偎一半搀扶着这位凌家的大家长凌元缓缓靠近。

她便是凌元的第四任妻子曾倩。

凌家大少跟二少，乃是凌元的原配所出。后来凌元迎了二太太进门，大太太年仅四十岁便郁郁而终。

二太太进门后一直无名无分，直到生下三少，凌元才承认了她的身份，与她领了结婚证，还大摆了婚宴。

而凌冽的母亲，是凌元在瑞士的时候，邂逅的一名风华绝代的佳人。

凌元一直隐瞒自己已婚的事，赖在瑞士，苦苦追求了佳人两年，待佳人怀有身孕后，才将其带回国来。

凌冽的母亲发现自己被骗的时候，执意离去，而凌元下定决心要跟二太太离婚。

上一代人的爱恨纠葛错综复杂，女人之间的争斗也使得几位少爷们彼此戒备，产生隔阂，而凡此种种，皆源自于凌元的多情与薄情。

而今凌元已经老了，折腾不动了，前面三位太太全都早逝，他这才娶了一个年轻貌美的小妻子曾倩，她终日陪伴在他身边。

问问这四位少爷，对于凌元，他们心中哪儿有不恨的？

可生长在大家族里，懂得审时度势跟权衡利弊，是他们生存的基本能力。

“小四回来啦？”凌元微微一笑，示意曾倩将他扶去沙发前就座。

老大立即奉上老爷子最爱喝的云雾仙茗，老二拿了个软软的靠垫放在老爷子身后，老三亲自为老爷子点上了一根雪茄。

凌冽依旧坐在他的轮椅上，表情淡淡的。

卓希将钢笔跟手巴掌大的小本子塞进了凌冽的手心里，便安静地退在一边。

老爷子的目光在凌冽的脸上扫过好几次，问：“近来身体如何了？”

凌冽拿起纸笔，写了一个字：故。

就是说，一切如故，还是老样子。

凌元似乎对小儿子这种软硬不吃、油盐不进的态度厌恶极了。

这些年，不论他们谈论什么话题，凌冽对他永远只用一个字回应。

凌元知道，小儿子这是对当年三太太的事情耿耿于怀。

不过，也正是小儿子身上这份难得的骨气，让老爷子在心里把他跟其他只会趋炎附势的儿子们区别开来了。

可惜的是，这样有骨气的儿子，却有残疾！

凌元不再看他，目光在其他几个儿子身上扫过，徐声道：“星灿纺织的慕家有个独生女，今年十八岁，你们谁想娶？”

众人陷入短暂的静默，各怀心思。

老三终是打破沉默：“大哥孩子都上中学了，家庭和睦，显然不合适；二哥虽说刚离婚，但是年纪比慕家的闺女大了十来岁，显然也是不合适的；我虽说三十出头了，但是一直单着呢。爸，我看，这烫手的山芋还是我来接着吧！只要这桩婚姻能给家里带来利益，娶谁我都无所谓。我从小受家里的恩惠庇佑长大，现在也是我回报家里的时候了。”

老大不屑地白了老三一眼。

老二扑哧一笑，道："咱爸这次把小四叫回来了，显然，小四也是在咱爸的考虑范围之内的。"

老三蹙眉："不会吧？人家慕家的独生女，那是掌上明珠，宝贝着呢，慕家舍得把她嫁给一个残废？"

"混账！"

老爷子手里的茶杯盖子狠狠朝老三砸了过去，老三机敏地一躲，茶杯盖子落在地上，砸缺了一个小角。

老大跟老二憋着笑，他们自然清楚，凌冽再不好，再是残废，那也是老爷子最心爱的女人生下的孩子，所以这么多年了，凌冽的残缺一直是凌家的忌讳，谁也说不得。

可是说不得又怎样？

残废就是残废，穿了龙袍也成不了太子！

"爸，对不起，我一时……"老三想要解释，却收到了老爷子一记狠狠的冷眼，再不敢多嘴。

曾倩一看气氛不对，娇媚地笑了笑，凑到老爷子怀里撒起娇来："老公，你看你，把老三吓得话都说不周全了。我可是听说了，今天一早，您在办公室里跟慕先生见面的时候，是有意帮着咱们小四找一门好亲事的，是不是？"

众人闻言一愣，不过短暂惊讶过后很快就释然了。

这些年，虽说凌冽搬出凌家自立门户了，可是老爷子有什么好东西，都是先往凌冽市区的宅子里送的。

老爷子还美其名曰："小四受过的苦比谁都多，在物质上弥补他一下也是应该的。"

余下的儿子们心里本存着嫉妒，不过又想到凌冽已经那个样子了，只是个弃子，将来争夺继承人之位的时候，自然没他的份。

因此，老爷子现在赏他什么都不过是暂时的，他们这也就心理平衡了些。

老爷子的眸光闪了闪，原本的怒意在小娇妻的撒娇下渐渐消失。

老爷子执过曾倩的小手，放在他略显干枯的掌心中细细把玩着，看似漫不经心，眼睛却盯着凌冽，道："小四，你怎么想？"

凌冽表情极淡，心里却很明白，老爷子明着是替他着想，怕他身有残疾，将来找不到好媳妇，其实说白了，老爷子是夺了他继承家主的机会，还要牺牲他的婚姻给凌家谋利。

想起半年前青城水库大坝上那突如其来的一吻，想起刚才绕城高速上那一抹清亮明丽的眸光，想起那被雨水淋湿的一团白色的小身影，他开始陷入沉思。

老大见他不语，意味深长地开口道：“想来小四也是怕害了人家姑娘。”

也不知道老爷子用了什么方法，让人家把才十八岁的独生女的婚姻拿出来做砝码，更不知道老爷子到底会从这桩商业联姻里获取多少利益……

但是，这两年慕家在M市的崛起速度，是整个商圈有目共睹的。

所以，娶慕家的小丫头，哪里是烫手的山芋？

这分明可以帮家族获取利益，又能帮自己赢得老爷子的欢心与另眼相看，还给自己赢得了一个实力雄厚的贤内助！

老二垂下长睫，微微一笑，看着老爷子，道：“爸，我就是因为离过一次婚，所以对待婚姻才会更加慎重。听说，现在的女孩子都挺喜欢有经历的男人，这叫大叔配萝莉。”

“噗！”老三扑哧一笑，打断老二的话，道，“大叔配萝莉，也有个限度吧？二哥，就你这年纪，跟慕家小姐站在一起，人家可能还以为她是你十几岁年少轻狂的时候不负责任生下的私生女！”

“呵，不嫁我，难不成嫁给你？你是单身没错，可是慕家人又不是睁眼瞎，就你在报刊上的曝光度，昨天搂着名模，今天又换了女明星，人家会放心把唯一的女儿嫁给你才怪！”

“你老牛吃嫩草，也不怕噎着！我一旦结婚，那就是浪子回头金不换！”

“你这话唬谁呢，你当我是你外面那些没有大脑的女人吗？”

“够了！”老爷子皱着眉头低斥了一句，大厅里瞬间安静了下来。他看着凌洌，目光变得温和，重复着刚才的问题：“小四，你看呢？”

凌洌闭了闭眼，经过刚才一番思量，他已然明白了老爷子执意要他娶慕天星的原因：他身子残疾，所以即便他娶了一个家底丰厚的妻子，也不具备威胁老爷子一家之主地位的能力。

但是换了别的儿子娶慕天星，结果就未必在老爷子的掌控之中了。

就好像老大妻子的娘家只是普通的教师之家；老二与他的妻子是商业联姻，妻子的娘家实力不俗，老爷子却在得了好处后，不择手段地致使老二的婚姻破裂，使老二失去了翻天的资本；老三风流成性，绯闻不断，老爷子睁一只眼闭一只眼，从来不管不问。

老爷子这个人，实在是太看重权势，也疑心太重。

一个对亲生儿子都如此戒备防范的男人，凭什么得到儿子的关爱与敬仰？

至少凌洌不会。

凌洌一个关爱、敬仰的表情或者眼神都不会给他！

众人都在等着凌洌的回答，老大不疾不徐地来了一句：“人啊，还是要有自知之明的，有些高山，不是你想攀就能攀得上的。”

言外之意，是要凌洌认清自己究竟有几斤几两，别不自量力。

老三闻言，难得没有跟老大对着干，而是低声笑出来，眼中满是嘲讽。

就在这时，凌冽缓缓睁开了眼，握在手里的钢笔终是在白净的纸上动了起来。

利索地撕下那一页，凌冽朝着卓希挥了挥手。

卓希意会，上前推着凌冽离开了凌家大宅。

整个过程里，凌冽没有再看谁一眼。

而在凌冽转身的一刻，几颗脑袋全都凑上前去，细细瞧着他留在茶几上的那张纸。

那上面，依旧只有一个字——娶。

“娶？！”老三瞪大了眼睛，气急败坏道，“他竟然说他娶？他也不想想，他凭什么！”

老爷子却是呵呵笑了出来，显然心情不错。

在曾倩的搀扶下，他缓缓起身，对着曾倩认真嘱咐道：“随我去藏室里挑几样东西，回头给慕家送过去当作聘礼。那丫头还在念大学，就这周六吧，邀她来家里吃个饭，我把小四也叫来，让他们增进一下感情。”

曾倩笑着点头：“藏品我可不会挑，不过我倒是可以去珠宝店给慕小姐准备几套珠宝。刚好我昨天就约了慕太太一起打牌，约慕小姐这件事情就交给我办吧。”

……

“阿嚏！”

慕天星穿着睡衣，手里揪着纸巾擦鼻涕。

空气里有淡淡的沐浴露香气，她一头乌黑浓密的长发已经被吹干，精致白皙的小脸上，鼻头红红的，眼眶也是红红的，显然是因为淋了刚才那场大雨感冒了。

“给我看看，发烧了没？”

蒋欣拿着电子体温计在女儿的额头上贴了一下，很快，阿拉伯数字定格在38.6上。她不由心疼道：“快躺下好好休息，多喝点水，我去给你拿退烧药！”

慕天星抽了张纸巾擦了擦鼻子，拉过小毯子刚要躺下，父亲慕亦泽端了一碗东西进了房间，一脸关切道：“把这姜汤喝了！”

“不要！”慕天星拉起毯子包住自己的小脑袋，给出抗拒的理由，“姜汤太辣了，我要吃西药！”

小毯子下面，慕天星狠狠皱着小鼻子，一双耳朵却竖了起来，仔细听着外面的动静——

“是药三分毒，小感冒而已，多喝水，注意保暖，喝点姜汤就好了。”

“她发烧了，还是吃点退烧药吧。”

“那先喝姜汤，再吃药。”

“你明知道她不喜欢吃难吃的东西，这姜汤怎么可能喂得进去？”

“两眼一闭，不就喝下去了？抗生素吃太多，对身体不好。”

“还不是你出的馊主意，非要女儿去高速上拦凌家四少的车，多危险啊，不然女儿也不会生病！”

“我怎么知道忽然会下那么大的雨？”

慕亦泽夫妇争执不休，隐隐有了要争吵的趋势。

慕天星终是憋不住了，掀开小毯子，一屁股坐起来，一脸哀怨地盯着他们。

她的小脑袋转得可快了，既不想喝姜汤，也不想父母吵架，唯一的办法就是转移话题：“也不知道四少会不会怀疑我，都说他脾气阴晴不定，难搞得很，我今天见了他，才知道他原来不是哑巴，他还跟我说话来着。”

最让她意想不到的是，他听见她那样损他，居然会那么淡定。

他淡定也就罢了，还那样揭他自己的老底，主动告诉她，说他本尊双腿残疾，还是个哑巴。

这是慕天星到现在还觉得惊奇的事情。

慕亦泽将手里的姜汤放在了女儿的床头柜上，轻声笑了笑：“半年前，你在青城救了一个双腿不得力的男人，还记得吗？”

父亲的眼神别有深意，慕天星冰雪聪明，一双黑珍珠般的大眼滴溜溜直转，立即张口道：“我救的人是四少？！”

不会吧？

这么巧？连她自己都有些不敢相信！

慕亦泽在女儿床边坐下，解释道：“豪门水深，尤其是涉及家主之争的兄弟之间，斗争更是厉害。凌家大少跟二少是一母所出，感情比较亲近，那次就是他们故意试探四少，怕他的双腿残疾是假装的，所以才带他去了青城，远离凌家老爷子的视线，又设法让他落水。”

慕天星明白过来，点点头，接着道：“因为人在生死关头潜意识里会自救，所以四少是不是真的双腿残疾，看他掉入水中后会不会自救就可以了。”

慕亦泽抬手在女儿俏丽的鼻尖上刮了一下，一脸欣慰：“对。所以当时他落水，你救他是巧合。我也是最近才知道你救的那个人是四少，因为半年来他手下的卓希一直在找你，前几天找到了我们青城的慕家老家，我得到消息，才知道你救过四少。”

蒋欣不由感叹起来：“所以说，四少哑巴是假的，但是双腿残疾是真的？”

“只要他双腿残疾是真的，那么天星嫁过去，我也就安心了。”慕亦泽起身，揽过妻子的肩，道，“别担心了，至少目前一切都在我们的计划之中，不是吗？”

蒋欣刚要点头，却听见女儿一声哀号：“完了！”

她赶紧追问女儿：“怎么了？”

慕天星又打了个喷嚏，哭丧着漂亮的小脸道：“那个卓希应该是认出我了，认出我就是在青城救了四少的那个人！”

仔细回忆起来，当时卓希一见到慕天星的脸，就惊讶得结巴起来，还叫了个“慕”字，她有些后怕道：“四少的哑巴既然是装的，那么他能装这么多年，必然是处事极其小心的一个人。他会当着我的面开口说话，一定也是认出我就是那个救他的人了！”

慕亦泽陷入沉思，不语。

慕天星又道：“下车的时候，他给了我一个手机号码，你们说，这会不会是一个局？没准他现在正在等，就等着我给他打电话呢！你们想啊，这么多的巧合，他又是那样的处境，不可能不小心为上，换了谁都会起疑的！”

屋子里的空气一下子凝结了，慕天星看看父亲，又看看母亲。

她虽然机灵，但到底是个小丫头，从小又在温馨完整的家庭中长大，被父母保护得极好，没有经历过真正的豪门争斗，就连社会经验也基本为零。

尽管她看的、听的事情比较多，但是不曾真的经历，就永远不可能感同身受地领悟。

半晌后，蒋欣担忧地开口：“四少若是起了疑心，必然不会接受天星，这桩婚事就等于黄了。可是凌老爷子对咱们集团名下的十几项专利那么看重，小儿子联姻不成，他凌家还有二少跟三少。二少都那么老了，三少又是个花花公子，他们……”

他们都没有四少那个双腿残疾的男人安全啊！

凌老爷子一生风流成性，娶了四个妻子，他的儿子们又怎会是从一而终的好男人？

这次的商业联姻本就是一场交易，慕天星又是慕家的独生女，是慕亦泽夫妇的心肝宝贝，他们怎么舍得自己的命根子被凌家的不成器的儿子给糟蹋了？

按照他们原本的想法：凌慕两家结亲之后，慕家集团的十几项专利将与凌家共享，而凌家流传数百年的雪绸制作工艺也将与慕家共享。

两家实现互利之后，这门婚事就可以宣告结束了。

凌冽本是残疾，婚后不能圆房，这是众所周知的事情。

再加上慕天星年纪小，不过十八岁，将来二十出头、风华正茂的时候，离了婚再找一个好男人好好过日子是很简单的事情。

可眼下情况有变。

这一思量，不仅是蒋欣担忧不已，慕亦泽也开始动摇了："如果最后的联姻对象不是四少的话，那么，即便不要联姻的好处了，也不能耽误了我宝贝女儿的一辈子！"

他们并不是为了利益不择手段的人，是凌家老爷子主动找上门开了口，人家先看中了他们纺织集团十几项获奖的专利，接着看中了他家灵气逼人、貌美如花的宝贝女儿。他并未当场答应凌元的建议，而是回家后跟妻子、女儿提了一提。

慕家原本并未动心，之后凌老爷子又一次邀慕亦泽去办公室详谈，提出了愿用祖传的雪绸制作工艺作为交换条件，并且极力推荐他家的四公子凌冽。

慕亦泽当时试探地追问了凌老爷子一句："现在的年轻人心思活，婚后若是性格不合，只怕未必过得长久，如此一来……"

谁知，凌老爷子老谋深算地回了一句："不碍事，咱们只管牵线搭桥，若是他们几年后过得不顺心，真走到离婚那一步，咱们做长辈的尽管不乐意见，却也是要以孩子们的意愿为主的。"

换言之，凌老爷子这是在纵容这场婚事的有名无实。

他的目的，就是为了获得商业利益！

这么一来，慕亦泽想到自家宝贝女儿并无损失，两家通过这场有名无实的婚姻还能互惠共赢，他才动了心思。

甚至，凌老爷子打电话确定凌冽会回凌家之后，便一个电话打给了慕亦泽，还道了一句："我家小四马上要上绕城高速回来了，他脾气有些怪。"

慕亦泽何等聪明，在凌老爷子的暗示下，便有了慕天星冒雨出现在高速上，拦了凌冽的车，还故意不按常理出牌，吸引凌冽注意的戏码。

"我也觉得，要不还是算了吧！"慕天星拥着小毯子，带着浓浓的鼻音开口道，"我今天对着四少说话的时候，心里满满都是愧疚感。我那样故意引起他注意，他万一真的对我动了心思怎么办？玩弄别人的感情，比起盗取他人的钱财更加恶劣！"

尤其当她听着凌冽居然开口对她说话时，她心中更是震撼。

他就不怕她将他的秘密泄露出去？

还是他就那么信任她？

尽管现在慕天星已经有了答案，那是因为当时凌冽已经认出她来了，知道她就是半年前在青城救了他的人，但是直到现在——

想起他那张人神共愤的脸，想起他深不见底的漆黑瞳仁嵌在一张表情极淡的脸上，想起那无声递出一条温暖浴巾的手，她小脸一红，心不免狂跳，慌得厉害。那样好的一个大叔，却是个瘫子，真是可惜了！

慕亦泽见她脸红得很，再次端起了姜汤，往她面前凑去："辣是辣了些，但是驱寒暖身，你两眼一闭也就喝下去了，喝完蒙着头睡一觉，让你妈一会儿再给你量一下体温。”

慕天星一脸嫌弃地盯着面前的碗，哀号一声：“怎么说来说去又绕回来了？”

“呵呵，乖，喝了。”

“呜呜，不要！”

“听话！”

“不要！”

蒋欣无视这对父女的对话，直接转身去拿退烧药，刚刚走到门口处，却听见口袋里的手机响了起来。

她掏出手机一看，眸子一亮，豁然转身对着那对父女道：“是曾倩！”

慕天星有些紧张。

慕亦泽脸色沉了沉：“接！”

蒋欣手指一滑，顺便点开了扬声器，道：“喂，倩倩啊。”

“欣姐！”曾倩的声音似乎很是兴奋，“刚才我家小四回来了，他已经答应求娶你家女儿了。我家老公说了，这两天就要去你们慕家下聘，还想邀请慕小姐周六来家里吃饭，跟小四增进一下感情。”

蒋欣闻言一愣，呆呆地看了一眼慕亦泽。

这个凌冽怎么不按常理出牌呢？

正常情况下，这么多巧合凑在一起，以他的处境来说，不小心为上是不可能的，他怎会轻易答应这门亲事？

莫非……娶不娶慕天星，在凌冽看来，根本无关紧要？

难道就连凌冽自己也认为，这是一场有名无实的婚姻？

若真是如此，那么，正好！

慕亦泽的眼中掠过一抹光彩，多年的夫妻默契，蒋欣心领神会地对着手机道：“呵呵，是吗？那太好了。我跟我家天星说一下，让她把周六那一天给空出来！”

“哈哈哈，那是太好了。周六的事情就先这么说定了，到时候，我让司机去接她！”

“好的好的！”蒋欣忽而一愣，又道，“那个，不知道四少有没有特别的喜好？比如喜欢吃什么，喜欢什么酒水……还有老爷子，除了爱喝云雾仙茗，还有什么特别的喜好没？”

既然这两日人家要来家里下聘，那么在招待的礼数上，慕家自然要做好。

“小四那个人还真是让人看不出性格，估计连我家老公都不知道他喜欢什么，不喜欢什么。你们尽管随意，都是一家人，没那么多讲究！”曾倩说着，不给蒋欣开口的机会，又道，“我老公叫我了，我先去忙，有事明天打牌的时候见面再说吧！”

“哦哦，好。”

“拜拜！”

通话就这样结束了。

而慕天星的这场小病，最终以蒋欣的退烧药完胜了慕亦泽的姜汤结束。

躺在柔软的被窝里，慕天星闭着眼，却翻来覆去，睡意全无。

她要结婚了，因为他同意娶她。

可是，为什么呢？

他的智商应该不会低到连一丝丝警觉都没有吧？

“啊啊啊……好烦啊！”

白嫩的脚丫子一阵乱踢，慕天星终是踢掉了毯子，一屁股坐起来，摸出手机和枕下的那张便利贴，将一条短信发了出去。

雨后的傍晚，霞光似锦，绚烂无边，凌冽坐在自己宅子的房间里，将轮椅一点点推到了落地窗前。

一道短信铃声忽而打破了屋内的宁静。

他诧异地挑眉，心中闪过一种极小的可能，拿到手机的一瞬，扑哧一笑。

一个陌生号码，只发了三个字：为什么？

他知道，那一定是她。

凌冽没有回复，而是将这个陌生的号码存进了手机里，再次眺望远方的霞光，心中无数纠结与凝重的思绪似乎消散在了她的这条短信里，神奇至极。

慕天星高速路上遇凌冽发生在周三，而凌家正式来慕家下聘是在周五，中间仅仅隔了一天，那天曾倩还跟蒋欣约好了一边打牌一边商定婚事的细节。

从凌家下聘的速度来看，他们对于这场商业联姻很重视。

下聘当天，凌老爷子跟曾倩一起过来，而准新郎跟准新娘却一个以身体不便为由，另一个以学校有课为由，均不在。

一部分聘礼是顶尖品牌新出的几款珠宝套装，另一部分聘礼装在一只镶了红宝石的小巧精致的紫檀木匣子里。乍一看，这木匣子有些像是珠宝盒子，可打开一看，方知里面装的聘礼居然是凌家位于新城区步行街的六十间门面房、两家去年刚刚被凌云国际收购吞并了的正在盈利的公司，以及位于凌云国际总部不远处的一家大型跑马俱乐部。

凌家娶媳妇，大手笔是自然的。

慕亦泽夫妇也预想过聘礼会是怎样，因为外间早有传闻，当年大少结婚的时候，聘礼是闹市区的三十间门面房以及凌家的两间纺织工厂；二少结婚的时候，聘礼也是三十间门面房，还有开发区闲置已久的一块地皮。

但是他们怎么都没想到，轮到自家女儿嫁过去的时候，聘礼的资产总额会翻好几番。

在凌家人充满诚意的提亲下，在慕家人热情有礼的接待下，凌冽与慕天星的婚事终于定下了：盛夏8月8日订婚，10月10日结婚。

树上的蝉鸣声混合着不知名的鸟叫声，吵得慕天星头疼。

抱着小毯子翻了个身，她撅了撅小屁股继续睡。

柔和的阳光早已经透过玻璃窗洒落在地板上，一阵急促的脚步声传来，有人在外面“咚咚咚”地敲响了房门。

“小天星！”是蒋欣的声音，“快起来了！凌家的车已经来了，接你去凌宅的，你就不要再睡了！”

想起那双深不可测的黑亮眸子，慕天星一个激灵爬了起来。

她心里还在怄着气，那天给他发信息，他居然一个字都不回。即便他心里也清楚他们的婚姻不过是个给家族谋利的幌子，他也不至于这样无视她吧？

他还真以为她有多想嫁他？

她一边趿着拖鞋，一边揉着乱七八糟的头发，走过去打开房门，哀怨地盯着老妈：“哦，起来了。”

“你……”

蒋欣实在不放心女儿这种迷糊状态，两三步跨到她的衣柜前，取出一条水蓝色的连衣裙递过去：“穿这个！鞋子昨晚不是给你配好了吗？还有给你新买的那个白色的手拿包。”

蒋欣絮絮叨叨地说完，一转身，女儿已经不在原地了。

蒋欣仰天长叹，自己宠了十多年的宝贝疙瘩自小被保护得太好，这一去凌家那样家庭关系复杂的大家庭，也不知道能不能应付得来。她是想要跟老公一起陪着女儿去的，无奈慕亦泽的意思是，女儿已经长大了，再说凌家说的是专程请女儿去凌宅坐坐，自然有凌家的用意。

老公显然对冰雪聪明的女儿很有信心。

可是蒋欣觉得，女儿再聪明，也没有在那样充满争斗的家庭里生活过，很多事情并不是光靠聪慧就可以解决的。

她追到了洗手间，看着女儿提着小内内从抽水马桶上站起来，两眼还是眯着的。

“宝贝，你这样让妈妈怎么能放心？那个山顶大宅子里的人，一个个全都是吃人不吐骨头的。”

“行了，我知道了，妈，你说的我都会背了！”

“你知道有什么用，妈妈是希望你打起十二万分的精神来。”

“知道了！”

“你把手机时刻带着，在那里但凡没人点名找你，你便不要轻易开口说话。之前送你去公主培训班的时候学到的名媛礼仪，你全都得像模像样地拿出来，在凌家好好表现，千万别让他们挑了你的错。凌老爷子自然不会为难你，但是大少夫妇跟二少、三少就未必了，毕竟那聘礼的事情，怕他们心里还存着嫉妒，会不平衡。”

“……”

慕天星把电动牙刷往嘴里一塞，不论蒋欣再说什么，她都不理了。

十分钟后——

一道水蓝色的曼妙身影推开了晶莹剔透的落地门款款而出，慕天星的脸上满带着不谙世事的稚气，或许因为年纪小，天生丽质，没有故意去笑，那眉眼间也是神采飞扬的；没有故意脸红，那精致、水嫩的脸蛋上却总能显出健康的红润。

她清亮的眼眸一扫，见还是那天的那辆车。

卓希彬彬有礼地站在车后座门口，冲她微笑：“慕小姐，早上好！”

“你也知道早啊！”慕天星对他做了个鬼脸，心里还在抱怨：一大清早来接她，扰了她清梦不说，还让她饿着肚子，哼！

卓希拉开车门，她如小鹿般灵敏地跳了进去。

凌冽坐在车里，在车门打开的一刻，她甜甜的抱怨声刚落下，一道水蓝色的流光就跃到了他的身边。车门将关的一瞬，阳光洒落在她唯美的裙摆上，说不出的清新灵动。

他敛眸，淡然瞧了瞧自己的双腿，深邃如大海的眼里闪过一丝羡慕，随即隐匿不见。

慕天星看见他了，却没跟他打招呼，假装看不见他。

凌冽也很安静，仿若车上从来没有上来过这样一个耀眼的精灵。

当轿车驶离慕家所在的小区，开到某商业街的拐角处时，卓然忽而将车停在了路边。卓希一言不发地下去了，片刻后他就回来了，手里还提着两袋东西。

卓然下车，接过了卓希手里的一袋，然后跟卓希一左一右打开了车后座的车门，将凌冽与慕天星面前的小桌板放了下来，又将袋子里的东西分别摆上，异口同声道：“四少，慕小姐，请慢用。”

慕天星眨了眨眼睛，面前是一碗香气诱人的香菇鸡丝粥、四只小巧可爱的水晶虾饺，还有一杯温热的奶茶。

她拿起小勺子准备开动，清亮的眼眸往旁边一瞥，凌冽的小桌板上摆了一份跟她一样的。

她莞尔一笑，像一个生气很快、消气也很快的孩子般，甜甜地问着：“你也没吃啊？”

凌冽看了她一眼，没说话。

她拿起小勺子舀了一勺粥，放在嘴边轻轻吹了吹，又道：“我家虽然是两年前才迁过来的，但是我高中就在这儿念的。因为青城毕竟是个小县城，而M市是省会，我舅舅说这里的教学质量好。那会儿我住校，早自习怕迟到，又贪睡，来不及吃早餐的时候，我都是趁着大家去做早操的时候悄悄开溜，再翻墙到这家店吃的。”

凌冽又看了她一眼，见她嘟着红嫩嫩的小嘴巴吹散了些热气，又将一勺粥送进嘴里，看着她的咽喉处可爱地波动着，他的喉结竟也不自然地上下滑动了一下。

随即他将眸光投向了车窗外，盯着对面的中学校门看了看，又看了一眼高高的围墙，眼底染上若有若无的笑意。

须臾后，两人都吃得差不多了，慕天星抱着奶茶杯子心满意足地吸着，卓希过来收拾了一下，收起了小桌板，之后卓然又将车子重新开上了主干道。

“其实，你这个人一点也不讨厌，我们就这样相处的话，也挺好的。”

慕天星这是有感而发。

她觉得，反正他们婚后不可能有夫妻之实，两个人若是整天大眼瞪小眼地过日子，着实难挨。

要是婚后的日子能像今天这样，他不难为她，让她有吃有喝的，即便他像座千年大冰山一样一言不发，至少也比他们相看两生厌过得轻松自在。

偏偏，她话音刚落，一道低沉清雅的嗓音就传了过来：“不委屈。”

“嗯？”她一愣，疑惑地睁大眼睛看他，“什么不委屈？”

“你不是问我为什么吗？”他没看她，而是看着窗外的风景，幽幽地开口道，“娶你，我不委屈。”

“你！”慕天星刚才还一脸满足的小脸瞬间被气得通红一片！

他一个被家族放弃的弃子，一个双腿不能站立的瘫子，能娶到她这样青春无敌、貌美如花、纯洁善良、多才多艺、人见人爱的少女，他居然说他不委屈？！

他当然不委屈！

委屈的是她！

“我收回我刚才的话！”慕天星气呼呼地扭头，不再看他一眼，死死咬着嘴里的吸管。

她真是脑子被驴踢了，才会觉得他不讨厌！

他根本就是很讨厌！

前排的卓然跟卓希都替自家主子担忧不已：四少好像不是很会跟女孩子相处，这该怎么办？

“嗯。”

清雅的男音再次响起，他只是淡淡应了一声，仿佛在说：你收不收回无所谓，一如你讨不讨厌我也无所谓，都与我无关。

慕天星没有说话，车厢里却响起了一阵塑料杯被捏扁的声音。

她垂下睫毛看了一眼，妈呀，一不小心用力过大，泄露了内心的愤怒。

慕天星掏出手机，戴上耳机，闭上了双眼，开始听歌。

只要不看他，便眼不见心不烦，音乐之内自成一个世界，她暂且自欺欺人地将他摒弃在外吧。

时间嘀嗒嘀嗒地溜走，大约十来首歌听完，她才睁开了眼，瞥向车窗外的风景。

她这一看才发现，不知何时车子已经稳稳地停在了山顶别墅的门口，抬眼望去，“凌公馆”三个大字赫然在目。

拔掉了耳机，她紧张地对凌冽道：“什么时候到的？”

凌冽似乎在等她，又似乎在闭目养神。

听见她的声音后，他这才睁开眼，却没有理会她，而是抬手在车窗玻璃上敲了一下。

卓然意会，掏出电子卡在别墅门口的感应器上一扫，宽大的电子门徐徐打开，别墅内的风景豁然呈现在眼前。

卓希见慕天星一脸紧张地拧着眉头，终是有几分不忍心，瞥了眼四少的神色，温声开口：“慕小姐不必紧张，四少自会护你周全的。”

不论凌冽是不是真心喜欢慕天星，就凭着慕天星救过凌冽一命，再加上他们现在的关系，凌冽也会将她纳入他的羽翼之下的。

而且，谁都知道凌冽虽然性格古怪，但是极其护短，他的人，比如卓然跟卓希，老爷子若是亲自开口教训两句，他都会不高兴。

对于卓希的话，凌冽没有表态，慕天星也只当自己没听见。

卓希拉开车门，慕天星再次如小鹿般蹿了出去。

她好奇地打量着周遭的环境，暂时忘记了车里的凌冽。

直到转身的一刻，她看见卓然跟卓希正用力将那个倨傲俊朗的男人合力扶上轮椅，她那不谙世事的稚气的微笑一下子僵在脸上。

卓希推着凌冽走向她：“慕小姐，进去吧。”

慕天星忽而有些难过，也有些自责：他是个残疾人，她没事跟他较真做什么？他吃的苦，比她可多多了。

白皙的小爪子伸出去，她紧紧握住轮椅的把手，然后看着卓希：“我来吧。”

卓希皱了皱眉：“您没推过，还是我……”

“给她。”凌冽的脸上依旧是那副极淡的表情，仿佛一切与他无关。

卓希犹豫了一下，终是松开了双手，接着将轮椅后背夹层一拉，对慕天星道：“这里是四少的纸笔。”

“我知道了。”

“慕小姐！”

“还有事？”

“慕小姐别忘了，四少不会说话。”

“他……我知道了。”

慕天星不想追问凌冽装哑巴的原因，又或许，他压根不是装的，而是原先真的是哑巴，后来好了，只是家里人不知道？

不过这些不在她关心的范围内，她只需记得自己的任务是跟凌冽结婚，凌冽想要隐藏的秘密，她便帮着一起隐藏。在婚姻这条船上，他们是绑在一起的蚂蚱，不是吗？

凌家大厅里，女佣刚刚过来禀告过四少回来的事情。因此，慕天星刚刚把凌冽推进去，没走两步，曾倩已经笑容满面地迎了过来，亲昵地唤她：“小天星！你可终于来了，我们都等了好一会儿了。”

“倩姨。”她乖巧地叫了一声。

灵动的大眼睛眨巴眨巴，她看见曾倩身后紧跟着一个四十岁左右的女子，容貌很是秀气，一身衬衣短裙比起曾倩妖娆多姿的旗袍更显端庄稳重。

“真乖。”曾倩拉过慕天星的一只手，笑着指了指那个女子，道，“这是你大嫂！你大哥、二哥还有三哥这会儿都在老爷子书房里谈话，马上就下来了。”

慕天星又是甜甜一笑：“大嫂！”

方敏芝微微一笑，回应着：“好水灵的小姑娘，漂亮又有礼貌，小四好福气！”

“那可不是，要不是咱们老爷子下手快，这样的儿媳妇，再过两年只怕抢都抢不到了！”曾倩一边笑着，一边拉着慕天星就要朝着沙发的方向走。

可是慕天星不着痕迹地挣开了曾倩的手。

在曾倩诧异的目光下，慕天星略微抱歉地笑了笑：“倩姨，你们先走，我们跟着。”

白皙的小爪子握紧了凌冽的轮椅把手，慕天星二话不说推着凌冽往前移动了一小步。这时，曾倩跟方敏芝才想起了一直被她们忽略的凌家四少。

“呵呵，我就说吧，小四好福气。”方敏芝只好拉着曾倩先走一步，还笑着道，“以后咱们都不要为小四操心了，他啊，有人疼了。”

慕天星稳稳地推着凌冽走向沙发，她看不见他此刻的表情。

她想，或许他的表情还是那样，极淡极淡，看不出悲喜，但是在这个宅子里，任谁都可以忽视他，唯独她不可以。

她今天之所以站在这里，是因为他。

没有凌家四少，又哪里来的四少奶奶？

“要喝点什么吗？”慕天星瞧着女佣给她送上的香醇奶茶，她取出凌冽的纸笔递进他掌心里，柔柔地问了一句。

曾倩与方敏芝皆是一愣，刚刚收回手的女佣有几分尴尬。

在这座宅子里，倒不是她们故意不给凌冽上茶，而是凌冽自车祸后，便不再碰家里的茶水，若有所需，必是让卓然或者卓希带茶水来给他。

老爷子也不知道他发什么疯，还跟他闹过两次，骂他说：“难不成我还会下毒害我亲生儿子？”

偏偏凌冽的性子怪得很，老爷子怒气冲天，他依旧表情淡然，我行我素，不予理会。

久而久之，家里便再也不给凌冽准备茶水了。

方敏芝心想，这慕天星是新媳妇，只怕对于大宅里过去的事情不太了解，便想要打圆场说凌冽不会喝的，免得新媳妇第一天上门就觉得热脸贴了凌冽的冷屁股。

然而方敏芝刚要开口，却见凌冽手里那支钢笔竖了起来，他在雪白的纸上写下两个字：你的。

与凌家女人们脸上的惊讶相比，表现最为平静的便是慕天星了。

她看着那张纸，暗自思忖着：凌冽写下的是两个字，若是他也想喝跟她一样的奶茶，必然会写“奶茶”，但是他写的是“你的”，那么这就表示，他要的是她现在手上的这杯。

一样是奶茶，他却如此有执念。

慕天星思及刚才居然没有人想着要给凌冽上茶水，心中暗暗一惊：莫非凌冽过去有过什么阴影，所以不在凌宅用茶水，这是他的规矩？

她端起自己的杯子，送到他手里的时候略带歉意地说：“我不知情，坏了你的规矩，以后不会了。”

曾倩与方敏芝闻言又是一惊！

今日凌冽对着慕天星破天荒写下两个字，相较于他过去那么多年惜字如金，一次只写一个字，已经是不可思议的事情。

而现在，慕天星却通过这两个字看穿了凌冽从来不在凌家用茶水的规矩，这个丫头，简直聪颖得令人惊叹！

“再上一杯给慕小姐。”方敏芝唯有笑着对女佣开口，佯装刚才什么事情都没有发生过。

曾倩却端起红茶，低眸尝了一口，藏住眼底的锋芒和惊讶。

本以为慕天星这丫头不过十八岁，正是天真幼稚的时候，让她嫁给小四，纵然慕家有些实力，可残疾配幼稚根本不足以掀起什么风浪。但是现在，若是老爷子知道慕家小姐原来这样聪慧过人，这件事情只怕会变得很有意思。

就在这时，电梯门打开，凌老爷子在三个儿子的簇拥下缓步而出。

他瞥了眼沙发上坐着的陌生却又漂亮的小姑娘，笑意渐浓：“哈哈哈，原来是天星来了！”

慕天星跟着曾倩她们站起身来，礼貌地报以微笑：“伯父好！几位哥哥好！”

不过转瞬，她已将面前的四个男人打量了一番——

凌老爷子穿着枣红色的真丝短袖衬衣，下半身是黑色长裤跟黑色皮鞋，皮肤微白，不到六十岁，精神饱满，想来身体一直保养得不错。

只是，六十多岁就被家人统称为老爷子，可见凌元平时待人严苛的程度与威严程度了。

左边搀扶着老爷子的应该是大少凌枫，四十出头的样子，戴着一副黑框眼镜，白衬衣加咖啡色长裤，与方敏芝的端庄稳重很是相配。

右边的应该是二少凌睿，与大少皆是原配所出，二人容貌也最为相似，据说他只比大少小一岁，都是凌老爷子十几岁的时候出生的，这也说明，凌老爷子与原配很早就结婚了。他穿着随意，灰色T恤加牛仔裤，去年刚刚离婚，至今都还没有孩子。

忽然从侧面蹦出来，然后一下子跳到她面前，肆无忌惮地打量她的这个，应该是三少凌烨了。

他穿着有些烧包的亮紫色衬衣，布料上还带着繁杂妖娆的暗纹，袖口与领口的扣子都是带钻的，在灯光下晃得她有些睁不开眼。

他一双桃花眼生得比大少、二少都漂亮，却怎么都让慕天星对他喜欢不起来，只觉得他像一只花蝴蝶。

综合对比，慕天星的目光又在凌冽身上扫了一下。

凌冽坐在冷冰冰的轮椅上，穿着同样透着冰冷气息的黑色衬衣、黑色裤子、黑色皮鞋，脸上的表情也冷冰冰的，浓墨般的黑发，如黛般的眉毛，黑曜石般的瞳仁。他全身上下，除了裸露在外、比女人还要漂亮的白皙的脸跟双手之外，什么都是黑色的，还都是那种极为纯净的黑色。

不知为何，慕天星却觉得，他的黑色透着淡淡的温暖，比眼前这些男人都要纯粹干净。

慕天星听闻，四少的母亲是凌元一生中最爱的女子，从凌冽远胜于其他兄弟的容貌上来看，不难猜测出他母亲当年是一个怎样风华绝代的人物。

只是，那样的人物嫁给了凌元，可惜了。

这样好的儿子被凌元照顾成了残疾，也可惜了。

“慕小姐，叫我烨哥就好。”三少的目光像是粘在了慕天星身上一样，他热情地朝她伸出手去。

说实话，他纵横情场这么多年，还真是极少遇上这样不加粉饰，还能美得透着仙气的小姑娘。

凌烨这般殷勤，是人都能看出来，他是色坯的魔性又犯了。

曾倩刚要开口提醒他，却被凌元用力搂住了腰。

抬眸一瞥，她瞬间读懂了老爷子眼神里的意思：看看慕天星这丫头会如何应对。

大少含笑走到了妻子方敏芝身边，一副看好戏的样子。

二少目光灼灼地盯着这一幕，他也没想到慕家小姐会是一个这样的美人，还如此年轻。

这样的姑娘本就该是被捧在掌心里疼着、宠着的，嫁给小四那个冷冰冰的废物，太可惜！

慕天星仿若没有看见伸到面前的那只手，曼妙的身子往后退了一步，又很自然地绕到凌冽的轮椅背后，双手直接搭在了凌冽的肩上，笑得一脸俏皮：“我还是随我家这位一起叫你三哥为好，免得你那些干姐姐、干妹妹排着队来找我麻烦，我可吃不消！”

白皙的小爪子搭上来的这一刻，凌冽的身子明显一僵。

在她小嘴里说出“我家这位”几个字的时候，他的身子又缓缓放松了。

凌冽深不可测的目光微微扫过肩上的小手，脸上的表情依旧是淡淡的，似乎默许了这个丫头对他所做的事情。

而凌老爷子的目光则意味深长了一些，这些年，除了卓然跟卓希，小四从来不让任何人近身，哪怕自己这个父亲想要握握小四的手，都是不可能的事情。而此刻小四与慕天星相处得似乎还算融洽，这倒是有些出乎他的意料。

“噗！”二少很不厚道地当场笑出声来，对着三少直接开火，“看来老三风流韵事的流传度极广，就连还在象牙塔里念书的慕小姐都是一清二楚的。”

“瞎说！”凌烨瞪了二少一眼，表情委屈地看着慕天星，“慕小姐，那些都是无良记者乱拍乱写的，你年纪小，自然容易被事情的表象迷惑。其实我这个人，从来都是深情又专一的，只有跟我相处久了，才能体会到。”

凌烨一边说着一边动着心思：若是这样的大美人真能嫁给自己，他往后就算是修身养性，独宠她一人又有何不可？

“三哥不必跟我解释，我只是你的弟妹而已。只要将来三哥心里想娶的人不误会你就可以了。再说，我对其他男人的事情不感兴趣，也没有感兴趣的必要。”

慕天星说这句话的时候，表情已经有些冷了。

她原本想要客客气气，佯装开玩笑般化解掉尴尬的，但是这个凌烨给脸不要脸，大庭广众下是想调戏她、勾引她吗？

哪儿凉快哪儿待着去吧！

这样的花蝴蝶，她就是下辈子也看不上！

“行了，再胡言乱语的，就给我回屋待着去！”凌元终于发话了。

见老三彻底闭了嘴，凌元微微一笑，在曾倩的搀扶下来到沙发前坐下。

余下的人也跟着落座。

目光触及慕天星那一袭水蓝色的长裙，凌元笑意更浓：“这便是你们星灿纺织新出的料子吧？”

此言一出，除了凌冽，凌家余下的三兄弟全都朝慕天星的长裙瞧了过去。

那长裙的质地应该是介于真丝与雪纺之间，却比真丝轻薄透气，比雪纺更软，见她几次站起坐下，裙身未见任何褶皱，极为顺滑。

一室光华下，水蓝色底料上似有手工绣成的暗纹，还不止一种，因为光线的反射，从不同角度看，有不同的景致。

如何能用极轻的丝织成这样的料子，绣成这样的纹路，使之兼具真丝与雪纺的所有优点，便是星灿纺织名下的一项专利。

这样的工艺步骤必然烦琐，一段料子的价格自然比别的昂贵，再制成一件成衣，造价更是不菲。

凌元不愧是老商人了，商人重利，与新儿媳妇第一次见面，场面话之后，紧接着就已经这样直白地朝着利益的方向进发了。

慕天星瞥了一眼身上的裙子，抿嘴一笑：“嗯，是星灿的工厂刚出的缎子，我妈妈按照我的尺寸让厂里的老师傅给我新做的。”

凌元又追问了一句：“要织成这种缎子，这种丝在养蚕的过程中可有什么讲究没？”

慕天星笑意更浓，不好意思地吐了吐舌头，道：“我倒是没在意过这些，我对家里的生意从来不感兴趣的。回头有时间，伯父倒是可以跟我爸爸详谈。”

凌元暂时忍下好奇，缓缓点了点头。

二少凌睿则是诧异至极，忍不住开口道：“慕家就你一个独生女，那么大的产业将来自然要你来继承，你不学怎么行？”

慕天星无所谓地耸耸肩：“我真的对这个不感兴趣。”

凌睿沉默一瞬，又微笑着对她道：“那你大学念的是什么？是在K大吗？”

慕天星的小脸上闪过一丝不自然，有些不好意思地开口：“我没念K大，我念的是医科大学。”

三少凌烨又激动了起来，眼巴巴地看着慕天星：“原来是女医生吗？好神圣的专业！对了，我这两天心口疼得厉害，也没时间去医院看看，要不慕小姐就拿我练练手，帮我看看？”

谁承想，慕天星却很尴尬地咳了一声，柔柔地答道：“不管三哥得了什么病，我怕是都帮不上什么忙。因为，我在医科大学主修的是法医病理学，就是尸检。”

众人：“……”

曾倩吓得睁大了眼睛，不敢置信地盯着慕天星：“你……你一个小姑娘学法医？！”

慕天星点了点头，没再说话，心下却想着，瞧吧，自己的专业受到歧视了。

为了给自己挽回一点点形象，她思忖后，于众人沉默中再度开口：“不过，我也不是一门心思扑在法医病理学上的，我也有辅修别的专业，等毕业的时候，就是双学位。”

二少无奈一笑，之前他还有种想要跟小四抢这个媳妇的念头呢，现在他不由有些退缩。试想，万一哪天小丫头兴致来了，半夜拿把手术刀对着他身上随便比画两下，说是找人体解剖的感觉呢，这画面怎么补脑都是很吓人的。

听见她还有学别的专业，他不由心中一喜，追问道：“什么专业？”

慕天星很真诚地笑了：“犯罪心理学！”

众人：“……”

慕天星红着脸，有些不好意思。

面对大家如鲠在喉一样纠结的表情，慕天星想要再说点什么，后来想想，还是算了吧，老妈之前就叮嘱过，说得多，错得多，她还是安分点好了。

“呵呵，呵呵呵……”

就在所有人都觉得气氛尴尬，浑身不自在的时候，一直坐在轮椅上沉默着的男人却忽然轻笑出声，好似心情不错。

凌冽笑起来的样子很好看，至少，与他正面相对的曾倩跟方敏芝都沉溺在他的那抹笑容里，久久没有回过神来。

将近二十年，他们都没有听过从凌冽嘴里发出的任何声音了！

这诡异的一幕，配合大家听闻慕天星念法医病理学与犯罪心理学后心有余悸的表情，更显得阴森了几分。

方敏芝不自在地挽住了大少的胳膊，曾倩也将整个后背紧紧地贴在了沙发上，就连几个少爷的脸色也都跟着沉了沉，眼睛直勾勾地盯着凌冽。

“小四，你是不是被弟妹的专业吓着了？”二少凌睿终是下定了决心，放弃这样天仙般的美人，称慕天星为弟妹。

美人虽好，可思及她的所长，并不是所有男人都有勇气笑纳的。

将来他搂着她出去见他那帮狐朋狗友，人家问他老婆是做什么的，他答法医，专门做尸检的，还不把人家吓死？

晦气！

慕天星尽管年纪小，却极其敏感。

听出二少话中有话，她俯首凑在凌冽耳边，极轻地问了一句：“我是不是给你丢脸了？”

凌冽深不可测的眸子望了她一眼，她便有些招架不住，错开眸光不去看他。

小手忽然被一只温暖有力的手握住，慕天星低垂着睫毛，看见凌冽竟然伸手握住了她的手。他依旧没有说话，只面无表情地打开她的手，于她掌心里写下一个字：安。

“呵呵，看来小四对于这桩婚姻还是挺满意的。”曾倩看了眼墙上的挂钟，赶紧转移话题，“距离午餐还有点时间，小天星也是第一次来，要不然，我跟敏芝陪着你去园子里转转？”

慕天星看了一眼自己与凌冽交握的手，微微一笑：“山顶别墅，独立庄园，风景自然是好的。倩姨跟大嫂不必陪着我了，我还是推着四少在周围转转吧。”

凌元点点头，慕天星若是离开，他跟小儿子之间也没什么话题可谈，一起留在大厅也是尴尬：“你跟小四一起在周遭转转，培养一下感情也是好的。”

商业联姻

第二章 Little wife

草木郁郁葱葱，空气清新怡人，粉色的蝴蝶扑扇着翅膀肆意飞舞。此时虽是夏季，但是山顶凉风阵阵，带走了不少暑气，让人竟也不觉得闷热。

慕天星穿着细高跟的凉鞋，脚下踩着鹅卵石，还要推着轮椅，不免有几分吃力。

不远处的卓希见她略显笨拙的姿态，终是上前道：“慕小姐，我来吧。”

慕天星不好意思地笑了笑，放开双手，走到了凌冽的身侧与他并行：“抱歉，我平时不穿高跟鞋的。”

他腿脚不便，她嫁给他，少不了要推着他吧？

“以后我都不穿了。”她又补充了一句，道，“我会越推越稳的。”

卓希的嘴角浮现出淡淡的笑意，这个慕小姐真的很可爱。

前天四少让他去查慕小姐的事情，他便查了个彻底，对于她高中就读M市，喜欢翻墙出去吃早餐，以及她在医科大念法医病理学等事情，四少早就已经知道了。

而半年前在青城，她救了四少完全是偶然。

别说那时候的慕天星不认识凌家其他少爷，不可能在那时候跟他们串通好演那一场戏，就说在当时的情况下，大少、二少其实是真心想要看着四少死的，所以绝对不可能让人半途将四少救起来。

但是前天在高速上，慕天星逃婚的事情，是做戏还是真的，就有些耐人寻味了。

刚才在大厅里的时候，卓希不放心，便站在距离凌冽不太远的位置候着。

对于慕天星的种种表现，他看在眼里，心里忍不住会想，若是四少跟慕小姐真的能相爱的话，那一定会是很幸福的一对。

“慕小姐，谢谢您。”卓希坦言，“四少跟其他少爷还有老爷平时没有什么交集，也没共同语言，要是刚才您答应陪着太太出来走走的话，那么四少独留在那里会很局促。”

慕天星看了眼凌冽，发现凌冽的脸上闪过一丝不自然，却消失得极快。

她笑得很自然：“让我跟倩姨还有大嫂一起出来走走，我也会觉得局促不安；继续留在那里拉家常的话，大家又被我的专业吓到了，有些尴尬。所以，既然四少不能融入他们，我也不能融入他们，倒不如一起出来透透气。”

卓希的眼睛亮亮的，由衷赞叹道：“四小姐，您真聪明，比我之前见过的所有的千金小姐都要聪明！”

“那当然！本小姐盖世无双嘛！”某女得意扬扬地笑了。

卓希也笑：“我家四少也很厉害的，我跟我哥从小到大，最崇拜的人就是我家四少了！”

还有一句话卓希不敢说：慕小姐若是能陪着四少挨过这段最黑暗的日子，那么在不久的将来，四少一定会带着她走向黑暗之后的黎明。

“咯咯……”凌冽轻咳起来。

卓希只好闭上了嘴巴，四少这是在嫌弃他话太多了呢！

慕天星却别有深意地打量起凌冽来，一个十七岁就被家族舍弃在外、双腿残疾、不被哥哥们尊重关爱、从未有资格进入家族企业、每天窝在家里只知道休养的男人，没有事业也没有野心，没有才华也没有能力，居然会是卓希跟卓然最崇拜的人。

莫非……凌冽的身上有秘密？！

她可不想去招惹一个她不该招惹的男人，因为她不可能真的跟一个她不爱的男人过一辈子。她嫁给他，是因为他答应娶她，所以她觉得，这场婚姻的有名无实且不长久，是他俩之间的共识！

但是，她跟他并未坦诚地讨论过这些。

会不会，他心里跟她压根不是一个想法？

“那个，午餐后，我们可不可以找一个说话比较方便的地方？”她很认真地偏过了脑袋，像一只懵懂的小鹿，眼巴巴地看着他。

凌冽似是没听见，不作答，也不写字。

慕天星有些着急，两步走到他面前与他对视，双手摁在他轮椅的左右扶手上，鼓起一张小脸，气呼呼地瞪着他：“我在跟你说话呢！”

卓希顿住步子，沉默不语。

眼前的画面莫名给人一种打情骂俏的感觉，自从遇上慕小姐，四少的生活就鲜活了起来。

耳畔微风呼呼地掠过，撩起慕天星水蓝色的长裙，慕天星就这样被凌冽那双深不可测的眼盯着。渐渐地，她觉得天地之间很静，静得连鸟儿的叫声都在脑海中远去，耳中只听得见自己的呼吸声与心跳声，一下一下，像乱了一样。

“这么快就想要跟我摊牌了？”

凌冽突如其来的一句话，惊得慕天星美眸睁圆。

她下意识地站起身，四下张望起来，看见园内并无他人，且卓然就站在不远处帮他们把风巡视着，这才稍稍安心地吐了一口气，小声道：“没人，但是不知道有没有摄像头。”

“这里是监控盲区。”凌冽扬手打了个漂亮的手势，卓希推着他继续前行。只是与慕天星擦肩而过的时候，他又冷不丁加上了一句：“你脸红了。”

卓希：“……”

慕天星心底升起一股深深的无力感，气闷地在原地转了两圈，一口气憋在心口，走也不是，站着不动也不是，回去也不是，真是……烦死了！

她怎么就遇上了这么一个对手？

慕天星不甘示弱地快步追上去，咬牙切齿道：“你这么对待自己的救命恩人，是不是太不礼貌了？”

凌冽似是很认真地想了想，又很认真地点点头。

就在慕天星准备洗耳恭听他说些道歉的话时，他却淡淡地应了一个字：“嗯。”

轮椅继续前行，凌冽依旧没有表情，慕天星气得抓狂，再一次在原地转了两圈。

卓希回头看了一眼转圈的慕天星，俯首对着凌冽道：“四少，我觉得慕小姐整个人都不好了。”

凌冽嘴角弯起，扬起一个若有若无的弧度，又吐出无关紧要的一个字：“嗯。”

卓希：“……”

整个午餐，慕天星都严格按照在公主培训班学到的名媛礼仪来要求自己，等到午餐结束，她便推着凌冽告辞，还说想去凌冽在市区的房子里看看。

本来慕天星去凌家做客也就是走个形式而已，凌元微笑着说欢迎她下次再来。慕天星面上微笑点头，心里却道：下次请我，我也不来了！

上了车，她揉了揉微笑到几乎僵硬的脸颊，随后板起一张脸对着车窗外道：“进了城把我放路边！我自己打车回去！”

她是在拼尽全力避开凌冽的那张脸。

她觉得跟这样一个冤家在一起，多待一分钟都会短命！

卓然跟卓希不说话，凌冽也不吭声。

重新戴上耳机，这次她害怕错过地点，所以没有闭上双眼，等车子下了高速抵达市区的时候，她扬手轻敲身侧的玻璃：“停车，我要下去了！”

卓然跟卓希头也不敢回一下。

“停车！听见没有？快停车！”虽然慕天星叫得很大声，但是车子的主人是凌冽，凌冽不开口，谁也不敢擅作主张。

就在慕天星抓狂的瞬间，凌冽富有磁性的男声很突兀地打断了她的咆哮：“不去家里看看了？”

“什么？”她显然有些跟不上他的思路。

凌冽却一本正经地凝视她：“刚才在凌家，是你说要去我市区的房子里看看的。”

“呃……”

慕天星无言以对。

雷神啊，劈死这个男人吧！

瞧他一脸无辜的样子，分明就是一头披着羊皮的狼啊！

她回了回神，镇定下来，努力让声音如常：“下次再去吧，我今天有点累了。”

可爱精致的小脸蛋对着他，她眼神比他更无辜，态度比他更诚恳。

他也很镇定地点了点头：“嗯，下次也行。只是三个月后就要结婚了，我打算把房子重新装修一下，如果你对未来的居住环境不怎么挑剔的话，倒是真的不用放在心上。”

慕天星心中犹如万马奔腾而过！

这时，凌冽又幽幽地来了一句：“之前是你问我，能不能找个方便说话的地方。看来现在，你是没什么话要跟我说了，那就预祝我们新婚快乐、白头偕老吧！”

“等等！”她终于忍不住了，谁要跟他白头偕老了，“为了我们未来都能愉快地生活下去，我还是去一趟你家吧！”

“嗯。”

当慕天星面对着凌冽的房子时，她才明白，什么叫作瘦死的骆驼比马大。

即便凌冽是凌家早年抛下的弃子，居住的房子也这么好！

光是那一个又一个尖尖的房顶跟灰白色的墙壁，就让慕天星想起了之前在爱尔兰看到过的大教堂。

夏日的阳光倾洒下来，墙壁的表面折射出珠光般的色彩，竟透着神秘与圣洁的味道。

放眼望去，只有二楼中间的一间房留着一面硕大的落地窗，还用米色的窗帘完全遮挡住屋内的情况，余下的窗户，不论大小，全都是椭圆形的，做成了透着古朴韵味的平开下悬式，白色的窗棂将晶莹剔透的玻璃切割成一块块纯洁的水晶，仿佛那不是窗户，而是镶嵌在墙壁上的艺术品。

从脚下延伸到别墅门口的路，是一块窄窄的青草地，草地两边种着各类不知名的小花朵，尽管凌乱却平添几分情调。青草地的左边是车库，大约可以同时停放八辆SUV；右边是一个小型的篮球场，望着那高高的篮球架，慕天星的眼中闪过一丝疑惑。

围住整个院子的既不是高端的电子门，也不是优雅的玄铁工艺门，而是一株株高大的紫薇树。如今恰逢紫薇花开，那一朵朵如雪般厚厚地压在枝头的紫薇花沉甸甸的、香喷喷的，风乍起，花瓣撒落在这一方天地，美不胜收。

她愣愣地看着眼前的景色。

她还未进去，就已经爱上了这幢房子。

凌冽已经被扶上了轮椅，他侧目瞧了她一眼，看她的表情，不用问也知道她喜欢这里。

他就这样安静地陪着她，陪着她陷在这场美丽的花雨中，等待着不可预知的未来。

“慕小姐，天气太热了，还是进去吧。”卓然撑着一把伞走过来，替她遮去了刺眼的阳光，“昨晚新到了一箱从中国进口的酸枣汁，要不要尝尝？”

卓希也道：“据说都是用新疆和田玉枣制作的，我昨晚想要尝尝鲜，四少都不给碰一下。”

慕天星刚要答应，清眸不经意间瞥向了轮椅上面无表情的男人：“是给我准备的？”

她喜欢喝酸枣汁，但不代表所有人都喜欢，还是不远千里从中国新疆空运过来的，这也太郑重其事了。

凌冽看了她一眼，没有说话。

卓希推他进了房子，卓然在慕天星进家之后收掉了遮阳伞。

慕天星这才发现，偌大的别墅里居然空荡荡的，除了他们四个，她没有再看见一个人。

然而别具一格的地中海风格的装修很快将她的注意力转移到了屋内的装潢设计上，这种蓝白相间的色彩是她最喜欢的。她穿着一条水蓝色的长裙，这里转转、那里跑跑，俨然就是为了给这幢房子画龙点睛而生的精灵。

“哇，这个墙纸的颜色简直太赞了！”

“我第一次见浴室里用宝蓝色跟粉蓝色混合的马赛克，太炫目了，好美！”

“好大的化妆镜！还是双面的，这里还有放大镜的功能！”

“咦，这串风铃居然跟我在大阪的一家酒店里看到的一模一样哎。大叔，你去过大阪吗？”

“啊，阳台上居然还有向日葵！开得好漂亮！是真花吗？”

她一边跑来跑去，一边喋喋不休地惊叹着，原本死气沉沉的房子因为她的到来热闹了起来。

凌冽待在原地不动，目光随着她飘忽的身影转来转去。

最后，她红着一张脸颊，气喘吁吁地跑回到他面前，半蹲在他面前道：“你……你简直太腐败、太浪费、太奢侈了！这么漂亮的房子，你居然要重新装修！啊，对了，我刚才看见外面有烟囱的，怎么没有找到壁炉？”

凌冽深深地看着她，不语。

卓希笑了笑，道：“慕小姐，壁炉在二楼的客厅里，只是从来没有用过。”

噔噔噔！

小丫头闻言后迅速转身，一下子蹿上楼去了。

“慕小姐真是可爱。”

卓希放开了凌冽的轮椅，走到一边给凌冽取了双拖鞋放在他面前：“四少。”

凌冽没动。

他深邃的眼始终盯着楼梯的方向，半晌后才道：“不用。”

卓希脸上顿显诧异：“可是，慕小姐不是您未来的妻子……”

在卓希看来，四少寻了慕天星半年时光，应该就是放不下这个救了自己的姑娘，心心念念的姑娘半年后还成了自己的未婚妻，并且他们即将举行婚礼，这样的缘分四少定会珍惜才是。

还是说，他估测错误，四少根本没有对慕小姐动心？

“不要随便揣测我的心意！”

凌冽那双深不可测的眼带着足以洞悉一切的犀利，严厉地看了卓希一眼。

卓希当即收回了拖鞋，重新站回了凌冽的身后。

不一会儿，那道水蓝色的身影踩着象牙白的台阶冲了下来，她再次蹲在凌冽的面前，拉起他的一只手，满脸兴奋，半撒娇半哀求地说着：“不要了！就这样就很好！不要重新装修啦！好不好？”

凌冽不语。

她拉着他的大手摇啊摇：“拜托你，好不好啦？我喜欢住这样的房子，我最喜欢蓝色了，最喜欢向日葵跟大壁炉，最喜欢宝蓝色的马赛克，还有白色的旋转阶梯！”

凌冽看了一眼她抓紧他的白皙小手，点了下头：“好。”

慕天星一脸惊喜地笑了，放开他的大手，起身的一瞬道：“你真好！”

凌冽有些不自在地错开眼，没看她。

她却是笑眯眯地再次追问起来：“对了，等我搬过来之后，我住哪间房？”

原本愉快的气氛瞬间凝结！

卓希有些诧异地拧起了眉头，而面对慕天星那张稚气纯真的小脸，埋怨的想法全都被压了下去。

她才十八岁，让她跟四少同房，或许真的太小了。

卓然却极为平静地开口：“慕小姐，我以为您的母亲一定教导过您，一个女人在婚后应尽的责任跟义务是什么。您刚才已经上去看过，相信您已经找到了您即将跟四少共用的卧室。”

卓然比起卓希年长四岁，已经娶妻生子了。

他的妻子是与他青梅竹马的爱人，也是从小就跟着凌冽的，不仅如此，对于药膳跟日式、意式、法式料理等，她都有很深的研究，她超然的厨艺也征服了凌冽一向挑剔的味蕾，成为凌冽的专用厨师。

一丝尴尬浮现在慕天星的脸颊上。

或许在她娘家人眼中，她还是个不谙世事的孩子，可是在婆家人眼中，她却已然是个要尽责任与义务的女人。

这其中的差别……不言而喻！

她将困惑与焦急的目光投向了轮椅上的那个男人，惊觉那个男人正在盯着她，眸光极为犀利、深邃。

她捏了捏粉嫩的小拳头。在原则问题上，她觉得自己有必要跟他讲清楚：“单独谈谈吧！”

“不必。”凌冽的声音很淡，话语却极为干脆，“生活在这幢房子里的人，彼此没有秘密。”

以慕天星的聪颖，她已然明白了他一语双关的深意：她若是要住进来，那么，他们之间也将没有秘密！

而他在她嫁过来之前挑明了这一点，就表示，他在给她反悔与选择的机会！

粉嫩的小拳头又紧了紧，她深吸一口气：“那就坐下来慢慢说吧！”

凌冽：“我一直都坐着。”

慕天星：“……”

卓然跟卓希分别散去，将家里大大小小的窗帘全都拉上，黑暗即将笼罩这片天地的一刻，家里大大小小的水晶灯亮起了，地中海风格的蓝蓝的屋子里，华光摇曳，画面唯美，乍一看，像极了童话故事里的水晶宫殿。

一杯酸枣汁放在了慕天星面前。

她有些局促地坐在沙发上，拿过一只大大的抱枕搂在胸前，没敢抬头：“我以为，对于这场婚姻，你之所以会答应，是因为我们有些默契的。”

凌冽一只手撑着下巴，精致的嘴唇紧抿，看得出听得极为认真：“你所谓的默契是指什么？”

慕天星不好意思地瞥了眼四周，却发现卓然跟卓希一个站在门口，一个站在楼梯口，而且都没有看她，她这才小声道：“就是指……有名无实的婚姻，就……就是，只挂夫妻之名，不行夫妻之实。”

“嗯。”他郑重地点点头，面无表情地追问，“你所谓的夫妻之实，是指什么？”

望着他比小羊羔还要纯洁无辜的脸，慕天星有种把抱枕砸在他脑袋上的冲动，也有种扑上去撕掉他虚伪面具的冲动！

全世界人民都知道什么叫夫妻之实，他一个活了二十六年的大男人，如今好意思问她一个才十八岁的小丫头？

端起酸枣汁，她咕噜咕噜地往肚子里灌。

然而，半杯酸枣汁下肚，她惊喜地举着玻璃杯对着凌冽道：“这是什么牌子的？”

这个牌子的酸枣汁比她以前最爱喝的那个牌子的还要好喝！

凌冽不答反问：“不生气了？”

慕天星小脸顿红，放下杯子：“你故意的！”

“嗯。”

“……”

看她那副憋屈得快要爆炸的小样儿，某男心情不错地开口解释，言辞间，还带着一股嫌弃：“其实这个问题你完全没有必要担心，即便我能够站立行走，对你这样的幼苗，我还提不起兴趣来。你不是说过，我是老牛吃嫩草吗？你说得对，你真的很嫩，嫩到我对你完全没有兴趣！”

她豁然起身，瞪着他：“没有最好！谈话结束，我要回家了！再见！”

希望有一天，他们可以再也不见！

她怒气冲冲跑到了大门口，可是这是什么锁啊，构造复杂得很，又是指纹识别器，又是电子屏，又是数字按键，还有几个造型奇特的拉扣跟按钮。

白嫩的小爪子在上面折腾了好半天，她终于耷拉着脑袋转身哀号：“开门！”

但卓然跟卓希一动不动。

凌冽表情极淡地看着她：“慕小姐，单方面结束谈话是不礼貌的。”

她错愕：“你还有话要跟我说？”

他摇头："没。"

"那谈话就是结束了！"慕天星快要抓狂了，她觉得今天一整天下来，自己的脑细胞几乎完全被虐杀了！

她要说的说完了，他又没话对她说，难道这不表示谈话已经结束了吗？！

"凌冽！把我当猴子耍，你很得意吗？这场婚姻本来就是一场交易，你要是不高兴，大可以拒绝的！你一边答应娶我，一边又故意虐待我，你心理上有毛病是不是？！"

好好的日子不过，若非要撕破脸，她也不怕他！

愤怒地吼完，慕天星伸手去掏自己的手机，准备打电话给家人求救。

凌冽的眸光却渐渐深邃起来，他不疾不徐道："是你有话还没有说完，你还没有跟我解释，你为什么会出现在高速上拦下我的车，以及凌慕两家在这场婚姻里各自会得到的利益到底是什么。我说过，住在这幢房子里的人，彼此没有秘密。你若不想说，现在可以离开，至于怎么跟你父母以及凌家解释你要退婚，那是你的事。"

"你……"慕天星气急败坏地指着他，"是你让我选择离开，还恶人先告状说是我要退婚！让我一个女孩子独自去面对两边家长，你是不是男人啊？一点担当都没有！"

他很是疑惑地望着她："因为是男人，所以很有担当地让你宣告退婚，解释的理由随你说，我完全配合，保全你女孩子的颜面，不对？"

当她忍无可忍地冲到他面前，一把揪住他的衣领时，他却幽幽开口："慕小姐，请你照顾一下作为一个伤残人士的我，在看见你即将对我行凶时产生的极度恐慌的心理。"

换言之，她能不要伤害残疾人吗？

她瞪着他，一直一直瞪着他，心口憋着的怒火怎么都压不下去，最后她咬牙切齿道："你可以再无耻一点吗？！"

他依旧面无表情地盯着她："从认识到现在，我们相处的时间加在一起还不到二十四个小时，在这段时间里，已经闹得人仰马翻且需要用武力来解决问题了。如果慕小姐不能保证将来对我温柔体贴、关怀备至，我想，我们未来是很难一起走下去的。"

"啊！要我对你温柔体贴、关怀备至？你？大叔？"慕天星似是被气笑了，他做梦去吧，"好，退婚就退婚，两边长辈那里我来解释，我自认没有耐心跟能力对一个残障人士温柔体贴、关怀备至，所以，大叔，我们完了！"

甩了甩刘海，慕天星心中豁然开朗。

走到大门口，她回头对着凌冽道："还不开门！"

凌冽僵硬的后背贴在轮椅靠背上，双手紧握着扶手，一双阴鸷的眼似暗藏汹涌的波涛，眉宇间布满了明显的怒意，他盯着她，一字一句道："你再说一遍！"

慕天星勾了勾嘴角，嘁，真当她怕他呀："还不开门！"

他道："不是这句！"

她挑眉，有些跟不上他跳跃的思维，想了想，又粲然一笑："我退婚！我自认没有耐心跟能力对一个……"

"闭嘴！"

凌冽忽然出声喝住了她，双手扶在轮椅上，自己转了小半圈。轮椅朝着冰箱的方向而去，他伸出胳膊，有些吃力地打开冰箱门，从里面取出一罐她爱喝的酸枣汁放在他双腿上，关上冰箱门，再自己转动轮椅，一点点朝着她靠近。

慕天星真的有些蒙了。

直到一只大手拿着酸枣汁向她递过来的时候，她才隐隐感觉到：这个男人是在向她示好。

她心里还是有些得意的，却忍着没有表露出来。

或许，对他而言，这门亲事若是退了，他也不好跟家里交代吧？

她毫不客气地接过酸枣汁，高傲地扬起小下巴，像个公主般对他问道："所以说，关于这场婚姻，该有的默契我们都有了？"

她不会尽妻子的义务跟他发生关系，他也别指望她对他温柔体贴、关怀备至。

只是，在外人面前，该有的戏，她一定会全力配合他演足。

凌冽错开眼，表情居然有些无辜跟委屈："嗯。"

美滋滋地在凌冽的房子里又逛了逛，慕天星真心觉得这里的风格她爱极了。临走的时候，她对卓然吩咐道："快点开门啦！"

卓然站着没动，她却眼巴巴地等待着有人替自己解惑。

这么复杂的门锁，她必须牢牢记住打开的方法，将来住在这里之后才不会造成太多不便。

谁知，卓希扑哧一笑，成功吸引了慕天星的注意力后，从口袋里掏出手机，在屏幕上轻点了两下，嘀嗒一声，大门就这样自动打开了。

慕天星的嘴巴张成了一个"O"形，她刚要问个明白，就见卓然已经走了过来，直接抓着那个复杂的锁轻轻一提，大锁就安静地躺在他手心里。

"慕小姐，这是电子门，可以用手机自带的远程红外系统控制大门的开关。"卓然说完，摇了摇手里的大锁，接着道，"这个是我儿子的玩具，他总喜欢乱放东西，玩过之后又不记得好好收拾，所以让慕小姐误会成是大门的锁了，我很抱歉！"

慕天星："……"

而凌冽此刻正坐在轮椅上，单手撑着下巴，脑袋微微偏了偏，慵懒中透着一丝清贵。他目光幽幽地望着她，那双深不可测的眼里有不明的情绪闪过，看不出是温柔还是嘲笑。

这主仆三人，是在碾压她的智商吗？！

她愤愤地拿着自己的小包包大步朝着院外走去，卓然面无表情地追上去当司机。

待她终于坐进车里，瞧着凌冽并没有追上来，她殷红的小嘴终于吐出一口气：不论怎样，今天任务算是完成了。

咚咚。

两下敲窗声响起，车后座的门忽然被人打开，在慕天星惊讶的目光下，卓希微笑着且彬彬有礼地递上一张雪白的便利贴，上面只有一个笔锋如流云般洒脱狂妄的字：念。

念书？念报？念大学？念小说？念剧本？念诗词？

嘴角僵硬地扯了两下，慕天星无语地望着卓希："什么意思？"

她一双迷茫的大眼带着满满的求知欲，精致可爱的样子就像是童话故事里的瓷娃娃。

卓希瞧得耳根不由一红，温声道："慕小姐冰雪聪明，自能明白四少的意思。"

说完，他绅士地帮她把车门关上，退后两步，摆出目送她离去的姿态。

念？

什么？！

慕天星盯着手心里的字条看了又看，终是无语地将它揉圆、捏扁、撕碎！

而此刻坐在轮椅上的男人正目光灼灼地盯着眼前的液晶大屏幕，瞧着她怒容满面、动作夸张地蹂躏着他那张字条，最后又张开她的小嘴直接把字条吞了下去。

她想了又想，似是觉得不太过瘾，于是伸出小爪子直接在她自己的包里翻找起来。

她取出她自己的笔，还有一本小巧的粉红色便利贴。

她在便利贴上面迅速写写画画后，果断撕下，直接贴在了凌冽的专座上！

她自娱自乐地望着那张字条哈哈大笑，没心没肺的样子成功挑起了轮椅上男人的好奇心。

手里的遥控器被按了两三个键，液晶屏幕上的画面就这样转换到那张粉色的小字条上。

一只虾身上绑着一根线，下方吊着一枚鸡蛋。

这便是便利贴上的全部风景，谐音便是：瞎扯淡。

卓希忍不住扑哧一笑："慕小姐真是太可爱了。"

轮椅上的男人却是面无表情，可他越是沉默，那双眼就越发显得深邃迷人。

短暂的周末过后，慕天星回到了学校里。

她仰起脸，对着天空做了个鬼脸。在这个人人备战期末考的紧张时刻，她却散发着慵懒与清新的气质，就像盛夏清晨的一滴露珠。

整整一个礼拜，她最常做的就是抱着一堆复习资料，独自一人坐在图书馆里打发时间。

早晚有家里的司机接送她，中午她独自去食堂用餐，或者找一家不错的餐厅，坐在窗边，简单地解决午餐。

慕天星每天早出晚归，本就与同学们比较疏离，再加上她是大一的新生，大家来自五湖四海，谁也不认识谁，若不在同一个寝室朝夕相处的话，就别提什么感情了。

孤单吗？

绝不！

她有一个完整温暖的家庭，有疼爱她的爸爸妈妈。她还有一个闺密叫作孟小鱼，家在青城，与她一起长大。

孟小鱼还有个哥哥叫作孟小龙，与她是青梅竹马，也是她的初恋。

嗯……也可以说是单恋。

因为这种朦胧的感情驻扎在慕天星的心中多年，她却始终没有表白过。

闲下来的时候，她也会悄悄跟孟小鱼打探孟小龙的情况，打探他到底有没有女朋友，又喜欢什么样的女孩子，想要多大结婚，婚后想要生几个小孩。

重复的问题加上多年的相处，慕天星喜欢孟小龙的事情，根本瞒不住孟小鱼。

这也导致了在很久很久以前，孟小鱼就将慕天星当成自家大嫂般看待了。

就在慕亦泽跟女儿说了要联姻的事情之后，有那么一刹那，慕天星的心里是刺痛的，她想到了孟小龙。

说实在的，她对孟小龙根本算不上爱情。毕竟是少女情怀的懵懂爱恋，每个女孩在成长的路上都会碰见，但是这种感情贵在纯真，也填补了慕天星空白的感情世界多年。所以，想起孟小龙，她心中有向往，有遗憾，有怀念，也有祝福。

周五下午，最后一门考试过后，大一的暑假就开始了。

偏偏在考试之前，慕天星接到了一个电话，来电人是孟小龙。

他说他放暑假了，因为暑期是出游高峰期，他机票没订到，回家的火车票也难买。他好不容易抢到一张硬座票，抵达M市的时候已经是半夜一点了。

他在M市没有什么朋友，想要慕天星帮他订一间房间，他休息一晚后，第二天再回青城。

两人作为青梅竹马，对于他的要求，慕天星自然是答应的。

就因为这个，她整个下午都咯咯咯地笑着，活像个小花痴。她想着即便不能跟孟小龙喜结连理，但是能成为他信赖、依靠的朋友，以后他们真诚相待，她只当自己多了个哥哥，也是人生一大幸事。

唯美的紫薇花摇曳，风中飘来阵阵清香。

浅蓝色的窗帘贴在米色的格子窗口，披上斜阳的余晖，竟也跟着舞动起来。

凌冽坐在轮椅上，目不斜视地盯着远方。偶有一两片紫薇花的花瓣飘进了窗口，飘落在他的腿上，他会拿起一片，细细瞧着。

迷人的眼，一如既往深不可测。

“慕小姐明天就正式放暑假了，今天下午是她大一期末的最后一门考试。慕家的司机今天接了她之后没有直接送她回去，而是去了祈星大酒店。她在那里待了十五分钟后离开，我哥进去查问过，可是什么也查不出来。”

卓希站在银色的轮椅之后，有条不紊地汇报着。

凌冽指间的紫薇花瓣被他拂到了地板上，精致的钢笔于白净的纸上写下一个字：查。

卓希敛眉，有些为难：“可是，众所周知，祈星大酒店客户信息的保密工作是全球酒店领域内做得最好的，它还有非一般的背景，我们只怕……”

话还没说完，刚才那一页已经被翻过，另一个字赫然出现在纸上：明。

凌冽自己控制轮椅来到书桌前，轻轻打开其中一个抽屉，取出一张金色的小卡片递给了卓希，示意他去办。

卓希接过卡片的时候，瞳孔缩了一下。

“四少，用这个，会不会太大材小用了？”

这可是月牙夫人亲自给凌冽的小金卡，是仅在皇室内部流通、全球仅几个人拥有的小金卡。

上一次四少用它，是为了初建自己的势力，而这一次，居然就是为了知道慕天星去酒店的十五分钟里做了什么？！

卓希有些难以接受，直愣愣地立在原地，替这张卡觉得不值。

凌冽抬起下巴，犀利的眸光刺得卓希眼疼。

卓希立即退下，退下前道：“我这就去办。”

约十五分钟后，卓希的电话打了过来：“四少，慕小姐去那里是为了订房间。她订了一间高级单人间，押金付了不少，但没说要住几晚，入住时间写的是半夜两点左右。”

交代完毕，卓希似在等凌冽的回应。

偏偏凌冽直接挂了电话，没再搭理卓希。

这时候，卓希才恍然大悟，一巴掌狠狠拍在自己脑门上！

四少是“哑巴”！

哑巴！哑巴怎么能说话呢？！

回想起凌冽温润迷人且带着磁性的声音，卓希眼眶有些红。自四少六岁失去了母亲之后到现在，能让他开口说话的人，只有慕小姐了。

一杯沁凉的酸枣汁先摆上了餐桌。

慕天星撒开脚丫子就扑了过去，双手抱着酸枣汁吸个不停，眼睛还眨巴眨巴盯着一桌子琳琅满目的菜。

“少喝点，太冰了，女孩子喝太多冰的不好！”

慕亦泽宠溺地望了她一眼，拿起筷子夹了半只小乳鸽放在她面前的餐盘里：“这一周忙着应付期末考，辛苦了，多吃点吧！”

慕天星点头，直接下手捏住了小乳鸽的腿，一放进嘴里就咬起来。

蒋欣给她抽了张纸巾，温柔地责备着：“多大的人了，吃个东西还一点规矩都没有，怎么直接下手抓了？下个月就要跟四少订婚了，你啊，该有的规矩还得有！”

慕天星笑着接过纸擦了擦手，笑眯眯道：“这会儿嫌弃我没规矩了，还不是老爸老妈你们惯出来的！再说了，订婚还有一个月，结婚还有三个月，我急什么！我在我自己家里吃顿饭而已，对面坐着我亲爹亲妈，我装个屁啊！”

小丫头的嗓音腻死人了，就像糯米一样黏糊糊的，直接甜进了慕亦泽夫妇的心里。

尽管如此，蒋欣还是忍不住抬手在女儿脑门上敲了一记：“什么屁不屁的，以后不许说这样的字眼。嫁到凌家去，小心别人揪住你的小辫子。”

慕天星只管埋头大吃大喝，不再搭理谁了。

等到吃饱喝足后，她摸着圆滚滚的肚子满意地靠在椅背上，瞥了眼墙上的挂钟，道：“我今晚出去有点事，可能会晚点回来。”

慕亦泽眸子一深，关切地开口询问：“什么事情？”

慕天星一脸坦然，现在的她，对于父母没有任何秘密：“小龙哥放暑假回来了，买的火车票是半夜一点到的，暑期客流量大，他只买到硬座。他在M市没有朋友，让我帮他订了间房。”

闻言，慕亦泽夫妇都笑了。

在青城的时候，他们家的房子跟孟家的房子是院门对着院门的。

两家是邻居不说，慕亦泽跟孟小龙的父亲孟逸朗还是发小跟老同学。

孟小龙那孩子，还穿着开裆裤的时候，就成天往慕家跑，而慕天星从小就赖在孟家那对兄妹的身边，三个孩子成天在一块儿闹腾。幼儿园的时候，他们仨还在一个大池子里光着屁股洗澡呢，感情好得就跟亲兄弟姐妹一样。

忆起孟家那对孩子，蒋欣笑了笑，却也有些心疼，开口："小龙在B市念军校，距离这里本来就十万八千里的，还是硬座，这得一天一夜才能到吧？这孩子真傻，怎么不给我们打电话啊，他可以来咱家里住啊！宾馆哪有家里好！"

慕天星笑了，她道："我也是这么说的，但是他害怕半夜过来太打扰了，还说让我帮他订好房间就把房间号告诉他，他打车直接过去就好。他还不让我去火车站接他呢，说让我乖乖在家睡觉，我坚持不肯，他就说女孩子半夜出门不安全，又对着我啰唆了好一大堆，跟个碎嘴婆子似的！"

慕亦泽忍俊不禁："哈哈哈，晚上让司机送你过去，这小龙坐火车坐了那么长的时间，半夜才下火车已经很累了，你去了以后别拉着人家小龙瞎扯，赶紧让他休息。"

"知道啦！"慕天星伸了个懒腰站起身，转身就上楼了，"我先去补觉！让司机晚上十二点的时候在院里等着我！"

"去吧！"

看着女儿上楼之后，蒋欣这才看着丈夫道："小龙从小在我们眼皮子底下长大，秉性、样貌、才能都好得没话说，我一直拿他当亲儿子，可惜我们天星就要嫁人了。"

慕亦泽笑着摇头道："怕什么，他们现在都还小，过个三五年，天星离了婚，她跟小龙若是有缘，一样可以在一起。"

夏夜蝉鸣，星光璀璨，凉风习习。

雪白的衬衣，一条浅蓝色的五分牛仔裤，黑亮的长发束成一个高高的马尾骄傲地甩在脑后，再加上一双白色的小羊皮凉鞋，慕天星穿着一袭清新自然的少女学生装，眼巴巴地站在出站口的扶栏处。

其实，她最爱的是裙子，却也懂得女孩子半夜出门不安全，才会换上一条裤子。

她竖着两只耳朵听着火车站广播里播报着的列车首发、经停、抵达信息。半夜一点十五分的时候，她终于看见了那道高大熟悉的身影缓缓朝她靠近，带着令她莫名心安的踏实感。

她挥舞着白皙的小手臂，雀跃地跳起来："小龙哥！"

孟小龙于人群中一眼就认出了她。

撇开她出众的气质不谈，单说她这一跳一跳的、一叫一叫的，就已然将她与其他接车的人区别开了。

孟小龙有些无奈地笑了笑，朝她的方向走了两步后，又扭头看向了身侧的另一名女孩子。

那个女孩子留着短发，五官标致，小麦色的皮肤令她看起来很健康，穿了一条亚麻色的连衣裙，一副小鸟依人的样子，跟在孟小龙身边，时不时望他一眼。

慕天星愣了一下，不喊了，也不叫了。

她这才看见孟小龙的手里提着两个硕大的行李箱，一个是黑色的，另一个是红色的。

想起他只让她订一间房，还在电话里吩咐她在家睡觉，不要来接他的事情，她心里咯噔一下。

他虽然比她大，却也才二十岁，该不会这么早就跟女朋友同居了吧？

慕天星看着他带着另一个女子出现在自己面前，说不出心里是什么感觉。

她心里空落落的，好像从小养的一只猪忽然说它要离开，要去看看外面的世界一样。

她的目光一直落在他身侧的女孩子身上。

而他的目光，却一直停在她的脸上。

他原本无奈的笑意也随着她脸上的失落跟着收敛，他来到她面前站立的时候，拧了下眉："半夜不在家里睡觉，谁让你跑出来的？"

慕天星盯着那个女孩看了看，又错开眼。

原本她美滋滋来接他，结果他给她这么大一个"惊喜"，这也就算了，还当着女朋友的面一开口就教训她，她怎么接受得了？

她有些委屈地把房卡往孟小龙的手里一塞，捏紧了小拳头，闷声开口："抱歉，打扰到你们了，我这就走，你们继续！"

还青梅竹马呢，什么嘛，他们这么久没见面，一见面他就凶她。

真是重色轻友！

见色忘义！

小丫头气鼓鼓的，转身就要走，手腕却被一只大手用力握住！

她扭头，嘟着嘴，一脸委屈，漂亮的脸上写满着一行大字：我生气了！很生气，你快哄我！

可惜，她自己却不自知！

孟小龙深深看了她一眼，刚要开口，却被身侧的女孩子抢了先。

"你是我们孟班长妹妹吧？听说他有个妹妹叫作孟小鱼，只比他小一岁，一定就是你了。你真漂亮，跟我们孟班长一看就是一家的，基因都这么好！"

慕天星没说话，也没回头，只是听着女孩口中的话，感觉是自己猜错了。

他们不像是男女朋友，反倒像是战友。

"她不是我妹妹。"孟小龙一直没放开慕天星的手腕，看着身侧的女孩子，面对她眼里的疑惑也没有做进一步解释，而是带着命令的口吻道，“那边有出租车，你打车回去吧！”

还别说，孟小龙虽然年轻，但是严肃起来的时候，周围的气温都能跟着直降好几度。

“哦，谢谢孟班长！”女孩子提了自己的箱子，转身就逃了。

“咦？”

慕天星这才回头看了眼那女孩子，傻乎乎愣了两秒后，又惊奇地看向孟小龙，带着一丝笑意：“她不是你女朋友？你们没同居？”

他俩从小就在一个池子里洗澡长大的，她一撅屁股，他就知道她拉的什么屎。

孟小龙白了她一眼，一只手提着自己的箱子，另一只手还像刚才那样握着她的手腕，只是没之前那么用力了。

两人往外走，他道：“那是我师长的女儿，回来刚好顺路，我就帮她提了个行李，没别的了！”

“哦！”

“饿不饿？”

“不饿。你吃了吗，你饿不饿？”

“我吃过了。”

两人有一句没一句地聊着，走到路边的时候，司机过来接走了孟小龙手里的行李，微笑着，很是亲切热情：“小龙少爷，好久不见了！”

孟小龙顿了一下，看清了这司机是之前在青城时就跟着慕家的，也笑了笑：“嗯。”

不远处，一辆黑色的劳斯莱斯幻影也停在路边。

当慕家的车前行之后，黑色的车也跟着前行。

卓然的面色有些黑。

卓希的脸色也不大好看，但他还是笑着安慰凌冽：“四少，虽然他俩是手拉手出来的，但我觉得，慕小姐会让慕家的司机来接，也许这个男孩是慕家的什么亲戚。”

“亲戚不会直接住到家里去？慕家的别墅不差一间客房！”卓然毫不客气地否决了弟弟的话。

卓希瞪了哥哥一眼，又道：“四少，我觉得慕小姐看那个男孩的眼神就像是看邻居家的哥哥，没准那就是她在青城时邻居家的哥哥！”

卓然又回了一句：“一个邻居而已，值得亲自给他订房间，还在半夜跑出来接？慕家小姐对邻居都这么上心？”

一张白净的字条递上前来。

卓希刚要开口，便见字条上写了一个字：静。

这下，两兄弟纷纷闭嘴，谁也不敢扰了四少的清净。

前面车里，司机刚刚朝着祈星大酒店的方向拐了个弯，孟小龙就警觉地瞥了眼身后的车窗，道："有人跟着我们！"

慕天星笑："你想太多了，不会的。"

她有什么值得别人跟踪的？

别逗了。

结果，司机透过后视镜观察了一下，也道："是有一辆车跟着我们，还是一辆豪车。刚才在火车站我看见了它，但没在意。现在小龙少爷一说，我才发现，它已经跟了我们好几条街了。"

慕天星扭头看着后面的玻璃，因为还有段距离，所以她只看清了那辆车，却看不清驾驶员的脸。

她心下想过一百种可能，每一种都不成立。

"谁会跟踪我？"她盯着孟小龙，道，"是不是冲着你来的？"

反正，冲她慕家而来是不会的。

因为慕家刚从青城迁过来，就算要得罪谁，也来不及。

孟小龙摇头："我在外省念军校都两年了，谁还能找我麻烦？要针对我的，在火车上动手不是更方便？"

说完，孟小龙又道："那辆车上的人没有恶意，只是跟踪而已，不会袭击我们。"

俩人正说着，司机却坐不住了，他连声道："现在半夜一两点，大马路上都没什么车，要是真有什么危险，我一个人也打不过。大小姐这么金贵，万一出了什么事儿，我可兜不住。前面有个警局，要不然我加速把车开到警局里？"

司机说这话的时候，也在替他自己考虑。

他是上有老下有小的，给慕家做司机这么多年，是因为觉得慕亦泽夫妇为人正直，做的是正经生意，不会给家人招惹什么祸端。

现在看来，司机心里在打鼓了。

孟小龙没说话，直直看着慕天星，道："你最近有没有得罪过哪家的千金小姐？"

孟小龙想的是，这小丫头心思单纯，虽然聪明，但性子太过耿直。现在住M市，跟以前住的青城不一样，M市藏龙卧虎，小丫头可千万别得罪了谁却还不自知！

再者，对方能开着劳斯莱斯幻影追过来，家底就不会太简单。

慕天星摇摇头："爸妈把我保护得很好，来了M市之后，有什么聚会晚宴的，他们都不带我去，我想得罪谁也没机会啊！"

孟小龙陷入沉思。

这时候，慕天星却得意扬扬地笑了笑："嘿嘿，是不是你也觉得本小姐我天生丽质、美艳无双，所以那些千金小姐都比不上我，都该对我羡慕嫉妒，恨不得对我暗下杀手啊？嘿嘿嘿……"

孟小龙瞧着她古灵精怪的小模样，忍不住扑哧一笑。

这种时候，要是换了别的女孩子，只怕会吓得哇哇叫，她却像没事人一样，不仅性格乐观，还这般天真无邪。

他对着司机道："他们没有攻击性，不必太在意。警局不用去了，加速去酒店吧。实在不放心的话，到了酒店你给家里打电话，让那边带点人过来把天星接回去。"

司机将车停在祈星大酒店的大门口。

酒店迎宾员上前打开车门，孟小龙跟着慕天星下车，车钥匙被酒店工作人员取走，司机也跟着进了酒店大厅。

"大小姐，您跟小龙少爷先上去，我在这儿给家里打电话，等人到了，我再叫您下来，比较安全。"

司机说着，警惕地瞧了眼四周，又走到大厅休息处的沙发前坐下。

司机老实巴交又害怕别人陷害他的模样，惹得慕天星跟孟小龙都忍不住想笑。

孟小龙还是那般，左手提着行李，右手拉着慕天星进了电梯。

虽是单人间，但慕天星给孟小龙订的是最好的。

一进去，就能看见一个硕大的圆形浴缸立在透明的玻璃墙后面，造型圆润可爱，房间里的灯光有粉红、浅蓝、白色、橙色四种颜色可供选择，床很软，除了沙发、书桌、电脑，还有小小的吧台，生活用品一应俱全。

孟小龙走过去，打开冰箱，里面还有不少牌子的饮料跟美酒。

慕天星屁颠屁颠地凑上前等着被夸："怎么样，我亲自上来看过后才选的这间，不错吧？"

他却蹙了蹙眉头，似乎有些不满意："没有酸枣汁。"

她笑了，拉过孟小龙的手臂摇啊摇："小龙哥，你若想喝酸枣汁，我明天给你带点过来。今天你也累了，早点休息吧。"

他看着她，笑了笑，没说话。

慕天星忽然觉得，小半年没见到孟小龙，他似乎比以前更帅了，个子也更高了。她眯起眼看着他，欣慰地说着："小龙哥，之前那个女孩叫你班长，你又升职了？”

他笑了，对她很耐心地解释着：“我们一个班八十多个人，一个年级有六个班，所以你说对了，我升职了。只是现在是在军校里，这种职位相当于普通大学的学生干部，将来毕业了，分到地方上，这些都要重新开始。”

慕天星从小就喜欢军人，觉得军人特别帅。

她一脸崇拜地看着他，双眼只差没有冒出小心心了：“没问题的，小龙哥，你这么棒，等你毕业的时候，肯定很多部队都抢着要你的！”

“呵呵呵。”他抬手摸摸她的头发，触感跟以前一样顺滑柔软。

他牵起她的手往行李箱边上走过去，打开箱子，从里面取出一只精致的盒子递给她：“上个月你十八岁生日，我没能赶回来陪你过生日，这是一早就买好的生日礼物，你打开看看喜不喜欢。”

他的眸子亮晶晶的，透着些许期待，里面闪过不知名的情绪，令慕天星感觉暖暖的。

“哇，还有礼物啊。”她笑着把盒子捧在手心里，盯着盒子看了看，又看了看他，“小鱼呢，两份是不是一样的？”

从小到大，每一次孟小龙送给她们的礼物都是一样的，这也让慕天星有种他一直把她当作亲妹妹的错觉，为此她懊恼了很多年。

不过现在她就要嫁人了，对于这些，她只是笑笑，那些甜的、酸的少女心事都将隐藏在岁月的深处，渐渐被梦的花瓣所掩埋。

孟小龙望着她，摇了摇头：“没有。她的生日是在下半年，我还没给她买。不过，你们这次的礼物不一样。”

“不一样？”

她错愕地看了他一眼，忍不住抿了抿好看的唇。在好奇心的驱使下，白皙的小手轻轻拉开蓝色的蕾丝缎带，小巧精致的盒子刚刚打开，她就见里面赫然躺着一对戒指！

慕天星僵住！

天！

这是什么情况？！

“小……小龙哥……你知……你知不知道给女孩子送戒指是什么意思？！”

她端着盒子，精致的小脸吓得苍白一片，连说话都在打着哆嗦！

“天星……”他扶住她的肩膀，俯首逼近她，很认真地看着她，“你不是一直都喜欢我，而且是女人对男人的那种喜欢吗？这次回来前，我就想好了，打算跟两边的父母说一下我们的事情，然后趁着这个暑假，我们先订婚吧！”

他那个傻妹妹，每次上一秒慕天星向她打探他的消息，下一秒她就会一五一十地说给他听。

所以这么多年，他是慕天星的初恋，是她暗恋多年的对象，这些他一直知道。

只是慕天星太小，跟他妹妹小鱼一样小，他若是跟她谈恋爱，总有种对不起自家妹妹的感觉。

所以，他一直在等，一直像所有的哥哥保护妹妹那样保护她，宠爱她。当她跟小鱼起争执拌嘴的时候，他甚至还会偏袒她，和她一起跟小鱼对立。

如今她已经十八岁了，成年了。听着妹妹在电话里说，她最近又悄悄问他的情况了，问他有没有女朋友，问他的感情，问得那么小心翼翼，他都有几分心疼。

他不想再让慕天星继续胡思乱想下去，他想要她知道，这么多年过去了，他的心里一直是有她的。

“我……我……小龙哥。”

慕天星有些凌乱，这一切简直令她措手不及！

她的大脑里莫名其妙就浮现出另一张脸，一张成熟的、完美的、冰冷的、纯净的属于凌冽的脸！

她下意识往后退，双肩却被孟小龙摁住。

他紧张地看着她：“天星，我一直在幻想你收到戒指时候的表情，想过你会惊喜，会感动到哭，会扑进我怀里抱着我，但是我没想过你会这样，你怎么了？”

慕天星迅速合上了装戒指的盒子。

戒指太美，单看上面硕大的主钻，就知道一定花了孟小龙很多的钱。

但是她不敢要。

她什么都不敢说，脑子里迅速想着，如果把聘礼如数归还给凌家的话，她跟孟小龙还有没有可能？

聪明如她，细想之下便知道，答案是不可能。

凌家本就在江东一带独大，她将来可以跟凌冽离婚，但是绝对不可以在婚前退婚，退婚的话，就是驳了凌家的面子，将来慕家想要在M市混下去，只怕不容易了。

若是凌家知道她是为了孟小龙才退的婚，那么将来孟家在青城只怕也难混了。

孟小龙看见她眉宇间的挣扎，见她眼眶里即将落下的晶莹泪珠，忽然伸手将她轻拥在怀里，满含疼惜的一吻轻轻地落在她的额头上。

“天星，你别怕，到底怎么了，你跟小龙哥说，好不好？”

他是真的想不明白。

她那么喜欢他，她父母又那么喜欢他，他父母也那么喜欢她。

她是慕家的千金不假，家底丰厚，衣食无忧，他是孟家的少爷，富甲一方，两家还知根知底。

不管是人际关系还是经济方面，他们之间几乎没有任何阻碍，她为什么会有心理挣扎呢？

慕天星感受着他落在她额上的那一吻，知道那里面满满的都是他对她的心疼。她抬起眼望着他，迎着他满怀真挚的眼，心里的疼就像是石子落入湖面后泛起的涟漪，一层层荡开来。

想想那个坐在轮椅上的男人，再看看眼前真实的、疼她的、终于对他表白了的初恋，她终是下定决心，满怀忐忑地开口："小龙哥，你能不能……等我几年？"

闻言，孟小龙终是松了口气，笑了。

"瞎想什么呢，我让你帮我订房间，再跟你表白，不是要把你怎么样的意思。"

他忍俊不禁，抬手揉了揉她的发，又捏捏她的脸，她光滑的肌肤触感令他有些爱不释手："我们先订婚，至于那种事情，我会等你长大的。如果你想过几年后，等我们结了婚，那也是可以的。天星，我什么都听你的。"

慕天星太感动了，感动得想哭，可是有件事情她必须让他知道："我……小龙哥，你听说过凌家吗？凌云国际的凌家。"

"当然知道，怎么了？"他想笑，却又从这丫头眼中读到了她的认真，便也认真起来。

她又小心翼翼地瞥了他一眼，忐忑地问："凌家四少呢？就是第四个少爷。"

"那个残疾吗？哑巴，还坐着轮椅，听说过，怎么了？"

"那个，小龙哥，你听我慢慢跟你说。"

须臾后——

在慕天星对孟小龙将一切坦白之后，孟小龙的脸黑得不能再黑了！

他直接从慕天星的手里夺走了那只装着戒指的盒子，力气很大！

慕天星心中一凉，完了，小龙哥生气了，他把戒指要回去，不给她了！

谁知，她正胡思乱想，却见眼前的男孩自顾自取出其中的女戒，拉过她的小手对着她的中指就戴了上去！

"把房退了！"他重新提起行李箱，拉着她往外走，"咱们回家，等天亮以后，我来跟你爸妈说，这件事你就不要操心了！"

"小龙哥，事情没这么简单，呃……其实也挺简单，过几年，我跟凌冽就会离婚了。"

“婚姻不是儿戏，我才不管你跟他的婚姻是真是假，也不管你们几年后会不会离婚，反正我是绝对不会看着你穿着嫁衣，嫁给除我以外的任何人！绝对不可能！”

“小龙哥……”

“趁着现在订婚宴还没办，一切都来得及！”

当孟小龙一脸认真地拉着慕天星从楼上下来的时候，他们便发现之前的司机不见了。

他诧异，心道：司机不是说给家里打电话，然后叫慕天星下来吗？怎么他们在楼上谈了这么久，司机也没叫过她？

慕天星也朝着沙发的方向望了过去，奇怪道：“咦，人呢？”

就在这时候，一道突兀的声音在他们两人身后响起：“慕小姐。”

慕天星头皮发麻地转身，看着卓然，不敢置信地道：“你……你怎么会在这里？”

如果可以选择，慕天星还是比较喜欢跟卓希打交道，因为卓希比卓然年纪小，面部表情也多，比较好说话。

卓然面无表情地看着她：“您的司机已经回去了，四少吩咐我留下来等您，再将您安全送回慕家。”

慕天星挑了下眉，抬眼看了看孟小龙：“他是凌冽身边的人。”

一句话，顿时挑明了立场。

孟小龙目不斜视地盯着卓然，惊觉这人不过是凌冽身边的属下，气场就已经这么强，想来那个凌冽也不是个好惹的。

他揽过慕天星的肩，不着痕迹地将她往身后一带，道：“你去办退房手续。”

慕天星有些担心地看了看孟小龙，但见他眼底满是对她的情意，忽然就有些自责。

怎么过去这么多年，她只顾抱怨自己入不了他的眼，却从未发现他其实早已经将她装在心里了？

办好退房手续后，她转过身。

孟小龙牵起她的手，微微一笑：“我们回家！”

慕天星嘴角轻扯，瞥了一眼卓然，小声道：“一起坐四少的车？”

孟小龙没好气地瞪了她一眼，明显是生气了：“胡说八道！现在手机也可以叫车了，我叫了一辆车，停在酒店门口，我们一起过去！”

她笑了，又怕卓然找孟小龙麻烦，于是认真地看了卓然一眼，道：“我们自己打车回去，不劳你费心了。至于四少，你回去告诉他，等我回家跟父母商量之后，婚约的事情，我会亲自跟他解释的。”

婚约的事情，已经是铁板上钉钉了，还要解释，那就只能是解释为什么退婚了。

她说得委婉，却也让人转念一想就能明白。

孟小龙的眼里透着光彩，盯着慕天星漂亮的小脸蛋，就这样当着卓然的面，亲了一下她的额头。

她下意识地一躲，娇羞地看了他一眼。

这一幕落在暗处的一双眼中，让那人觉得他们是在打情骂俏。

当孟小龙牵着慕天星离去的时候，卓然当即就要跟上，偏偏左耳边的蓝牙耳机中传来弟弟卓希的声音："哥，四少写了个'放'字。"

卓然的脚步硬生生地顿住了。

或许卓希还不大明白男女情爱，但是已经娶妻生子的卓然自然是知道的，四少若非动了真情，又何必对慕小姐的事情如此上心？

别看他家四少做起事来狠辣果敢，其实对爱情，四少真的是堪比那些纯情的小男生了。

四少从六岁起便不再开口说话，变得非常孤僻，十七岁坐上了轮椅，之后便过着与世隔绝的日子。他身边从来没出现过女人，或者说，他的世界里、他的事业王国里从来都没有出现过女人。

半年前青城水库的那一吻对四少而言，只怕是平地乍起的惊雷，更是他心中默默守护已久的爱恋！

而今天一个"放"字，更凸显出她在凌冽心中的分量。

"大哥，你愣在那里不动做什么？四少只说放，却没说不管啊。你赶紧追上去，看看他们是不是真的回了慕家。"

听见蓝牙耳机里传来的弟弟的催促声，卓然加快步子，朝着慕天星他们离去的方向追了过去。

翌日清晨。

天边早已泛起了鱼肚白，金色的阳光透过落地窗洒满了屋子。

孟小龙坐在沙发上，静静盯着慕天星的睡颜，怎么看都觉得不够。

昨晚他们回来之后，家里还没有准备好客房，他不愿意打搅大家休息，就提议在客厅的沙发上将就一晚。

慕天星更是兴致勃勃，非要靠在沙发上陪着他说说话。

他俩人手一杯酸枣汁，从小时候在青城的往事聊到了长大之后的经历，直到她开始打呵欠，他注意到了，宠溺地笑了笑，便开始说他在军校里的一些见闻。

他说着说着，她的小脑袋就开始不断下移，白皙的手掌撑不住下巴，最后身子一歪，直接倒在一边。

他笑。

他心目中的小公主，还是一如既往的单纯可爱。

他把自己要睡的长长的沙发让给了她，自己坐在她身侧，一直一直看着她。

蒋欣一早得了消息，从楼上下来的时候，就看见孟小龙一脸宠溺地坐在女儿身边，痴痴地瞧着女儿。

微微愣怔过后，她自然已明白了孟小龙对女儿的心意。

她笑着下楼，一边靠近沙发一边道："小龙！"

孟小龙抬头，便见蒋欣过来了。他有些尴尬地站起身，但很快一如往常般笑着："欣姨！"

"快过来给欣姨看看瘦了没。"

蒋欣拉过他的手臂，将他从头到脚，又从脚到头看了好几遍，越看越满意，道："啧啧啧，我的小龙又长高了，皮肤没有小时候白皙了，不过更显得结实、健康！"

"呵呵，欣姨，我一直想吃您做的水晶蒸饺，只是上大学后机会就少了。我们军校食堂里也有蒸饺，但是味道怎么都不能跟您做的比！"

孟小龙一边拍马屁，一边又往下说着："小鱼的学校还有一个礼拜才放暑假，不过她提前就订好了回M市的机票。欣姨，要是不打扰的话，我想在这里住到下个礼拜，等小鱼回来了以后再跟她一起回青城。"

青城是位于M市周边的一个小县城，以手工业为主，最近几年又兴起了化工业。

孟小龙的父亲就是青城富甲一方的化工业龙头老大。

而M市是省会，距离青城比较近，青城本身没有机场，所以孟小龙兄妹只要碰上开学或者放假，都会在M市辗转一下再回家或者去学校。

蒋欣闻言，笑得更欢了。

她拉着孟小龙就往楼上走，道："刚才我让人把你的房间都给你收拾出来了，走，上去看看是不是满意，缺了什么尽管跟我说。别说是住一个礼拜了，就是住一辈子，欣姨都乐意！"

只是，孟小龙往前走了没几步就停下了。

他眷恋的目光落在沙发上那团小小的身影上，总是不放心："欣姨，我一会儿再去吧，天星还没醒呢。"

蒋欣扑哧一笑，心里头高兴。

她本就把孟小龙当自家儿子般看待，孟家也是把天星当自家女儿般对待的。若是孟小龙真的对她家天星有意思，那是再好不过的事情。

只是，想起慕天星跟凌冽之间的婚约，蒋欣脸上的笑容忽然凝固了。

她别有深意地看了眼孟小龙，话语间有些意味深长："小龙啊，你在外省念军校，M市有些情况你不是很了解。欣姨是真心喜欢你，也是希望你跟我们天星在一起，只是，你……你们现在反正还年轻，能不能……"

"妈！"

蒋欣的话还没说完，一声娇呼已然打断了她的话。

他们同时望了过去，便见慕天星眨巴着一双大眼睛，全然没有了睡意。她站起身来，朝他们靠近，身上还是穿着昨晚的那一套衣服，长长的马尾有些松散，额前跟两鬓都有丝丝缕缕的碎发垂落下来，整个人看起来少了几分精神，却多了几分妩媚。

或许妩媚这个词还不大适合朝气蓬勃的、十八岁的她。

但是，那张脸，那身段，也不知道上帝是怎么想的，竟然将女人们梦寐以求的皮囊就这样毫不吝啬地给了慕天星。

她一只手拉着蒋欣，一只手挽过孟小龙，面色有几分羞怯地开口道："妈妈，小龙哥昨晚对我表白了。"

蒋欣张了张嘴，心里真是喜忧参半。

孟小龙察觉到蒋欣炙热的视线，耳根微微一红。

他没想到这小丫头开口这么直白。刚才听了蒋欣的话，他还在思索着，要怎么开口跟蒋欣说他与小丫头的事情呢。

慕天星挽着孟小龙的胳膊晃了晃，道："妈妈，昨晚我跟小龙哥在酒店里被四少的人撞见了。四少让卓然送我回来，我们拒绝了，我们打车回来的。"

"你！"蒋欣一阵后怕。

慕天星跟青梅竹马的男孩子半夜去酒店，被未婚夫逮了个正着，这叫什么事？

等等，凌冽不是不出门的吗，怎么会在酒店撞上他们？

蒋欣早起后，一颗心就像是在坐过山车般，直上直下，都快被女儿的事情绕晕了。

这时，慕亦泽一边打着领带一边下楼来。

一看他那张脸，便知道慕天星长得像爸爸。

父女俩一样的天生丽质，一样的出类拔萃。

慕亦泽倒是挺坦然的，而且慕天星天不怕地不怕的性子基本上是慕亦泽给惯出来的。

看见孟小龙，慕亦泽呵呵一笑："那有什么，遇见就遇见嘛！天星跟小龙本就是两小无猜的孩子，谁活在世上还没几个朋友？"

"慕叔！"孟小龙微笑着跟慕亦泽打招呼，只是，"朋友"两个字听得他心里不舒服，"慕叔，昨晚天星把她跟四少的事情都跟我说了，我觉得婚姻是大事，不应该那么草率，而且慕叔，我会对天星好的！”

他看见慕亦泽出来的时候，天星已经说了他昨晚对她表白的事情了。

所以，有的事情没有必要再强调。

况且，孟小龙是个实心眼的孩子，在部队磨砺了两年，更加忠厚诚恳了。

他瞧着慕亦泽来到他身边，又道：“结婚是容易，可是万一过几年，那个四少不同意离婚怎么办？难道要天星向法院起诉吗？公然起诉离婚，就是向所有人宣布她不要再做凌家的媳妇，不要凌家的男人了，这样丢脸的事情，凌家怎么可能轻易罢休？”

众人闻言一愣。

孟小龙说得确实有道理，而且他们还真没想过。

他们只觉得，凌老爷子应该是跟他们有默契的。

但是话又说回来，四少跟别的少爷毕竟不一样。他双腿瘫痪，这辈子能不能娶到媳妇，还是个问题呢。慕天星这样如花似玉的大闺女嫁过去了，他跟这样一个闪闪发光的小美人朝夕相处几年后，还舍得放她离开吗？

慕亦泽看了看孟小龙，又看了看女儿挽着孟小龙胳膊的小手，目光渐深。

蒋欣也有些后怕：“小龙说得有道理，现在还没订婚呢，一切都来得及。将来结了婚再离婚，若是和平离婚还好，四少跟天星一别两宽、各生欢喜，可若是四少不同意离婚的话，难不成让天星去法院起诉，告诉天下人说咱们慕家不要他凌家的男人做女婿？”

慕天星跟着道：“那时候，只怕咱们星灿纺织的专利都被凌家人要了去了，咱们对他们没什么利用价值了，凌老爷子不必再顾及什么，我们敢驳他凌家的面子，他就敢给我们慕家颜色看看，让我们知道什么叫作后果！”

凌老爷子这个人，是出了名的老奸巨猾、唯利是图，过河拆桥这种事更是他的拿手好戏。

慕亦泽从青城初来M市，虽说家底不薄，起步也较顺，但是若能有凌家这样的姻亲照应着，在江北一带，地位会更加稳固。

慕亦泽确实需要凌家这样强大的姻亲，但是他也不会就此牺牲女儿一辈子的幸福。

他点点头，抬手摸了摸女儿脑袋上的头发，笑着道：“洗漱，吃早餐，这件事情早餐后再议。”

多点时间，就能多想想。

蒋欣轻叹了一声，看着孟小龙，道：“你慕叔都这样说了，那你就先上去洗漱，有什么事情，咱们饭后再议！”

孟小龙点点头。他从小便跟慕亦泽夫妇亲近，所以很清楚慕亦泽夫妇的为人，他相信他们不是那种会为了利益不顾女儿幸福的人。

管家将孟小龙的行李提到了客房，慕天星也回了自己房间。

须臾后——

当慕天星打开房门的时候，孟小龙已经站在她房间门口，很温柔地看着她："下去吧。"

她脸颊一红。

她鼻子嗅到了好闻的沐浴露的香气，瞧着眼前高大帅气的男人，心里头只觉得甜丝丝的。

慕天星从来不是个矫情的人，以前是不知道孟小龙心里有她，现在知道了，她便不害臊挽住他的胳膊，娇柔地在他怀里撒娇："以前看了那么多言情故事，总听别人感叹初恋最美，也最遗憾，能走到最后的特别少。"

"那是小说，不是我跟你。"

孟小龙也闻着她的发香，从未有过的满足徜徉在他心里。他很想俯首再亲亲她的发，或者她的额头，却又害怕老这样亲她会吓着她。

两人相携而行，这画面格外赏心悦目。

"小龙哥，如果我们能一直一直在一起，一直一直互相喜欢下去，我一定会幸福得死掉的！"

她花痴般笑眯眯地开口，精致的小脸上满是对未来的憧憬与渴望。

话音刚落，她便看见楼下坐在轮椅上直勾勾盯着她的那个男人。她吓得脚步一顿，幸福的笑容全都僵在脸上。

刚才客厅里很静，以至于慕天星甜蜜的情话一字不差地飘荡在整座宅子里。

凌冽黑亮的眸子一如既往深不可测，他表情极淡地盯着慕天星，让她莫名一阵心慌，竟有种想要放开孟小龙的冲动！

而孟小龙也顿住了步子，听见慕天星的情话后，满心的欢喜来不及表达，面前那个坐在轮椅上的男人已经将他所有的喜悦都打散了。

瞧着那银色的轮椅，瞧着慕天星不知所措的小脸，孟小龙很清楚，眼前的男人便是传说中的四少。

只是，从来没有人告诉过他，四少居然长得这么好看！

无论是在青城时，还是在部队里，孟小龙都是公认的帅哥。但是将他拿出来跟凌冽一比较，他和四少就像是纯净的水晶与优质璀璨的钻石。

这不是折射度的问题，也不是切工的问题，而是本质的问题。

好在那个耀眼的男人此刻正坐在轮椅上，不然，孟小龙真不知道自己该拿什么跟他争慕天星。

甚至，那个男人还在轮椅上坐着，孟小龙就已经生出了淡淡的自卑。

凌冽的眼神太冷，气场又太强大，以至于作为凌冽长辈的慕亦泽夫妇一时也愣住了，正安静地候在一边。

直到慕天星直愣愣地站在了楼梯上，一副全然不知所措的样子，慕亦泽这才反应过来，打哈哈般笑了笑：“呵呵呵，四少，这是我发小的儿子，叫作孟小龙。以前在青城的时候，我们两家的院子是门对着门的，他跟我们天星青梅竹马，感情就像……呃，感情比亲兄妹还要好！”

孟小龙努力平复着内心的波澜，忽然张开手臂将天星揽进了怀里，一只大手轻轻搭在她肩上，带着她一步步走下楼去。

对于孟小龙来说，他在宣告主权。

对于凌冽来说，对方在向他宣战。

卓然从外面进来，手里提着几个精致优雅的礼盒，直接交给了蒋欣：“慕夫人，这是四少第一次上门带来的礼物。”

当着这么多人的面，蒋欣不能不接四少的礼物。

但是她女儿的幸福待定，她还不知道凌冽会不会真的成为自己的女婿，总不好不停地收凌家的礼物。

一时间，她手里昂贵奢华的礼盒变成了烫手的山芋。

蒋欣笑了笑：“来了就好，还带什么礼物，四少真是破费了。”

卓然又道：“女婿第一次上门正式拜访丈母娘，这点礼数是应该的。”

众人：“……”

卓然再道：“我跟我妻子结婚前，去岳母那里正式拜访的时候，我的岳母按照青城的习俗给我煮了一碗红糖水，还打了两枚鸡蛋，寓意红红火火、甜甜蜜蜜、成双成对。慕小姐一家都是从青城过来的，想来这些地方上的习俗也是懂得的。”

众人：“……”

卓然接着道：“不过，我岳母没念过什么书，没什么文化，这些礼节性的东西都是祖上传下来的，她按照习俗办的。慕家虽说也在青城，但不是小门小户可比的，即便是不懂那些陋习，也是人之常情。”

众人：“……”

蒋欣的脸红一阵白一阵。

这还真是卓然一出手，便知有没有。

若换成卓希那个呆子，绝对不会如此咄咄逼人。

慕亦泽挑了下眉，看了看缓缓靠近的慕天星跟孟小龙，似在思考什么，很快又看向妻子，道：“去给四少准备红糖水，打两枚鸡蛋。”

不论这门亲事最后成与不成，现在慕家都不能失了礼数，叫外人看了笑话。

再者，这婚事已经定下了，四少在慕家反悔之前来，而不是在慕家开口退婚之后来，那么，四少现在在这里的身份便是慕家的新姑爷。

慕天星从来不会怀疑父母的行为，她知道，全世界都找不到比父母更爱她的人。

只是，她下意识地扫过孟小龙黯淡的面容时，有些心疼，也有些担心孟小龙的情绪。

她露出两排小白牙，笑了笑，柔柔道：“小龙哥，饿不饿？我们过去吃早餐吧。”

孟小龙也不是全无教养、全无大脑的人，自然懂得这时候起冲突对他没好处，想着只要慕天星向着他，那他就什么都不怕了。

于是，他笑着点点头：“好！”

慕亦泽看着他俩离开，脸上的表情有些尴尬，却还是温文有礼地对着凌洌道：“我陪四少在客厅坐坐吧。”

凌洌点点头，依旧面无表情。

慕亦泽知道凌洌装哑巴，却不能拆穿，毕竟他不是多事的人，明白凌洌这样做明显是跟豪门争夺有关系，家有四子，就不会太平。

打开电视后，他将遥控器往凌洌面前递了递。

凌洌摇了摇头，表示他不喜欢看电视。

这一下，气氛又僵住了。

倒是餐厅那边时不时传来慕天星与孟小龙的欢声笑语，看样子，他们边吃边聊，相谈甚欢。

“啪！”

“啪！”

“啪！”

一连三声，全是凌洌手指关节发出的声响。

慕亦泽诧异地看了过去，却见凌洌面无表情，仿佛刚才捏响手指的人不是他。

而卓然则站在轮椅一侧，道：“抱歉，是我没控制好力道，扰了大家的清净。”

慕亦泽这下更疑惑了。

他明明觉得声音是从凌洌的指间传过来的，怎么又成了卓然在捏指关节了？

不过细看，卓然就在凌洌身边站着，想来，他听错也是有可能的。

“哈哈哈……”

“啪！”

“啪！”

“啪！”

只是，餐厅那边接着传来更大声的欢声笑语，而慕亦泽耳边又响起了更大声的指关节被捏响的声音。

卓然又面无表情地来了一句：“抱歉。”

一来二去，如此反复，慕亦泽听得头皮发麻，太阳穴一个劲地跳。

慕亦泽不由站起身，对着凌冽道：“四少，失陪一下。”

他快步走到厨房，看到妻子正端着托盘往外走，托盘里装的就是红糖水和两枚鸡蛋。

他大手接过托盘，准备给凌冽送过去，又小声对妻子道：“你跟天星说一下，让她跟小龙注意点，别再那样笑了，吃完了就快点出来吧！”

慕亦泽亲自走过去，将托盘轻轻放在茶几上。

盛着红糖水的碗是深蓝色的古朴琉璃碗，四周有精致的纹路装饰，调羹是透明水晶的，也带着浅浅的蓝，是非常漂亮的一套餐具。

慕亦泽瞧着这般唯美女性化的餐具，有些不自在地笑了笑：“四少别见怪，我家天星喜欢蓝色，我就这么一个宝贝女儿，所以家里的东西，大多按着她的喜好来置办的。”

他还以为凌冽会嫌弃的，却不想，凌冽轻轻伸出手，端起了琉璃碗，白皙修长的手指捏住了调羹。

凌冽张口，如血染过般殷红的嘴唇吹散了些许热气，他的瞳仁瞬间被水蒸气晕染得晶莹剔透，甚至泛着一股柔意。

岳母亲自做的红糖水煮蛋。

没有人察觉到，凌冽在张口缓缓喝下第一勺红糖水的时候，就连勾起的嘴角都带着浓浓的珍惜。

凌冽将一碗红糖水煮蛋吃完，一滴汤都不剩。

初恋乱入

第三章 Little wife

凌冽放下餐具的一刻，沙发另一端的慕天星正满面春风地拉着孟小龙边聊天边走过来。

两人来到沙发前，瞧了眼凌冽。

慕天星没说话，也没跟凌冽打招呼。

她注意到托盘里用过的餐具，想起卓然说的什么新姑爷第一天上门要吃红糖水煮蛋，觉得自己的心莫名怦怦跳了两下。

她赶紧走到父亲身边，想要离开这个尴尬的地方。

至少，她想要避开凌冽，避开他那双深不可测的眼，因为那双眼总是在无形中干扰她。

“爸爸，我们昨晚回来的时候已经很晚了，都没睡好，我跟小龙哥先上去了。”

慕亦泽闻言，心知女儿不想面对凌冽。

可是，人家来了慕家，摆明是来找她的，她上去了算怎么回事？

慕亦泽温声对她道：“你就坐一会儿吧，想来四少也忙，不会在这里多坐的，你过会儿上去也是一样的。”

尤其，看今天的情况，凌冽似乎对慕天星真的有意。

若是如此，这门婚事要不要退，怎么退，都会是个令人头疼的问题，一家人总得在凌冽离开后好好商量一番才是。

慕天星看了眼孟小龙。

孟小龙大度地笑了笑：“那就坐会儿吧，反正现在放暑假了，你什么时候累了，随时都可以睡，睡一整天都没有问题。”

慕天星点头，模样说不出的乖巧：“好，我听你的！”

凌冽宛若雕像，不看谁，也不说话，一动不动。

他身后的卓然却在所有人落座的一瞬开口道：“四少知道慕小姐今天开始放暑假了，所以专程上门来拜访岳父岳母，这是其一；其二，为了婚后大家可以更为融洽地相处，四少今日来，是专程来接慕小姐回紫薇宫居住的。”

紫薇宫？

慕天星的脑海中赫然浮现出一片美不胜收的紫薇花海。

不等谁开口，她已下意识地出声询问：“是大叔在市区的房子吗？就是上次我去过的那幢？”

卓然点头：“是。”

想起那片美丽的紫薇花海，那座比英伦大教堂还要宏伟的房子，那蓝白相间的地中海风格的家具，还有她喝过的最好喝的酸枣汁……她咽了咽口水。下一秒，一只白皙的大手递了一瓶酸枣汁到她面前，手的主人像是看穿了她全部的小心思一般。

她看了一眼，瓶子上面全是不认识的字。

这酸枣汁就是一周前在凌冽家他给她喝的那种。

她咧嘴一笑，顿时神采奕奕，毫不客气地拧开盖子，谄媚般将酸枣汁递给了孟小龙，道：“小龙哥，你尝尝，这是我喝过的酸枣汁里最好喝的！”

慕亦泽夫妇都有些局促不安，各自看了一眼凌冽。

凌冽却动作舒缓地在纸上写下一个字，递给身后的卓然：请。

卓然当即明白了主子的意思，对着孟小龙开口：“孟先生，四少说，这是他跟慕小姐一起请您喝的。”

孟小龙脸色一变，无视慕天星那张讨好的小脸，接过她手中的酸枣汁，往茶几上一放，道：“四少不用客气。天星对我的心意很直接，她看见所有最好的，都会第一时间想到我，如此而已。四少不必费尽心机将我与她隔开，没用的。”

什么叫作凌冽跟慕天星请他喝的？

说得好像凌冽跟慕天星已经是出双入对的夫妻了一样，一起招待他这个客人吗？

这里是慕家好不好？

不是他的那什么该死的紫薇宫！

凌冽以主人翁的姿态在这里指手画脚，一副自以为是的样子，真是让孟小龙气得牙痒痒。

孟小龙毕竟年轻，有些沉不住气。

他拉着慕天星的手，看着她："回头我给你订好了，不就是从新疆空运来的吗？"

"抱歉。"卓然不冷不热地开口，"因为慕小姐上周在紫薇宫喝过，并且她很喜欢，所以这个牌子已经被四少买下了。今后这个品牌的酸枣汁，仅对紫薇宫供应，紫薇宫外，全球无货！"

众人："……"

卓然追加了一句："不仅如此，这个品牌名下所有的酸枣糕、酸枣饼、酸枣茶等，也都仅对紫薇宫供应，紫薇宫外，全球无货！"

众人傻眼，盯着卓然看了一眼，然后又盯着凌冽，这主仆二人的表情都太镇定了。

慕亦泽夫妇当下就震惊了。

四少不是残疾人吗，哪里来那么多钱买下一个做食品的企业？

他买下后，只是为了满足慕天星一个人的吃喝吗？

孟小龙也没想到凌冽会这么做，不由两眼一眯，觉得事情更为复杂了。

他用意味深长的目光扫向了慕亦泽，意思很明显：凌冽现在就对慕天星如此在意，那么朝夕相处几年后，又怎么可能放得下慕天星？难不成要她跟着一个残疾人虚度一生吗？

慕亦泽深吸一口气，又叹了一口气，显然有些拿不定主意了。

女儿的幸福啊，一辈子的事情啊，不能这么草率啊！

蒋欣则在抱枕后狠狠掐了丈夫一下。

那力道有点大，意思是责怪丈夫，责怪他答应凌家来下聘答应得太早了，以至于他们现在进退两难。

清甜味还未散去。

就在所有人寻思着凌冽对慕天星究竟是什么心思的时候，红糖水煮蛋的味道弥漫在空气中，低调地宣示着凌冽是以新姑爷身份前来的事实。

慕天星一下子坐起来，跳到了凌冽面前，俯下身，双手摁在他轮椅两侧的扶手上，皱着小鼻子道："你简直太腐败！太浪费！太夸张了！你收购了这个牌子，花了多少钱？！"

她知道他不是哑巴，所以眼巴巴等着他回答。

凌冽抬起下巴，静静注视着近在咫尺的小脸，黑瞳掠过莫名的光彩，却不答话。

她嘟着嘴，瞪着他："你要是钱多得花不完，送给我也行啊！真没见过你这样不把钱当成钱的人！"

凌冽盯着她，似乎是想了想，表情极度认真。

他朝着身后的卓然打了个响指，卓然递上一样东西，他接过后，当着慕天星的面打开，她才看见原来是支票夹。

第一页上，已经盖好章了，只差填上数字。

慕天星一脸错愕，他又将自己的钢笔跟空白支票递到她面前，乖巧的表情纯真至极，仿佛他做什么都是值得的，只要她愿意笑纳。

她的“三观”再一次被他刷新了。

还真有不把钱当成钱的人！

那跟博物馆一样大的房子，家具全是新的，那么豪华，那么美，他要拆了重新装修；一个大型的饮食企业，他眉头都没皱一下，说买下就买下；现在，他把空白支票摆在她眼前，让她想填多少就填多少。

“凌冽！”

她无语了，对着他大叫了一声。

而这一声，让整个宅子里的人面色微变。

凌冽的目光也变了。

很久没有人叫过他的名字了，仿佛过了一个世纪那么漫长。他可以是高高在上的四少，也可以是低到尘埃里的残疾人。

再不济，父母兄弟口中的小四也可以成为他的代号。

他的嘴角忽而扬起，如一弯特别好看的明月，迷离的灯光下透着淡淡的清贵，迷了她的眼，乱了她的心。

“嗯。”

就在卓然害怕四少生气的时候，轮椅上的男人居然应了一声！

那一个字，月色般温柔的一个字，仿若一滴雨露，直坠她的心湖。

明月清晖般的脸庞，因这一笑，在她眼前若春华绽放，美得惊心动魄。她看得痴了，竟有些失神。孟小龙轻唤了她的名后，她才回过神。

她从未见过这样的男子，一颦一笑，居然可以摄了她的魂。

莫非这就是传说中的妖孽？

她尴尬地错开眼，连忙将钢笔跟支票还给卓然，还道：“快帮他收好！他自己不拿钱当钱，你可得帮他看紧一点。要是他把家里挥霍一空，你跟卓希可是要跟着饿肚子的！”

卓然为难地看了一眼凌冽。

主子没发话，他不会随便听慕天星的指挥。

孟小龙鄙夷地看着凌冽，这个男人坐着轮椅，是个残疾人，想要抢走慕天星，就只能靠金钱来收买人心了吗？

他蹙起了眉头，言语间有种对慕天星人品的维护：“可惜了，我们天星不是那种见钱眼开的人。”

慕天星点点头：“小龙哥说得对，我不要你的钱，我只是看不惯你这样肆意浪费！”

慕亦泽夫妇都没有说话。

或许当局者迷，旁观者清。

尤其慕天星是他们的亲生女儿，他们都看得出来，女儿对待凌冽的态度似乎有些不同。

虽然女儿觉得她喜欢的人是孟小龙，但是她爱上的人有可能是凌冽。

以为自己喜欢，自己未必真的喜欢。

真正能够影响慕天星情绪、扰乱慕天星的心的人，是凌冽。

慕亦泽的眼神里明显透露着担忧。

四少绝对不像他们眼中看起来的那般简单，但是他再好，也终归是个残疾人，一日站不起来，女儿就没有一日真正的幸福可言。

他当即看了眼妻子，发现妻子的眼中有着跟自己一样的担忧。

“喀喀，喀喀喀。”

凌冽忽然单手捂着嘴咳了起来，尽管咳嗽本身是件不雅的事情，可他竟能将咳嗽的姿势摆得优雅而有魅力。

慕天星皱起了眉头，看着他眉宇间藏不住的疲惫，道：“你感冒了？”

他看了她一眼，点头。

她又道：“吃药了没？”

他摇头，看着她，眼神有些可怜。

“唉，真麻烦！”慕天星转身就走，也不在意众人的目光都落在她身上。她翻开抽屉里的药箱，找了一小会儿，回来的时候手里多了一杯温水。

两只白嫩的胳膊全都伸了过去，一只手握着玻璃杯，一只手掌心朝上，那里安静地躺着一粒浅蓝色的药丸。

“这是感冒药。我每次感冒，吃点这个药就好了，你要不要试试？”

她看着他，明明是在问他，却有些心急地将小手往他嘴边伸了伸。

凌冽深深地看了她一眼，又瞥了眼她掌心里的药，忽而张开嘴。

她就这样将药丸塞进了他嘴里，就连水杯也递到他嘴边。他就着一口水吃完了药，然后伸出了小半截舌头舔了舔被水沾湿的唇，明明很萌的表情，在她转身放下水杯的一刻，却透着邪邪的坏。

“天星，我困了。”孟小龙直接拉过她的一只手，有些不安地看着她，“我们去楼上休息吧！”

慕天星点点头，任由孟小龙拉着她的一只手，对着凌冽笑道：“你身子不舒服就早点回家吧！嗯，或许过两天我会主动找你，谈点事情。”

她最怕的就是玩弄别人的感情，所以有什么变故，还是一早说清为好。

她跟孟小龙在一起很舒服，很自在，可以放得很开，尤其从小到大的默契让他们根本不需要太多语言，只一个眼神就能明白彼此的想法，她喜欢这种自由自在、无拘无束的感觉。

小说里不都是这么写的吗?

身无彩凤双飞翼，心有灵犀一点通，这就叫作真爱了。

凌冽原本柔和的眼眸微微变冷，对着卓然打了个响指，卓然直接上前一步将孟小龙跟慕天星拦下。

孟小龙不悦，真打架的话，他不怕!

卓然却彬彬有礼地开口道："孟先生，慕小姐是我凌家的四少奶奶，不论婚礼是否举行，名分已经定下了。四少此番前来，是专程接慕小姐回紫薇宫的，还请孟先生行个方便。"

"呵，说来真是好笑！"孟小龙轻嗤了一声，看着卓然，"我行什么方便？天星愿意跟谁在一起，是她的自由。她若是不愿意跟你们走，难不成你们还能强行把她带走？"

说起来真是一肚子气，孟小龙也能感觉到慕天星对凌冽的特别了。

又或者，他之前根本没想到，凌冽会是样貌如此出色的男人，而面对这样一个不能说话、双腿残疾的人，他居然从内心深处生出一股自卑。

他一个四肢健全、身体健康的军人，在一个残疾人面前居然会自卑！真是令人抓狂!

卓然盯着孟小龙看了看，嘴角勾起一个若有若无的弧度。

孟小龙果然只是二十岁的年纪，又是含着金汤匙长大的少爷，心理接受能力毕竟有限。瞧着孟小龙眼里隐匿的火焰，卓然已经知道，对方根本不是四少的对手。

卓然上前一步，逼近，俯首，无形中自成一张网，越收越紧。

卓然对着慕天星道："慕小姐，可否借一步说话？两三句就好。"

"不去！不听！"孟小龙拉着慕天星，将她护在身后，说什么都不让卓然靠近她分毫。

慕亦泽夫妇担心事情闹大，正要上前劝说。

"咯咯咯，咯咯。"

轮椅上的男人又咳了起来。

慕天星叹了口气，抬起小爪子轻轻拍了拍孟小龙的肩："小龙哥，我就跟他说两句话，一会儿就好了。"

她不懂，凌冽不过是个身子柔弱的残疾人，孟小龙身体健康、四肢健全，两个人没什么可比性，有什么好争的呢?

孟小龙不放心，拦在她前面："天星，我怕他们没安好心。"

“咯咯，咯咯咯。”

听见凌冽的咳嗽声，慕天星叹了口气，瞧着孟小龙的眼神里带着一丝抱怨：“如果说两三句话就可以解决麻烦，岂不是比现在僵持在这里更好吗？小龙哥，你就看在……看在他是个……那个的分上，不要那么计较了。”

她那眼神、那口吻，明显是在说：你也要欺负残疾人吗？

孟小龙看着她，眼中有着不确定，却还是微微一笑：“好，你去吧。”

他让开，就看见慕天星的身影朝着卓然的方向靠了过去。

他再一侧目，不经意间发现，不知何时轮椅上的男人单手撑着下巴，露出明月清晖般的脸庞，竟朝着他扬起一抹若有若无的笑容。

这笑容太过诡异，是讽刺，是嘲笑，还是挑衅？

孟小龙冷着脸，垂在身侧的拳头渐渐僵硬，心里不断提醒自己：天星是个善良的丫头，她见不得恃强凌弱的事情，所以，自己一定要忍，要忍，不要跟残疾人计较！

偏偏凌冽的头动了动，原本朝着左边倾斜的脑袋，现在换到了右边，他嘴角弯起的弧度又大了些，一双深潭般的眼直勾勾地盯着孟小龙的脸。

孟小龙竟有些狼狈地移开了眼。

他一言不发地凝视着慕天星的背影，看着她一点点远离自己，竟有种再也抓不住她的错觉。

卓然在客厅的一角等着她，见她过去，一本正经又神秘兮兮地凑在她的耳边小声说了些什么。

谁也听不见他说了什么。

但是，慕天星那张漂亮得不像话的小脸却越来越皱了。

待卓然回身站好的时候，慕天星瞪着凌冽，目光如炬，一副她很生气的模样！

而此时的凌冽一本正经地端坐在轮椅上，帅气到人神共愤的他再次面无表情，寂静无声地接受着她丢过来的如刀子般的眼神。

“天星。”孟小龙刚要走过去，就见慕天星略显抱歉地看了他一眼，接着她对着慕亦泽夫妇道：“爸爸妈妈，我去四少家里有点事情，很快就回来。”

从小到大，慕天星做事情总有她自己的一套方法，所以慕亦泽夫妇基本没怎么操过心。

但是现在，情况有些不同了。

慕亦泽看着女儿：“要不要司机陪着你去？省得一会儿四少还要派车送你回来。”

他的意思很明显，怕女儿去了就难回来了。

卓然则是微微一笑，那表情第一次如此明朗，还透着真诚：“慕先生放心，我一定会将慕小姐安全送回来的。”

至于哪一天送回来，就不得而知了。

孟小龙摇头，刚要开口，却被慕亦泽拦下。

孟小龙错愕地看了一眼慕亦泽：“慕叔！”

“让天星去吧。”慕亦泽笑了笑，对着凌冽温声开口，“天星从小被我惯坏了，脾气不好，态度不好，有时候还喜欢耍耍小性子，还请四少看在两家即将联姻的分上，就不要跟她多计较。”

言外之意，如果凌冽是为了慕天星半夜跟一个男人进了酒店的事情生气，而想要找她麻烦的话，那么，也得先想想凌老爷子。

凌老爷子可是眼巴巴盼着星灿纺织的十几项专利呢！

这是赤裸裸的警告，警告凌冽不要欺负慕亦泽女儿。

凌冽听出来了，微微点头，除此之外没有任何表示。

卓然也听出来了，再三保证：“慕先生多虑了，慕小姐天生丽质、聪明伶俐，四少疼她还来不及，怎么会跟她计较呢。”

慕亦泽笑了笑，没再说话。

卓然已经转身朝外走去，竟然就这样潇洒独行，不管凌冽了！

“喂！喂！”

慕天星急得哇哇大叫，卓然也不予理会。

她看着凌冽那张千年冰山般的俊脸，无奈之下，只好耷拉着小脑袋，上前握住他的轮椅把手，将他从慕家推了出去。

凌冽被她推走的时候，安逸地闭着眼，似在享受这段来之不易的大好时光。

她走到车边，回首，见慕亦泽夫妇跟孟小龙都出来送她了。

孟小龙冲她大喊了一句：“有事给我打电话，我去接你！”

慕天星点点头，冲他们挥挥手：“知道了，你们进去吧！我就是去看一下而已，很快就会回来的，不要担心！”

瞧着那丫头坐的车渐行渐远，站在门口守望的三个人心中不约而同想着一句话：傻丫头，我们怎能不担心你呢？

窗外的景色不断变换，阳光倾洒下来，繁花似锦。

可是盒子里的小家伙待不住了，眯起眼叫唤着，显然不喜欢被阳光这般笼罩。

凌冽抬手在玻璃窗上轻叩，卓然摁下一个按钮，车窗玻璃立马被深色的小帘子挡住。

她看了凌冽一眼，没想到他还挺贴心的。

白皙的小手抚上小家伙如雪般的毛发，慕天星忍不住道：“阳光太刺眼，它眼睛受不了。”

凌冽瞥了眼盒子里的东西，淡淡地吐出三个字：“它太弱。”

慕天星不理会他，捧起那一团软软的小东西，直接不要盒子了，就这样大大咧咧地把它放在她丰满的胸口上，亲昵地逗着它。

之前，在慕家的客厅里，卓然跟她说的就是这只猫。

天还没亮，卓然他们就听见它在叫，出来一看，发现它在晨雾里蜷缩着，瑟瑟发抖，一看就是刚刚出生。

卓希想要把它抱回去养，凌冽不同意。

卓希想要悄悄喂它点牛奶，凌冽不同意。

卓希难过地问凌冽为什么，凌冽却在纸上暗示他们：除非慕天星同意养这个小东西，并且亲自照料它，否则，有多远就把它丢多远，任其自生自灭。

慕天星得知后，自然怒了。

她在青城的时候，养了一只纯灰色的暹罗猫，短毛，高贵，机灵，可爱。

那只猫伴随了她八年光景，高一那年，她来M市念高中，那只猫就不吃不喝，待在青城的院子里等着她，因它年纪大了，生了一场病，就死掉了。

慕天星得到消息后，跟学校请了假专程回去看它，还亲自给它建了个小小的墓，就在青城慕家的院子里。

那时候，慕天星很伤心，哭了大半个月。

慕亦泽夫妇不舍得女儿伤心难过，提过给她再买一只更好的宠物，可后来她在M市念高中，高中毕业后又念大学，根本没有时间再养宠物了。

经历了上次的那件事情，慕天星明白了一个道理：如果没有很多的时间陪伴，宁可不养，也不要让宠物在思念与孤独中凄惨地逝去。

摸着胸前的小家伙，慕天星忽然就想起她曾经的猫了。

她的猫叫作惜惜。

可是，她没能好好珍惜它，陪伴它走到最后。

眼中闪烁着晶莹的泪珠，她忍着，努力不让眼泪掉下来。

她抬眸看着卓希的侧脸，好奇地问：“它有名字了吗？”

卓希摇头：“没有。要不然，叫妞妞？我看过了，这只猫是母的。”

妞妞？

慕天星拧起了眉头，显然觉得这个名字太土了。

这时候，一道好听的声音从她身侧传了过来：“珍珍，珍惜的珍。”

她心里咯噔了一下。

珍！惜！

看着凌冽深不可测的双眸，她有几分不确定：他为什么会给猫起这个名字？难道他知道她以前养过一只猫叫作惜惜？

凌冽目不转睛地望着她，嘴角轻扬：“它白如雪，似珍珠，叫珍珍如何？”

她释然。

原来他给猫起名叫珍珍，是因为猫毛是雪白色的。

他又浅浅一笑，似之前的每一次一般：“珍珍，因为珍贵，所以珍惜。”

车厢里很安静。

慕天星也没说这个名字到底好不好，只是，当胸口的猫儿叫唤得越来越大声的时候，她当即看向卓然：“去宠物店！”

须臾后——

凌冽依旧坐在原来的位子上，手里捧着一瓶温热的牛奶，那是慕天星塞到他手里的，不是给他喝的，而是让他帮忙拿着的。

两个人的座位中间摆放着各种稀奇古怪的东西，都是凌冽以前没有见过的。

她把珍珍放在她腿上，白皙的小手在各种东西之间翻来找去，似乎对每一种宠物用品都很熟悉。

忙活了一阵子，她从他手里拿过奶瓶，直接塞进了珍珍的嘴里。

珍珍大口大口吸着，皱巴巴的小脸上露出满足的表情。

“刚才换的是新生猫咪的奶嘴，你们记得回去以后每天给奶嘴消毒。还有，十五天以后，给珍珍喂一粒打虫药，现在它太小，受不住打虫药的药性。这个奶粉喝完了要接着买，这个牌子的，我以前买过，很好的。不要直接用牛奶喂珍珍，因为小猫的胃很脆弱，牛奶必须稀释十倍后才能喂给它们，因为牛奶蛋白质太浓，它们无法吸收……”

她喋喋不休，但每一句，卓希都记得很认真。

凌冽细细瞧着她手里的珍珍，它一副愉悦安逸的模样，而给它喂奶时恬静安然的她，漆黑的瞳闪着少女的纯洁与善良之光，熠熠生辉。

许是因为叫唤太久伤了嗓子，珍珍喝奶有点慢。

二十毫升的奶，它喝了足足三十分钟。

慕天星小心翼翼地帮珍珍拔掉奶嘴，又拿过纸巾给它擦了擦小嘴。她抬眸的一瞬，惊觉空气里传来了阵阵紫薇花香。

原来她已经到了她喜欢的紫薇宫。

只是，她不是很想进去：“该怎么喂养新生的猫咪，我已经教给了你们了。”

卓希一脸为难地看着凌冽，凌冽却轻描淡写地说着：“卓然，将这只猫丢出去，有多远丢多远。”

卓然没动，而是一本正经地劝慰：“慕小姐，之前我说过了，四少同意养这只猫的条件，是您答应亲自在紫薇宫喂养它。”

“那我把它带回慕家好了！”慕天星灵机一动，笑眯眯地开口。

她可不傻，如果她不住进去，凌冽就把猫儿扔了，那么她直接把猫带回慕家不就好了？

爸妈还在等着她，小龙哥还在等着她，再过几天，小鱼也要来M市了。

凌冽忽而冷笑了一声，笑声中带着危险的意味：“但凡在我紫薇宫发现的东西，就是属于紫薇宫的，不经过我的同意，想要将我的东西占为己有，谁有这个胆子，尽管来试一试。”

慕天星吐吐舌头，瞧着凌冽，又看了看他不能动弹的双腿，道：“我偏不信！”

凌冽没生气，反倒意味深长地看着她。

慕天星不怕他，瞪着他：“别人怕你，我不怕你！”

他点头，忽而笑得一脸纯真：“我身边正缺一个不怕我、会养猫的小丫头。”

四目相对，冷冷对峙。

慕天星承认他的眼神太过深邃，总让她有种无处可逃的错觉。

但是这次，她说什么都不肯败下阵来，明明心里慌得要死，却还是倔强地瞪大了眼睛盯着他。

凌冽不累，一双黑眸像是假的一样，一眨不眨地将她所有的情绪包容、吸收、消化。

终于，还是卓希打破了沉寂。

“慕小姐，咱们买了猫窝，买了猫爬架，还买了猫砂跟猫厕所，但是这些我都不是很清楚要怎么弄，不如我们先进去，给珍珍找一个小房间，你帮我们把东西都安置好之后，再来谈别的？”

慕天星的眼累死了，心也累死了。

卓希的这段话，等于有人给她一个台阶下，她自然乐意。

她闭上眼，扭头的同时打开了车门，抱着珍珍下了车：“好吧，既然你这么说了，我就帮你把猫窝什么的都弄好。”

慕天星漫步在两边种满各色野花的小路上，嗅着花香，置身于紫薇花海中，心情忽然就变好了。

她一步步朝着别墅大门走去，脚下的步子渐渐轻快起来。

当她跑到门边，转身想叫卓希快点过来开门的时候，门却从里面被打开了。

慕天星傻傻地站在原地，看着眼前的女人。

“呵呵，慕小姐吧，欢迎！”女人微笑着跟她打招呼，不忘自我介绍，“我是卓然的妻子，卓希的大嫂，叫曲诗文，慕小姐叫我阿诗就好。”

曲诗文穿着一套正规的职业女装，上半身是标准的米色短袖衬衣，下半身是黑色的包臀中裙，一双修长的美腿被黑色的丝袜包裹着。她比慕天星高出大半个头，留着干练的中短发，皮肤很白，五官更是标致得没话说。

尤其是她笑起来的时候，整个人柔和得就像江南水乡的女子，给人一种十分美丽、贤惠、聪颖的感觉。

身后的几人纷纷靠近，慕天星浑然不觉。

她抱着珍珍，指了指曲诗文，难以置信地道：“你是卓然的妻子？”

曲诗文笑了笑，点头的同时，对慕天星身后的几个男人也笑了笑。

凌冽刚要靠近，就听慕天星义愤填膺地感慨了一句：“真是暴殄天物了，你这么好的女孩子，怎么会嫁给卓然那样的面瘫？他跟凌冽大叔是一路货色，都是语不惊人死不休，要么不开口，要么一开口就能把人噎死的那种，小心眼又毒舌，还很有心计！你跟卓然是夫妻，你怎么受得了的？你真的太强大了，我不得不佩服！”

众人：“……”

曲诗文看见卓然跟凌冽的面色都黑了几分，笑得十分尴尬，道：“慕小姐真是真性情，快人快语，天真可爱。”

卓希憋着笑，赶紧逃离现场，拔腿就往楼上跑：“慕小姐，我在楼上等着你！”

慕天星前一秒还不能理解卓希为什么跑得这么快，等她感受到身后似是贴着两个大冰块的时候，才恍然大悟，也撒开腿跟着卓希跑了上去：“我来了！来了来了！”

她风风火火的，一溜烟便没了人影。

曲诗文站在门口轻笑，看着丈夫将凌冽推了进来，忍不住道：“我挺喜欢慕小姐的。”

一道犀利的声音传了过来：“你的意思是，我跟然都是一路货色，是面瘫，是语不惊人死不休，要么不开口，要么一开口就噎死人的那种，小心眼又毒舌——”

“呃，咖啡好了，我去看看！”曲诗文一转身也跑了。

她只是听丈夫跟弟弟提起过，说四少开口说话了，但是她本人没有听过，而今天她不但听见了，还听见四少一口气说了这么多话，她能不害怕吗？

至于四少问的那个问题，他们是不是慕天星说的那种人，相信从曲诗文逃跑的行为上看，答案昭然若揭。

卓然有些无力地将凌冽推到了沙发前，缓声道：“阿诗她——”

凌洌摆摆手，示意卓然不必解释。

自从他六岁溺水，大难不死后，月牙夫人将同样年幼的卓然、曲诗文派来他身边，作为从小陪他一起长大的伙伴，他自然清楚曲诗文的为人。

就好像他说的，住在这座宅子里的人，彼此没有秘密。

片刻后，醇香浓郁的咖啡香气，混杂着清甜的紫薇花香，弥漫在整座大宅里，空气都像是被路过的仙子施了仙术一样，变得醉人。

慕天星从楼上下来的时候，就觉得一阵心旷神怡。

曲诗文笑着对她道："刚煮好的拿铁，慕小姐要不要尝尝？"

"好啊！"慕天星笑了，凌洌这里都是好东西，咖啡也一定是极品，她既然来了，自然不能错过。

只是，当她笑眯眯地坐在沙发上时，凌洌却对着曲诗文道："她还在长身体，咖啡喝多了不好。还是给她一杯牛奶，或者酸枣汁。"

女人吃枣，气色好，补血养颜。

女人喝牛奶，补钙，丰胸，对皮肤好。

曲诗文看了眼慕天星，笑了笑："牛奶or酸枣汁，可以吗？"

慕天星很生气。

不知道为什么，她觉得轮椅上的男人总爱跟她作对。

她走上前，一把抢过了凌洌手中的杯子，里面的咖啡还有三分之二，还是温热的。

凌洌似是怕烫着谁，见她来抢，便乖乖松手，也不挣扎。

她捧着他的杯子很快就把咖啡喝完，心满意足地舔舔粉嫩红润的小嘴唇，又得意扬扬地看了他一眼。

曲诗文忍不住扑哧一笑。

凌洌面无表情地看着慕天星，后者则将空荡荡的杯子塞到他手里，转身的一瞬大笑三声："哈哈哈！我回家了，再见！"

她大摇大摆地走到门口，冲着卓希勾了勾手指："你开车送我！"

卓希耸耸肩，一脸为难："四少说，你要是敢走，就让我把珍珍从天台上丢下去。"

慕天星愣住，凝眉冲着凌洌忍无可忍地大吼了一句："你再这么无理取闹，我就要认为你是爱上我了！"

她吼完，全世界仿佛都安静了。

凌洌盯着她，过了好一会儿后才开口："如果你是这样认为的，那就这样认为吧。"

如果说，刚才她抢了他的专用杯并喝了他剩下的咖啡，已经让人震惊不已；如果说，刚才她对他大吼了那句话后，全世界仿佛都变得安静，那么——

此刻，凌冽的回答除了让整个世界安静之外，还让所有人的心跳都停止了。

至少，慕天星已经听不见任何声音了。

她的小脑袋里嗡嗡作响，里面飘荡的全是他清冷的声音。

灵魂再一次被他深邃的眼摄住，她的眼神呆呆的。

凌冽的嘴角忽而勾了勾，带着一丝耐人寻味的笑："但是，那只是你认为的，我是绝对不会承认的。"

众人绝倒！

慕天星更是被气得要吐血了！

她捏着小拳头，恼羞成怒地冲过去，直接扑向凌冽的轮椅，却在摩拳擦掌扑上前的时候，被曲诗文及时拦住！

"慕小姐，有话好好说！"

"说什么？他根本就是故意的！我每次见到他，都没有好事！每次他都故意虐待我！你让开，我要揍他！"

"慕小姐，你冷静一点！"

"不要，我就要趁着这口气没下去，把他揍一顿！"

"慕小姐！"

慕天星一个劲往前冲，而曲诗文不敢疏忽，全力拦阻，这画面乍一看有些紧张，定睛一瞧，又觉得有几分滑稽。

戏谑的声音接着响起："怎么，听说我不承认爱你，你就这么失望，这么愤怒？"

"你！凌冽！你这个浑蛋！"

"慕小姐！"

一个小时后——

精疲力竭的慕天星手里抱着一杯酸枣汁，嘴里狠狠咬着吸管，待在二楼的小偏厅里。

她回不去了。

因为凌冽刚才生气，差点真的让卓希把珍珍从天台上丢下去。

真是变态！珍珍刚刚出生，还是只小奶猫，他的心究竟是什么做的？居然那么狠！

她一屁股坐在地板上，不远处的小窝里，珍珍喝饱了奶，已经呼呼大睡了。

小窝的正前方是一扇椭圆形的复古窗，通风，向阳，有窗帘，中午日头毒辣的时候，拉上窗帘可以避开不少暑气。

她背后，一堆猫砂已经整齐地铺在猫厕所里。

猫爬架就紧紧挨着窗户放着，上面还系了个逗猫球，只是以珍珍的情况来说，还要过些日子，等它个头再大点，身子再壮点时才能玩。

不知不觉，一杯酸枣汁已经下肚。

随后，曲诗文上来，站在小偏厅的门边敲了敲墙壁："慕小姐，午餐准备好了。"

慕天星抬头看了她一眼，道："那浑蛋在下面吗？"

曲诗文面色有些复杂，却还是温声道："以前，四少都是一个人用餐的，今天还是四少第一次跟别人一起在家里用餐。慕小姐，您要下去吗？"

不知怎么的，慕天星一肚子的怒气就这样散在曲诗文的两句话里。

慕天星张了张嘴，有些难过地看着她："他……一直都是一个人吃饭？"

"嗯，很多年了，都是一个人。"

"哦。"

"慕小姐，您要下去吗？还是我把午餐端上来？"

"我……我还是下去吧！"

"好。"

曲诗文跟慕天星一起下楼，两人走到二楼大厅玄关处的时候，曲诗文抿了抿唇，忽而转身对着慕天星道："慕小姐，四少对待感情的时候其实特别单纯，比你我想象中的还要单纯得多。可能因为他缺乏经验，也缺乏跟别人相处的机会，所以，遇到问题时，他会不知所措；遇到喜欢的人时，他会不懂得表达。也许他心里想着与人亲近，却每每弄巧成拙，搞得跟人更疏远。"

"阿诗姐姐，你跟我说这个做什么？"

慕天星不想听。

因为她越听，心里越难受，有种淡淡的忧伤，也不知道是为了谁。

她不喜欢这样的感觉，只想快点回家，快点沐浴在阳光下，回到爸妈的身边，还有小龙哥身边。

曲诗文深深地看了她一眼，终是叹了口气，领着她下了楼。

不得不说，凌冽的紫薇宫真的很大。

刚才在楼上的小偏厅，慕天星才发现，原来这栋居住的别墅后面还有一大片房子，看起来像是办公楼，又像是小型博物馆，居然全都是被唯美烂漫的紫薇花树包围起来的。

她知道，那一定也是凌冽的宅子。

只是，后面那么多房子究竟是干什么的？

她不由好奇起来。

下楼后，绕过前厅往餐厅去，透过晶莹剔透的玻璃窗，她看见了院门前的半个小型的篮球场，还有高高的篮球架。

上次她就觉得疑惑了，凌冽又不能站起来，院子里搞个篮球场做什么？

难道是卓然他们平时玩的？

凌冽会这么好，专门给手下建一个篮球场？

看着手下们在阳光下奔跑跳跃，开心地打球，他却只能坐在轮椅上，不会觉得难过吗？

慕天星越发觉得，凌冽不像她目前看起来的那么简单。

他的身上有秘密，这是真的。

慕天星因为抱过珍珍，所以专门去洗了个手，来到餐桌前的时候，看见凌冽已经端坐在餐椅上，很安静地等着她了。

她有些受宠若惊地走过去，讪笑道："吃饭了。"

他见她坐下，点点头，也道："吃饭了。"

曲诗文的手艺真的很棒，至少慕天星吃得特别畅快。慕天星还发现一件很有意思的事情：但凡她特别喜欢吃的菜，凌冽都不爱吃。

所以，她吃得心情愉快，因为没人跟她抢。

酒足饭饱后，她见曲诗文过来收拾餐桌，忍不住赞叹："阿诗姐姐，你手艺太好了，真的真的太好了！你家小然然好有福气哦！"

曲诗文扑哧一笑，道："你喜欢吃就好。"

慕天星原本想给家里打电话说一下自己的情况，看看是家里来接，还是她勉为其难地在这里住几天。但是，她悲摧地发现，出来的时候太急，什么都没带，衣服、手机、钱包，什么都没有！

她无奈地走到客厅，拿起小几上的电话，刚刚拨了两个数字，就听见话筒里响起一阵忙音。

她皱起眉头，当即看着凌冽："你手机借我，我打个电话！"

凌冽不动，只是温声开口道："楼上有你穿的衣服、鞋子、包包跟其他生活用品，都是新买的。"

看他不似作假的模样，慕天星一时怔住了。

这家伙，到底想干什么？

看他这架势，是真的想把她金屋藏娇？为什么？让她留下养猫？

凌冽一双漆黑的眼紧盯着她，不疾不徐地开口："你不是说过，我二十六岁还没结婚，没恋爱，搞不好是心理变态吗？"

"你……"慕天星往后退了一步。

他人没动，声音幽幽响起："上去看看吧！希！"

不远处的卓希赶紧走过来，面对慕天星一脸讨好地笑："慕小姐，咱们上去看看吧，也许你会喜欢。"

她不上去，那么，凌冽找人请她上去。

她觉得凌冽这样咄咄逼人的姿态讨厌极了，满心不悦地抗拒："不要！我要回家！不然你把手机借我，让我给家里打个电话？"

"慕小姐，别为难我了。有什么事情，我们稍后再说，你先上去看看。"

"不要！"

"慕小姐！"卓然的语气比卓希强硬得多，气场也很足，"女孩子，不管什么时候都要学会保护自己，一味挑战四少的底线，还能喘气到现在的，真的没几个。您确定您要继续不乖，然后面对不可预知的未来吗？我劝您，与其花力气挣扎，不如学着适应，静观其变、见招拆招为好。"

慕天星愤愤地盯着他。

许是开口噎死人的本事卓然跟凌冽学了个八九分，所以慕天星把怒气一股脑儿撒在卓然身上了。

她捏着小拳头，对着厨房里曼妙的身影大喊了一句："阿诗姐姐！你老公威胁我！他就是个铁石心肠、卑鄙下流、尖酸刻薄的男人！阿诗姐姐，为了你一生的幸福，你快点跟他离婚吧！"

卓然愣住，面色当即黑了几分。

卓希凑上前，带着些委屈："慕小姐，大哥可疼大嫂了，破坏人家夫妻感情是不道德的。"

这时候，曲诗文微笑着从厨房走了出来，径直来到凌冽身后，扶着凌冽的轮椅对着慕天星温柔地笑了笑："慕小姐别怕，卓然说话一直都是这个样子。况且，四少那么疼你，卓然怎么可能威胁你？慕小姐尽管放心住下就好了，有四少在，卓然看起来再凶，也不过是只纸老虎。"

卓然面色古怪，他是纸老虎？

他别具深意地看了眼曲诗文，而曲诗文在察觉到丈夫兽性的眼神后，后怕地吐了吐舌头。

得，今晚她是不得安宁了。

慕天星则立在原地，大脑中是一片混沌，两眼中满是不可思议。她抬手指着凌冽的脸，实在无法接受曲诗文说的话："他那么疼我？疼我？他哪里疼我了？一分钟不把我气死，他就不罢休，处处跟我作对，我看他分明就是讨厌我，所以才会把我留下来，故意虐待我！"

"慕小姐，您也许弄错了'虐待'这个词的意思了。"卓希无奈地笑。

从她进来起，他们好吃好喝地供着她，楼上给她新买的衣服、鞋子、包包……全都是最贵、最好的，没有人打过她、骂过她。

就目前看来，房子里气焰最嚣张的就是她。

这也叫虐待？

有这么虐待人的吗？

曲诗文轻叹了一声，走上前拉过慕天星的小手，道："慕小姐，我陪您上去看看吧。"

慕天星对曲诗文的敌意明显弱了很多。

而这不是因为曲诗文也是女人，而是因为慕天星打心眼里同情曲诗文，嫁给卓然那样的男人，她身体跟心理上得受多少罪啊！

在两个女人的身影彻底消失后，凌冽若有所思地看着卓希："你大哥很疼你大嫂？"

卓希点头："是啊，这么多年了，他们感情一直很好。"

凌冽想了想，赞同地点头，又看向卓然："你是怎么疼她的？"

"我……"卓然思绪凌乱，面颊闪过一丝不自在，然后就红了脸，"就是……尽量满足她的心愿，哪怕再小，也要当成天大的事情认真对待。"

凌冽沉默了。

看着他认真思考的模样，卓家两兄弟都有些无力了。

这还是四少吗？

四少居然在思考，思考要怎么样去疼慕小姐吗？

楼上——

曲诗文直接将慕天星拉进了凌冽的私人套房。

硕大的浅蓝色半圆形推拉门直接嵌在墙壁上，像是一粒圆润可爱的玻璃弹珠落在雪白的蛋糕上，第一眼望去，就让人觉得甜进了心里。

门被拉开，映入眼帘的是凌冽的书房，书房是一分为二的。

左边比较男性化，用的是冷色系的银色与深蓝，只一眼，便让慕天星想起了凌冽深邃的目光，他也有这种冷冷的气质。

右边比较可爱，用的是暖色系的粉蓝、靛蓝，还有明黄色与白色。

瞧着书桌上粉红色的Hello Kitty限量版电脑，慕天星忍不住道："给我准备的？"

曲诗文笑："上周您来过之后，说喜欢这里的蓝色，四少便让人着手安排了。他可以接受粉蓝的卧室、衣柜、床品，甚至是浴室，但是书房是他坚持必须要认真对待的地方。因为不想两种风格看上去太过突兀，所以他那边还加了深蓝色。"

"好贴心。"慕天星之前焦躁的情绪慢慢平复。

在慕家，她的书房都没有这么漂亮。

她忍不住走过去，这里看看，那里摸摸，又在深蓝色的真皮转椅上坐下，晃了晃，眯起眼道："真舒服。"

不过，想起孟小龙，她忽然又站起身。

曲诗文瞧见她眼中隐匿的抵触情绪，讶异了一下，又道："慕小姐，四少对您是真的好。”

“嗯，他脾气阴晴不定，全世界都知道。”慕天星一边往里走，一边不屑道，“一边给我一巴掌，一边给我一颗糖。一开口就把我堵个半死，一转身又给我买这买那。他就是嫌弃我太清闲了，非要让我的心情像是坐过山车般，上一秒还没来得及高兴，下一秒就恨他恨得牙痒痒的，这才罢休。”

“呵呵。”曲诗文打开宝蓝色系的卧室门，领着慕天星进去。里面的衣柜也是分左右两边的，一边深蓝，一边浅蓝。

她拉开浅蓝的一边，对慕天星道：“慕小姐，您可曾想过，若是对你来说无关紧要的人，他说什么做什么，都不会影响你的情绪才对吧？”

慕天星不经意间一瞥。

满满的一个衣柜，就像是蓝色的调色盘一样，清一色的连衣裙，从左边开始到最右边，蓝的程度逐渐递增，从浅到深，第一件衣服的颜色是白中透着淡淡的蓝色荧光，之后是粉蓝，蓝，深蓝，宝蓝，黑蓝……

乍一眼看过去，这里的裙子不下一百条。

她就是每天穿不一样的裙子，也足够她穿整整一个夏天了。

想起他从来不把钱当钱看，想起他的办公桌，想起大得超出她的想象的紫薇宫……慕天星警惕地瞧了一眼曲诗文：“凌冽究竟是做什么的？”

一个弃子，有这么雄厚的财力？

曲诗文脸上挂着淡淡的笑容：“慕小姐若是感到好奇，不妨亲自去发掘。四少身上有多少秘密，慕小姐若是有缘，自然会探到一些的。”

慕天星又拉开下面的抽屉，里面满满的全是鞋子，跟上面的衣柜一样，蓝色的程度也是逐渐递增的。

另一只柜子里是包包，颜色也是不同程度的蓝色。

她往后退了一步，不由自主地跌坐在超大号的圆形床上，脚下的地毯、身下的床……她目光所及之处全是不同色调的蓝，比她一周前来看过的有过之而无不及。

“他真闲！”慕天星头疼。

她想回家，可是他为了把她留下，费了这么多心思！

她抬眼瞧着曲诗文，楚楚可怜地伸出手：“可以把你手机借我用一下吗？”

她心里已经做好对方会拒绝的准备，却没想，曲诗文竟笑着点头：“当然可以。”

慕天星笑了，很真诚、很纯美的笑容，亮晶晶的瞳孔里带着点点感激，眼巴巴看着她：“真的可以吗？谢谢！”

曲诗文从口袋里摸出自己的手机递给她，又道：“不过，在慕小姐打电话让家人来接您回去之前，可不可以听我说一个故事？”

“啊？”

“老爷子一生风流，娶了好几个妻子。但生了儿子后，他几个妻子都死了，没有能够长久跟在老爷子身边的。现在这个小妻子曾倩，是他这几年新娶的，却没有生孩子。”

慕天星的眸光黯淡了下来：“我……倒是听说过伯父克妻的事情，只是平时没人敢说。”

曲诗文笑了：“几个少爷明争暗斗，四少年纪最小，也就成了最大的牺牲者。不论是六岁失足落水，最后死里逃生，还是十七岁意外出车祸，导致双腿瘫痪，这都是其他几位少爷的杰作。”

“什么？！”

慕天星惊讶地站起身。她只听说过豪门斗争很厉害，却没想到会如此风起云涌。

对一个那么小的孩子下手，还是亲弟弟，简直丧心病狂！

“四少的母亲不会游泳，可为了救他，毅然跳下海中，奋力将他小小的身子往岸边推去，但她自己被卷入大海，一个浪打过来，就这样将她带走了！”

曲诗文有些感慨：“慕小姐，您可以想象吗？一个六岁的孩子落水后哇哇大哭喊着妈妈，好不容易看见妈妈来救自己，自己被推回岸边，可还来不及高兴，就看到妈妈被海水淹没，消失不见了。”

慕天星不说话了。

她不敢去想，当时凌冽的心里该是多么无助，多么恐慌。

“所有人都以为四少哑了，老爷请遍了名医都治不好他。这么多年了，一个小男孩长成少年，再长成男人，他都没有开过口。没有人听过他的声音，就连他在青春期变声时，最值得被珍藏的声音都也没有人听过。”

曲诗文说到这里，看着慕天星：“我们第一次听见四少开口说话，还是在半夜里，他一边做着噩梦，一边哭泣着大喊救命、大喊妈妈。那时，我、卓然、卓希才知道，四少其实是可以说话的，只是后来我们一直帮他保密。”

慕天星深吸一口气，鼻子好酸。

凌冽那披着羊皮的大灰狼的形象，在她心中，瞬间变成了萌萌的、柔弱的小白兔。

曲诗文又道：“四少渐渐长大，很少做噩梦了，也很少在梦里开口说话。直到一周前，他在高速上遇见你，这才再次开口，我们也才听见了久违的、陌生的也珍贵的声音。”

慕天星蹙着眉，有些不安地捏着手机，咬唇道：“你跟我说这些做什么？”

“中午的时候，我第一次看见四少坐在餐桌前，那么期待地等着一个人下来，与他一起用餐。以前，他要么是在办公桌前匆忙解决，要么是坐在轮椅上简单解决。今天，他坐在餐桌旁，吃了很久很久。”

“阿诗姐姐……”

“慕小姐，我请求您，即便当作是一场交易也好，留在四少身边吧。上周您在这里的时候，不是已经答应要联姻了吗？订婚宴是没有开始，可是全城谁不知道凌家的残疾四少要娶慕家的千金了？您现在退婚的话，四少的世界里好不容易才有的一道天光又要消失不见了！当初谈婚论嫁的时候，没有人逼着慕家、逼着您啊，您答应了，又要反悔，四少原本就是大家眼中的笑柄，今后，他还怎么出门？”

“我……”

“慕小姐，关于这场联姻的要求，您跟四少不是谈好了吗？既然如此，您怕什么？怕一个双腿残疾的人会夺了您的清白，还是怕四少会自私地霸占您一辈子？慕小姐，四少本性善良，他不是那样的人啊！”

“我……”

“慕小姐，老爷子跟您父亲谈联姻的时候，您父亲一定回家问过您，但是老爷子是最后才通知四少要娶您。娶不娶，四少没得选；退不退，四少一样没得选。四少也是个活生生的人啊，也会开心，也会失落。现在与您青梅竹马的初恋回来了，您就要推掉婚约，将四少一脚踢开，四少何其无辜？”

“我……”

“慕小姐……”

“好了！别说了！”慕天星闭着眼睛大喝了一句，现在才知道，原来这座宅子里咄咄逼人的不仅有卓然，还有曲诗文，他们真不愧是夫妻俩！

“我嫁！我不走！”

慕天星头皮有些发麻。她也不清楚自己这是怎么了，但是想起那把轮椅，想起那双深不可测的眼，她心中不再抗拒，不再挣扎，剩下的，只有对那个男人隐隐的心疼。

“嫂子好厉害！”卓希说道，他和卓然堂而皇之地坐在大厅的沙发上，凌冽坐在轮椅上，就在他们旁边。

他们眼前的液晶电视画面里，正直播着凌冽房间里的动静。

慕天星说这句话之前，整个大厅里的气氛都很紧张。盛夏之时，宅子里始终开着冷气，只是往日里设定的也是这个温度，今日卓家兄弟却觉得大厅里更冷了几分。

直到慕天星在电视里大喊了一句“我嫁！我不走！”后，那种冰冷的感觉才犹如积雪消融般慢慢散去。

凌冽拿起遥控器，关掉了电视，然后提起钢笔，在纸上写下一个字：撤。

将他房间里所有的摄像头全都撤掉。

卓希疑惑地看着他："四少，把摄像头全撤了，您的安全怎么办？那三个少爷可没一个是省油的灯，这么多年，他们明里暗里对咱们下了多少次黑手啊，一次比一次狠！"

凌冽不语，修长的手指捏起咖啡杯递给卓希，意思是让他续杯。

卓希接过杯子，看了眼大哥，道："哥，你劝劝四少啊！"

明枪易躲，暗箭难防。他们挡下的事儿已经不少，就说半年前凌冽在青城落水，就是在他们千防万防之下发生的意外。

现在想想，他们还是一阵后怕，若不是有慕天星，那后果简直难以设想。

不料，卓然却看着弟弟，淡漠道："撤了吧！"

"哥！"

"慕小姐是女孩子，以后在房里生活，我们这样监控着，实在不方便。"卓然说完之后，看了眼凌冽，又道，"四少跟慕小姐单独相处的时候，有些事情，我们看着也不好。"

话都说到这个份上了，卓希才突然明白，他红着脸，面带窃喜地点点头："嗯嗯，我知道了！"然后他转过身，拿着杯子一脸雀跃地往厨房走去，嘴里还欢快地念叨着，"嘻嘻，也不知道小四少什么时候能出来。"

卓然听后，嘴角也跟着微微弯起了一个弧度。

只有凌冽的大手紧紧握住了轮椅的扶手，指甲处都泛白了，不知是紧张，是忐忑或是别的什么。

慕天星仰面躺在大床上，拿着手机给慕亦泽打电话。

她说她暂时不回去了，她很认真地想过了，虽然订婚宴没有举行，但是现在全城的人都知道她要嫁给凌冽了，这时候她打退堂鼓，弊多过利。

慕亦泽他们在慕天星离开后，开了个小小的会。

若要退婚，种种后果似乎不是现在的慕家可以承受的。尽管孟小龙不愿意，但是事实摆在眼前，孟小龙不得不说服自己，再等慕天星几年。

孟小龙接过电话之后，对慕天星说："保护好自己，反正现在我们都还小。慕叔说得对，若是我们彼此认定对方的话，那便是谁也拆不散的，过个几年，若咱们真心想要在一起，总会有办法的。"

慕天星握着手机，心里泛着酸。她能听得出孟小龙在极力隐忍着情绪，他怕她有压力，怕她难过。

沉默良久后，她对孟小龙道："小龙哥，谢谢你。"

孟小龙似乎是笑了，却还是忍不住对她道：“可是，天星，我不愿意失去你，也希望你认清自己的心。不论如何，你若是希望我做你的恋人，便是披荆斩棘，我也会爱恋着你；你若希望我做你的哥哥，便是海角天涯，我也会守护着你。”

听完这些话，慕天星想哭。

后来孟小龙将手机交给蒋欣，蒋欣在手机那头说了一大堆让慕天星好好照顾自己的话，言语间满是母亲对女儿的不舍，搞得慕天星好像已经出嫁了一样。

打完电话，慕天星站在窗前凝视着唯美浪漫的紫薇花海，心里忽然就坦然了，也没什么好怕的了。

“未来的路是靠自己的双脚走出来的，未来的幸福是靠自己的双手去创造的。”

她很坚定地说着，说给自己听。

她身后突然传来一道声音，轻飘飘的一个字：“嗯。”

她惊得一下子转身，便迎上了那一双深不可测的眼。她粉嫩的小脸上有些赧然：“你……你什么时候过来的？”

凌冽转动轮椅朝她靠近，感知到她的紧张后又停下：“我会疼你。”

四个字，像是一道神奇的咒语，禁锢了他一生的灵魂，也明媚了她的春天。

她扑哧一声笑了：“你还真是跟传说中一样，脾气阴晴不定，难伺候！”

他的眸光闪了闪，然后他转动轮椅，背对着她朝卧室外去了。

一整个下午，凌冽跟他的手下都没有再来打扰慕天星。

她在整个宅子里畅行无阻，这里看看，那里看看。其间，她还给珍珍喂了一次奶。

接受了要跟凌冽朝夕相处好几年的命运，她便开始试着接受凌冽。

她在厨房里缠着曲诗文给她做了曲奇跟布丁，然后倒了一杯酸枣汁，大大咧咧地躺在大厅的沙发上，一边看电视，一边吃东西。

不知怎么的，她脑海里浮现出了那一双迷人的眼。

她想了想，终是端着托盘，朝楼上走去。

刚刚打开套房的门，慕天星就看见银色的轮椅被放在一边，凌冽本人则端坐在纯黑色的真皮转椅上，一脸认真地看着电脑。

电脑屏幕背对着门口的方向，以至于慕天星无法窥探屏幕上面的内容。

她眼里透着疑惑：“我一个下午都没见到卓然跟卓希，你是怎么从轮椅上下来，坐在现在这张椅子上的？”

凌冽没有回答她的问题，而是将清冷的目光落在她手中的托盘上，微微挑眉：“给我的？”

她点点头，走过去，小心翼翼地将托盘放在他左手边。

而她靠近之前，凌冽的手指快速动了几下，似乎是关掉了什么页面。

“阿诗姐做的布丁，我觉得很好吃。你一下午都在这里，该饿了吧？”

她把东西取出来，抽走了托盘，冲他暖暖地笑。

凌冽不动声色地盯着眼前的布丁，似乎没有什么食欲。

她却道：“你尝尝看嘛，也许会喜欢的！”

他抬眸看了她一眼，竟真的拿起勺子，俯首，张口吃了起来。

慕天星笑了，转身要离开时，赫然发现，那纤尘不染的地板上，被灯光反射出的图案是……是脚印？！

慕天星僵硬地站在原地，大脑忽然闪现出一种可能……

她猛然转身，目光灼灼，盯着眼前正在吃布丁的男人，一字一句道：“你刚才还没有解释，你是怎么从那张轮椅上挪到这张椅子上的！”

轮椅距离凌冽现在的位置有三四米的距离，而且，偏偏在这段距离中间没有可以让他借力的墙壁、茶几、沙发之类的物体。

慕天星快要疯了，下意识往后退了一步。

眼前这个男人是魔鬼吗？她怎么觉得此刻后背都在冒冷汗？！

凌冽看着她被吓着的小模样，黑眸迅速闪过一丝什么，随后轻笑出声，一脸宠溺地望着她：“家里有后门，卓然他们扶我过来之后，就从后门离开了，是我让他们出去办事的。有什么问题？”

“那个脚印呢，怎么解释？”慕天星走过去，指着那个脚印，还是刚好落在轮椅与书桌之间，朝着书桌方向的脚印。

她忽然想起什么，知道凌冽的奸诈狡猾，抬起清亮的眼看着他：“你的鞋子，左脚的，丢过来！我看看跟这个脚印是不是一模一样的！”

凌冽顿住，脸上的笑容有些僵硬。

半晌后，他有些委屈地开口：“我确实是个残疾人，但也犯不着你这样提醒，你这么做，是在报复我吗？报复我虐待你？”

“我没有，我只是……”

“如果你觉得，不断去提醒一个残疾人他身上的残疾，可以让你有报复的快感……”

“闭嘴！”

慕天星站起身，盯着他：“大叔，你不用这样转移话题，我现在只想要你左脚上的鞋子！”

凌冽沉默，微微眯起眼睛看着她。

那表情一如既往的淡漠，无形中透着巨大的压力。

慕天星见他不动，深吸一口气，鼓起勇气一步步朝着他走了过去："既然你不肯，那么，我亲自帮你脱，你可千万别说我是在欺负残疾人！"

他忽而扬起了下巴，宽阔的后背自然而然地倚靠在椅背上，一副慵懒的模样。他似乎心情不错，安静地等着她过来。

而慕天星，瞧着他就这样好整以暇地等着她，脚下的步子每迈出一步，耳根处的红晕就加深一分。

等到她完全站在他面前的时候，她整张小脸已经红得不像话，堪比诱人的水蜜桃。

她究竟知不知道，她现在的样子娇艳欲滴，美艳得不可方物?

"你别动，我要给你脱鞋子了。"

她刚要弯腰，身子却被一只大手揽进了怀里。她毫无预兆地一屁股坐在他的双腿上，还来不及适应这样的变化，他的脑袋已经凑了上来，在她颈窝处停留了一秒后道："嗯，真香！"

"啊，你浑蛋！"慕天星从来没被男人这样调戏过。

她吓得哇哇大叫，直接从他怀里跳了出去，一溜烟跑出了套房。

瞧着眼前人去楼空的景象，凌冽无奈地叹了口气，清冷的眸光落在不远处那个脚印上，无力苦笑。

他伸手打开右边的抽屉，刚刚换好了一双鞋，某个后知后觉的小丫头又冲了回来，站在他面前瞪着他："你故意的！故意吓走我，想要擦掉脚印！"

凌冽看着她，表情很是无辜："脚印还在那里。"

这丫头，聪明归聪明，就是做事冒失了点，也不先看看实际情况再说。

闻言，慕天星狐疑地扭头看过去，那个脚印果然还在地上。

她银牙一咬，豁出去了一般抱住凌冽的大腿，然后抬头，面色凶狠地警告："不许动！"

他浑身一僵，她的身子太软，好似半年前那日在水里一样。

凌冽任由她抱着他的腿，又脱下他的鞋子。他表现得完全像个木偶，随她摆布。

慕天星捧着他的鞋，那表情就好像捧着全世界最珍贵的宝贝。

她笑嘻嘻地从桌子下爬出来，直奔目的地后，将手里的鞋反过来，跟那个脚印做比较。

凌冽一直沉默地看着她，看着她笑嘻嘻地跑了，看着她一脸认真地蹲在那里，看着她光滑可爱的小脸渐渐失了笑容，又看着她满是震惊地皱起了眉头，露出失望的表情，然后她摇头，可怜兮兮地蹲在原地，抬起水汪汪的眼看着他："不是你的脚印。"

一句话，没几个字，却令人疼进心里。

他忽然就僵住了，甚至有种想为她做点什么的感觉。

他却……终是沉默地坐在原地，淡淡开口："我都说了，不是我的，你不信。"

慕天星站起身，再次走过去，满怀歉意道："对不起。"

她弯下腰，帮他把鞋子穿好。她起身后，有些尴尬地错开眼，看着窗外道："那个，一会儿要吃晚餐的时候，我进来叫你。"

"嗯。"

"卓然他们不在家，我推你下去吧。"

"嗯。"

慕天星走到门口，一路低垂着脑袋。

她小手扶在推拉门上，出去之前，又慢慢地转身看着他："真的对不起。"

她望着他，心里除了内疚，还有遗憾。

长得这般好看的男人，若是能够站起来，该是多好的事情啊。

瞧着他的长腿，他的身高应该会在一米八五以上吧。

她希望自己刚才任性的举动没有在他脆弱的心灵上留下太多伤痕。

凌冽深深地看了她一眼，轻叹了一声："去吧。"

慕天星出去，帮他缓缓拉上门。

她有些泄气地走下楼。在这座宅子里，她没有朋友，没有可以谈心的人。

她不知不觉地就往厨房去，看见了正在用心准备晚餐的曲诗文。

曲诗文一见她，就对她笑："我说吧，四少从来不吃甜点的，你给他送上去，他没动吧？"

慕天星摇了摇头，拖着沉重的步子，走到一边的沙发上坐下来，闷闷地开口："阿诗姐，我今天闯祸了呢。"

曲诗文笑："怎么会，四少是不会跟你计较的。"

慕天星又道："我看见楼上有个脚印，一口咬定是他的，我脱了他的鞋子做比较。"

"什么？！"曲诗文忽而惊呼了起来，花容失色地瞧着慕天星，又看慕天星一副怏怏的样子，努力做了几个深呼吸，小心地问，"结……结果呢？"

慕天星要哭了，眼眶红红的，很是自责地说："结果自然是我错了，那个脚印跟四少鞋子的尺码根本不一样。"

曲诗文长呼一口气，摘下手套，给慕天星倒了杯水，放在她面前的桌子上，道："您不要难过了，四少从小受人嘲笑长大，估计已经习惯了。"

慕天星忍了很久的眼泪，因为这句话一下子就掉下来了。

曲诗文又道："所以，您这样对他也没什么，即便他心里难过，他也不会说出来，只会自己一个人默默忍受着。慕小姐，您真的不要太在意了。"

"呜呜，呜呜呜……"

慕天星开始哽咽了，小肩膀一颤一颤的。

偏偏曲诗文就好像看不见她这副模样一样，又加了一句："唉，四少六岁就开始做噩梦，哭着喊着要妈妈。现在想想，幸亏四少的妈妈不在了，不然，要是夫人看见四少成了现在这副模样，一定会心疼死的！"

"呜哇！哇……"

慕天星的哭声从哽咽变成大哭，她本就自责了，现在想想凌冽从小吃的那些苦，心里更难受了。

曲诗文拿过纸巾给她擦擦小脸，等她哭完了，这才道："以后，慕小姐还是尽可能地对四少好一点吧！"

"嗯！"慕天星吸吸小鼻子，道，"我以后会对他好的，会对他很好很好的！"

曲诗文点点头，转身的一瞬就奸诈地笑了。

虽然慕天星聪明，但她只是一个十八岁的单纯的姑娘，再加上社会经验不足，又是坦荡、磊落的性格，没有半点花花肠子，所以，只要对症下药，还是挺好引导的。

傍晚将至，霞光似锦。

慕天星上楼先看了眼珍珍，又绕到了凌冽的套房门口，不断地徘徊着。

要问她心里在纠结什么？不过就是一句话而已，就是进去见了凌冽后，她开口要说的第一句话。

房里的男人还坐在书桌前，却不再忙碌了，黑亮的眸子像欣赏文艺片一般欣赏着电脑屏幕里浮现出的小身影。

她在门口来来回回晃了快二十分钟了，就是不进来。

修长的手指在桌面上轻叩，他终是点了点鼠标，将电脑关上，也关掉了门外的监控。

"咯咯！"

"咯咯咯！"

下一秒，半圆形推拉门从外面被拉开，那抹小身影一脸焦急地蹿入他的眼帘。

"怎么了？"她跑过去，小脸憋得有些红，盯着他捂着胸口的大手，"又咳嗽了？是感冒还没好吧？怎么办，我没有带感冒药过来呢，你家里有吗？还是让医生过来看看？"

黑眸锁紧她喋喋不休的小嘴，凌冽的喉结上下滚动了一下："有点饿。"

“哦，哦，好！”

慕天星这才想起来，她上来本就是叫他下去吃饭的。

她苦于不知道第一句要说什么，所以在门外挣扎了好久。现在，她看着凌冽的情绪也没曲诗文说的那般夸张，心下不免松了口气。

淡淡的笑意浮现在嘴角，她的眼睛又亮了起来。

原来他也不是那么可怕，她面对他也不是那么尴尬。瞧吧，她刚才犹豫半天的事情，不是已经解决了吗？

凌冽漆黑的眼往她上扬的嘴角上看了一下，放在胸口的手就这样松开了。

慕天星把轮椅推了过去，却又有些迷茫地看着他：“我可能抱不动你，你的胳膊能使劲吗？”

她记得之前都是卓家两兄弟合力将他扶上轮椅的，她这个小鸟依人的身段，怎么可能跟两个大男人比？

凌冽挑眉，深邃的目光像黏在她的身上一般，半天不语。

她有些着急，被他这样看得有些不自在，跺了跺脚，然后瞪着他：“说！”

“咯咯。”凌冽又咳了起来，语气甚至带着几分无辜，“你别这样瞪着我，也别这样凶我，我现在生病了，感冒了，卓然他们都不在我身边，你这样，我会害怕的。”

慕天星：“……”

凌冽又道：“你不要欺负我。”

“你！”

慕天星咬牙，刚要上前一步，却看见因为她的靠近，某男的身子忽然向后缩了缩，甚至抬起一只手臂挡在脑袋上，以防她对他动手一样。

“我就那么凶吗，你干吗这么害怕？”

她心里很怀疑这个男人是不是装的，但是她开口说话时的音量明显降了好几个分贝。

真是温柔啊，某男的嘴角扬起若有若无的弧度。他渐渐放下手臂，却一脸戒备地盯着她。

慕天星撇撇嘴，伸出手去扶住了他的胳膊，道：“你把身体重心尽量往我这边靠，轮椅这么近，你再撑着书桌借点力，我试试把你扶到轮椅上去吧。”

“好。”

他任由她白嫩的小手扶着他的胳膊，听她的话双手撑在了书桌上。

慕天星从他侧面试着拔萝卜一样拉他，却发现这样根本没用。

他的身子稳稳定在原地，一动不动。

她又试了几下，从左边换到右边，又从右边换到左边，还是不行。

她累得满头大汗，懊恼地抱怨着：“你的屁股是不是长在凳子上了？还是被胶水粘上了？”

凌冽轻叹了一声，看着她：“我下半身没有知觉，让你受累了，抱歉。”

闻言，慕天星脸上闪过一丝内疚，小声嘟囔着：“我就是……就是心急而已，怎么老是拉不起来呢？”

凌冽似乎没有在意，而是耐心地给出建议：“不然你站在我前面，面对着我，双手从我的腋下穿过，试试这样抱着我起来？你每次都是侧面拉着我，想把我提起来，但是，效果你也看见了。”

她凝视他的眼，从他眼中看见了真诚。

她点点头，信以为真，钻到他与书桌之间，面对着他，双手一点点向他伸过去的时候，不自在地说：“我不是故意占你便宜的。”

“嗯。”

她双手从他的腋下穿过，努力抱起他，他的双手似乎在用力撑着椅子的扶手。

起来了，起来了，一点点起来了。

慕天星心里得意扬扬，完全忽略了两人的身子正紧紧贴在一起。

忽而凌冽的双臂如失了力般，整个身子往身后的椅子上跌了回去，双手像是紧急之下才抱紧了她的腰，他坠下时将她的身子一并捞入怀里。

四唇相接，慕天星还没反应过来，小嘴已经落入了某男的口中。

大脑混沌一片，慕天星完全是蒙的。

唇上的触感热热的，嘴唇好像还被什么东西轻轻啄着，舔着。

她的理智刚刚要回归，腰上的一只手就慢慢移到了她的脸上，并轻轻遮住了她的双眼。

一股清清淡淡的紫薇花香气萦绕在她的鼻间，是从身下的男人身上散发出来的。她惊慌地想要撑起身子，却发现身下的这副身体比孟小龙的更为宽阔、健硕。

有什么滑进了嘴里，像是一条小蛇，游走在她的口腔里。

她努力想要睁开眼，无奈眼前的那只大手牢牢禁锢着她，令她躲闪不开。

她脑海中忽然就浮现出半年前在青城水库的那一吻来。

那一次说是吻，又不是，她明明是在给他渡气。

直到舌尖传来隐隐的疼痛感，她这才用力偏过了脑袋，蹙着眉，张着嘴，像是吃了很辣很辣的东西一样。

凌冽用疼惜的眼神看着她，关切道：“弄疼你了？”

她恼羞成怒地推开他，逃到了距离他两米开外的沙发上，愤愤道：“流氓！色狼！浑蛋！”

她好心扶他下去吃晚餐，他却趁机占她便宜！

这家伙简直太坏了！

凌冽却慵懒地靠在椅背上，幽幽的目光扫过她的嘴唇，眼神似乎带着些意犹未尽。他对她的指责不以为然："可是刚才，你不是挺享受的吗？"

"我……"

慕天星咬牙切齿地转身，然后大步离去。

他孤零零地坐在书房里，凝眉深思了很久。窗外的晚霞渐渐被夜色所吞噬，他凝视着远处惨淡的一轮弯月，终是拿起手机，给卓希发了一个字。

楼下——

曲诗文等了很久，一直没有上去打搅四少跟慕小姐。她以为时间拖得越长，四少跟慕小姐的感情就会更深，却没想到，慕小姐一个人下来了，下来后坐在了餐桌前，也不等四少，便狼吞虎咽起来。

慕天星端着碗，拿着筷子，一顿狂扫。她记得之前凌冽说过，他饿了。

所以，她就是故意的，故意把一桌精致的菜肴用筷子戳得乱七八糟的，自己还大口吃着菜，不想给他留下半点菜。

一碗汤下肚，慕天星还是很难受。

明明吃了那么多东西，酸甜咸辣什么味道都有，偏偏掩盖不住那个男人嘴里的紫薇花香。

她摸着圆鼓鼓的小肚子，半晌后，无力地看着曲诗文："阿诗姐，四少平时喜欢喝用紫薇花泡的茶吗？"

曲诗文愣了一下，不明就里："怎么了？"

"有吗？"

"没。"

"那紫薇花做的饼呢？"

"没。"

"怎么会这样？"

得到答案的慕天星一脸失落，耷拉着脑袋坐在那里，像是泄了气的皮球。

曲诗文笑了笑，道："紫薇树全身都是宝，紫薇花煎水可以清热解毒、止痛消肿、活血止血；紫薇的根可以治疮毒，叶治白痢；紫薇花的种子可以做天然的农药，驱杀害虫。不过，紫薇用处多是一回事，四少用不用得上是另一回事。"

言外之意，四少没用紫薇花泡水喝，是因为没有必要。

慕天星没想到曲诗文懂这么多，瞧着她的眼神里又多了一丝崇拜，却又困惑地望着她："那为什么人的嘴里会有紫薇花的香气呢？难道是外面的花香飘了进来，把他的嘴巴、舌头全都熏香了？"

话音刚落，曲诗文就激动起来，宛若初恋的少女见到了心慕已久的爱人。她双手合十，放在下巴处，双眼放光地小声道：“你……你你你……你跟四少kiss了？！”

慕天星傻傻地看着她，忽而意识到自己刚刚说了什么。

大大的窘字从天上砸了下来，直接砸在慕天星的脑门上。

“我……我我我……我没有！”她站起身，看着曲诗文这副模样，有些拘谨地往后退了两步，“我们怎么会kiss呢？他那么毒舌，不会的，不会的，没有！”

连连摆手的小丫头在不断后退的过程中撞到了什么，侧身一看，凌冽深不可测的眼就这样直直盯着她。

汗！

不是这么倒霉吧，这家伙是什么时候过来的？

卓希拉着凌冽的轮椅往后退一步，微微笑着道：“慕小姐，有没有碰到哪里？”

慕天星摇头，刚要开口，却听见一道淡漠的、带着一丝不悦的声音响起：“怎么，跟我接吻就这么见不得人吗？有必要否认得这么彻底？”

雷神啊，劈死这个男人吧！

慕天星有种想要遁地却苦无技艺的无力感。

她下意识捂住了自己的嘴巴，又放开。她瞪着他，眼神不是一般凶狠：“你还好意思说？你流氓！你浑蛋！你下流！你无耻！”

“白白送上来的小嘴儿，又香又软，我不吃？”

“你……你你你！”

他挑眉，脸上浮现出格外无辜的神色，困惑重重地望着她：“我只是下半身残疾而已，上面又没问题。”

轰！

慕天星的“三观”啊，就这样被他摧毁了。

她捏紧了拳头，来来回回在原地转了好几个圈，心头的郁结之气久久无法排出。小宇宙就要爆炸了，她还没有办法对着他发泄。

因为他总是那样扮猪吃老虎，一个不小心，她就会被扣上欺负残疾人的帽子。

忍……忍不住啊！

卓希有些同情地看着慕天星抓狂的样子，俯首对凌冽道：“四少，慕小姐整个人都不好了。”

凌冽却微微偏过了头，欣赏她抓狂转圈的样子，就好像在欣赏一部文艺片：“嗯。”

等到慕天星终于平复了心情，不打算跟他计较的时候，她耳畔又传来一道幽幽的声音：“真是可惜了。”

慕天星没理他，迈步就要上楼。

跟他待在一起，她还不如上楼去陪珍珍。

谁知，某男又有些欠扁地开口道：“上午在慕家吃的那碗红糖水煮蛋，应该跟你一起吃的。我吃鸡蛋，你喝红糖水。也许这样，你的经期综合征会好一点。”

慕天星站在台阶上，一脸不可思议地盯着他：“经期……综合征？我……”

“难道不是？”凌洌望着她，又道，“刚才你走之后，我在网上搜了很多资料，才确定你这样时不时就暴躁是因为‘大姨妈’——”

“凌洌！我要杀了你！”

慕天星愤怒的嘶吼声震动了整座宅子，就连在楼上小厅里打盹儿的珍珍都被吓到了。只听见“喵”的一声，珍珍蹿了下来，躲在台阶后面张望着。

凌洌却从容不迫地看着她：“难道不是？”

“当然不是！”

慕天星几乎用飞的速度冲了过去，双手紧紧摁住他的双肩，大有一种真的想要掐死他的气势：“我没有经期综合征！没有！没有没有！”

“你现在的样子很像呢。”他挑眉，不解道，“讳疾忌医的故事我听过，你确定不用去看看医生？”

慕天星不说话了，因为两人凑得很近，所以她敏锐地捕捉到了男人黑眸里戏谑的光芒。

“你就是故意的！”

“不是。”

“是！”

“不是。”

“你！”慕天星放开他。

她被他气得差点再度暴走。她是不是倒了八辈子的血霉，才遇上这么个难搞的家伙？

轮椅上的男人却微微勾唇，似在安抚她的情绪：“讳疾忌医可不好，你也不要太过担心，我不会因为你身体上有些小问题就嫌弃你的。”

“你！”

“你老说你没有经期综合征，可有什么方法可以证明？”

“当然！我例假是每个月的二十八号，非常准时！现在才十八号，哪里来的‘大姨妈’？！”

“哦！”

一番对话后，慕天星这才缓了口气。

可是，轮椅上的男人却凌厉地扫一眼四周，对着他的几个手下认真道：“记住了吗？每个月的二十八号！”

曲诗文：“记住了！”

卓希：“记住了！”

慕天星：“……”

凌冽自己推着轮椅朝着餐桌而去，瞧着一桌子的残羹冷炙，无奈地拧了下眉，目光柔和地落在慕天星的小脸上，道：“其实，我在网上还查到一种跟你现在的症状极为相似的病。”

啪！

啪！

啪！

那是捏响手指关节的声音。

不是凌冽捏的，而是慕天星。

她眯起眼，咬着牙，凶巴巴地盯着凌冽，有一种他敢狗嘴里吐不出象牙，她就敢打得他满地找牙的意思。

凌冽却似乎没看见她快要爆炸的样子，温和地开口：“你不会是更年期提前了吧？”

众人绝倒。

凌冽又道：“听说前阵子上映了部电影，叫作《我的早更女友》，有机会一起看看吧！”

慕天星：“……”

曲诗文都有些忍不住了，四少也太毒舌了！

不就是人家小姑娘不承认跟他kiss吗，至于这么生气，这么气人家吗？

看人家小姑娘初来乍到，孤零零的也不容易，曲诗文索性开口打破了这样的气氛，道：“四少，我去重新给您准备晚餐吧。今天新到的鹅肝很不错，要配哪个牌子的红酒？”

凌冽摇头，伸出白皙的手，端起慕天星用过的碗，递给曲诗文：“盛饭。”

曲诗文怔了一下，不确定道：“用……慕小姐用过的碗？”

“嗯。”凌冽点点头，看着一桌残羹冷炙，似乎很不情愿却又无可奈何地摇头叹息，“小丫头不喜欢我浪费，为了让她开心，以后，咱们紫薇宫的吃穿用度都节约着点吧。”

卓希：“是。”

曲诗文：“是。”

慕天星没再理会他。

她走到台阶前抱起了珍珍，带着它上楼去了。

今天发生的事情太多了，她需要静一静，也需要好好想想对策。

这个凌冽，心肝绝对不是一般的黑。未来的路还长着呢，她绝对不能就这样一辈子被他牵着鼻子走，也绝对不能这样一辈子被他打压，还毫无还手之力。

瞧着慕天星翩然离去，曲诗文站在餐桌前，忍不住道：“四少，慕小姐初来乍到，年纪又小，有时候该让的还得让，该哄的还得哄。”

追女孩子，不能一味地气她啊。像今天这个样子，再气下去，只怕媳妇都被四少气跑了。

凌冽端起慕天星用过的碗，拿起她用过的筷子，吃着她吃过的菜。开始吃的时候，他动作还很缓慢，可是后来渐渐加快了速度。

等到他将她剩下的饭菜全部消灭，放下餐具的一瞬，他看着曲诗文：“你今天给她喝用紫薇花泡的茶水了？”

曲诗文诧异：“没有啊。”

凌冽挑眉：“那么她口中怎么会有紫薇花的香气呢？”

曲诗文扑哧一笑：“想来是你们当时相处的气氛不错，才会觉得对方口中的一切都是美好的。”

卓希也跟着笑了。

凌冽轻叹了一声，抬眸瞧了一眼楼梯的方向，对着卓希道：“陪我去后面一趟吧，通知公司高层，十五分钟后开会。”

“是。”

卓希推着凌冽就要往宅子后面去，曲诗文想了又想，还是再度开口，道：“四少！”

凌冽扭头看她。

她微微笑着：“我也是从少女时代过来的，知道少女对待爱情都会有自己的小幻想。四少若是真的珍惜慕小姐，想要将慕小姐的心牢牢拴住的话，就要尝试换一种方式跟慕小姐相处一下。您这样总惹她生气，只怕会把她越推越远的。”

卓希忽然想起什么，道：“她还有个和她青梅竹马的孟小龙在慕家等着她呢！”

凌冽闻言，若有所思。

好一会儿后，他如孩子般委屈地抱怨起来：“哪里是我在气她，分明每次是她先气我，我才会忍不住反抗的。”

他抬手打了个响指，让卓希继续推着他往后门而去。

窗外，阵阵花香弥漫，夜色渐浓。

慕天星抱着珍珍，一边欣赏着月色，一边向珍珍喋喋不休地诉说着自己的心事。

“你说气不气人，他居然真的吻了我！我可是好心想要帮他坐上轮椅，然后去吃晚餐的……他吻技实在太差了，我舌头都被他咬到了！话说回来，我也没什么经验，以前小龙哥亲我，都只是亲亲我的额头。”

她只觉得窗外的风儿沁凉舒爽，却不想，刚刚从后门被推出来的男人刚好从她的窗下经过，将她的心事全都听了去。

她的声音清甜、清脆，让他的世界都变得安宁。

凌冽抬手示意卓希停下。

月色下，少女细细诉说着心事，他变成了她最忠实的听众。

吃定你，一辈子

第四章 Little wife

通知公司高层十五分钟后召开会议的，是凌冽；在窗下披着星光窃听少女心事一个小时的，也是他。

整个过程中，卓希不敢打扰凌冽。卓希的手机在口袋里振动个不停，全是坐在会议室里等不及的那帮老狐狸打来的，他们不敢直接问凌冽便来骚扰卓希。

待凌冽终于出现在某一幢大宅的会议室里，整个会议室的男男女女都站了起来，彬彬有礼地看着他，齐声道：“四少。”

灯光洒在凌冽修剪过的精致短发和轮廓完美的下巴上，凌冽微微颔首。当卓希把他推到会议室里象征着最高权力的位置上时，他微微抬手，众人落座。

卓希代替凌冽开口：“下午有人告诉我，幻天乐器在江北一带销量下滑，十五家乐器行纷纷关闭了，具体是怎么回事？”

轮椅上的男人用幽幽的目光扫了一圈会议室，神色带着一丝不耐烦。

众人始终面色紧张。

右手边第三顺位上的中年男子起身，有些严肃地开口：“四少，是这样的，江北最近成立了一个江北乐器协会，但凡国内有点知名度的乐器厂都加入了那个协会。几个乐器厂的老大对各自旗下产品的价格、成本、性能方面都做了调整，想要携手垄断江北一带的乐器市场，将来所有乐器的价格都由那个乐器协会的会员决定。”

中年男子身侧的一名男子跟着站了起来：“四少，他们美其名曰为了更合理地分配经济资源，为了完善全国的乐器市场，为了提高乐器的制作水平，从而带动一方的经济发展，甚至传播精湛的制作乐器的技艺。但是，说白了，他们就是想要垄断市场，牟取私利。”

凌洌听得很认真，指尖轻轻抵着鬓角，偏着脑袋沉思，这是他开会的时候惯用的姿势。

仿佛世间万物摆在他的面前，被他这样思忖一遍，其本质都会水落石出。

二人说完后，卓希俯首在凌洌耳边道：“四少，上个月的时候，那个乐器协会的某个负责人还给我们发过邀请函，邀请幻天乐器厂加入他们的协会，只是被您一口拒绝了……”

凌洌懂了，那个所谓的乐器协会的态度摆明了就是：顺他者生，逆他者亡。

只怕这段时间里，被迫歇业的乐器品牌不只是幻天，还有很多别的品牌。

幻天最早是在新加坡盛产红木的德光岛建厂兴起的，到现在已经有半个世纪了，品牌的年头比凌洌的年纪还要大，旗下店铺更是遍布全球。

关闭十五家店铺不算什么，但是，如果现在不做出反击，后面肯定就不是十五家店铺被迫关闭这么简单了。

卓希瞧着凌洌沉思的表情，心里在打着鼓，暗想协会那帮人真是活腻了，四少手中产业众多，唯独对幻天的事情最为小心谨慎，哪怕是幻天的招牌上染了一点点的灰尘，四少都恨不能亲手擦拭干净，更别提那帮狗东西居然联合抵制幻天在江北的十五家分店了。

卓希又对凌洌耳语：“明日让哥哥用小金卡……”

话还没说完，凌洌就给了他一个凌厉且鄙夷的眼神。

那表情仿佛在说：这么点事情就要动用小金卡，简直大材小用。而卓希的内心几乎是崩溃的。

上次只是为了知道慕小姐在酒店里待了十五分钟是在干吗，就动用了小金卡，现在幻天出了事，动用小金卡反倒成了大材小用？

但见凌洌修长的手指在桌面轻叩，宛若演奏着钢琴曲。

片刻后，他抬手对着卓希打了个响指，卓希又开始下一个议题。

折腾了一整天，加上前一夜没怎么睡好，慕天星一直都在犯困。

面对陌生的大宅，虽然处处是她喜欢的蓝色，但是毕竟还是陌生的，她没有强大到面对不可预知的未来和陌生的居住环境，还能彻底地放开自己。

她搂着珍珍在猫窝边说得累了，盯着天上的繁星，有些想家了。

咚咚……

她扭头，曲诗文微笑着站在小厅的门口处望着她：“慕小姐，时间已经不早了呢。四少还没有回来，只怕还要等好一会儿，您要不要先回套房休息？”

慕天星打了个呵欠，放下手里的珍珍，起身去睡了。

她真的不想在凌冽的床上睡觉，但听见曲诗文说，凌冽好一会儿都回不来，她才彻底放了心。

她知道，就算凌冽那个黑心肝的人骗她，曲诗文也不会骗她的。

慕天星来到海蓝色的衣柜前，从里面取出一套睡衣，溜进了浴室开始洗澡。

片刻后，她吹干了头发。从浴室里面出来已经累极了，她却没有立即上床休息，而是走到外面的书房里，拿了床小毯子，在属于她的那半边书桌上趴下，盖上毯子睡着了。

这种睡觉的方式对她来说不难接受，过去上中学的时候，中午小憩，她跟她的小伙伴们都是这么睡的。

时间悄然飞逝，一室静谧。

慕天星这一觉睡得沉，睡梦里，有一双有力的大手将她抱了起来，轻而易举的姿态宛若她抱着珍珍。

她还做了一场美梦，梦见自己穿着比基尼泡在大海里，仰泳、蛙泳、自由泳……她想怎么游就怎么游，玩得畅快淋漓。

梦里似乎还有人时不时在叹息，还会将温暖的沙子撒在她的身上。

她有两次迷迷糊糊地睁开眼，周围是漫无边际的黑暗，唯有耳畔似有天使在呢喃，安抚她所有不安的情绪："乖，睡吧。"

天蒙蒙亮，慕天星就醒了。

没人知道，她是被尿憋醒的。

因为前一晚在小厅的时候，她抱着珍珍喝了太多的酸枣汁。

偏偏，她一睁眼，凌冽那张完美无缺的脸就放大在她眼前，他的一只手轻松、自然、优雅地搭在她的小香肩上。

被窝下，他的另一只大手正按在她的小屁屁上，半拥着她，而她整个后背紧紧贴在他的胸前。

这是什么情况?

慕天星的大脑瞬间短路，她被眼前的画面吓着了，一个没忍住，便感到双腿之间一股热流喷涌而出。

"啊……"

慕天星的尖叫声瞬间响彻整座大宅。

男人幽幽地睁开眼，便看见缩成一团的她花容失色。他温热的手掌还在她半边小屁屁上，刚要动，却惊觉了什么不对劲的地方："你……"

睿智如斯，他瞬间眯起了好看的双眸，有些惊奇地说着："你……尿床了？！"

某女吓得闭着眼大吼：“不是！是‘大姨妈’！”

说完，她缩紧了双腿，怕他会看。

他显然不信：“‘大姨妈’？”

“嗯！”她连连点头，却听他轻嗤一声：“不知道谁说过，自己的例假是每个月的二十八号，非常准时？”

感觉在小屁屁上的大手缓缓下滑，甚至有要一探究竟的趋势，慕天星如条件反射般地从床上跳了起来，拉起两人身上的薄被躲到了床边。

可是，谁来告诉她，为什么这个男人的手臂会这么长？

她那么用力防守，他一个动作就将裹在她身上的被子轻而易举地扯走了。

清晨的阳光带着淡淡的金色，空气里没有浪漫的紫薇花香，有的只是刺鼻的尿味，一室尴尬。

“My God！”

凌冽双眼一闭，难以置信地发出一声感叹。

凌冽似乎觉得一句话并不足以表达他此刻的心情，还追加了一句：“你还真是让我大开眼界。”

但见小丫头浅蓝色带着花边的睡裤被透明的液体润湿了一大片，床单、被褥全都湿了一大片，就连凌冽的大手也没能幸免于难。

她这泡尿，该是有多猛？

凌冽一脸头疼地盯着眼前凌乱的场景。

“怎么办呢，母婴店里似乎没有那么大的尿不湿呢，你睡觉前没有去洗手间？还是说，以后每晚睡觉前，我都要定个闹钟，起床给你把尿？”

“把尿？”

慕天星下意识回了一句，成功将男人看着床单的视线吸引到了她瑟瑟发抖的小身影上。

怎么办？

怎么办？

她不会双节棍，无法打通任督二脉。

怎么办？

怎么办？

如果她有轻功，能飞檐走壁……

她满脑袋天马行空的想法，苦于无法施展。

“哇！呜哇！”

慕天星忽然一屁股坐在床上，蹬着白嫩的脚丫子，仰头大哭起来。

晶莹的泪珠像断了线的珍珠，不断滚落，雷声大，雨点也足，小肩膀抖动的架势，仿佛暗示着后面还有更大的暴风雨呢。

凌冽刚要开口，便听她一边哭，一边解释道：“呜呜，我才没有尿床的习惯！我……呜呜，我是一睁眼就看见……看见你，被你吓到了！我……我本来……呜呜，我本来就是被尿憋醒的！浑蛋！为什么我这么倒霉？！为什么我要遇见你？！呜呜，呜呜，我上辈子到底干了多少缺德事，老天爷干吗要这样对我？呜呜，我是被尿憋醒的，是你吓到我，我才没忍住，呜呜。”

凌冽瞧着她，知道她爱穿裙子，所以给她准备的衣服基本都是裙子。

但是，她在柜子里还是挑了套纯棉海蓝色小碎花的短袖加长裤当作睡衣，足见她还是懂得自我保护，并不是个很随便的女孩子。

莫非，他那般强行抱着她睡觉，真的把她吓着呢？

瞧她那小模样，哭得惊天动地的，要多惨有多惨，要多委屈有多委屈。

可是怎么办呢？他根本不会因为她流的这一公斤的眼泪，而放弃每晚抱着她睡觉的福利。

每天这样好吃好喝地养着她，不收点利息就太亏本了。

空气里传来一声轻叹，他缓声开口，语气带着些许讨好，温柔地哄着：“乖，不哭了。”

他从床头柜上抽出几张纸巾递过去给她。

她接住纸巾，一边擦眼泪，一边道：“呜呜……都是你害的！”

“是是是！”

“呜呜，都是你吓我！”

“是是是！”

“呜呜，都是你！”

“是是是，都是我，都是我，什么都是我，不哭了……”

好半天后，小丫头倒是真的不哭了。

只是她红肿着一双眼，面对他盘腿坐着，看着他，威胁道；“我……我尿……嗒嗒，刚才早上发生的一切都不许说出去，要保密！”

聪明伶俐、美丽大方的她居然尿床了，要是传出去，太有损她的形象了。

凌冽瞧着她那副凄惨的小模样，仿佛他说一个“不”字，她就能立即灰飞烟灭了。

他点点头，无奈道：“好，保密。”

她顿时就笑了，那笑容堪比窗外的紫薇花，粉嫩烂漫。

她几乎飞奔着冲到衣柜前，随便抽走了一两件衣服，拖鞋都顾不上穿，便扎进了洗手间里。

很快，淅淅沥沥的水声传来。

凌冽刚刚轻叹了一声，又听见除了水声外，还有一道欢呼雀跃的女声，跟着传过来的是——

“我爱洗澡，皮肤好好，嗷嗷嗷。戴上浴帽，蹦蹦跳跳，嗷嗷嗷。噜啦啦噜啦啦噜啦噜啦咧。”

他重重地叹了口气，紧抿的嘴唇忽而弯起，如暴风雨后的一道彩虹。他随即摇头苦笑：“怎么偏偏看上了这么个活宝？”

慕天星光彩照人地从浴室里走出来后，发现大床上已经没了凌冽的身影。

不仅如此，被她弄得一团糟的床单、被子什么的，全都换了新的。

她走上前，弯腰摸了摸，被子好软好暖，有阳光的味道。

“慕小姐，四少说，您若是洗漱好了就下去一起用早餐。”

卓希忽然开口，站在门边对着她笑。

慕天星像做贼心虚般，总觉得别人此刻对她的笑是别有深意的，也不知道凌冽会不会真的帮她保密。她耍起小聪明，故意试探：“刚才的床单什么的……”

卓希愣了一下，又笑起来，道：“慕小姐不用担心，那些会有人处理的。只是以后还是尽量不要把珍珍带上床了，它太小，尿了床倒没事，但万一不小心被压扁了就不好了。”

“珍珍……尿的，哦。”

她若有所思地点点头，又歪着脑袋，研究了卓希的表情好一会儿，确定眼前的人不像是骗她的，这才长长呼出一口气。

事实上，她一大早发出那么尖锐的叫声过后，别说卓希了，就是卓然他们夫妻俩，也匆匆赶到了凌冽的卧房门外，不怕她有事，只怕她对四少做过分的事。

所以，嘿嘿，他们不是故意的，而是老天爷很不厚道地让他们全知道了，却被凌冽严厉地命令，不许向她提及他们已经知道她尿床的事。

紫薇花香萦绕，花瓣飘落。

慕天星跟凌冽四目相对，她有些羞涩，耳根染上紫薇花一样的淡红。

她怎么都没料想到，今天凌冽会让人把餐桌抬出来，跟她在院子里一起用早餐。

想起清早发生的事情，慕天星瞧着凌冽的眼神有些崇拜。她都那么丢脸了，他还真给她保守秘密呢。

一言九鼎，真男人！

曲诗文将两份烤鳕鱼排分别放在凌冽跟慕天星的面前，微笑着道：“四少，慕小姐，慢用。”

“谢谢。”慕天星赶紧道谢。

慕天星回眸的时候，不经意间瞥到了凌冽帅气到人神共愤的脸，忍不住去想，如果他能站起来，这样好的男人，应该是轮不到她嫁的吧？

其实，慕天星就是这样单纯的性子。

前一秒她还恨那个人恨得咬牙切齿，但是下一秒，只要那个人对她好一点，她就会把那个人对她的好牢牢记在心上，之前的怨恨一笔勾销。

蒋欣总说她这样好了伤疤忘了疼的性子容易吃亏。

可是慕亦泽说，人生在世，烦恼多，能释然也是一种本领，何必跟自己过不去？

这样的天时地利人和，凌冽似乎很是享受。

他没有立即用餐，而是大大方方地坐在她对面，漆黑的眼就这样毫不掩饰地盯着她，仿佛她的身上有磁场，一颦一笑都吸引着他，他无论如何都挪不开目光。

眼下，她拿起精致的餐具，将鱼排切成了一块一块的。

她为了表示感谢，以及对残疾人的关爱，站起身，双手端着自己的盘子递过去："大叔，给。"

凌冽嘴角一弯，黑眸绽放出绚烂的光彩，接过她手里的盘子，便将自己的那份递了出去。她接过，再次切割起来。

卓然他们都站在不远处静静瞧着，眼下的氛围实在是太好，若是四少跟慕小姐能够这样一直和谐共处下去，想必他们相爱会是迟早的事情。

凌冽动作优雅地吃了一块，口齿留香。

他放下餐具，在纯白的纸上写下一句话，递给她：喜欢什么颜色的婚纱？

她看了一眼，有些恍惚："难为你还能想到这个，不过，我都无所谓的，我对这个不是很在意。"

一句话说完，刚才和谐的氛围瞬间被打破了。

凌冽柔和的眼眸仿佛蒙上了一层冰冷的霜，华贵的万宝龙钢笔在他的指间承受着巨大的压力。

随后，他紧抿着唇，在纸上又写下一句：因为我不是你想嫁的，所以你对婚礼的一切都不抱有期待，是不是？

慕天星没想到他会这么问，不过，他说的是事实啊："呃，你也不用太过认真了，反正我们之间本就没有感情可言，婚礼的事情你也别放在心上。我想，倩姨应该会准备，她现在不是凌家主母吗？他们怎么安排，我们就怎么来好了。"

她很坦诚，很磊落。

凌冽盯着她半晌，除了真诚，没有看出其他。

可就是这份真诚，也不知伤了谁的心，更让曲诗文他们也跟着黯然神伤了起来。

他们还以为经过昨天，四少跟慕小姐亲吻过，又在一张床上抱着睡了一夜后，感情会有质的飞跃呢，怎么现在看起来，一切都像是回到了原点？

凌冽深吸一口气，瞧着眼前的早餐，忽然拿起了餐巾擦擦嘴，对着卓希打了个响指。

卓希当即上前，不顾慕天星错愕的眼神，将凌冽推回了屋子。

卓然也跟着上前，对着慕天星道："慕小姐，四少未来几天会离开M市，您在紫薇宫的一切，阿诗都会照料的。慕小姐，早餐很丰盛，慢用。"

慕天星完全不明白这是怎么回事，诧异地盯着对面空落落的椅子，然后拉住了曲诗文："阿诗姐，他们这是怎么了？"

曲诗文瞧着几个男人离去的背影，轻叹了一声，重复着自己丈夫离开时的话："慕小姐，早餐很丰盛，慢用。"

"他不在这里的话，我可以回家吗？"她只好站起来，也没有吃饭的心情了。

反正她留下是因为凌冽在，现在那家伙要离开，她留下也没意思，还不如回家呢。

再说，孟小龙应该还没走，过几天孟小鱼也要来了，她有属于自己的朋友圈，也想要跟小伙伴们玩闹，更想要赖在父母怀里撒撒娇呢。

曲诗文看出她眼中的渴望，有些抱歉地道："不行，没有四少的吩咐，您不能离开紫薇宫。"

慕天星就知道是这样，所以，她得到回复后拔腿就跑。

凌冽离开这里没过多久，现在人还在宅子里，她倒不如自己去问问他。

客厅——

在昨晚开完会后，卓希就给凌冽准备好了出差用的必备用品。

这会儿他正提着两个大大的行李箱出来，一个黑色的，一个粉蓝色的。

他有些不确定地看着凌冽："四少，昨晚不是决定了要带着慕小姐一起出门的吗？现在真的要把她一个人留下吗？她是那样活泼的一个人，闷在家里好几天，受得了吗？"

凌冽冷冷地看了他一眼。

只一眼，就让卓希迅速闭了嘴。

卓然小心翼翼地开口："四少，慕小姐应该还没有去过H市，您一年才去一次。马上就要举行婚礼了，是不是该让慕小姐去夫人的墓前祭拜一下，也让夫人看看她？今后有她陪着您，夫人在天之灵也能得到安息。"

凌冽闭上眼，听完了卓然的话，表情似在挣扎。

后天是他母亲的忌日，他母亲是为了救他才溺死在水中的。

那个住在山顶别墅的老爷子，总说最爱的就是他的生母。可事实呢，他母亲每年的忌日，去他母亲的墓前祭拜的人只有他自己。

凌冽清亮的眼睁开，刚要开口，但见一道水蓝色的身影已经蹿了过来，猫儿一般来到他的面前蹲下，眼巴巴地仰望着他。

“大叔，你要出门的话，我想先回家去，可不可以？”

凌冽深深地看了她一眼，轻声问：“如果……我想要你陪我去呢？”

慕天星愣了一下，继而吐吐舌头，鬼灵精般笑起来：“你的事情我又没参与过，也不懂，去了只会给你增加负担，我还是回家吧，小龙哥还在我家里呢。”

瞧着慕天星没心没肺的小脸，卓希真是不知道说什么好。

他瞥了眼脚边的粉蓝色行李箱，刚要开口帮凌冽说些挽留的话，卓然却已经抢先一步开了口：“慕小姐，在自己未来的丈夫面前提及想去见青梅竹马的恋人，您觉得合适吗？”

她似乎愣了一下，然后看着凌冽。

凌冽的眼如浩瀚的大海，迷离而莫测，刹那间，他眼里闪过的情绪令慕天星有些看不懂。

她双手搭在他的膝盖上，撒起娇来：“我们本来就是有约定的啊，你忘啦？大叔，以后我们不吵了，好不好？如果我有什么地方你觉得不满意，你说出来，我可以改啊。我们尽量和谐共处，一起愉快地过完这几年，好不好？”

卓然冷冷地瞪了她一眼，亏他刚才还在想办法让四少带着她上路，现在想想，他都替四少不值。

瞧吧，她根本就没想着要跟四少过一辈子。

凌冽将她搭在他膝盖上的小爪子拂开。

白皙的大手微凉，明明没用多大力气，却让慕天星感觉到他在生气。

“大叔，我不想再跟你吵架了。”她皱起了眉头，似乎也生气了。

凌冽却不理她，对着卓希道：“走！”

卓希上前推着他的轮椅，卓然上前提起黑色的行李箱，三个男人就这样从宅子里离开了。

慕天星嘟着嘴，生着气，眼睁睁看着他们上了车，然后从她眼前离去。

这一整天，慕天星在紫薇宫无所事事，玩电脑玩累了就看电视，看电视看腻了就睡觉了，一觉睡醒了，就吃吃喝喝，不然就是抱着珍珍一起玩。

日落西山，晚霞的余晖将紫薇宫外的花都染成了彩色的，如梦似幻。

她抱着一瓶酸枣汁坐在前院的篮球场边上，下午零食吃太多，所以晚餐吃不下，她只能百无聊赖地发呆，也想家。

曲诗文一直默默地照顾着她。

尽管在这一整天里，她用不同的理由不断地跟曲诗文说放她回去几天，她保证在四少回来之前回来，无奈，曲诗文始终摇头说不。

不仅如此，就在刚才，她跟曲诗文借手机给家里打电话，曲诗文都不借了。

慕天星心里有些难受，借着月上枝头的美好夜色，终是忍不住问："阿诗姐，你今天对我有些疏远，跟昨天都不一样了。"

曲诗文淡淡一笑："慕小姐的心思比四少的更难捉摸，作为管家，我还是如同往常一样正常工作，如此而已。"

慕天星瞧着她，叹了口气："明明是凌冽不讲道理，他出差去，又不在家，我回家又不碍着他什么，我怎么觉得你们好像都在生我的气。"

"不敢。"

"你……"

"慕小姐要用晚餐吗？"

"不想吃。"

"好。"

两人机械式地交流，你来我往，不带一丝情感。

慕天星心中委屈，越发想家了。

她把瓶子随手留在篮球场，转身往宅子里走去，看着不远处的紫薇树，道："也不知道凌冽现在在做什么。"

"半小时前，四少的车刚刚驶下H市的高速，现在应该正在宾馆用餐。"曲诗文一边说，一边拾起她丢掉的瓶子，继续跟着他。

两人进了宅子，慕天星漫不经心地说着："去H市吗？我还没去过，好玩吗？"

"我记得四少临走前，问过您是否要跟他一起去的。"

"哦。"

"慕小姐，今天四少大半天不在，也没有什么人打扰您，您的脑子里，是想孟小龙比较多，还是想四少比较多？"

"咦？"慕天星终于顿住了步子，看着曲诗文，"怎么你也这么不待见小龙哥？"

她记得上午就是因为谈到了孟小龙，所以凌冽才面无表情地离开了。

曲诗文瞧着她，见她一脸不开窍的模样，终是无奈地叹了口气："没什么。"

进了客厅，慕天星正要上楼去，不经意间一瞥，看见了在沙发与茶几中间的粉蓝色行李箱，是被他们三个男人遗落在家的。

今天她在宅子里转来转去，也不是第一次见它了，只是现在才想起，便随口问了一句：“你老公有没有打电话回来说，他们少带了一个箱子？”

“没有。”曲诗文看着那个箱子，颇为头疼，“这是昨天半夜卓然吩咐我帮您收拾的。他说四少今天会带您去H市，所以需要帮您收拾一些衣服。”

“衣服？”慕天星一点兴致都没有，“楼上衣服多得都穿不完了，还准备什么衣服。”

曲诗文如实道：“这些不一样，这些都是黑色、白色、灰色的，配有同色系的鞋子跟包包。”

“我不喜欢那么死气沉沉的颜色。”

“后天是四少母亲的忌日。”

“什么？”

“四少母亲的遗体始终没有捞上来，于是，老爷子在夫人的老家买了块墓地，给她做了个衣冠冢。每年的那一日，四少都会亲自去墓前拜祭。”

慕天星忽然就不说话了。

就在曲诗文以为她会有什么特殊反应的时候，她却蓦然转身，若无其事地上楼去了。

曲诗文瞥了眼那个箱子，眼神黯然。

她还以为四少的世界会因为慕天星的出现，终于可以看到一丝天光了。

可没承想，慕小姐是这样一个不开窍、还对四少如此不上心的人。

也罢。

就在曲诗文也转身准备离去的时候，身后忽然响起下楼的脚步声。

她抬眸，却见那个原本离开的慕天星正一脸认真地看着她：“可以借我手机吗？不是往家里打的，我是想给四少打个电话。我不知道后天是他母亲的忌日，来了两日也没人跟我提过，我不是故意不去的。”

“好，我这就给四少拨过去。”曲诗文眼中透着狡黠，拿出手机后拨了个号码，并点了扬声器，等着对方接听。

很快，一道娇媚的女声传了过来：“Hello！”

曲诗文不给对方再说话的机会，直接挂断。

慕天星的小脸瞬间变得煞白，指着曲诗文的手机道：“这……这是……怎么会有女人？”

曲诗文一脸无辜地看着慕天星：“不……不知道。”

打死她她也不会告诉慕天星，她刚才拨的根本就不是凌冽的手机号码。

她是给自己的一个女性朋友拨了电话，而且那个女性朋友的声音是出了名的妩媚动人的。

台阶上，慕天星直愣愣地立在原地。

显然她处理这种事情的经验为零，一时间有些迷茫。

曲诗文看着她，小心翼翼地试探道：“这是怎么回事？四少从来不让女人近身的，手机这种东西更是贴身携带的。有卓然跟卓希在，四少更不会有被人胁迫的可能，手机更不可能会丢。”

她自顾自说着，忽然恍然大悟道：“莫非那女人是经四少允许后，亲近四少的？”

“他……亲近他又能怎样，他下半身根本不能动。”

慕天星也不知道为什么，忽然抛出了这么一句。

她说完自己还没意识到有什么不妥，一脸认真地看着曲诗文，似乎很期待得到曲诗文的认同。

偏偏，曲诗文跟卓然一样，在凌冽身边待久了，都成了精了。

她有些难为情地看着慕天星，道：“慕小姐，那个……我老公说了，四少只是双腿失去站立的能力，但是他的男性功能还是完整的。”

慕天星：“……”

曲诗文又道：“所以，四少也是个正常男人。如果他有什么特殊需要，又有漂亮的女孩子愿意接近他，那种事情，不一定是全靠男人出力，女上男下也是可以的。”

慕天星：“……”

想起昨天他趁机亲了自己，昨晚他俩又睡在一张大床上，而他的大手还放在她的半边小屁屁上，她忽然有些不确定了。

难道，这就是他有特殊需要的标志？

“你……”慕天星的小手下意识地捂住了心口，那个位置像是有什么被堵住了一样。她用手摸了摸心口，什么都没有，好奇怪的压迫感：“给你老公打电话，问问大叔现在在干吗。”

“哦。”

曲诗文瞥了眼她放在胸口上的小手，又拿着手机点了几下。

只是她这次没有开扬声器，而是转了个身，煞有介事地打起电话来：“喂，老公啊，四少在做什么呢？刚才慕小姐给他打电话，他电话怎么是个女人接的？”

慕天星不由自主地从台阶上走了下来，眼巴巴朝着曲诗文的方向看过去。

她竖起了耳朵，就怕错过什么，无奈空荡荡的大厅里除了曲诗文的声音之外，卓然在那头说了什么，她根本听不见。

真是急死人了！

曲诗文在慕天星靠近的一瞬转身，又道：“我知道了。”

慕天星的小手抓上曲诗文的胳膊时，曲诗文刚好挂断了电话。

“怎……怎么说？大叔现在在做什么？”

曲诗文一脸难为情地看着她，道：“卓然说，四少刚才跟一个特别年轻、特别漂亮的女孩子进了房间，至于他们现在在干什么，这个……我们也不知道啊。”

“什么？！”

慕天星的眼泪几乎都要掉下来了，心里难过得很，却又不知道为什么。

她一把抢过了曲诗文手里的电话，想要翻出凌冽的号码拨过去，可是她忽然又愣住了。

曲诗文被她吓到了。

曲诗文跟在凌冽身边多年，从小是学了些功夫的，只是慕天星刚才夺手机的那一下太凶猛彪悍了，她毫无防备，手机就被抢去了。

曲诗文刚刚心中还在忐忑，怕慕天星看出破绽来，却又见慕天星停住了。

曲诗文只觉得后背都在冒汗，有种玩火自焚的感觉，生怕自己弄巧成拙，反而把事情搞砸了。

但曲诗文又见慕天星慢悠悠将手机还给了她。

曲诗文接过手机，有些不安地看着她：“慕小姐？”

“查！”

慕天星捏紧了小拳头，目光凶狠地盯着曲诗文：“现在就查！H市到这里，开车如果六七个小时就能到的话，那么飞机一个小时肯定能搞定了，我们现在就出发。你去查，查从这里到H市最快的航班，然后买两张机票。”

这么戏剧性的转变，还真是曲诗文没想到的。

按照她原本的设想，先帮着慕天星认清爱情，认清慕天星自己的心，然后再向慕天星解释今天的事情其实是她的安排，再请求慕天星原谅她。

却没想到，慕天星现在要飞H市，是去找四少吗？

“咯咯，慕小姐。”

“快点，不要再耽误时间了！”慕天星生气地说，“马上就走！若是误会一场也就罢了，若那个毒舌、尖酸、刻薄、下流的浑蛋真的背着我做了什么见不得人的事情，那么就别怪我不讲义气要退婚了！”

这样不洁身自好的男人，她才不稀罕。

哪怕只是演戏的假夫妻，她也不稀罕。

曲诗文被慕天星的气势吓到了，但她觉得凌冽其实是想要慕天星跟他一起去给他母亲扫墓的。

不然，凌冽也不会半夜就让她给慕天星准备扫墓的衣服了。

于是，她打了航空公司的电话，订了两张机票。

曲诗文看着慕天星道："飞机一个小时后起飞，我们现在往机场赶过去还来得及，只是要办理登机手续，您的证件都还在慕家。还好从这里去机场的路刚好经过慕家，可以顺便拿您的证件。抵达H市的机场后，我们直接打车去四少他们住的宾馆，大约需要二十分钟。"

也就是说，差不多两个半小时，她就可以见到凌冽了。

慕天星不再耽搁，早上的时候她不愿意跟着凌冽去，还把凌冽气走了，现在，她却主动握紧了行李箱上的拉杆，匆匆忙忙冲进了夜色里，追凌冽去了。

曲诗文迅速关上家里的门窗，取了车钥匙去停车场取车。

只是，当她瞧着夜风下提着行李箱奔跑的小丫头时，心中有过一瞬间的犹豫，要不要给卓然打个电话说一下呢？

等她载着慕天星驶离紫薇宫时，透过后视镜观察着慕天星焦急的小脸，她想，算了，还是不说了。

卓然知道，就意味着凌冽一定会知道。

就让凌冽感受一下什么叫作惊喜吧。

但愿，那不会是惊吓。

曲诗文将车开到慕家附近的路口时，就看见蒋欣已经站在路灯下了，手里拿着装有慕天星随身物品的包。

她将车停在路边，打开车窗，方便慕天星将包拿进车里。

当慕天星伸出白嫩的小手臂时，蒋欣将包递给她，不放心地看着她："怎么忽然要坐飞机了呢？要去哪里啊？"

慕天星答着："去找四少有点事情。妈妈不要担心了，等我回来了，就回家看你！"

"小龙还在家里呢，刚才我出来没告诉他。"蒋欣看着慕天星的小脸，仔细瞧着，"好像没瘦，吃住都还习惯吗？"

"妈妈，先不跟你说了，四少给我的全是最好的，我现在赶时间，回来再说！"

"哦哦，好。"

曲诗文很快将车开走，透过后视镜，看见蒋欣孤独地立在原地眼巴巴望着。

想来也是，人家才十八岁的宝贝女儿，自然是极其受宠的。

不过，思及慕天星刚才那句"四少给我的全是最好的"，曲诗文微微一笑，瞧着慕天星的眼神变得友善了不少，觉得这丫头只是不开窍，却并不是不懂事。

晚上十点整，曲诗文领着慕天星抵达了H市某七星级酒店。

她跟卓然他们的手机都连着GPS，这是为了方便发生意外的时候定位，以便营救。只是卓然他们清楚她们是在紫薇宫的，所以不会有事没事就看GPS。

曲诗文在酒店前台亮了结婚证跟身份证，就让工作人员顺利找到了以卓然的名字开的总统套间。

一间总统套房，包括一间方便会客的书房、两间带洗手间跟阳台的卧室、一间客厅、一间餐厅。

这是凌冽每次出差时住宿的标准配置。

当套房门铃响起的时候，曲诗文的内心是复杂的。

她其实有点害怕，因为不清楚接下来事情会发展到什么程度，毕竟这件事情是她挑起来的。

而慕天星的心情则是焦急的。

一路过来，她抓着自己的手机，几次想要给凌冽打电话，全都忍住了。

她就怕原本是有什么事情的，一打电话，反倒打草惊蛇了。

卓然透过猫眼看见长廊上站立的两名女子时，先是吃了一惊，随后赶紧将门打开。

一个“慕”字刚刚出口，慕天星已经伸出手去，将他用力往后一推，怒气冲冲地冲到了宽敞的客厅里，四下张望了一眼后，又冲到了左边的房间门口，小手转动门把手后，迅速将门拉开。

小丫头那一瞬间霸气侧漏，倒让卓然有些怔然，脑海中浮现出一个词：捉奸。

此刻慕小姐气势汹汹的样子就像是来“捉奸”的。

卓然诧异地看了眼妻子，但见妻子尴尬地朝他笑了笑。

卓然有些头疼，尽管曲诗文没有明说，他却已经看出来了，定是她又使什么计了。

唉！女人，还真就没一个能让男人省心的。

左边的房间里空荡荡的，没有一个人。

慕天星不罢休，一头扎进洗手间里，又怒气冲冲地冲出来，再冲到右边的房间门口，一下子将门打开。

房间里，光线相当柔和，凌冽坐在床边，身上穿着一套纯黑色的真丝睡袍，卓希站在他身边，手里拿着吹风机给他吹头发。

许是被眼前的画面吓着了，三个人都愣了一下，谁也没动。

小丫头最先反应过来，一头扎进洗手间里，找了一圈，又伸出双手拉开衣柜，转身愤愤地盯着凌冽道：“你刚才换下来的衣服呢？！”

这么巧？

她刚到，他就洗澡？

一定是曲诗文通风报信，凌洌听到了风声，所以他把女人赶走了，又迅速洗澡掩盖身上的气味。慕天星没有经历过这种事情，但是言情小说倒是看了不少，书里不都是那么写的吗？那种事情之后，男主一定要抱着女主去沐浴，帮女主洗掉身上欢爱过后的味道。这样的情节，几乎每本言情小说里都有。

凌洌一双眼盯紧她，脸上看不出喜怒。

卓希则关掉了吹风机，一脸诧异，不答反问："慕小姐，这里是H市，您怎么来了？"

"少废话！衣服呢？刚才这个浑蛋换下来的衣服呢？！"

慕天星见卓希不答反问，以为他是在帮着自家主子转移话题。

果然，跟在浑蛋身边的人都是浑蛋，没一个好人！

她气得一边怒吼，一边抓着凌洌的床单翻来覆去地检查，就连大床上的枕头都被她全部掀到了地板上。

卓希不明所以，心里却发怵。

慕小姐今天的情绪明显不对劲，而且是不同于以往的不对劲。他都看出来了，相信四少也一定看出来了。

他迅速回答："刚才叫了客服，把四少的衣服都拿去洗了。"

住酒店时，衣服都是交给酒店的客服清洗，这是他们几个大男人每次出门后的习惯，也是生活所迫。

可是，慕天星不接受。

曲诗文可是当着她的面给凌洌打的电话，接电话的就是个女的，而且还找了卓然确认，卓然也在电话里说四少跟一个漂亮年轻的女人进了房间。这都是她已经验证过的事实，现在，他们当着她的面，还想要否认吗？

慕天星真是气死了。

她没想到凌洌的本性居然会这么恶劣！

她生气、愤怒，甚至难堪，种种复杂的情绪纠缠在一起，让她在爱情里缺根弦的脑子忽略了那种令她生气、愤怒、难堪的根源其实是锥心刺骨的疼痛。

那天晚上她在火车站看见孟小龙和他身边的女孩，误以为他们是男女朋友的时候，她的心里是失落的，感觉自己从小养大的一头猪忽然要离开自己，去看看外面的世界。

而现在面对凌洌这样恶劣的行径，她的心里除了失落，还有更多的狂躁、愤怒以及心痛。她感觉自己被骗了，好像心被挖去了一样难受。

慕天星咬牙切齿地瞪着凌洌，捏紧了小拳头，往日迷人闪亮的大眼睛，此刻却泛起了一点点红。她也不知道自己想要掩饰什么，猛然转身，狠狠地抹了一把泪。

瞧着慕天星伤心欲绝的模样，卓希吓得有点心慌。

卓希跟在凌冽身边多年，从凌冽的反应上看，怎会不知慕天星在凌冽心中的分量？

他小心翼翼地瞥了眼凌冽的面色，但见凌冽脸色阴沉，紧抿的唇瓣勾勒出僵硬的线条，炯炯有神的眼睛盯着慕天星的背影，似乎恨不得将她穿透。

卓希急忙想找寻事情的起因，对着慕天星温声哄道："慕小姐，您有什么事情可以跟我们说，我们会尽量给您解惑。但是您别哭啊，您一哭，我们所有人的世界都在下雨啊。"

这话不假，凌冽不高兴了，谁都别想有好日子过。

相比之下，凌冽似乎更想找到她伤心的原因："你刚才问我的衣服，是要做什么？"

慕天星深吸一口气，不说话，也不转身。

她忽然觉得自己就像个傻子，明明知道是怎么回事了，还要大老远坐一趟飞机来找虐。

现在好了吧，亲眼看见他们当着她的面演戏，亲眼看着他刚刚洗完澡出来，什么罪证都没了。

她这是何必？她应该直接打一个电话，或者发一条短信，说一句：大叔，你配不上我，我不嫁了。

她怎么就被他可怜的童年给蒙蔽了呢？她怎么总把一头狼当成一只羊了呢？

笨啊，真是笨啊！

慕天星脚下有千斤重，却还是努力地抬起一只脚准备朝着出口的方向迈去。

她留下来，尴尬的不是他们，而是她。

她什么也不问了，什么也不说了，也不发泄了，那样挺没意思的。

一群人合起伙来骗她，她又不是来当小丑的，何必配合呢？

曲诗文瞧着慕天星这副模样，吓得不轻。她当即从门口走进来，一脸自责地看着慕天星，道："慕小姐，您听我说，事情不是您想象的那个样子！您听我解释，好吗？"

此言一出，曲诗文就感受到好几道视线直直朝着自己投了过来。

卓然想要护着妻子，却也知道事关慕天星，凌冽未必会宽容。

而卓希见凌冽看嫂子的眼神像带着小刀子般锋利，吓得在凌冽之前开口："嫂子，你是不是又玩什么恶作剧了？"

说完，他嬉皮笑脸地走到慕天星面前拦着她，讨好道："慕小姐，您不知道，我嫂子这个人，本性调皮得很，平时在紫薇宫的时候总喜欢捉弄人，真的！您是不是听她说了什么？没准是她骗您的呢，您说给我们听听，我们帮您分析分析？”

慕天星张开嘴，却是深吸了一口气，又合上。

显然，她没有要跟卓希说话的意思。

她缓缓抬起眼，看着曲诗文，道：“阿诗姐，你是不是想说，之前的电话是你故意给一个女性朋友打的？”

曲诗文：“……”

慕天星又道：“还有你给卓然打的那个电话，你是不是想说，你根本没打，是你一个人自导自演？”

曲诗文：“……”

慕天星笑了，一会儿哭，一会儿笑，小模样别提多可怜了：“你是不是想说，这些都是你贪玩而搞的恶作剧？”

曲诗文有些后悔了，也有些揪心。

她真想把之前向慕天星耍过的小聪明全都收起来，什么叫自作孽不可活？瞧她现在这样就是。

可她不是故意的，她真的只是想要知道，慕天星心里到底有没有四少而已。

她内心极度内疚，在几道视线的压力下，不得不看着慕天星，小心开口：“慕小姐，您说得对，都对！”

“你以为我会信？”慕天星泣不成声，“呜呜，我虽然年纪小，但不是白痴啊，事实摆在眼前，再告诉我是骗我的，你真当我的智商是负数吗？呜呜……”

大床边，飘来一道温柔得不可思议的声音：“天星，你先别哭，别伤心。你告诉我，这到底是怎么回事，好吗？”

慕天星站着不动，闭了闭眼，再次睁眼的时候，快如脱兔般从曲诗文跟卓家兄弟身边蹿了出去。

所有人没有料到她动作如此之快。

当曲诗文跟卓希要去追的时候，卓然赶紧拦住，道：“希守着四少，阿诗你跟四少先解释一下，我去追！”

下一秒，卓然拔开腿就朝着慕天星离开的方向追了出去。

卓希拉着曲诗文的胳膊说个不停：“嫂子，你别玩了，慕小姐的事情不能随便玩的。她没有那么多社会经验，在紫薇宫就住了两天，最信任的人就是你，你要是跟她玩什么心眼，她肯定斗不过你的。”

曲诗文没敢看凌冽，她清楚地感觉到房间里的温度正渐渐朝着北极的温度靠拢。

她心知玩大了，自责而尴尬地垂下脑袋，一五一十交代清楚。

只是，当她全都说清楚之后，卓然还没有把慕天星追回来。

床边静坐的男人轻轻闭上眼，不说话，也不表态，表情始终如一。

卓希有些摸不透四少的心思，但是有一点他可以肯定：慕小姐伤心了，四少就不会好受。

可是，他睛眸一亮，忽而一脸惊喜地开口道："慕小姐刚才那么难过，是不是吃醋了？"

曲诗文许是一朝被蛇咬，十年怕井绳，所以现在不敢大意，只小心谨慎地应着："不知道。"

这时，卓然终于回来了，看了眼妻子后，才对凌冽道："四少，慕小姐跟丢了。"

凌冽不说话。

仿佛只要慕天星不在，他就真的成了哑巴。

凌冽拾起床头柜上的纸笔，写下一个字：寻。

卓然见了，道："四少，这里是外省，咱们人数有限。要不要找找关系，让人帮着咱们找找？"

凌冽似乎是想了想，又在纸上写下一个字：倪。

H市是倪家的天下，也是月牙夫人的娘家。

卓然意会，当即去办了。

曲诗文还想要说点什么，却在开口前看见凌冽对着她跟卓希做了个散去的手势。

"四少，对不起！"曲诗文心里难受，可是凌冽一个眼神都不给她。

卓希轻叹了一声，赶紧拉着曲诗文从凌冽的房里退了出去。

四少没说要怎么处罚，已经是看在从小一起长大的分上了，不然这事儿搁别人身上，把慕天星搞丢了，其后果绝对不会这么简单。

H市迎来了一场倾盆大雨，闪电像黑暗中的爪子，在空中狠狠一抓，瞬间将漫无边际的黑夜撕裂。

卓然冒雨亲自去的地方，叫作清璃苑。

这座古韵与现代结合的宅子坐落于此，至今已有百年。这块土地是政府抛开政策、允许倪家历代继承者永久私有的。

卓然被管家领进了院子，然后直接跟着管家上了二楼书房。

书桌前的年轻男人叫倪雅钧，是现任倪家家主倪子洋的嫡孙。他静静听着卓然的叙述，示意卓然稍等后，加快步子上了三楼。

而此刻，倪子洋早已经听到了下人的通报，起身打开卧室门，将要出去的一瞬，身后传来发妻疑惑的声音："是不是小冽来了？"

倪子洋的脚步顿了一下，扭头看向妻子的眼光中略带安抚："嗯，你睡吧。"

"他比往年早到了一天，是不是发生了什么事情？"

"没有，你不要担心。只是他这次带了个女孩子过来，有点误会，女孩子气跑了，想要我们帮忙找找。"

"那你还愣在那里做什么，还不快点给交通局的朋友打电话？"

听见妻子的抱怨，倪子洋哭笑不得："我就是要去书房打电话的啊，你快睡吧！我还要见见卓然，再问问具体情况。"

于是——

整个H市，从午夜十二点至凌晨三点，都在找一个叫作慕天星的女孩子。

当倪雅钧得到消息之后，便亲自驾车赶了过去。

一家名为"Three"的酒吧在H市拥有着悠久的历史，而创始人之一便是倪子洋。一群人无头苍蝇般东寻西觅，连武警跟消防兵都出动了，没想到这丫头会在这里。

黑色V领的棉质T恤，外加一条深色牛仔裤，简单的衣着，全身看不出有什么昂贵的牌子，整个人却透着淡淡的华贵，一米八七的大个子，难以匹敌的家世背景，他还有着混血血统。

想知道混血儿倪雅钧有多帅？

想想金城武，想想丹尼斯·吴。

倪雅钧一出场，整个酒吧就沸腾了。

他可是整个H市所有女人的梦中情人，更是上至千金名媛，下至普通百姓家都想要钓到的金龟婿。

男人们纷纷让步，女人们蠢蠢欲动，可倪雅钧的目光焦急地在大厅扫过一圈后，定在了吧台上一团水蓝色的身影上。

此刻，正有些图谋不轨的男人，瞄准了这个漂亮的小人儿。

倪雅钧快步上前，拿出手机看了一眼卓然发给他的照片，又对着眼前抱着酒瓶、昏昏欲睡的小丫头做了对比。

随后他向身后一扬手，手下便递来一件宽大的西装外套。他接过外套后直接套在小丫头身上，然后把小丫头打包抱走。

"呜呜，你放开！你敢乱来，我……我报警！"

慕天星觉得很难受，头晕晕的，睁开眼，那些迷乱的灯光让她更晕。

她只是想趴在吧台上休息，连自己醉了都不知道。

等到倪雅钧抱着她走出了酒吧，在夜色与路灯交织的光影下，她很努力地抬起眼皮，才看清了眼前这张放大的脸。

"哇！你好帅啊！"慕天星满眼都是小星星，语气带着轻佻，"跟你这么帅的男人拍拖，我真是赚到了！帅哥，我叫慕天星，你叫什么名字？”

倪雅钧哭笑不得地瞄了她一眼：“谢谢夸奖，你也很漂亮。”

夜风在耳边呼呼吹过，慕天星也不知道倪雅钧抱着她走了多久，只记得眼前一盏盏高大的路灯不断地向身后退去，像是放电影一样。

“可是，你长得帅也不能欺负我！”

“不敢，你可是我哥的女人。”

“你哥？孟小龙还是李易峰？还是井柏然？”

倪雅钧无奈地笑了，心知她醉了，便不说话了。

她却一个劲儿地傻笑了起来：“怎么办呢，好难抉择哦。我喜欢李易峰，他好帅……可是我也喜欢井宝，井宝多才多艺，字写得好，人长得帅，一看就是暖男，我喜欢暖男！”

“这样啊……”倪雅钧终于有了些反应，“我哥确实有点冷。”

他说完，俯首，将她轻柔地放在副驾驶的位置上，帮她扣好安全带的同时，把她的座椅调低，让她睡得更舒服点。

慕天星开始不安地挣扎：“你是坏人吗？快点放开我，我要回家！”

“睡吧。”

倪雅钧不知从哪里拿出一条小毯子，往她身上一盖，道：“我是好人，我这就送你回家。”

许是他的声音有着不知名的魔力，倒让慕天星变安静了。

车子朝着凌冽住的宾馆开去，一路上，她又开始哭哭啼啼起来，小嘴里碎碎念。

倪雅钧不知道她跟凌冽到底怎么了，可是从她既毫无逻辑又断断续续的哭诉中，他听出来了：凌冽背着她找女人开房了。

这完全不可能啊！

就在他想要套她的话的时候，她画风一转，开始唱歌。

就这么十五分钟，她颠来倒去唱了一路。倪雅钧觉得，凌冽看上的丫头真是个活宝。

倪雅钧抱着被毯子跟西装外套包裹得严严实实的小丫头，出现在凌冽的套房门口的时候，看见门后除了卓希跟曲诗文外，还有凌冽。

“倪少！”

“倪少！”

卓希跟曲诗文都彬彬有礼地跟他打招呼。

凌冽坐在轮椅上，目光在倪雅钧的脸上淡淡一扫，直接伸出手去：“把她给我。”

他说这几个字的时候，态度理所当然，语气轻飘飘的，却带着无形的压力，似乎倪雅钧替他跑前跑后是应该的。

倪雅钧的脸上掠过一丝兴味，弯腰将慕天星直接放在凌冽的臂弯里。起身的一瞬，他笑道："我都不知道四少何时有那么大的能耐了，已经坐轮椅了，却还能开房找女人？"

凌冽的眼神刹那间变得凌厉，可望向怀中人的时候，又如冰雪化水般温柔："谢了。"

听着凌冽总算说了句人话，倪雅钧笑了笑，转身的时候一挥手："爷爷说，后天你祭拜完后，带着小丫头来家里吃顿饭。"

"没时间。"

"奶奶想你。"

"不去。"

倪雅钧的语气听不出是喜是怒，只听他道："遇上解决不了的麻烦时，就想着找我们帮忙了，现在用完了，就要一脚把我们踢开？"

卓希有些紧张地插了句嘴："倪少，四少不是那个意思。"

小丫头似乎睡得不是很安稳，在凌冽的怀中转了转脑袋，拧起了眉头。

凌冽宠溺地凝视着她，嘴角轻扬："我去，她不去。"

"在我们面前你还装什么，难不成还怕我们会伤害她？"倪雅钧似乎有些生气了，"奶奶说你最爱吃她做的酒酿丸子，知道你每年这时候会过来，米酒是一早就准备好了的。"

凌冽终于抬起眼眸看了看他，目光意味深长，解释道："她和我可能不会长久，我不想束缚住她。"

空气忽然变得很安静。

倪雅钧迎上他的眼，终于有了一丝了然："你是真的陷进去了。"

慕天星换了一身藕粉色的真丝睡裙，小小的身影躺在大大的床上，显得格外柔弱无力。雪白的被子盖在她身上，她的小肩膀还在不断抖动，看起来可怜得很。

温热的毛巾在她的小脸上擦拭，她的眼泪却像断了线的珍珠源源不断。

曲诗文一边叹气一边自责，直到凌冽伸手拿掉了她的毛巾，道："我来吧，你出去。"

"四少，我……"曲诗文很难受，没想到慕天星会跑去酒吧那样危险的地方买醉，更没想到慕天星会哭成这样。

凌冽眉宇间写着不耐烦："出去！"

不过转瞬，房间里就只剩下了两个人。

慕天星还在哽咽着，嘴里碎碎念地叫唤着："呜呜，讨厌的家伙！呜呜，太坏了，居然背着我找别的女人，浑蛋！"

她嫣红的脸蛋看起来格外娇艳，并非完全是酒精的作用，凑近细瞧，发现那是流泪后的颜色。

可见，她今天哭得有多凶。

她半梦半醒之间，来回晃动着小脑袋，似乎摆脱不掉脸颊上的刺痛感，很快她感觉脸颊上有一丝清凉，还有温润的手指轻轻柔柔地抚摸着她的脸。

滋润而舒爽的感觉令她焦躁的情绪得到了缓解。

她不哭了，看似睡着了，可是每隔一分钟，还是会哽咽，再说上一两句委屈的梦话。

大床另一侧的被子里，一副高大健美的身躯躺在她的身侧，有力的双臂将她娇柔的身子纳入他怀中，他的嘴唇抵着她的额头。

每当她不安地开始哽咽，他温柔的声音就会飘荡在整间卧室里，驱走她所有的不安。

“呜呜，我讨厌大叔，居然睡了别的女人，坏死了，太伤我的心了。”

“没有，没有的事情，真的没有，乖。”

“呜呜，他有别的女人，好多好多女人，都跟他睡过的，呜呜。”

“真的从来没有过，以后也不会有，不哭了，乖。”

后来很长的一段时间里，小丫头不时地啼哭，或委屈地说梦话，男人不断地用温柔的语气安抚她。

慕天星渐渐停止了哽咽，睡得越来越香甜。

凌冽安抚她的时候，大手会沿着她后背的线条缓缓往上轻抚着，他温润的嘴唇会在她的额头上一下一下轻啄着，乐此不疲。

曲诗文给慕天星擦完身子后，便给她换了这身睡衣，却没有给她穿内衣。

凌冽现在搂着这副又软又香的小身子，真是摸哪里都方便。

随着时间的推移，两人的体温越来越高，他温润的嘴唇渐渐火热，便顺着她的额头一路游走到她的红唇。他害怕自己的经验不足，再咬到她的舌头，这次，便放弃侵入她的檀口。

他只是将整个身躯都覆盖在她身上，而后脑袋埋在被窝里忙碌着。

直到——

她忽然嘤嘤出声，开口便是：“呜呜，讨厌大叔，还是小龙哥好。”

凌冽瞬间停住了所有的动作。

她又道：“刚才抱我的哥哥长得好帅！”

凌冽：“……”

她接着呢喃：“嗯，嗯，谁都比大叔好！”

凌冽：“……”

他覆在两个雪团上正流连忘返的大手瞬间失了温度，缓缓滑下，整个身子也从她身上下来了。

卓然回来的时候，迎面便看见卧室的门被打开，凌冽自己推着轮椅出来了。

“四少！”卓然上前，卓希跟曲诗文也跟着上前，全都小心翼翼地听候吩咐。

谁知，凌冽却阴沉着一张脸，像是谁欠了他几十个亿一般，满是杀气，自己将轮椅推到了书房，反手将门重重关上了。

卓然几人面面相觑，却又不敢作声。

翌日，当慕天星醒来的时候，全身上下冰冰凉凉的。

房间里的冷气开得足，被子却掉在了地上，她穿着陌生的睡裙躺在宽大的床上，可怜兮兮地揉揉眼睛，有些迷茫地看了眼四周。

当她终于想起什么的时候，猛然跳了起来，却又发现眼前的房间似乎有些眼熟。

对了！

这是凌冽酒店的套房卧室！

她昨晚下了飞机过来捉奸时，来过这里的！

她扭头便看见床头柜上留下的纸和笔，那是凌冽的钢笔没错，白净的纸上写着：寻。

慕天星的眼睛里写满了愤怒，她又被凌冽的人捉回来了！

她瞥见不远处自己的粉蓝色行李箱，便撒开脚丫子扑了过去。

不消片刻，她从洗手间里走了出来，一副光彩照人的样子。

上半身是白色的荷叶边短袖衬衣，下半身是黑色长款的蓬蓬裙，头发自然散落，整个人看起来就像是故事里的白雪公主，美丽可爱。

她打开房门，曲诗文立即迎了上来：“慕小姐，要用早餐吗？”

慕天星冷着脸：“我要坐飞机回家去了，我再也不要看见你们这群人。”

她看见自己的包包就在沙发上，大步走过去，打开包包翻找了一番，花容失色地叫出声：“昨晚我的钱包在酒吧被偷了？”

书房的门忽然被人打开，轮椅上的男人目光清冷地看着她：“你的证件跟手机都在我这里，耐心再住两天，然后我们一起回去。”

“才不要！”

慕天星看见凌冽出来，心口一下子就疼了起来。

所有不好的记忆排山倒海般席卷了过来，压得她喘不过气：“我不要！被你碰过的东西我都不要了！身份证不要了！钱包不要了！什么都不要了！”

一看见他那张脸她心口就疼，一想到曲诗文那句“女上男下”，她就有种生不如死的感觉。

她对着凌冽歇斯底里地吼完，咬牙道："我不要嫁给你！我讨厌你！你好脏！"

凌冽忽而开口，迎上慕天星愤怒的小脸，神色淡然："被我碰过的东西你都不要，包括你吗？"

"什么？"

慕天星愣住，他到底在说什么？

凌冽推着轮椅朝她逼近，来到她面前后，缓声道："我碰过你，不是吗？"

众人绝倒。

卓然先是不敢置信地看了眼曲诗文，曲诗文一脸愕然地摇了摇头，表示她不知道。

而卓希则涨红了脸，下意识说道："那这婚更不能退了！没准小少爷现在就在慕小姐的肚子里！"

轰！

慕天星的大脑被炸得混沌一片。

她瞪着凌冽，眼神更凶了，他就不能不说这么有歧义的话吗？！

凌冽略带责备地看了眼卓希，回眸的一瞬瞥见慕天星丰满的胸口，耳根微微一红："只是……没有到你们想的那个程度而已。"

"你闭嘴！"慕天星要疯了，"我现在不想跟你讲话！"

凌冽却毫不在意地摇头："可是你的清誉已经被我毁了，我要负责的。"

"你够了！"

"昨晚没有给你穿内衣，之后，我们躺在一张床上……"

"闭嘴！"

"你很香，很软，左胸上有一粒小红痣，很小很小，不过很精致，也很漂亮。"

"啊！"

"我说得不对？"

"凌冽！我要杀了你！"

慕天星疯狂地扑向凌冽，双手环住了他的脖子，刚要用力掐下去，曲诗文一把抱住她的腰肢死命地往后拖。

卓然上前奋力去掰开她的手指。

卓希拉着凌冽的轮椅也往后用力拖。

所有人都在拼尽全力想让这对冤家分开。

"慕小姐！冷静！"

"慕小姐，别激动，这是开玩笑的！"

“慕小姐，其中必然有误会，我们有话慢慢说！”

偏偏，轮椅上的男人还很欠扁地继续刺激她：“你觉得孟小龙好，或者觉得昨晚从酒吧抱你回来的哥哥好，或者觉得全世界的男人都比我好，也是没有用的。”

慕天星：“放开我！我今天就算不掐死他，也要咬死他！”

卓然：“四少，别说了！”

凌洌：“这辈子除了我，没人敢要你了。”

慕天星：“凌洌，你去死！去死！”

卓希：“四少，先别说了！”

凌洌：“谁敢要你，我就把这粒小红痣的事情说给谁听！”

曲诗文：“四少，闭嘴！你够了！”

众人都安静了——

半晌后，还是慕天星打破了沉寂，一脸崇拜地看着曲诗文：“阿诗姐，你好酷哦！”

曲诗文无奈地耸了耸肩，迎着数道或犀利或震惊的目光，无奈地开口：“我……我也是不希望你们继续争吵下去。而且，四少，恕我直言，您这样跟一个小姑娘过不去，真的有失风度。在您眼中，慕小姐是个小女人，可是在很多人眼中，她不过还是个孩子呢。”

凌洌紧盯着曲诗文，眯起眼眸道：“以后你的工作由庄雪接手。”

曲诗文闻言一惊，惨白着小脸看着凌洌：“四少！”

她不是故意跟他过不去的，只是想起慕天星这么小，还在这么短的时间内遭遇了这些事情，心里难过委屈也是应该的，身边又没有朋友可以诉说心事，就更可怜了。

回想起昨晚，路灯下蒋欣跑过来给慕天星送包包，那样慈爱的眼神望着慕天星，曲诗文看了都觉得很感动。

卓然拧眉，拉住了妻子的手看着凌洌：“四少，阿诗有错，我代她受罚可好？”

卓希看着大哥大嫂这般，想着自己不能不讲义气地躲在一边。

他刚要开口，却被大哥坚决的眼神制止了。

这种时候，若是四少心情不好，求情的人越多，受牵连的人也就越多。

慕天星疑惑地看着眼前的画面，不就是她跟凌洌吵架吗，怎么变成了这个样子？

她凑到卓希耳边道：“庄雪是谁？”

卓希看了她一眼，小声解释：“是一个女人，对我大哥特别痴心，追了他好多年。”

闻言，慕天星终于懂了。她不敢置信地盯着凌冽，一脸失望地说着：“你简直太混账了！你就这么见不得人家夫妻感情好吗？把一个第三者叫来，跟卓然在一起，你想过阿诗姐的感受吗？听说他们都有孩子了，你这样做，根本就是违背爱情，违背道德！还什么从小跟你一起长大的，我看你根本不懂爱情！”

慕天星瞪着他，气不打一处来，对着他就是一阵乱吼。

凌冽目不转睛地望着她：“那依你之见，什么才叫爱情？”

“爱情自然是要全心全意、从一而终、互相信任、彼此忠诚的！”慕天星捏紧了小拳头，“反正，像你这样的又怎么会明白什么是爱情？跟你说话，简直就是对牛弹琴！”

凌冽忽而笑了起来，目光如炬地看着她，口吻很温和，像个循循善诱的老师：“你没跟我谈过情，怎知我是牛，还是人？”

“你当然不是人，是人才不会随随便便就跟一个女人滚到床上去。”

“你亲眼看见的？”

“没有，但是我亲耳听见的。”

“听见？耳听为虚，你听见的证据呢？”

“我……”慕天星愣住，真是被他气死了，她扑进曲诗文怀里，翻出曲诗文口袋里的手机，又翻出通话记录，“人是活的，可是物是死的，我这就让你明白，什么叫作死物是会开口说话的！”

可是，漂亮的小手翻了半天也没找到什么。

“咦？”

昨天傍晚的通话记录里，只有一个是打给“霞”的，然后就是打给航空公司客服的，没有打给凌冽或者打给卓然的通话记录。

慕天星有些蒙：“通话记录被删掉了？”

凌冽摇头苦笑，似乎很无奈地看着曲诗文：“给你五分钟时间，解释不好这件事情的话，就让庄雪接替你的工作。”

客厅里瞬间安静了下来。

不光是曲诗文紧张，就连卓然、卓希也紧张。

看着小丫头拿着手机满脸困惑，曲诗文立即温柔地引导她：“慕小姐，昨天下午至傍晚我们离开紫薇宫的这段时间里，我一直是跟您在一起的，您还记得吗？”

慕天星很认真地想了想：“嗯。”

曲诗文又道：“那么慕小姐，那段时间里，我当着您的面打过三个电话，这三个电话间隔的时间都不超过五分钟，第一个是给四少打的，第二个是给卓然打的，最后一个是打给航空公司客服订机票的，对不对？”

慕天星刚想要点头，却又皱起了眉头："不对。"

因着她的否认，所有人的心都跟着提了起来。

卓然是个宠妻如命的主，曲诗文平日里聪明活泼，爱耍小聪明、搞恶作剧，紫薇宫后院的很多员工都吃过她的亏，但是有卓然护着，有凌冽罩着，她的胆子跟性子也就慢慢被惯出来了。

要是这件事情解释不好，庄雪那个糯米糕就要从后院被带到前面来，他们一家三口的温馨日子只怕就要到头了。

他是绝对不会背叛曲诗文的，可是哪个女人看见小三成天往自家男人身上贴会不生气？

卓然盯着曲诗文："你再好好想想。"

曲诗文急了："就这三个啊！"

卓希看着慕天星："慕小姐，会不会是您记错了？"

"不是三个，是四个！"慕天星摇头，把手机的通话记录滑到顶端，给曲诗文看，"我们从紫薇宫出来之后，快到慕家的时候，还给我妈打了个电话，让她出来给我送包。"

众人松了一口气。

曲诗文真是被她吓死了，苦笑着又道："慕小姐，抛开给您母亲打的电话不谈，我们就谈之前的三个。您看，这个'霞'全名叫作方霞，是我朋友。这是我第一个拨出去的，因为四少早上要带您离开，您不肯，四少伤了心。我毕竟是跟在四少身边伺候的，自然会跟着心疼难受，所以多多少少对您有些意见。再者，我发现其实……其实您是很喜欢四少的，只是您现在不开窍，还分不清楚爱情究竟是哪种感觉。慕小姐，我给四少打电话，其实是故意给霞打的，为的就是她一开口发出女声，然后我迅速挂掉，骗您说四少身边有女人，然后想看看您的反应。后面给卓然的电话，通话记录上也没有，是因为我根本没打出去，而是做做样子的，我真的没有骗您！"

慕天星站在原地，鼻子更不通畅了。

"阿嚏！"

她打了个喷嚏。

该死的，凌冽昨晚把她带回来也不给她盖被子，害她被冷气吹了一整个晚上。

卓希迅速递上柔软的纸巾，慕天星接过，直接擦了擦鼻子，又往凌冽的脸上砸去："都怪你！肯定是你害得我一夜没被子盖！你就是故意的，故意让我冻了一夜！"

卓希他们全都吓得脸色苍白。

谁敢把擦过鼻子的垃圾往四少脸上砸啊，多脏啊！

完了完了！

这下庄雪来接替曲诗文工作的事情肯定没有转圜的余地了。

但见凌冽只是淡然地拿起纸巾，熟练地推动轮椅将它丢进了垃圾桶，转过轮椅回来的时候，声音清冷："若是不舒服，就去看看，吃点药。"

"慕小姐，我说的，您都听清楚了吗？"曲诗文很紧张。

而慕天星的脑袋越来越沉了，清水一样的鼻涕源源不断地流出来。她瞄准茶几上的一大包抽纸，然后拿过捧在怀里，坐在沙发上，一张张抽出来擦鼻涕，整个人很没有精神的样子："不是很清楚，我头疼。"

"还有一分钟。"

凌冽推着轮椅，缓缓朝书房而去。

卓然也跟着紧张起来："慕小姐，一分钟之内您若是没有相信阿诗的话，我跟阿诗的日子只怕会很难过，您帮帮忙吧。"

啊？"面瘫"也有求着她的时候？

慕天星白了他一眼，却并不买账："别想用这种方法混淆视听。男人出轨是原则性的错误，一次不忠，百次不容，不可原谅。再说，非要把小三叫出来破坏你们感情的人是凌冽，又不是我，你似乎找错帮忙对象了。"

其实，到了现在，慕天星心里已经隐约有数了。

搞不好大叔真的是无辜的。

一来，这么想，她心里会更加舒服。

二来，曲诗文的话无懈可击。

她开始认定凌冽出轨，或许是因为她先入为主地认定了那几通电话都是真的。

曲诗文说，她已经喜欢上大叔了，只是她搞不清楚什么是爱情。

慕天星细细想着曲诗文的话，只觉得既尴尬又迷糊。

所以，她现在宁可转移话题，也不想再纠结下去，让一大群人帮她分析她到底爱不爱大叔，而且大叔本尊就在这里，这简直太……太令她不自在了！

"慕小姐！"曲诗文急了，眼眶微红，看着就要哭了。

卓然赶紧一个箭步走上前，拉住她的手，又看着凌冽："四少！"

凌冽依旧无动于衷。

仿佛全世界都跟他没有关系，他只等一个结果而已。

卓希也急了，眼巴巴地唤着："慕小姐，拜托您了！"

"我要看酒店监控！"慕天星下巴一扬，对着凌冽道，"从你们进入酒店开始，你的影像资料我都要看！你去过几号房，进去多久，除了卓然、卓希跟你，其间有没有女人进去过，这些，监控录像调出来，一看便知！"

凌冽那一双深不可测的眼就这样凝视着她，带着几分探究般。

轮椅上的男人终是无可奈何道："听说我找女人，你如此折腾别扭，又是哭闹，又是买醉，又是不弄清楚结果不罢休。酒店监控我可以给你找出来，但问题是，如果你冤枉了我，你打算怎么补偿我？你这样诋毁我的声誉，可是不能轻易原谅的。"

"你还要我给你补偿？"慕天星似乎是被气笑了，"正常的夫妻之间彼此有误会的话，一方向另一方解释不是应该的吗？"

凌冽微怔过后，眼神清澈温柔，似乎她的某个用词取悦了他。

原本客厅剑拔弩张的气氛也跟着舒缓了很多，仿佛世界都在他温柔的眼眸里变得安定了。

他朝着卓希的方向打了个响指，那一汪深潭般的眼紧盯着她，嘴角扬起弧度，看得出他心情愉悦。

卓希立即出门去办了。

卓然则拉着曲诗文的小手站在一边，安静得仿佛并不存在。

"浑蛋！你笑什么？！"

慕天星被凌冽盯得发怵，下意识双手环胸戒备地看着他。

某男见她这副模样，笑得更有深意了："抱着胸口做什么，现在是白天，我白天很忙，没有工夫对你怎样。"

慕天星捏紧了拳头，眼神又凶了一些，想起他说过的昨晚对她做过的事情，她就……她就狂躁得想要杀人。

凌冽推着轮椅朝她靠近："你不用担心什么，也不用紧张，真的。你那里很漂亮，即便没有穿内衣，形状也很漂亮，我很满意。"

别说是慕天星要疯了，就连卓然夫妻俩也要疯了。

他们都发现了，很多时候四少跟慕小姐吵架，两人各自生气，大多数是四少自找的。

四少那一张嘴，要么尖酸毒舌，要么得寸进尺，真是个祸害。

他们原以为慕天星又要尖叫着要杀了凌冽，然后他们得上去拼命拉开，但是眼下，慕天星却一动不动地待在原地，安静得有些不可思议。

她收敛了眼中的怒火，忽然就不说话了。

凌冽也有些意外，微微敛了下眉，眼睛一眨不眨地盯着她。

"四少，您跟慕小姐还没用过早餐，是上去吃酒店的自助餐，还是另外叫一份来客厅里吃？"

卓然生怕再出什么状况，赶紧转移话题。

而曲诗文也道："慕小姐，不管四少说什么，咱们输人不输阵，只有吃饱喝足了，才有力气反抗，是不是？"

卓然微微头疼地看着妻子，妻子却白了他一眼，对他不予理会。

在卓然眼中，妻子教唆慕小姐反抗四少，有些破罐子破摔的意味。

而在曲诗文眼中，反正已经这样了，讨好慕小姐比讨好四少更为重要。何况到现在，唯一能让四少不断打破原则的人，不就只有慕小姐了吗？

慕天星如同泄了气的皮球一般，缓缓垂下了脑袋。

她眼中有泪光闪烁，她拿起自己的包，包里已经没了手机跟证件，她却依然紧握着，有些无助地说着：“你们四个人，个个年纪都比我大。我一个人，就只有我一个人，我再怎么折腾，也是以卵击石、不自量力。我不争了，也不斗了，你们要怎样都可以，我好累，想睡了。”

她的小鼻子被擦得红红的，眼眶也跟着红了。

刚才嚣张跋扈、张牙舞爪的小丫头，忽然像个被人遗弃的小可怜般轻飘飘地说话，这一动一静的转换间，心里经过了漫长又复杂的煎熬。

曲诗文忍不住道：“慕小姐，您还好吗？我去帮您买点感冒药吧，您有惯用的牌子吗？”

慕天星抬步朝着卧室走去，眼泪一下子就掉了下来：“不知道，别跟我说话，什么都不要问我，我现在什么都不知道。”

卓然瞧着她，还以为她是感冒太严重，也忍不住道：“慕小姐，我记得上次四少在慕家，您给他的是一粒蓝色的感冒药，您好好想想药名。”

每个人体质不同，有的人会对不同的药物有不同程度的过敏，如果有固定可以吃的牌子，那是最好不过的。

慕天星擦擦眼泪，哽咽起来：“我……想妈妈了。”

药名？

她真的想不起来了。

凌冽猛然握紧了双拳，黑亮的眼瞳透着关切：“然！”

她吃惯的药，凌冽吃过，也见过，如果那个牌子的药再出现的话，他一定可以认出来。

所以，卓然只要将药店所有蓝色药丸状的感冒药都买回来就可以了。

卓然很能体会凌冽所要表达的意思，看着妻子的眼神有些不放心：“我去去就回，你乖一点。”

曲诗文撇撇嘴，看着慕天星这样，一时不知道要如何安抚：“我帮您先倒杯牛奶暖暖胃，好吗？”

她摇着头，进了卧室刚要关门，却发现凌冽的轮椅已经跟了过来，刚好卡在门口，让卧室的门根本关不上。

她一下子就崩溃了，也顾不得什么形象了，一屁股跌坐在他面前的地板上，哇哇大哭起来。

这一哭，惊天动地。

凌洌的胸口起浮得有些厉害，面色有些泛白。

她闭着眼，谁也不看，只是哭，好像一切都豁出去了。

半晌后，她哭声渐小，他的声音这才低低地响起："你……你想怎么样？"

一句话，带着温柔的安抚，却彻底将她的怒火点燃了。

"呜呜，我想妈妈了，我想家了，可是我回不去！我想睡觉，想休息，可是你不让！我想认命了，结婚吧，可是你闹出轨！我想算了吧，不要真的冤枉了你，还是看看监控查清楚吧，可是你要我补偿你！呜呜，呜哇！就连我想醉一次，就那么一次，你还趁机占我便宜！你个浑蛋！呜呜。"

"你……别哭了。"

"坏蛋！呜呜，不管我想怎么样，你都一定会破坏就对了！自从认识你以后，我几乎每天都在哭！认识你之后，我感觉……呜呜，我感觉跟你认识的这几天，就像是过了一个世纪那么长！呜呜……"

"天星。"

"你这是精神虐待，你知道吗？我这么开朗的人，都要被你逼疯了，换了别人，说不定早自杀了！呜呜……我真的要疯了，你干吗非要这样折磨我？呜呜，我哪里配不上你了？呜呜，你怎么就不能对我好一点呢？！"

"我……不是的，天星……"

轮椅上的男人话音未落，地上的小丫头已经爬起来朝他扑过去，拼命将他的轮椅推出去。

可是，她还没推两下，两眼一闭，整个身子就软趴趴地滑到了地板上。

凌洌眼明手快地拉住她，大手抚上她的面颊，这才恍然发觉她发烧了！

全世界都在欺负他

第五章

当倪雅钧带着医生来到酒店的时候，他刚刚打开书房门，入目的便是凌冽坐在轮椅上的侧影。

他俯览着落地窗外的繁华世界，柔柔的光华洒落他的身上，说不出的寂寥。

“我昨晚送她回来的时候，她不是好好的吗？”

倪雅钧轻挑了下眉，想起小丫头昨晚闹腾的样子，觉得她身体应该没问题才对。

凌冽不答也不动。

倪雅钧无奈，只好转身看着医生：“走吧，我们一起先去看看再说。”

“好的，倪少。”

倪雅钧转身要走，顿了下步子，又望着凌冽：“你不去看看？”

凌冽的目光这才闪了闪，脸却转到谁也看不见的角度，轻语着：“她不愿意看见我。”

倪雅钧摇头苦笑，出去了。

卧室里——

慕天星安静地躺着，她被凌冽气晕后，过了两三分钟便醒了，却不大能睁得开眼，也不大能坐起身来。总之，高烧对她还是有影响，让她全身无力。

喷嚏一个接着一个，一大包抽纸都快被她用完了。

她额头上贴着曲诗文买来的退热贴。

卓然买了一堆感冒药回来，都放在床头柜上。因为没有蓝色的药丸，所以剩下的药没有经医生看过，谁也不敢贸然喂给她。

卓希拷贝好了监控视频，本想放给慕天星看的，眼下时机却不合适。

医生拿着听诊器听了听她的心跳，又检查了她的扁桃体，询问了些症状，终于开口道："病毒性感冒，比较凶，输点液吧，不然她喉咙很快就该疼得连水都喝不下去了。"

倪雅钧不敢做主，给了卓然一个眼神。

卓然当即去了书房，很快，他又回来了，对着倪雅钧道："四少的意思是，药物用最好的，尽量减少副作用，见效要快，最大程度减少慕小姐的不适。"

"那是自然。"医生点点头，便给慕天星配药。

医生来的时候，倪雅钧跟他说了，慕天星应该是感冒发烧，所以感冒发烧常用的一些药物他都带了。

"做个皮试。"

医生微微一笑，拿着一支蓝色的细小针管，对着慕天星道："小丫头，忍一下，很快。"

慕天星的小脸烧得红扑扑的，双眼更是水汪汪的。

她一脸抗拒地摇头："直接扎针输液吧，我对所有药物都不过敏，不要做皮试了。"

皮试那一下，比输液疼多了。

从小到大，她最怕的就是做皮试了。

曲诗文跟卓希都在一边劝着，可是慕天星就是不肯。

她拉过被子将自己的身子捂得严严实实的，谁也不让靠近，只留一个小脑袋在外面方便呼吸，还道："真的，我真的对药物不过敏的。"

倪雅钧扑哧一声笑了，道："昨晚在酒吧看见你的时候，还以为你天不怕地不怕，不然一个小姑娘，半夜一个人怎么敢在那样的地方买醉？现在看来，你的胆子也不过就是这样。"

陌生的声音传来，慕天星凝眉看了过去，似乎想了很久，才恍然大悟："你是昨晚那个哥哥？"

"呵呵，难为你还能记得我，是我把你抱回来的。"

倪雅钧的声音很好听，他比凌冽小好几岁，见慕天星认出自己，就大大方方在床边坐下，一边哄着，一边想要拉开她的被子，道："乖，皮试而已，这是必要的程序。早点把病治好了，才能早点回家，早点见妈妈啊。"

回家？

见妈妈？

慕天星忽然就不挣扎了。

倪雅钧又很温和地笑着道："我帮你捂着眼睛，你不要看，就不会有事了。四少每年都只在H市待两三天，你要是拖着一副病怏怏的身子回去，你妈妈该着急担心了。"

慕天星红着眼，一脸期盼地看着他："你……你可以跟凌冽说，让我回M市以后，住在家里吗？我想住在我自己的家里，有爸爸妈妈的家里。"

倪雅钧愣了一下，瞧着她楚楚可怜的小模样，又是一笑："这有什么，我答应你！他要是不同意，我就把你偷出来，再把你送到你父母身边去。"

"谢谢！"

"乖，现在要做皮试了。"

"嗯。"

须臾后——

慕天星喝了小半碗白米粥，就躺下睡了。

她手背上已经扎好了针，曲诗文就在一边悉心陪着她。

倪雅钧瞧着没什么问题了，便去了凌冽的书房。

房门一开，卓然正站在凌冽身侧，似在汇报着什么。倪雅钧笑了笑，直接开口道："今天上午的消息，江北新搞的一个什么乐器协会，正势头大好，却忽然被幻天乐器厂收购了三分之二的中小企业，只剩下五六家比较大的。"

凌冽没说话。

倪雅钧冷笑："你这胃口够大的。"

"她是我的。"

幽幽的、带着霸道的占有欲的声音传了过来，轮椅跟着转过来，他面对着倪雅钧："其他所有男人都不行，你也不行！"

倪雅钧想笑，他对慕天星还真没意思。

一来，他现在没有心思谈恋爱。

二来，他先入为主已经将她当作自己嫂子，又怎么可能对她产生感情？

他走上前，俯首，对着凌冽眯眼笑起来："你这醋吃得太没道理。她不肯配合医生，你又不在边上看着，我再不管，让她一直病着？"

凌冽眼神犀利地望着他，带着探究。

倪雅钧笑了："小嫂子睡了，你不去看看？"

凌冽不语。

倪雅钧又道："我可是听说了，你一个大男人一直压榨人家小姑娘来着，你也不害臊？"

凌冽不语。

倪雅钧轻叹："医生说，她生病是因为情绪波动太大，影响到了自身的免疫力，加上严重受凉。她舌苔很白，应该是冻着了。不过你也没必要担心，你们回去的时候，她差不多就康复了。”

想起小丫头说，她早上起来身上没盖被子冻了一夜，凌冽的面色沉了又沉。

倪雅钧也看不懂他俩的恋爱是怎么谈的，双眸一转：“爷爷说，让我跟着你去M市一段时间，只当是历练。我打算在M市先开一家珠宝店探探行情，地段、铺子、市场调查这些，我人生地不熟，也没有门路，你要帮我。”

凌冽点头：“嗯。”

凌冽答应帮倪雅钧，这一点倪雅钧并不意外。

倪雅钧似乎是想了又想，转身离去的时候，对着凌冽道：“昨晚，小嫂子告诉我，她喜欢暖男。”

倪雅钧想着就给这个哥哥一点提示吧，省得他成天瞎折腾，把自己跟人家小姑娘都折磨得不成人样了。

而倪雅钧走后，轮椅上的男人却是敛眉深思：暖男？

整整一天，慕天星都在床上躺着。

她的床边有一辆四层的小吃推车，第一层放着牛奶跟果汁，都是装在保温瓶里的；第二层放着各色小蛋糕跟慕斯、布丁一类的甜品；第三层是新鲜的水果；第四层是炒饭、炒面、蒸饺这一类的主食。

她手里拿了台平板电脑，是凌冽的。

她没开口要，而是小手一摸，从枕头下面摸出来的。

她睡饱了，无聊，想玩平板的时候，发现要密码。而她还未开口，曲诗文已经抱着平板电脑去了书房，又送回来给她玩。

显然，密码是凌冽的指纹。

接近傍晚的时候，她感觉身体好多了。她本来就闲不住，退烧后又出了一身汗，她便去洗手间洗了个澡出来，换了一身纯黑色的连衣裙，V领，收腰，中裙，小摆，包臀。

她稍微活动了一下身体，打开房门，然后走了出去。

她一露面，所有人都紧张了起来。

卓希看着她：“慕小姐，要吃什么吗？”

她摇头：“我以前没来过这里，想出去逛逛，可以吗？”

她白天生病，晚上好了些，出去看看这个城市的夜景总可以吧？

慕天星虽然去过很多国家旅行，但是很少有机会去自己国家的其他城市。以前她住在青城的时候，觉得青城就是个小县城，后来搬去了M市，才觉得M市有跟国际接轨的气势。

现在，她也想要看看H市的风景是不是跟M市一样好。

卓希为难地笑了笑：“慕小姐，您的身子还不行，需要好好休息。”

慕天星吐吐舌头，变得乖巧了，对于自己想要的，也不再像之前那般焦躁、抓狂地去争取了。

她蓦然转身，道：“那就算了。”

曲诗文忽然想起什么，推了一下卓希的胳膊：“视频呢？”

“视频？”卓希愣住，想了一会儿后忽然点头，“对对，视频！慕小姐，您先看看这个。”

慕天星被他叫住，接过他手里的手机。

上面的视频清楚地标注了时间，记录着凌冽一行人从进入酒店开始，再到他们乘着电梯抵达该层，再到他们从电梯里出来进了套房，再到酒店客服去过两次，一次是吃晚餐，一次是取衣服，最后是慕天星跟曲诗文一起进了套房。

其间，没有其他女人进出过套房。

慕天星看完，点点头，很淡然地道：“嗯。”

她优雅地转身，面上不见任何表情，没有一丝眷念、不带一丝喜悦地进了卧室，然后反手关上了门。

卓希张大了嘴巴，不敢置信：“怎么会这样？”

慕天星明明因为四少出轨的事情哭得死去活来的，这下知道了事情的真相，居然一点反应都没有？

曲诗文也愣在原地，有些猜不透了，慕小姐这是怎么了？

她还以为，慕天星的病好了，看了视频，跟凌冽的误会解开了，凌冽以后不再毒舌了，两人的感情会慢慢升温的。

怎么事情的发展永远都在他们的预料之外呢？

而此刻，慕天星关掉了灯，躲在被子里独自无声地偷笑着。

其他人都不会知道，倪雅钧那个家伙，在离开慕天星的病房前，凑在她耳边说了这样的话：“你放心，我哥绝对是个处男。他要是再欺负你，你别急，也别慌，以其人之道还治其人之身最管用。你越是急，越是慌，越容易让人一眼就看穿，也就越是容易被他吃得死死的。”

当时慕天星虽持有怀疑的态度，但是她对倪雅钧的第一印象真的太好，她相信，即便曲诗文骗了她，倪雅钧也不会骗她的。

而现在，看了视频，证实了倪雅钧的话是对的。

老天爷啊，要怎么形容慕天星此刻的心情呢？

那就像是老天爷都看不下去了，把倪雅钧那样的天使派下凡尘来保护她了。

与此同时——

卓然推着凌冽从外面办完了事情回来，一进客厅，就听见卓希跟曲诗文说了刚才的事情。

凌冽闻言，似有不信，挑眉看着紧闭的房门，不语。

晚上八点。

曲诗文亲自去敲了敲慕天星的房门，对着里面拿着平板电脑看电影的小丫头道：“慕小姐，四少说，让卓然开车载你们出去看看H市的夜景。您要去吗？”

慕天星一脸淡然地扫了她一眼：“不去。”

曲诗文有些疑惑：“您之前不是想要出去吗？”

慕天星低着头，不语，不看，不听。

她漂亮得不像话的小脸一点表情都看不出来。

曲诗文崩溃了，怎么这才一小会儿工夫，慕小姐就跟四少上身了一样呢？

伺候一个高深莫测的主子已经满心忐忑了，现在又多了一个！

曲诗文离开后，凌冽亲自转动轮椅过来，凝视她：“身子好些了吗？听希说你想出去逛逛，H市的夜景还是挺漂亮的，要去吗？”

慕天星懒洋洋地抬眸，瞥了他一眼，面无表情道：“嗯。”

她说完一个字后，潇洒地放下平板电脑，下床，从他身边与他擦肩而过。

凌冽有些微怔，却还是跟了上去：“嗓子痛不痛？”

慕天星：“……”

“有没有什么特别想吃的？”

“……”

“那个……听希说你刚才已经看了视频了，应该知道我没有……”

“你很吵！”

慕天星忽然打断凌冽的话，停下脚步，然后转身，居高临下地俯视他。

凌冽：“……”

他困惑而无辜地望着慕天星，像只迷茫的小羊羔般等待她的安慰。

但是，慕天星再也不上当了。

慕天星出了门，大步踏出去，将凌冽远远甩在身后，不回头去看他是否跟上了。

曲诗文小心翼翼地提醒着：“慕小姐，四少整个人都不好了。”

慕天星依旧面无表情，给她的反应只有一个淡漠的字：“嗯。”

当他们从酒店停车场离开的时候，慕天星才发现，原来这趟出来，一共有四辆车：一辆在前面带路，两辆在后面跟着，他们的车不疾不徐地在中间行驶着。

这前后都被保护起来，感觉好高深莫测的样子。

她拧起了眉头，问出口：“这玻璃该不会是防弹的吧？”

她说完立即记起来，自己这回要走的是高冷路线。

高冷，就是少说话，没表情，少动作，连一个眼神都不要给他。

她侧头瞧着窗外的万家灯火，这才发现跟自己前一天逃出来看见的风景没什么太大区别。好像在同一个国家，同一个民族的土地上，城市规划建设后的样子都是差不多的。

搁在身侧的小手忽然被人牵了起来，她扭头，便看见凌冽一脸惨兮兮地望着她："你不要我了？"

慕天星："……"

老天爷啊，谁来告诉她，这是什么状况?

她知道他没出轨，再看他这副模样，他一示弱，她的心就软下来了。

不过，这可不行。

她用力抽回小手，不说话，继续看着窗外。

没过一会儿，她的小手又被人牵着了，这次还是被牢牢捏在手心里，十指相扣。

她想要挣脱也挣脱不掉了，耳畔，传来他如春风般的声音："第一次见你穿黑色的连衣裙，真美。"

慕天星差点就笑出来了。

她想说，那是，本小姐天生丽质，举世无双，自然是穿什么都美!

偏偏她强忍着，别扭地挣扎了好几次，但小手还是被人家紧紧地攥着。

这时候，他的身子又凑近了些，整个下巴懒洋洋地搭在她的小香肩上。他没脸没皮地说着："好香，跟昨晚抱着的味道是一样的。"

慕天星咬着牙，强忍着，抬起胳膊肘去顶他的胸口，无效后转过头想给他一个冰冷的眼神让他放手，偏偏在回头的一瞬被早有预谋的他扣住了脑袋。

高大的身影就这样欺了上来，他急切地堵住她的小嘴儿，百般品尝着。

慕天星头昏脑涨的，本就感冒，鼻子也不通，被他这样一吻，呼吸更加困难了。

她心里又羞又恼，这男人怎么这样啊？！

她使出了吃奶的力气将他猛地向后一推，可是她的力气就像是使在了棉花上一样，小脸越憋越红，就快缺氧了。她本能地偏过脑袋，大口大口呼吸着，他炙热的唇一口含住了她的耳垂："甜！"

"够了！凌冽，你浑蛋，你个王八蛋！"

慕天星终于怒了，凶神恶煞地看着他，抬起一只手就要朝他脸上狠狠扇过去。

凌冽眼明手快地接住了她的手腕，眼神在她不断起伏的胸口上扫了扫，又挪开，耳根微红。他有力的双臂将她禁锢在自己的怀里，亲了亲她的额发，柔声道：“所以说，不是那块料，就不要装高冷。假的就是假的，经不起刺激，早晚会露馅儿。”

“你个王八蛋！”

“我猜……”他又幽幽地开口了，只是口吻不再像刚才那般温柔，“是倪雅钧给你出的主意吧？他建议你以其人之道还治其人之身，对不对？”

“你！”慕天星真是面子没了，里子也没了。

她抬眸的一瞬，惊觉前后座椅之间的幕帘不知何时已经被放下了，前面卓然夫妇俩只会听见声响，却不会看见她跟凌冽。

慕天星恼羞成怒，输人不输阵，仰头呵斥道：“错！你猜的全是错的！别以为你多聪明！”

他的声音冷了冷：“是吗？可是怎么办呢，不管你承不承认，在我看来，你都是死鸭子嘴硬。”

他的鼻尖跟嘴唇又在她光滑的颈脖上来回轻轻蹭着，惊得她根本坐不住了，下意识大叫起来：“放开我！我要尿尿了！”

凌冽忽然就愣住了。

他听见她说“尿”，似乎牵起了什么不好的记忆，当即将她放开，对着幕帘道：“找洗手间！”

须臾后——

某快餐店的路边，凌冽他们的车全都靠边停着，曲诗文跟四名保镖簇拥着慕天星去了洗手间。

瞧着店门口进进出出的人，凌冽深不可测的眼睛居然染上一丝艳羡，他徐徐开口：“也不知道坐在里面吃饭是什么感觉。”

卓然笑了：“KFC里的东西大多是小孩子喜欢吃的，我跟阿诗也会抽时间陪豆豆过来吃，只是那些东西都不是很好，我们吃得比较少。”

凌冽似乎笑了，好像很喜欢卓然的儿子，语气竟然多了一丝关切：“豆豆什么时候回来？”

卓然笑：“他们学校的夏令营刚刚开始没多久，说了要坐游轮游四个国家，差不多还要一个月吧。”

正说着，快餐店的门口出现了保镖的身影。

不仅如此，他们还看见某姑娘左手抱着一个全家桶，右手端着一大杯可乐，优哉游哉地从店里出来了。

卓然扑哧一笑：“阿诗说得对，慕小姐还真是个孩子呢。”

凌冽的眸光却冷了一些，似乎透着淡淡的不悦。

待慕天星上了车，屁股还没坐稳，凌冽的命令已经下达了：“扔了！”

慕天星困惑地看着他，忽然明白了什么：“我不会弄脏车子的。”

“扔了！”

“你这人怎么这样？我刚让阿诗姐帮我买的，一口没吃，扔了多可惜！”

他却不再跟她废话了，直接伸手抢过她手里的可乐，一摸，冰凉的，他面色更黑。

他打开车窗，直接一扬手，可乐就飞了出去。

慕天星瞪着他：“大叔，你破坏环境，浪费食物，破坏我美好的心情，你这么做真的好吗？！”

“还嫌感冒不够严重？”他却幽幽地来了一句，目光又投向了她怀里的全家桶。

慕天星得知他是真的关心她，心口的那团火终于下去了。

她瞥了眼怀里的东西，油炸的，嗓子疼确实不适合多吃，但是扔掉，她又舍不得。

她眼巴巴看着凌冽，一脸讨好地笑，伸出小爪子捏着一个炸鸡腿朝他嘴边送去：“这个，其实是我给你买的，请你吃。”

身侧的男人并没有说话。

但是，任谁都看得见他脸上表情骤变，眼神里透着嫌弃。

“大叔！”慕天星将炸鸡腿直接贴上他的唇瓣，“快张嘴啦！”

原本她没想真的让他吃，但是看他那副不情愿的样子，忽然来了兴致。

她将怀里的全家桶放在一边，捏着鸡腿就朝着凌冽的怀里爬了过去。见他皱眉，她笑眯眯地掰开他的嘴，直接将鸡腿塞进他嘴里。

“哈哈！”她笑。

凌冽却一动不动，跟被点了穴一样。

一双白嫩的小手在他身上胡乱摸索起来，但见凌冽的喉结上下滑动了一下，她终于从他裤子口袋里摸出了手机。

看见需要密码解锁，她捏着他的手指一根根试。

他也不拦着，任由小丫头在他怀里胡作非为。

她调好拍照模式，笑靥如花：“大叔，你有没有看过《鬼吹灯》？里面的摸金校尉只要遇上大粽子，赏它一个黑驴蹄子，它立即就静止不动了。”

卓然冷汗直流。

曲诗文憋着笑。

慕天星又道：“大叔现在的样子，就像大粽子。我给你的鸡腿，就像治你的黑驴蹄子。”

凌冽根本听不懂她在说什么，只见她拿着手机对着他饶有兴致地咔咔拍照，似乎要将这一幕永久地记录下来一般。

她将照片发到自己的手机上，又将他的手机塞回他的裤兜里。

见她不玩了，凌冽这才抽过纸巾包好咬住的鸡腿，刚要拿下来，便听她道：“大叔，人家都说，好东西要跟心爱的人一起分享。我连去尿尿都不忘给你买炸鸡，你确定你一口都不吃吗？”

她楚楚可怜地看着他，仿佛他把鸡腿拿下来，她的眼泪跟着就会掉下来。

她刚才话里的某个用词再次成功地取悦了他。

他原本想要将鸡腿彻底拿开的动作，变成他抓着鸡腿轻咬的动作。

蔷薇色的唇瓣沾上一点点屑末，他咽下一口之后，冲她情意绵绵地微笑：“好吃。”

好像从这一刻开始，二人之间的气氛发生了一些变化。

没人知道这一晚四少是怎么一个人吃下一整份全家桶的，但是，卓然夫妇知道，车里的氛围很静谧，很和谐，很安定。

许是凌冽腿脚不便的关系，他们并没有下车去逛商场、看电影。

听说H市有夜场的嘉年华游乐场，他们自然也没去。

车子在H市逛了一圈，他们回到酒店后，慕天星还主动推着凌冽的轮椅，走在长长的、华丽的走廊上。

问她为什么要对凌冽好？

因为她发现，他对她是真的好。

他可以为了找乐子不断折磨她、为难她，但是他绝对不会为了找乐子就不断为难他自己。

他原本就不爱吃炸鸡那种东西，却为了她吃下了整整一桶，还是在他用过晚餐没多久的时候。

他这样为难他自己，是为了取悦她？

慕天星的脑子有点乱，她忽然想起曲诗文曾经跟她说过的话。她把他推回房间后，看着他：“大叔，你是不是因为很少跟别人接触，所以不懂得如何跟别人相处？”

凌冽：“……”

慕天星又道：“心里明明想着要向我靠近，却偏偏事与愿违，将我越推越远？”

凌冽：“……”

慕天星蹲在他面前，双手搁在他的腿上：“所以大叔，你喜欢我，对不对？你喜欢我，却不懂得表达，所以每次把事情弄得一团糟。见我伤心，你难过，为了让我高兴，你哪怕把胃给撑坏了也不在意，对不对？”

凌冽整个人都陷在了慕天星温柔得快要滴出水的眼眸里。

他的大手稳稳地罩在她的小手上，他刚要开口，屋里突然响起一阵熟悉的手机铃声。

整个屋子里画风突变。

卓家兄弟还在感叹，慕小姐终于明白四少的心了。

曲诗文还在懊恼，早知道一份全家桶就能解决所有问题，她就不那么折腾了。

而慕天星听见手机响了，赶紧起身朝着凌冽的书房奔了过去，起身的一瞬，嘴里还紧张地唤了一句：“小龙哥！”

轰!

众人只觉得好不容易等来的春天，忽然飘起了白白的雪花。

再看凌冽，他孤零零地坐在轮椅上，后背贴着椅背，挺得笔直，双手紧紧捏着扶手，似要将扶手捏断。

卓然他们不知如何安慰凌冽，书房却又传来了小丫头惊喜连连的呼喊声。

“太好了，我一定回去！小龙哥，你不要担心我，我很好，等我回了M市，我们就可以团圆了呢！”

慕天星讲完电话，已经是十分钟之后的事情了。

凌冽不清楚恋人之间的通话时间会有多长，至少在他有生之年里，他打电话的时间从来不会超过一分钟。

小丫头蹦蹦跳跳地回来了，手里还捧着她的手机。

她既然找到了自己的手机，就不会给凌冽，让他帮自己保管了。

刚才孟小龙在电话里说，等孟小鱼回来之后，想要趁着暑假一起去印度玩。

慕天星一回房间，就唠唠叨叨说个不停：“大叔，你去过印度吗？我还没去过呢。我想去看看泰姬陵，那可是一座恢宏大气、为爱而生的建筑！”

凌冽的表情有点冷。

她又道：“大叔，你听说过泰姬陵的故事吗？好感人的爱情故事呢。”

凌冽垂着睫毛，唇色有些白。

他没看她一眼，黯然地转动轮椅朝门外而去。

他的声音很轻，轻到仿佛再低一分，就能隐匿在空气里：“你休息吧。”

他就这样走了。

房门关上，独留慕天星跟她的手机做伴。

她忽然就觉得心里空落落的，很不舒服。怎么回事呢？她前一秒明明还在高兴地想着去印度的。

而书房里的男人，一杯咖啡接着一杯咖啡，就这样撑到了天亮。

也就是在这个时候，凌元的电话忽然打了过来：“小四。”

凌冽还以为，今天是母亲的忌日，父亲打电话过来一定跟这件事情有关，却不想，凌元下一句便是：“你跟慕小姐的婚事取消吧，这件事情我已经跟慕家解释过了，慕家也表示理解，并且同意了。之前我也不知道原来青城的孟家一早就看上了慕小姐，想让她做儿媳妇了。哈哈哈，我们总不能抢了人家的心头好，你也不必再背着联姻的包袱，找个自己喜欢的女人吧！”

凌元说完，不等凌冽开口，就挂断了电话。

因为，凌冽不必开口。

他是个哑巴。

这件事情不用猜，用脚趾都能想到，一定是孟小龙找了他父亲，而他父亲跟凌元之间又达成了什么协议，而慕家对于能不能得到雪绸已经无所谓了，慕家更看重慕天星未来的幸福。

全世界都在欺负他，欺负他是个不能说话、不能走路的残疾人。

想起慕天星那张令他魂牵梦萦的小脸，思及她与孟小龙之间的感情，他不由苦笑：“你只知道你一个小姑娘斗不过我们四个人，可你没想过，全世界的人都在欺负我，包括你。”

昨晚，慕天星用手机定了个闹钟。

她知道今天是凌冽母亲的忌日，一般来说，扫墓这种事情，都是上午去的，她不敢迟到，所以早早起床就开始梳洗打扮。

一身雪白的连衣裙，如墨般的长发高高束起，脸上擦了点护肤霜，她本就年轻漂亮，肤色白皙，真是什么化妆品都不用了。

她一打开房门，就见卓希跟卓然夫妇全都准备好了。

茶几上还摆放着一瓶金色的香槟，应该是要带去墓园的。

“慕小姐，早。”

“慕小姐，早。”

大家跟她打招呼，她微微点头，下意识地看了眼书房的方向，很轻声地说着：“大叔还没出来？”

曲诗文微笑着道：“四少在书房。”

慕天星点点头，走了过去，连敲门都省了，直接开门进去。

在所有人惊讶的目光下，她这才发现，原来她可以在凌冽的面前这么放肆吗？

慕天星想起他是喜欢她的，所以才会默许她放肆，她的小脸有些红。她不但不收敛，反倒想着更放肆一点，以显示出他对她的特别。

“大叔。”

她看见他坐在轮椅上，面对着落地窗发呆。

书房里没有开灯，只有清晨柔美的阳光透过落地窗投射进来，落在地面上，仿佛细碎的金子洒落了一地。

她走上前，嗅着空气里的咖啡香气，微微一笑：“是拿铁的味道。”

他没动，也不语，浑身都散发着生人勿进的危险气息。

可是她真的不怕，走上前，也不管他愿不愿意，直接将他的轮椅转过来，朝着外面推去：“洗个澡，换身衣服，我们该出发了。”

凌冽眯了下眼，有些不懂她。

她接着道：“墓园离这里远不远？如果太远，我们先去吧，早餐在路上买，不要耽误了时间。我小时候在青城，每次祭祖扫墓都是一大家子赶在中午之前结束的。”

他沉默，任由她将自己推到客厅之后，忽然扬起了手。

她顿住：“大叔？”

凌冽看着卓希，眼中透着责备。

卓希赶紧上前，从慕天星手中接过了轮椅：“慕小姐，我来吧！”

慕天星有些紧张，绕到凌冽的面前，看着他：“怎么了吗？”

他终于抬起眼皮，像是施舍一样给了她一个眼神，又从身侧轮椅的夹层里取出纸笔，写下一个字，递给了卓然。

卓然上前接过，看着这个字：分。

所有人都震惊了！

慕天星有种灵魂无休止下坠的恐慌感。

卓然困惑地看着凌冽：“四少？”

凌冽一记凌厉的眼神刺了过去，卓然当即错开眼。

卓然有些为难地看着慕天星，然后从口袋里取出她的证件，递给她：“慕小姐，我这就帮您订机票，让阿诗先送您回慕家吧。”

慕天星不懂了。

她看了看卓然，又看了看凌冽，有些焦躁不安地拉住了凌冽的一只手：“大叔，到底怎么了？”

之前给她收拾好行李箱，不就是想着要带她一起来扫墓吗？现在为什么要她提前回去？

凌冽抽回自己的手，一言不发，散发出的气息有些冷。

曲诗文上前拉着慕天星，道：“慕小姐，我们听四少的话，先回M市去吧。再说，你不是一直很想回家，很想妈妈吗？”

慕天星不理会，两三下绕开曲诗文，跑过去，蹲在凌冽面前，很认真地看着他：“大叔，为什么要我先回去？为什么送我回慕家？”

这个男人，不是一直都在绞尽脑汁地想要把她捆在他身边吗？

凌冽淡漠地看了她一眼，道：“慕天星，很好玩，是不是？”

她有些心慌：“什么意思？”

“昨晚你跟孟小龙都通过电话了，那么大的事情，他会不告诉你？你们一起聊了十分钟，想必接下来会发生的事情，该说的，他都跟你说过了。”

凌洌紧紧盯着她，接着道：“所以，既然你已经知道我们两家的婚约已经取消了，还在这里做出一副想要陪我去扫墓的样子，是要做什么？很好玩？”

众人再次震惊了。

慕天星满头雾水地看着他，小手不自觉地将他的大手握得更紧。

婚约……取消了？

她一直期待取消婚约，现在真的已经取消了？

“我……我真的不知道，昨晚小龙哥打电话过来，说他妹妹要回来了，还说了一起去印度的事情，退婚的事情我真的不知道，我一点都不清楚。”

“还装？”

“真的！大叔，我说的是真的，你相信我啊，我真的不知道！”

“不论真的假的，这些都不重要了。”

凌洌的目光，一如她第一次见到的时候一样，深邃得可怕：“重要的是，现在我的父亲通知我，不用娶你了，因为孟家跟他说过，你是孟家一早就看中的儿媳妇。我父亲跟孟小龙的父亲达成了共识，现在，你可以离开了。”

慕天星：“……”

她的眼眶一点点红了，她像是要哭了。

她依旧蹲在地上，握着他的手，像个雕塑一样一动不动。

凌洌瞧着她这般动作，微微挑眉，却没再开口。

时间一分一秒过去，挨得如此艰难。

忽而她开口：“你……可是大叔不是喜欢我吗？”

凌洌紧紧盯着她，一字一句道：“这些都不重要，现在是孟小龙不让我喜欢你。”

慕天星张了张嘴，不知要说什么。

一直紧握的大手忽然从她的手里用力抽出，她下意识握紧，却根本来不及。

瞧着尴尬地顿在半空中的双手，她也不知道怎么了，眼泪就这样哗啦啦地流了出来。

“你这是在做什么？”凌洌不悦地蹙起了眉头，“我不需要你可怜我，慕天星，也请你不要在我面前装可怜。”

她擦擦眼泪，站起身，往后退了两步。

慕家跟孟家是世交，凌洌霸道地将她带走，还不让她回去，再加上孟小龙对她的感情，所以在她离开之后，孟小龙他们私下商议，让凌元主动提出退婚。

她知道，父母、孟家父母以及孟小龙，都是真心为她好。

她也知道，能够让凌元答应取消婚约，慕家跟孟家一定付出了不少。

她转过身，清楚地感觉到心如针扎般疼。

但是他说了，他不需要她可怜他。

那么她是不是该为了自己的幸福，回家去了？

卓希推着凌冽进了卧室，过了约二十分钟的样子，空气里弥漫着淡淡的沐浴露香气，凌冽换了一身干净的衣服出来。

依旧是黑色的衬衣，干净到纤尘不染的黑色。

一如他的发，他的眼。

慕天星已经不哭了。

她微红着眼眶坐在沙发上，曲诗文说了几次要送她离开，她都不肯。

现在，整个屋子的人都不知道慕天星在想什么。

凌冽出来的时候，一抬头就看见慕天星居然还在这里，黯淡的黑瞳先是亮了一下，紧跟着又隐匿住了情绪。

他望了眼曲诗文。

曲诗文有些为难地说："慕小姐不肯走。"

凌冽沉默。

"大叔……"慕天星见他出来，从沙发上站起身，看着他，"不管我们要不要结婚，我既然已经来了，就随你一起去看看阿姨吧，也……也没说一定要儿媳妇才能去拜祭的，即……即便做不成夫妻，也可以做好朋友。大叔，我是真的想去。"

卓希瞥了眼慕天星可怜兮兮的小模样，小声求情道："四少，就让慕小姐跟咱们一起去吧。"

凌冽却抓住了慕天星话里的字眼，道："我没有朋友，也从来没有把你当成朋友。"

她愣住，小脸煞白一片。

凌冽打了个响指，让卓希推着他出门了。

卓然拿起那瓶香槟，也跟上了。

"大叔！"慕天星看着凌冽离去的背影，不甘心地大喊，却换来他的一句："若是不想这么早离开，那就在这里等着吧。"

反正，他是不会带她一起去的。

慕天星又想哭了。

真是讨厌死了，她这辈子流的眼泪加在一起，都没有认识凌冽这几天流的多。

她留下了，曲诗文自然也跟着留下照顾她。

只是，就在曲诗文准备将套房大门关上的时候，慕天星也不知道从哪里来的力气，一把将曲诗文推开，撒开腿就朝着凌冽离开的方向冲了过去。

光是那气势，看起来就像西班牙斗牛勇士一样，彪悍得很。

慕天星冲到电梯口的时候，发现凌冽他们已经下楼了。

她无奈地去看别的电梯，都要等好久的样子。

她懊恼地冲向楼梯口，刚刚下去两步，就发现穿着高跟的凉鞋下楼太不方便了。

她银牙一咬，索性把鞋子给脱了，赤着白嫩的脚丫子往楼下冲去。

下楼一共要走二十八层。

当凌冽他们从酒店大堂出来的时候，曲诗文的电话打了过来。

卓然接的："喂，怎么了？"

曲诗文在那头焦急地大喊："慕小姐追出去了！你拖延时间，不要让四少那么快上车！拖延时间啊！"

卓然蹙了蹙眉，看着卓希推着凌冽的背影有些头疼："我怎么拖得住？"

"两三分钟就好，估计用不了两三分钟的。"曲诗文道，"我追她到了长廊上，发现她是从楼梯一路追下去的。"

楼梯？

一口气冲下二十八层？

卓然终于松口了："好，我尽量。"

跟妻子通完电话，他快步上前，挡住了凌冽跟卓希，面无表情地撒起慌来："四少，刚才酒店客服找我，说押金好像有问题。"

"啊？"卓希无语了，"我们不是他们酒店的会员吗？连消费都提前预存在卡里的，哪里来的问题？"

卓然无语地看了眼弟弟，示意他闭嘴。

而凌冽何等聪明，只这一眼便看出了端倪。

他眯起深不可测的眸子，不悦地瞪了卓然一眼。

卓然也是豁出去了，眼睛时不时瞥着楼梯口的方向，稳若泰山般站在那里，道："再等两三分钟就好了，四少。"

卓希连忙追问："大哥，怎么回事？"

卓然刚要开口，大厅里就想起一道急促的女声："大叔！卓希！等一下！等等！"

那是慕天星的声音。

凌冽整身子僵硬了一下，卓希扭头去看，就发现慕天星居然是从楼梯口的那个门冲出来的。

"等等我，一下就好！"

慕天星冲过来，在凌冽面弯下腰，抚着胸口大口大口地喘着粗气：

“大……大叔，还好赶上了。”

凌冽不语。

他的目光在她白嫩的脚丫子上扫过，他发觉她的脚趾上有些灰，她的手里还提着一双高跟凉鞋，束起的马尾辫没有松散，但是两边鬓角的碎发已经垂落下来了。

可能是感冒的关系，慕天星有些不适地吸了吸鼻子。

“慕小姐，您从二十八层跑下来的？”卓希睁大眼睛，明显不敢置信，“您……您真有毅力。”

慕天星不理会这些，只是看着凌冽，道：“我是真的想跟你一起去看看阿姨的。”

话音刚落，她的小手就被一股大力拖住，身子不由自主地前倾，眼看她就要倒下，凌冽的另一只胳膊直接环上她的腰，将她往他怀里一带。

一阵天旋地转之后，慕天星的世界停止了转动。

她看见自己居然横坐在凌冽的双腿上，而自己白嫩的小胳膊正挂在他的脖子上，粉红的脸颊也贴在他的胸口。

凌冽这么一套动作下来，行云流水，流畅自如。

慕天星不自在地错开眼，小声嘀咕着：“你……你经常拉女孩子坐你腿上吗，动作怎么这么熟练？”

凌冽不语。

她生气：“我都这样跑下来了，你一句话都不跟我说吗？”

凌冽还是不语。

慕天星气得要从他腿上跳下去，卓然却噙着几分笑意开口了：“慕小姐，四少是哑巴，您让他开口说话，这不是强人所难吗？”

周遭已经有很多道目光投了过来。

慕天星小脸微红，下意识往凌冽的怀里躲了躲，不想别人看见自己的小脸。

卷翘的睫毛根根分明，在凌冽的眼皮子底下轻颤着，就像是两把小刷子，撩得人心里痒痒的。

凌冽的大手绕到她脖子后面，从她的手里接过了她的鞋子。

他又从口袋里摸出一条纯黑色的真丝手帕，细心地捧起她的小脚，一点点帮她擦拭着脚底的灰尘，再帮她把鞋子穿好。

慕天星的小脸已经红得快要滴出血来了。

双脚的鞋子穿好后，她的双臂依旧圈着凌冽的脖子，整张小脸贴在他的胸口，小身子往他怀里缩了又缩。她似乎怕自己从他腿上掉下去，恨不能整个人都藏到他怀里去。

瞧着她这副模样，凌冽漆黑的瞳仁泛起一丝涟漪，眼中溢满的温柔就这样一圈圈晕染开来。

他微微俯首，嘴唇轻触她的头顶。

他鼻间轻嗅到的洗发水香味，跟他身上的一样。

这是他唯一喜欢的味道，清冷中透着淡淡的紫薇花香，好比喜欢上了一个人，却外冷内热。

这一停，就停了好一会儿。

凌冽没有开口，慕天星也没有别的动作，仿佛他的怀抱就是她依靠的港湾，温暖而安定。

直到卓希忍不住轻笑出声："慕小姐，您的鞋子已经穿好了。"

慕天星这才尴尬地抬起头，本想朝着卓希的方向看过去，却不想撞上了凌冽那如大海般深邃的眼神。

她差一点就溺死在这样的眼神里回不了神，她不自在地错开眼，干咳了两声，缓缓收回自己的小胳膊。从他身上下来后，她有些难为情，却不甘放弃地伸出手去："我来吧。"

卓希瞧了眼凌冽，见凌冽没有拒绝的意思，便开心地退在一边："好。"

卓然的嘴角渐渐勾了起来。

这一刻，看着慕天星仔细而认真地推着凌冽前行，这样的画面太过美好，令卓家兄弟都忍不住替他俩开心。

慕天星没再开口说让凌冽带她一起去墓园的话。

凌冽也没有说让慕天星留下的话。

他们就这样上了车，任由卓然将车开上了高速匝道，前往郊区的墓园。

慕天星下车，在墓园门口的花店里亲自挑了一束香槟色的郁金香，卓然付了钱。

从店里出来，她便将手里的花束自然而然地放在了凌冽的腿上。

阳光下，她笑得比花还美，绕过轮椅继续推着他行走在墓园的小道上。

不过片刻后，卓希便领着他们找到了凌冽母亲的墓。

慕天星瞧着墓碑上的照片，照片上的女人很年轻，也很漂亮，可距离传说中的风华绝代还有些距离。这个女人似乎少了一种气质，一种可以孕育出凌冽身上与生俱来的华贵感的气质。

她不由挑眉。

尽管她不会看相，但女人的第六感告诉她，这是个善良软弱的女人，或者是个逆来顺受的女人。

"这是你母亲？"她困惑地开口。

凌冽点了点头。

她侧头，瞧着凌冽望向石碑的眼眸如此眷念深情，不由想起曲诗文说过的话，凌冽的命是他母亲救的。

阳光渐暖，洒在他身上，可是此时此刻，她眼中最耀眼的光芒是他。

花束跟香槟都摆上了，卓然和卓希分别守在左右两边安静地等待着。

慕天星从轮椅后面走到了凌冽的身侧，对着照片上的女人鞠了一躬："阿姨，我叫慕天星，今天是您的忌日，我跟凌冽一起过来看您。"

她说完，便拉起凌冽的一只大手，紧紧握着，安静地陪着他。

恍惚间，她会想，如果时光能够就此停止的话，她跟凌冽就这样相互做伴，也挺温暖。

可是这样的想法不过刹那间就被她否决了。

凌家跟慕家的婚约在长辈们的约定中诞生，如今又在长辈们的约定中不复存在了。

而她跟凌冽，未婚夫妻的关系不存在，现在这般，也不知道算不算朋友。

她知道，她这辈子都不会忘记凌冽。

他对她来说，是一个很特别很特别的人。

风儿轻轻吹来，偶尔有几只白色的小蝴蝶调皮地绕在他们身边翩然起舞。

慕天星忽而侧头，看似漫不经心，实则小心翼翼地开口："大叔，你会不会忘记我？"

凌冽抬起头仰望她。

她所在的方向，永远都有阳光射过来，闪耀、温暖、明媚，满载着希望。

慕天星又道："明天回了M市之后，我回慕家，大叔回紫薇宫，从此以后，我们的生命还会不会有交集？"

他凝视她的眼，依旧沉默。

很长一段时间内，他们就这样四目相对，似乎要把对方的每一个眼神、每一个表情都深深刻在心上，似乎不论如何都看不够，似乎眼前除了彼此，就再也看不见世间万物。

直到卓然的手机铃声响起，凌冽这才先撤回了目光，也放开了紧握着的她的手。

"四少，刚才倪少打电话来说，清璃苑准备了午餐，邀您跟慕小姐一起过去。"

回城的路上，车里没有人开口说话。

可是凌冽不知何时牵上了慕天星的手，而慕天星也没有拒绝他。

两人并肩坐着，两人后脑勺彼此对着，各自朝着窗外看着，这样的气氛实在有些诡异。

卓希心里很着急，他自然是希望慕小姐可以留在四少身边，哪怕没有婚约也没关系，他们还可以自由恋爱再结婚的。

车子驶到某交叉路口的时候，卓然靠边停车："四少，要带慕小姐一起去吗？"

左边，是回酒店的路；右边，是去清璃苑倪家的路。

自从凌冽六岁失去母亲之后，倪家便像是凌冽的家，倪子洋夫妇对他如同亲孙，他不知其中缘由，却由衷感激多年。

他凝视慕天星漂亮的小脸："你要去吗？"

去了，就是去见他的家人，见过了他的家人，他便再也不会给她任何逃开的机会了。

慕天星望着他复杂的眼神，一颗心就这样怦怦跳了起来，越跳越快。

见她不语，凌冽的食指在她粉红色的小掌心里细细摩挲起来。

那酥酥麻麻的感觉跟他瞳孔中的温柔一般，层层叠叠漾开到她心底，像一种无声的引诱。

慕天星抿了抿唇，微微错开眼不去看他，刚要开口说点什么，身侧的男人却又道："想好了再答，要去吗？"

重复的提问，高调的提示，她一下子就懂了。

他若不想要她跟着，便会直接吩咐卓然把她先送回酒店。既然他开口问了她，那便是将选择的权力交给她。

甚至，他还提醒她，去吃这顿饭有着特别的意义。

他看似尊重她的决定，不予干涉，却还小心翼翼地透着期盼，到现在还不肯放开她的手。

慕天星忽然想笑，因为觉得很开心。

以前他总将她捆在他身边，她想要逃，现在他给她选择的机会，她却希望他能霸道地挽留她。

她的耳根被他灼灼的目光烧红了，眼眸晶莹透亮，一整张脸都含着少女情窦初开的灵韵，她轻轻开口："这样……这样空着手去不大好吧？听说你一年才过来一次，我们买点礼物再去好不好？"

慕天星的声音越来越小，可是身侧男子嘴角扬起的弧度越来越大。

他的大手用力收紧，仿佛全世界的幸福与光明都在其中。

"好。想买什么？都听你的。"

凌冽话音刚落，卓然便下意识地看了眼时间，十点四十五分，去市区买点东西还是来得及的。

卓希在前面傻笑起来，笑着笑着却鼻子发酸，莫名想哭。

卓然察觉到弟弟的异样，白了他一眼：没出息！

卓希却回瞪了哥哥一眼，那眼神无声地控诉着：我就没出息，没出息，没出息，那又怎样？四少身边总算有个贴心的人儿了，还是四少自己喜欢的。

大掌中的小手忽然抽走。

凌冽猛然侧头瞧着她，就连瞳孔都缩了缩。

而小丫头只是掏出了手机，像模像样地开始搜索着什么信息。

他眯了眯眼，便瞧见她灵巧的手指打出一行字：第一次去公婆家买什么礼物比较好？

许是她太过投入地关注搜索的结果，以至于没有将手机侧过去，只是侧过了脑袋，掩耳盗铃般以为凌冽看不见她的正脸，便也看不见手机上的内容了。

偏偏，一道幽幽的声音自她身侧传了过来："原来你这么想嫁给我，早知今日，一早你还别扭什么呢？不是瞎折腾吗？"

她轻嗤，不理他。

他又道："你啊，就算是翻天的猴子，也逃不出我如来佛的手掌心。喜欢我就直说，我又不是那么不好亲近的人。"

慕天星终于咬着牙，扬起脑袋觑着他："谁说我喜欢你了？谁说我想嫁你了？谁瞎折腾了？你说谁呢？！"

"你也不用不好意思，现在都什么年代了，姑娘对男人表白也是很常见的。"

"啊？我对你表白？我什么时候对你表白了？"慕天星小脸通红，将手机收好，又道，"大叔，我看你年纪不大，怎么都开始出现幻听了，要不要去医院检查一下听力？"

"恼羞成怒了？你明明就是喜欢我，还死鸭子嘴硬。"

"你……到底谁喜欢谁，我们心知肚明！"

"瞧你这副粗鲁的样子，这辈子除了我，还有谁敢娶你？"

一来二去，凌冽始终气定神闲，悠然中透着欠扁的感觉。慕天星的声音却越来越大，语气里的火药味也越来越浓。

争执之下，慕天星豁出去了。这男人简直太过自大，她盯着他大喝一声："爱慕本小姐的男人多了去了，想娶本小姐的男人更是从宁国排队排到中国去了。你以为天下就你一个男人？远的不说，就说近的，小龙哥还在家里等着我呢！"

啪！

啪！

啪！

车厢顿时安静了下来。

凌冽捏响手指关节，冷漠的目光投向了窗外。

慕天星也不理他了，忽然觉得之前对他的好感通通都是错觉。

她气闷之下，对着卓然大喊了一句：“停车！我要下去！”

凌冽迅速转头看着她，一把用力抓住她的手臂：“真生气了？”

她前一秒是真的生气了，可是现在一点都不气了。

她哭笑不得地盯着他：“我下去买礼物，让卓希跟着我就好。”

凌冽深深地看着她，从她的瞳孔中看出了认真，这才缓缓松开手，还不忘叮嘱：“希，注意保护好她，早去早回。”

卓然找了个停车位将车停好，卓希便跟随慕天星离开了。

卓然绕到车后，很快就回来了，回来的时候端着一杯热拿铁，递给凌冽。

车门一关，自成一个世界。

可惜这趟是出来办事的，还要跑高速，不然开着家里的加长版宾利出来，车里自带吧台，想喝什么、吃什么都特别方便。

“四少……”卓然忽然打破沉寂，透过后视镜瞧着凌冽，“都说当局者迷，旁观者清，所以，您有没有发现，每次您跟慕小姐之间的气氛，只要刚刚好一点，就会立即被您自己破坏掉？”

凌冽：“哪有？分明是她。”

卓然轻笑，又道：“其实，每次你们好不容易感情升温的时候，我们在一旁看着都挺替你们开心，只要……”

“只要什么？”

“只要每次到了美好的时刻，您都少说一句，或者彻底闭口不言，这样美好的气氛一定会一直一直延续下去的。”

凌冽：“……”

“其实四少不用刻意去注意什么，在外人面前，您是哑巴，反正不能说话。所以，只要跟慕小姐在一起的时候，您尽量不要开口说话，我相信不出三日，慕小姐一定会很爱您的。”

凌冽：“……”

卓然由衷地给出建议，却换来某男的愠怒：“你的意思是，我就应该做个真正的哑巴，从头到尾不要说话？”

“不……不不！”卓然额角开始冒汗，想要解释，又发现解释不通，干脆闭嘴。

一杯咖啡喝完，凌冽静静等了一小会儿，透过深色的玻璃窗，终于看见了自己魂牵梦萦的小人儿。

慕天星坐回凌冽身边，精致的小脸上神采飞扬。

她笑眯眯地盯着凌冽，那月儿般弯弯的嘴，还有星儿般璀璨的眼，都显示着她心情不错。

“都买了什么？”

他拿过手帕，轻轻擦了擦她鼻尖上的汗渍。

这会儿快到中午了，太阳特别大，她才出去了一会儿而已，就热成了这样。

凌冽给她擦完，就拿出一瓶酸枣汁，打开，放好吸管，再递给她。

卓希刚刚把东西放后备厢，在打开副驾驶那边的车门的一瞬，就瞥见后面的这一幕，不由啧啧感叹起来，四少毕竟恋爱了，以前那么多年里，什么时候见过四少这么伺候过一个人？

车继续前行。

慕天星咕噜咕噜喝了好多酸枣汁后，这才喘了口气，看着凌冽："买了适合做见面礼的东西呗！我都是刚才在网上查的，大叔要去见的人一定对大叔很重要，我不会乱买的，放心啦！"

她说完，抬起小手在他胸口拍了两下，一副让他不要担心的样子。

凌冽不说话，只看着她。

他的眼神渐渐温柔，嘴角渐渐轻扬。

H市闹市区的风景还是不错的，尤其有很多前朝时候留下来的古建筑群，如今瞧来，别有一番情趣。

可是凌冽的眼看不见周遭万物，他只是盯着身边的小家伙，仿佛怎么都看不够，一颗心，一缕魂，全都被她的一颦一笑牵动着。

他知道，自从半年前青城水库下的那一吻开始，他便入魔了。

小丫头将一整瓶酸枣汁喝完，将瓶子丢在一边，忽而很羞涩地看了眼凌冽。

那眼神，就像是做了什么事情，想让他知道，又不好意思让他知道一样。

她酡红的脸颊，怯生生的大眼，真是甜进了凌冽的心里。

"大……大叔。"

"嗯？"

"我……我买了个礼物想要送给你，但是我没带钱包，所以是卓希刷的卡。等回了酒店，这个礼物的钱，我会还给你。"

他愣了一下，这才细细回味她的话："给我买的礼物？"

凌冽还真是没反应过来，因为他始终是一个人，生日也好，节日也好，都是一个人待着。哪怕逢年过节，他也很少会回凌家的山顶别墅跟父兄团聚，他的身边只有卓家兄弟。

他记忆里，生日的特别之处，也不过就是曲诗文会在那一日给他做蛋糕，还有一碗长寿面，如此而已。

他不懂，却很虔诚地看着慕天星，问："有节日？"

不然好端端的，送什么礼物？

他连过年都不曾收到过什么礼物。

慕天星有些尴尬地抓抓头发，一时不知该如何回应。

她只是偶然看见了，觉得挺适合，就买了，也没想过什么节日的问题。从小到大，她收到的礼物真是多得数不胜数，哪怕在很平常的日子里，也会有人给她送礼物。

就在这时，卓然忽而开口道："四少，中国的七夕节好像就在今天。"

慕天星诧异："七夕节？什么意思？"

凌冽也挑了下眉，静待下文。

卓然笑了笑："之前我跟阿诗蜜月旅行的时候，正是在盛夏去的中国。当时也是这个时候，全中国都在过七夕节。这个七夕节就相当于国际情人节一样，互相喜欢的男女相互赠送礼物，表达心意。"

"呃……"慕天星闻言，小脑袋埋得低低的，下巴直直抵着自己的胸口，整张脸都烧红了。

她可以说她不知道今天刚好是七夕节吗？

身侧男人的嘴角却扬起了一个绚烂的弧度，大手直接朝她伸了过去，掌心朝上："我的情人节礼物呢？"

"那个……"她舌头都在打结，"送人礼物要用自己的钱，我没带钱，等我回去把钱还了你，明天再给你礼物吧！"

延迟一天再送，就不算情人节礼物了。

慕天星的小算盘打得响，可是凌冽并不买账，甚至有些生气，他的声音冷了下来："是你自己拿出来，还是我来搜身？"

慕天星还是不动。

她本来就不好意思，现在一听今天是七夕节，更不好意思了："我这辈子都没送过谁情人节礼物，你就不能等明天吗？"

"要的就是今天。"凌冽拧起了眉头，小孩子耍赖、撒娇般抗议起来，"我从小到大都没有收到过礼物，你是第一个送我礼物的人，就不能痛快点给我吗？"

轰！

慕天星愣住了。

他居然从来没有收到过礼物？二十六岁的男人了，是怎么活在这个世上的？

思及他的童年，慕天星又开始心疼了。

她发现，遇上这个男人，就是她的劫数。

卓然似乎知道慕天星害羞，于是摁下一个键，前后座之间的幕帘缓缓下落，把车内世界隔成两个小天地。

慕天星把手伸进了包包里，取出一个精致的小盒子，放在他早已经摊开的手上：“给！”

那小盒子放在凌冽掌心上的那一刻，他顿时变得安静起来。

他视若珍宝似的将小盒子捧在手心里，细细摩挲了好一会儿，深吸一口气，才打开。

盒子里面安静地躺着一条项链，银色的，坠子上有变幻莫测的紫薇星系图案，中间的那颗紫薇星上镶嵌了一颗美得摄人心魄的蓝宝石。

他住的地方，叫作紫薇宫；她最喜欢的颜色，就是蓝色。

“你喜欢吗？”慕天星看他怔住，伸出小手在他眼前晃了晃，又将那条项链拿了起来，白嫩的小手环住他的脖子，帮他把项链戴好，“这是男款的，我一进店里就发现了。虽然有些贵，但是还是想要买给你，因为我好像从来没有送过你什么。”

帮他戴好项链之后，她退开坐好，一本正经地瞧了瞧，笑了：“大叔，你真帅！这条项链都被衬得更好看了！”

瞧吧，小丫头的小嘴儿多甜啊。

也不说项链挑对了是她眼光好，只说他帅。

她瞧着他半天都没有一点反应，有些纳闷：“你不喜欢？”

就在慕天星不知道他搞什么鬼的时候，他却红了眼眶，忽然一把捞过她的小身子紧紧搂在他的怀里，很轻很轻地说了一句：“慕天星，你好温暖。”

凌冽的怀抱始终带着清冷的紫薇花香，却让她的心神格外安定。

曲诗文跟慕天星说过：“你应该很喜欢四少的，只是你自己没发现。”

慕天星瞬间有些慌神，将目光移到他的腿上。她倒不是那种势利小人，只是如果明天回了慕家，她拉着凌冽的手跟父母说，她喜欢凌冽，父母一定会急疯的吧？

小丫头看似在他怀里一动不动，可是小脑瓜已经将日后的事情思虑了千百回了。

若是要跟凌冽在一起，此后的路，怕是难走。

她最爱的人便是父母，她怎能叫他们伤心？

她轻叹了一声，却没发现，在她对未来的千般设想下，她潜意识里已经接受了自己喜欢凌冽的事实了。

拥住她的大手忽而紧了紧。

她的思绪就这样被拉了回来，她一抬头，就迎上他别有深意的眼神。

他像是能瞬间看透她的灵魂，竟然开口就道：“别想太多，相信我。”

她知道这话必有深意，却不知究竟会有多深。

他凝视她困惑的眼，终是虔诚地允诺她：“慕天星，只要你给我一缕阳光，我便给你一整个世界的光明。”

她心头有小小的感动。她想，像他这般大男子主义的少爷，能开口说这样情意绵绵的话，只怕不容易吧？

她眨眨眼，抬起小手在他心口一下下画着圈圈，娇嗔着：“你这算表白吗？”

她明知他的心意，却还是想开口听他说呢，怎么办？

她从什么时候开始，谈恋爱就变得世俗起来了，爱听男人口中的甜言蜜语了？

凌冽忽而轻笑了起来，仿佛整个人都沐浴着阳光，他捏住新收到的项链的坠子，戏谑道：“看在你送我情人节礼物的分上，你说算就算。”

慕天星：“……”

满是期待的小脸一下子就垮了下来。

那些柔柔的、情窦初开的情意，顿时化作一把把小刀子直直朝着凌冽的眼刺去。

她皱起眉头，挣扎着要摆脱他的禁锢，刚要开口，他就俯首擒住她的小嘴儿，彼此间紧得不剩丝毫缝隙。

她扬起粉拳在他胸口一下下砸着，最终手还是无力地滑了下去。

好一会儿之后，卓然在前面提醒道：“清璃苑到了。”

凌冽这才从她的檀口中退了出来，却还是不尽兴，如小鸡啄米般在她唇上点了好几下才罢休。

慕天星真是羞死了，双手捂着脸，凝眉嚷嚷着：“坏人！”

不用看也知道，她的唇肯定肿得变形了，这下车后还怎么见人，这男人怎么这样！

她愤愤拿下小手，刚要大骂他，却发现——

天！

他的那里……那里那里……居然支起了一个小帐篷！

阿诗姐说得对，他的男性功能还是正常的。

这么说，以后他俩想要滚床单的话，只能是……女上男下了？

小脸蛋忽然被人不轻不重地捏了一下，她疼得一脸委屈，抬眼看着凌冽：“干吗？”

这一看，她才发现，他的脸颊上有着不自然的红晕，眼神更是闪烁不定：“你一直盯着我看，是想做什么？”

慕天星：“……”

凌冽又递上一张抽纸给她：“擦擦口水吧！”

慕天星：“……”

雷神啊，劈死她吧！

她居然盯着一个男人的那里一直看一直看，看到自己流口水了还浑然不知！

她机械地接过纸巾，擦了擦，这才惊觉，哪里有口水啊，根本没有啊！

“你……你耍我！”

“谁让你一直盯着我这里看的！”

“闭嘴！不许说！”

“有胆子看，没胆子承认，你的胆子就这么小？”

“够了！凌冽，别以为我怕你！”

“行了，别闹了。你若是想要，回了紫薇宫再说，现在先下车。”

“我不想要！你浑蛋，你闭嘴！你不要再说话了！”

“我又没说错，你一直盯着我看，又失神了，难道不是在想那件事？”

“啊！”

前面的卓家兄弟连连叹气！

多好的氛围啊，那么甜蜜温暖的气氛，硬生生让四少自己破坏掉了。

若是四少让着人家小姑娘一点，不论小姑娘说什么，他都闭口不言，那么天下一定很太平。

卓然的车直接停在了倪家别墅门前。

慕天星从车里出来的时候，回头一看，才惊觉这居然不像是私家院落，反倒更像是一座静谧的森林公园。两边有很多高大的花草树木，别墅侧面还有一大片特别美丽的人造湖，湖上有小桥、假山，怪石嶙峋，朵朵莲花宛若花灯般漂浮在水面上，有一种水墨画意境般的美。

卓然提着精致的礼盒，卓希推着凌冽。

而他们与慕天星擦肩而过的时候，凌冽的那只手，宛若长了眼睛般，精准地将她的小手捉住，把她拉到身侧，与他并排前行。

慕天星刚才满肚子的怨气，现在因为他这一个动作，彻底烟消云散了。

慕天星跟着凌冽进去，一边走，一边细细打量屋子里的陈设，边看边啧啧称奇：“好多古董，好多装饰品，居然是珠宝做的！”

太有钱了！

“大叔，这是你家亲戚吗？”

凌冽抬头看了她一眼，摇头。

慕天星瞧见了很多欧式壁画，仅装饰物就是珍贵稀有的玛瑙跟红、蓝宝石，她惊艳得几乎不敢眨眼睛。她嘟着嘴：“那你怎么认识他们的？他家做什么的？太厉害了。”

卓希忽而笑了笑，道：“这是月牙夫人的娘家。”

“哦，我的天！”慕天星震惊了。

月牙夫人本名倪夕玥，是倪氏珠宝集团董事长倪子洋的女儿，更是当今宁国最为尊贵的女人。而他们身为宁国子民，谁人不知月牙夫人？

待他们快要走完半个客厅的时候，迎面便撞上了匆忙迎过来的倪雅钧。

他微笑着，脚下的步伐极快，在凌冽他们面前站定后，胸口微微起伏着。他道：“抱歉，该去门口接你们的，刚才有点事情耽搁了。”

不等凌冽开口，慕天星已经耸耸肩笑了，一脸俏皮天真：“没关系。”

倪雅钧看着她，也笑了：“没想到，你体质不错，烧退了之后整个人就精神多了。”

慕天星跟着笑了：“多亏雅钧哥哥带了医生来酒店看我。”

“喀喀！喀喀喀！”

他俩都愣了一下，这才发现，轮椅上的男人的脸色阴沉得不像话。

卓然似是最能明白凌冽心中所想，就在大家诧异的时候，他看着慕天星，温润开口：“慕小姐，四少跟倪少就差四岁，您叫倪少为雅钧哥哥，却叫四少为大叔，似乎有些不妥。”

凌冽一个眼神都没给慕天星，而是直直凝视着不远处的厅门，仿佛卓然说的一切都是他默许的。

慕天星扯扯嘴角，看了眼倪雅钧：“雅钧哥哥，你二十二岁啦？”

倪雅钧点头笑道：“对啊，所以爷爷才说我还太年轻，让我明天跟着你们一起回M市锻炼两年再回来。这件事情我跟四少说过的。”

凌冽忽而偏了偏脑袋，抬起一只手优雅地撑住他高贵的头颅。

慕天星觑着他，想笑。

这个男人，但凡沉默的时候，都是用来摆pose的，还真把自己当模特啊，装酷又扮帅。

“还真是二十二岁啊，只比我大四岁呢！”慕天星刚说出口，小手就已经被一股大力捏得生疼。

她扭头，瞪着凌冽：“大叔，你干吗啦？”

凌冽也瞪着她。他一直对她很宽容，偏偏这会儿火气蹿上来了，还真是让她摸不着头脑。

倪雅钧意会，轻笑着退后一步，与慕天星保持了一点距离后，便瞥见凌冽微蹙的眉头终于舒展开来。

倪雅钧摇头，无奈道：“走吧，爷爷奶奶都在楼上等着呢。”

慕天星诧异地看着他：“雅钧哥哥，你的父母呢？”

“他们在美国和意大利两边跑，爷爷把美国纽约的产业交给了我父亲打理；外公把意大利的产业交给我了母亲打理，所以我父母生下我之后，就把我丢给了爷爷奶奶，一年就回国小住两三个月陪陪我们，如此而已。”

“哦。”慕天星看着他，又道，“原来月牙夫人是你的姑姑。”

“是啊。”

慕天星当即很单纯地看向他，双眸中闪烁着满满的好奇：“那么，你们跟大叔是什么关系呢？”

倪雅钧下意识瞥了眼凌冽，忽然不自在地错开眼，没答话。

这一下，慕天星更为好奇了：“是亲戚？还是故人之子？”

“呵呵。”倪雅钧笑着领他们进了电梯，转移话题道，“你能喝酒吗？我奶奶酿的米酒，度数可不低哦，喝的时候觉得甜甜的，喝完以后，酒劲才会慢慢上来，酒量不好的人，容易醉。”

慕天星不是笨蛋，见对方转移话题，下意识握紧了凌冽的手。

凌冽在轮椅上仰头望着她。

电梯门打开，见卓希先推着凌冽出去了，慕天星这才道：“我酒量还行吧，米酒应该还难不倒我。”

闻言，倪雅钧扑哧一声就笑了：“是，在酒吧里，一杯奥地利水果酒而已，就已经烂醉了，你的酒量真的很不错。”

慕天星吐吐舌头，有些不好意思地跟上。

脚下是乳白色的正方形水晶砖，晶莹透亮，几个人走在上面，就像是照镜子一般。慕天星穿着连衣裙，有些尴尬，步子迈得有点小，就怕底裤的样子都在水晶砖上被照出来。

她抬头望去，美轮美奂的水晶灯上全是紫色的小花朵，每一朵都是精雕细琢而成的，绽放着圣洁明媚的光芒，再经过晶莹的地砖反射出紫色的图案，美得令人窒息。

倪雅钧依旧很绅士地笑着解释：“这是卡萨布兰卡花，是我爷爷奶奶当年的定情之花，紫色是他们最爱的颜色。所以，你不要见怪，我们家里有关这种花跟这种颜色的物品特别多。”

慕天星了然地点头：“我知道，就像我跟大叔的家里好多东西是蓝色的，因为我喜欢蓝色。”

在慕天星看不见的角度，凌冽的嘴角弯了弯，眼神透亮。

小丫头的嘴越来越甜，刚才那句话里的某些用词再一次取悦了他。

一行人来到玄关处，玄关后有唯美的紫色珠帘，两名女佣一左一右将珠帘拉开，一个温馨的小餐厅赫然呈现在他们眼前。

餐桌前有个供人小憩的沙发，是紫色真皮的，漂亮的茶几上摆满了新上的茶果，餐桌上的旋转盘上已经摆好了十几样精致可口的冷盘。

“小冽！”

一道女声传来，众人齐齐望了过去。

声音的主人穿了一袭月白色的连衣裙，黑亮如墨的长发被她高高束成了一个马尾，她左脚的脚踝上戴着一串紫色水晶脚链，慕天星眯起眼看，那脚链上细碎的水晶雕琢成的图案似乎也是卡萨布兰卡花。

“奶奶，我回来了。”凌冽坐在轮椅上，对着那名女子微微一笑，双眸里涌动着满满的温情。

慕天星难以置信地看着倪雅钧：“这是你奶奶，不是你妈妈？”

他奶奶保养得太好了吧？

倪雅钧垂眸笑了笑，道：“我姑姑跟我奶奶一起上街的话，会被人误认为是姐妹呢。”

就在女子上前紧紧握住了凌冽大手时，慕天星彬彬有礼地唤着：“倪夫人好！”

倪夫人侧头望了她一眼，了然地看着凌冽：“这就是你昨夜找的那个小丫头？”

凌冽耳根一红：“让奶奶见笑了。”

“不见笑，不见笑！”倪夫人俯身将凌冽往怀中抱了抱，然后依依不舍地分开，又捧着他的脸颊细细看着，“更帅了呢，好像比上回瘦了点。”

凌冽但笑不语。

这么多年，他已经习惯了。每次他回来扫墓，倪家人必然要跟自己一起吃饭，一见面必然要这样亲昵一番。他不清楚原因，却真诚地心怀感激。

倪家人对他而言，比那些住在山顶别墅的父兄更为亲近，也更为重要。

倪夫人眼中噙着泪，放开凌冽后又拉过了慕天星的小手，上上下下打量了慕天星好一番，道：“这姑娘真好看，难怪我们小冽那么喜欢。”

慕天星小脸一红，不知道该说什么。

这时候，卓希忽然孩子气般地告起状来：“夫人，凌老爷子实在太过分了！他居然联合外人把两家的婚约说取消就取消了。四少好不容易才动了真心，这下又说不让四少娶了，拿我们四少当什么呢，真是过分！”

凌冽不悦地蹙眉，眼神凌厉地扫了卓希一眼。

这种事情，就不应该在这样的氛围下拿出来说。再者，不论凌老爷子要什么手段，他想要娶的人，就一定有办法娶到，不需要过问任何人。

“是凌家跟青城的孟家达成了新的共识。”一道温润、充满磁性的嗓音飘了过来，“所以以凌元见利忘义的性子，势必会退婚，并且极力促成慕小姐跟孟公子的婚事。”

众人再次抬眼望去，见从餐厅门口走过来一名男子。

只一眼，慕天星的心都醉了，这种风华绝代与年龄无关，她甚至不敢想象他年轻的时候该是如何帅气。

男子手中拿着一条紫色披肩，就这样当着众人的面，轻轻把披肩搭在了倪夫人的肩上。

他还在她耳边带着宠溺地呢喃：“餐厅冷气开得足，小心别着凉。”

倪夫人微微一笑，就这样靠在了丈夫的怀里。

慕天星瞧着，心里柔柔的、暖暖的，满是艳羡。

倪雅钧呵呵笑着：“现在没有外人，全都坐下，先聊会儿，一会儿再吃饭。”

说着，他直接拍了拍凌冽的肩，并率先走到了沙发前坐下，又对着凌冽做了个过来的动作。

凌冽下意识看了眼慕天星，抬起手掩着嘴咳了两声，幽深的眸子隐匿住寸寸光芒，对倪雅钧摇摇头。

倪雅钧面露困惑，卓希却将凌冽的轮椅推到了倪雅钧身边：“倪少，这样四少就跟您坐在一起了。”

慕天星之前还沉浸在倪子洋夫妇恩爱的画面里，刚刚回神，以至于没有注意到刚才凌冽跟倪雅钧之间的小动作。

待她反应过来，倪夫人已经拉着她的手将她拉到了沙发另一侧坐下，并笑呵呵地取出一个精致的蓝丝绒礼盒，从里面拿出一对精致的金珍珠耳环递给她：“你第一次来，我想着要准备点什么的，可是一时又拿不定主意。还是月牙提醒我，说在她房间的珠宝盒里，还有一对金珍珠的耳环。她说了，让我一定要交给你，谢谢你让小冽幸福。”

慕天星瞧着眼前的这对金珍珠，有些被吓到了。

这样的耳环戴出去，不是明摆着告诉别人她有钱，等着别人来打劫吗？

“倪夫人，这个东西很漂亮，但太贵重了。您看我身上，从来没有这些奢华的东西，我就喜欢简简单单的。这样要洗澡的话，直接拿着衣服就冲进浴室里了，不需要先坐在梳妆台前把首饰从身上一样一样地摘下来，太麻烦。”

慕天星明明是拒绝的，却偏偏能用甜死人的腔调，把人的心情也哄得甜甜的。

她一笑，似乎那一片天地都跟着明亮起来。

慕天星穿着白色连衣裙，却是纯白色的，跟倪夫人的月白色相比，虽显得稚嫩，但有自己清新灵动，毕竟她才十八岁。

倪夫人笑了，看了眼倪子洋。

倪子洋也笑了，看着慕天星道：“这是月牙吩咐的，我们做父母的，自然是要遵从孩子们的意愿。不管你想不想要，都暂且收下吧，等下次见了月牙，再亲自还给她也行。”

“呵呵。”慕天星有些尴尬地笑了，“我……我不过是个小姑娘，怎么会有机会见到月牙夫人那样尊贵的人。”

倪夫人摇头轻笑：“月牙也不过是个普通的女人罢了，你别把她想得太过传奇。”

“拿着吧。”忽而，慕天星对面的凌冽轻声开口。

慕天星诧异地看过去，就见凌冽那深不可测的眼含着复杂的意味。

她伸手接过，有些不好意思：“我……这么贵重，我觉得我说的感谢之言的分量完全不够。”

这两粒金珍珠，色泽都是顶级的，极圆，直径有十三毫米左右。行家一出手，就知有没有。慕天星的母亲特别喜欢珍珠，从小到大，母亲的珍珠饰品特别多，她的也特别多，所以她对珍珠多少了解一点。

她带着几分珍惜地想把小盒子合上，可是倪夫人伸出手将耳环拿了出来，帮她戴在了她的耳垂上。

她有些局促地看了眼凌冽，却发现在倪夫人收回手的时候，凌冽冲她温柔一笑：“很美。”

这时候，凌冽才想起来，他从小到大不是什么礼物都没有收到过的。

十岁生日那年，月牙夫人托人给他送了小金卡。

二十岁生日那年，月牙夫人将拥有半个世纪历史的幻天乐器厂交到他手中。

月牙夫人好像从来只会出现在电视、报纸、杂志上，从未活生生地在他眼前出现过。但是她把卓然、卓希还有曲诗文带给了他，让他们伴着他熬过了那段最为黑暗、痛心的日子。

在凌冽心里，月牙夫人就像是跟母亲一样重要的女人。

他不愿意去想那背后有什么故事，他也曾抵触过那样的恩惠，觉得那就像是在施舍。

可是，随着岁月的流逝，他发现月牙夫人对他的好，都是不要求任何回报的。

思及凌元待自己的种种，凌冽怀疑过自己究竟是不是凌元的亲生孩子。

设身处地去想，作为一个男人，对自己最爱的女人留下的儿子，肯定会百般疼爱。而凌元身为父亲，这个儿子年幼残疾，他应该会将更多的关爱放在这个儿子身上才对。

哪里有亲生儿子残废了，就赶紧将他丢出去让他自生自灭的，是个人都不会舍得吧？

至少，凌冽将来若是有了自己的孩子，是绝对不会舍得的。

凌冽轻叹了一声，眸光顿时黯淡了下来，仿佛童年时所有的不好的记忆都席卷而来了。

肩上一沉，他抬头望去，迎上倪子洋关切的眼：“孩子，别多想，好好生活。”

凌洌满眼复杂地凝视着他，很想问一句：你们究竟为什么对我好？

但是，倪子洋不会告诉他。

没有人会告诉他。

非你不可

第六章 Little wife

慕天星本来只觉得金耳环很珍贵，就没有别的感觉了，但是听凌冽开口夸自己很美，她就站起身，有些难为情地说着："有没有镜子？我想去照照。"

倪夫人扑哧一声笑了，抬手指指不远处的一间房，道："那里是月牙的房间，去吧！"

她微愣，小脸酡红，有些局促地站在原地："月……月牙夫人的房间，我怎么好进去？"

月牙夫人可是整个宁国的骄傲！

她从政后，哪里遇上自然灾害，哪里有重大疾病，哪里有弱势群体，哪里需要召开针对妇女与儿童的国事访问，哪里有贫困儿童跟被歧视的妇女，她美丽的身影就会出现在哪里。

她是所有宁国人都敬重的女神。

倪子洋扭头看了眼妻子，道："她既然忐忑，你便陪着她一起去吧。"

倪夫人微微笑着，拉过慕天星的小手攥在手里："走，奶奶陪你去，照照我们的小天星到底有多美。"

众人坐在餐厅里，看着她俩的身影渐渐消失在紫色的水晶珠帘之后，却还能听见她们越来越小声的对话——

"你叫天星呢，我有个姐妹，相识多年，玩得极好，也叫天星。"

"呵呵，我妈妈最崇拜的女人就是洛天星，所以才会给我起了这个名字。"

"哈哈，原来如此，我说呢。我那个姐妹，就叫洛天星。"

“呵呵，倪夫人，您认识好多皇室里的人哦！”

慕天星随着倪夫人进了月牙夫人的卧室，在梳妆台前照了照镜子，自己都惊艳了。

果然是人靠衣装，佛靠金装。

这么奢侈的金珍珠往耳垂上一挂，真是很有气质。

她转过身，想要赶紧离开，毕竟这里的东西全都透着尊贵，向来毛毛躁躁的她就怕弄坏了什么。

偏偏转身的瞬间，她忽然看见墙上挂着一幅巨大的照片。

照片里有一群陌生的人，有一些是在电视上看见过的，除此之外，还有倪子洋一家人。

那是倪子洋一家与皇室成员的合影。

“这个是如歌夫人？”慕天星挑眉，目光在照片上扫过，她突然惊呼，“如歌夫人跟天凌大帝长得好像，他们的脸，跟凌冽大叔的也好像！”

一只手迅速捂住了她口不择言的小嘴。

倪夫人有些紧张，语气透着几分神秘的意味，定睛看着她：“这种话，出了这间房，就不许再说了。”

慕天星后背直冒汗。

如歌夫人跟天凌大帝长得像，是因为他们是母子，但是凌冽大叔跟他们长得像，又是为什么？

她原以为不过是巧合，毕竟天下之大，相貌相似的人太多了。

但是瞧着倪家对凌冽不一样的关心，还有倪夫人此刻奇怪的态度，慕天星忍不住想，莫非凌冽的母亲是皇室的人？

她乌溜溜的眼珠直转，面上连连点头答应。

倪夫人见她听话，这才放开手，又带有几分抱歉地说着：“我也没有别的意思，只是如歌夫人跟天凌大帝都是那样高不可攀的人物，那不是我们可以随便臆测议论的，以后不要再这样了。”

“是，是我刚才鲁莽了。”

“嗯，走吧，我们出去吃饭了。”

慕天星一回到餐厅，就看见凌冽关切的眼神正向她投来。她心中一暖，摇了摇头，冲他笑着：“你说得没错，确实很美。”

凌冽这才稍稍勾了勾嘴角，却不语。

接下来的时间里，大家一起用餐，每个人的面前都有一碗倪夫人亲自做的酒酿丸子和米酒。

凌冽真的很爱吃酒酿丸子，一连吃了三碗。

慕天星喝了半碗米酒，脸颊就有些发红了。

倪雅钧说得对，倪夫人酿的米酒，酒精浓度还是比较高的。

凌冽侧头细细瞧着她，白皙的大手伸了过去，将她手心里的那份米酒拿走，道："吃点别的菜吧，一会儿喝醉了，还要闹人。"

慕天星乖巧地点点头，依偎在他身侧，待他把她那份吃完，不论他往她盘子里夹什么，她都来者不拒地吞下去。

迷离的醉眼温柔可人，白皙光滑的肌肤时不时在凌冽的胳膊上来回蹭着，软绵绵的小模样，深深地映在凌冽的一双眼眸里，被海水般的温柔包裹着。

午餐结束后，慕天星醉了。

倪夫人让人打包了一份酒酿丸子，交给卓然，让卓然带回去给曲诗文尝尝。

卓希也想起来时带了礼物，是慕天星挑的，便双手奉上。大家打开一看，是一套非常精美的陶瓷茶具，巧合的是，这丫头很会选，选了上面勾勒着紫色小花的图案的。

倪子洋见了，特别喜欢，直接对着身侧的管家道："收到月牙的房里去，等下次她回来的时候，给她。"

凌冽瞥了眼沙发上的小醉鬼，然后抬起眼，带着期盼的眼神落在倪子洋身上："爷爷，我不过是个残疾人加弃子，你们都是身份尊贵的人物，为什么偏偏对我如此厚爱？"

倪子洋觑了眼自家孙子。

倪雅钧赶紧摇头，表示自己什么都没说。

倪子洋深深地看了眼凌冽，道："你是个优秀的孩子，不论月牙给了你什么，你都能从一做到十，这一点让我们很欣慰，却也在我们的意料之中。你不用太过在意别人的眼光，有些事情，是从一个人出生的那天起就已经决定了的。"

"我就知道，您不会说的。"凌冽双眼中掠过一丝失望，黯淡的神情令倪夫人见了心疼，她便道："小冽，你不要难过，你这样难过，奶奶心里也不好受。"

凌冽微微笑了笑，对着他们道："不早了，我们先回去了，明年再见。"

倪子洋深吸一口气："好。"

因为他们中午都喝了米酒，所以倪家派了司机送他们离开。

抵达酒店后，慕天星才缓缓转醒，瞧着周围，诧异道："我们回酒店了？"

凌冽正坐在床头，捧着她的一只脚，帮她脱鞋："嗯。"

她脸颊微红，想要缩回小脚："我自己来。"

他却不放，紧紧握着，霸道地解开了凉鞋的带子才罢休，抬眼望她："明天就要回M市了，对于我们的事情，你有没有什么想法？”

“什么想法？”她愣住，借着刚才醉酒，继续装傻，“你说什么，我听不懂。”

凌冽轻叹了一声，紧紧盯着她，道：“你明天回了慕家，自然会见到你的小龙哥。那时候，他若向你求婚的话，不管你答不答应……只要有别的男人向你表白，向你求婚，我都会伤心难受的。”

“你……你是不是醉了？”慕天星有些不敢相信，这个有着一双深不可测的眸子的男人，会对她说着如此直白的情话。

她心里是欢喜的，却也是震惊的。

再思及他话里的意思，她也跟着纠结起来了。

是啊，他们要怎么办？

他们在一起的话，父母伤心，孟家也伤心。

他们分开的话，他会伤心。

慕天星有些纠结。她还没有想好如何跟孟小龙开口，说他们还跟以前一样，是兄妹？

毕竟孟家为了她，做到了这一步，这是情义。

“不许在我面前想别的男人！”凌冽忽而凝眉，眯起眼，带着几分危险气息瞧着她，许是觉得自己口气重了，又转了转眼珠，放柔了声音补了一句，“如果你还没有想好的话，我倒是替你想了个办法，你要不要听听看？”

瞧着他这副温柔的模样，慕天星想起了以前的种种，自然知道他是伪装的，他才不会这么好说话。他黑心肝，每一次都是绕啊绕，就把她给绕进去了。

但是——

她还是忍不住想听呢。

“你说说看吧！”她故意往后一靠，扬起下巴，拿过另一个枕头抱在怀里，摆出一副高高在上的姿态，就是想提醒他：别把她当傻子。

凌冽咬了咬唇，摆出一副为难的样子来，保持沉默。

她把枕头砸了过去：“你倒是说啊！”

他接过枕头，学着她刚才的样子把枕头抱在怀里，看起来很可爱，让她心里对他竖起的戒备就这样消掉了。

“咯咯，我是想……之前我们是未婚夫妻的关系，你在我那里也住了几天了。所以，在这段时间里，我们之间发生任何事都是可以原谅的，因为我们是未婚夫妻。”

他慢条斯理地说着，时刻注视她脸上的表情，又道：“所以，想要彻底摆脱眼前的困境，我唯一能想到的方法就是——生米煮成熟饭。”

慕天星一脸期待地望着他，等他说完后，她却愣了两秒。

忽然，她从床上跳起来，扑过去，冲着他胸口、后背、大腿一顿乱捶："你个浑蛋！你想出的都是臭流氓的主意！你……"

他轻易就捉住了她的双手，将她的小身子往怀里一带："别闹，乖！"

"你放手！"

"我怎么就看上你这个泼妇了？"

"你骂谁泼妇？"

"要么更年期提前，要么经期综合征，你很少有正常的时候，看来还真的是我做得不够好，对你的滋润不够。"

"凌冽！你……"

他俯首，在她唇上轻咬了一口。

鼻息间还能嗅到清香的米酒香气，在她恼羞成怒瞪着他的时候，他轻叹，眼神颇为无奈："只是这样告诉他们，不是真的要生米煮成熟饭。我们之前是未婚夫妻的关系，马上要结婚的，所以，我们发生那样的关系是很正常的。我们有了亲密关系之后，即使孟家跟凌家联手想要取消你我的婚约，可你已经是我的人了，所以，他们说取消也是没用的，你懂了吗？"

慕天星静下心来，细细品着凌冽的话。

不得不说，他的办法是真的有用的。可是，她不舍得看见孟小龙伤心难过的样子啊。

瞧着她一脸为难的小模样，凌冽轻嗤了一声："长痛不如短痛，这种事拖得越久，对另一个注定要出局的人来说，伤害就越大。"

慕天星忽然就不说话了，很安静地窝在他怀里。好一会儿之后，她从他怀里爬出来，跟他并肩坐在床边。

凌冽耐心陪着她，她的声音很轻，轻柔得好似在梦中："大叔，你对我到底是怎样的感情？又会维持多久？"

凌冽侧过头，细细瞧着她的侧脸。

这丫头，是打算趁着这个机会逼着他跟她表白吗？

他刚要开口，她又很有感慨地说着："我有些弄不清楚自己的感情，我跟小龙哥从小就在一起，我出生的时候，他爸爸妈妈抱着他来医院看我，我们在一个澡盆里洗过澡，在一个被窝里睡过觉，用同一个碗吃过饭……那种感觉，就像是世上最亲密的人。我一直觉得，他就是我的初恋，我应该是最爱他的。"

凌冽垂在床边的手臂微微僵硬，在她陷入回忆，顿住了的时候，他几乎咬牙切齿地问着："你们在一个澡盆里洗过澡，在一个被窝里睡过觉，用一个碗吃过饭……这是多大的时候的事情？！"

"咦？"她不悦地看了他一眼，"干吗打断我说话，我正准备跟你好好谈谈的。"

"你先回答我！"

"你先听我说完好吗？每天跟你在一起都要吵架，我好不容易想要向你敞开心扉，你怎么就……"

"你先回答我，回答我！"

他像个孩子般变得不可理喻起来，对她之前的话耿耿于怀，纠结不已。他不问清楚，坚决不罢休！

慕天星是实在受不了了，好好的气氛一下子就被毁了。

她刚想说：那是之前，但是你出现之后，我就发现真正的喜欢不是那样的。

可是，这个男人突然发疯，让她根本没有开口的机会。

她爬回床上，盖上了毯子，捂着脑袋，不再理会他了。

"慕天星，你给我说清楚！"一个枕头砸了过去，不偏不倚地砸在她的头上。

她伸手将枕头扔到一边，翻个身，继续睡。

"慕天星，你给我起来，不许睡！你给我说清楚，你们在一个澡盆里洗澡是什么时候的事情？！慕天星，你浑蛋！你快点回答我！慕天星！！！"

房外——

卓然他们全都一脸无奈地站在厅里，听着四少发疯，自然坐不住，可是没有四少的命令，谁也不敢冲进去。

卓希后怕地耸耸肩："看着你跟大嫂这么好，我还想着自己也早点结婚。但是看着四少跟慕小姐这样谈恋爱，我对恋爱的欲望一点都没有了。他们俩，也不知道是谁在虐待谁呢。"

曲诗文轻叹了一声，终是上前，敲了敲房门："四少，慕小姐，有什么需要吗？"

曲诗文毕竟是女人，那间毕竟是卧室，慕小姐在里面，所以她来敲门是最合适的。

只是，里面的咆哮声在她敲了门之后就停止了。

她侧耳倾听，却什么也听不见。

卓然冲她招招手，她便乖乖退了回去。

房间里——

慕天星听见敲门声，就爬了起来。

她这才想起来，套房里不只有她跟凌冽，还有别人。

凌冽这样大吼大叫，不怕丢人，但她怕啊。

她对着凌冽投了个拜托的眼神，小心翼翼地向他爬过去，刚刚靠近，她的小身子就被他紧紧抱住了。

他轻咬她的鼻尖，她躲开，凑到他耳边很小声地说了一句："在一个澡盆里洗澡，在一个被窝里睡觉，那都是五岁之前的事情了。"

这时候，凌冽的脸色才好看了些。

他收起所有的刺，温柔地将俊脸埋在她的颈窝里，小声回应着："嗯，以后，你只能跟我在一个澡盆里洗澡，在一个被窝里睡觉，别人统统不行！"

慕天星不知道是该气还是该笑，白了他一眼。

她抬起小手摸了摸他光洁的下巴，眼神中带着千丝万缕的期待，然后凝视他："大叔，你的腿……有没有找专家看过？是再也不能站立了，还是……以后说不定会有机会？"

凌冽眼中的温柔慢慢收敛，微带戒备地看着她："怎么了？"

"你不要误会，我没有嫌弃你的意思。"她赶紧认真解释着，"我以前也没有恋爱过，就一个一起长大的小龙哥，但是你出现之后，我明白我跟小龙哥那是少男少女之间懵懂的感觉，不算爱情的。"

他拥着她的手臂微微放松，静待下文。

她垂下了眼帘，不敢直视他火辣的眼神，有些难为情地说着："我……我喜欢大叔。但是这份喜欢刚刚开始，算不得很爱。看见你孤独的时候，听别人议论你童年的时候，还有看着你表情落寞的时候，我都会心疼。"

凌冽似是被惊着了，漆黑的瞳仁绽放出火焰，然后眼睛一眨不眨地盯着她。

他妃色的嘴唇微微开启，想要说什么，却又怕打断了她接下来的话，只好不动声色地等待着。

慕天星垂着睫毛，却依旧能感觉到有两道炙热的目光盯着自己，她的小脸埋得更低，声音也不大："如果现在这个时候，让我在父母跟你之间做出选择，我会选父母，毕竟他们是最爱我的人，也是我现在最爱的人。所以，我想知道你的腿还能不能站起来，站在父母的角度，没有谁会希望自己女儿找一个坐在轮椅上的男人的。我这样说，不是嫌弃你，只是想要跟你把我心中所想讲清楚。"

她抓紧了他胸前的衬衣，显得有几分不安。

她原本红扑扑的小嘴唇有些泛白："明天回去，我会跟小龙哥讲清楚，也会找机会跟我父母好好谈谈。如果他们不能接受你，我……我会努力争取，如果闹到最后，要我在你跟父母中做出选择，大叔，我只能……"

后面的话，慕天星没有说出口。

光是想想要跟凌冽分开，她的心里就好难受。

但是，为人子女，父母含辛茹苦将她养大，她总不能为了一个才认识几天的男人，就弃父母于不顾吧？

慕天星无论如何做不出这样的事情来。

她很清楚，结束一段感情，会难过一阵子；但结束骨肉亲情，会难过一辈子。

泪珠就这样在她眼眶里打着转，她吸了吸鼻子：“我不想跟大叔分开，可是，我更不可能抛弃我的爸爸妈妈，他们那么疼我。大叔，你会不会生我的气？你的腿还能不能好？”

她的眼泪一下子掉了下来。

凌冽俯首吻了吻她的脸颊，温柔地呢喃着：“别哭，乖，不要哭。”

慕天星抬眼看他，但很快又别过眼不敢去看。

他眼眸里充满了深情，比她之前看见的更为波澜壮阔。

凌冽吻了吻她的小脸，又抬手给她擦擦眼泪，竟然一边轻声笑着，一边温柔地哄着她：“你能说喜欢我，能说会心疼我，对我来说已经足够了。如果这不算爱情，也没有关系，我爱你就好了。”

“大叔……”

“我知道，你是在完整的、充满温暖的家庭里长大的，跟我自然是不一样的。你不能舍弃你的父母，我理解。你都不知道，我有多羡慕你，羡慕你有那样疼爱你的父母。若真有那一天，你不得不因为他们放弃我，我也不会怪你。我能做的，只是尽量不夹在你跟你父母之间，不让你为难。”

慕天星的眼泪，因为他的话，掉得更多了。

她跟他说那些，不是想要伤害他的，可她怎么觉得她还是伤到他了？

凌冽盯着她的眼，神情更加认真了：“你的父母疼你爱你，值得你孝顺。我母亲死得早，有那样的父亲只怕让你见笑了。至于我的腿，我也不知道还能不能站起来。但是慕天星，你必须记得，今天的我，不能让你非我不可，那是我太弱了；将来的我，一定会强大到让你宁可放弃整个世界，都不舍得放弃我。这是我凌冽今天跟你说的话。还有就是，我的世界一直是黑暗的，但是它只需要一缕阳光就够了，就像我的心一直是冰冷的，只需要一个人来暖。我接受了你，认定了你，那便是一生一世的，至死方休。”

慕天星心中一怔。

传闻凌云国际的创始人，也就是凌冽的太爷爷，一生娶了三个妻子。而凌冽的爷爷虽然只娶了一个妻子，但是一生兜兜转转，爱过好几个女人。凌冽的父亲也是见一个爱一个，一生娶了四个妻子。

凌冽的哥哥们，也不是什么好东西。

怎么到了凌冽，反倒成了一辈子只会爱一个了？

他瞧着她直愣愣的样子，俯首在她额头上疼惜地轻吻："不要想太多，我有你的那句喜欢就够了。我不管那是刚刚喜欢，还是淡淡的喜欢，真的只要你能喜欢我，那就足够了。"

这次表白过后，凌冽像是变了一个人一样。

倒不是说他哪里不一样了，只是他在拌嘴这件事情上，开始懂得谦让了。

每每小丫头有什么话，他想要开口堵住时，全都忍着，硬是装哑巴。这么一来二去，他自己也发现了，他跟小丫头之间的感情更好了。

慕天星觉得凌冽变温柔了，真是越看越有暖男的潜质，有时候她盯着他瞧，好久都回不了神，回了神之后又悄悄脸红。

原来这就是喜欢一个人的感觉啊，挺奇妙。

晚餐点了酒店的套餐，让客服送来房里的。吃过饭之后，慕天星洗了澡，便在大床上躺下了。

凌冽进了她刚刚用过的浴室。

她看见卓希将他推进去的，空气里传来淅淅沥沥的水声，她的心跳了一下，有些乱。

她满脑子都是他今天深情款款地对着她说情话的姿态。

怎么办？

她现在只要一想起他，想到他今天下午的表白，就会有心跳乱了的感觉。

当卓希将换好睡衣，又白又香的凌冽推到慕天星面前的时候，他还调皮地说了一句："慕小姐，四少洗好给您送来了。"

凌冽面颊微红，也不说话。

她却拉开被子，露出小脑袋看了一眼，别扭道："大叔不是习惯住书房吗？"

凌冽原本微红的脸颊有些僵硬，却不语。

卓希嘴角一抽："慕小姐，没有人会习惯睡书房的。四少连续两夜都没有睡好了，您就可怜可怜他，让他今晚有张床可以睡吧！"

"隔壁也是卧室。"

"我大哥大嫂已经在隔壁睡下了。"

"那……"

"我今晚守夜，顺便睡客厅沙发。"

"哦。"

卓希将慕天星所有的退路都堵死了，又抛出一颗甜枣诱惑她："不过，您真的不用担心什么，只要您答应让四少上床，我可以再抱一床被子过来，你们同床不共枕，一人一床被子，四少腿动不了，您绝对安全。"

慕天星这般想着，心有些动摇了。

她的目光落在凌冽的脸上，刚巧看见凌冽如困极了的小羊羔般打了个呵欠。

她终是心软地点点头："那你快点把被子拿过来哦。"

"马上！"

卓希一高兴，掉头就跑出去了，很快又回来了，回来时手里多了一床雪白的被子，速度之快，让慕天星忍不住怀疑他们是不是一早就商量好的。

卓希说让她帮个忙，于是她下床，跟卓希一起将凌冽小心翼翼地扶到了床上，再扶他躺下，给他的脑袋下放了枕头，给他的身上盖好被子。

"四少，慕小姐，晚安，好梦！"

卓希离开的时候，嘴角噙着意味深长的笑，那笑容有点贱，但慕天星没在意。

她也爬上床，对着身侧的凌冽道："大叔，晚安！"

"晚安。"

房间里留了一盏小灯，慕天星刚要闭眼，就看见凌冽面对着她躺着，也不睡，一双眼直勾勾地盯着她，如狼似虎。

她默默转了个身，留给他一个后脑勺。

她想着他根本动不了身子，于是也不担心什么，直接闭上眼睡了。

只是，这一晚，慕天星做了个很奇怪的梦。

她梦见自己掉进了水里，呼吸困难，凌冽潜下水将嘴里的空气渡给她，她耳畔还传来他真切的呢喃："宝贝，你真美！"

她迷迷糊糊睁开眼，后半夜正是人最为困顿的时候，她的反应全都慢了不止半拍，她只觉得身上越来越沉，小手在胸口一摸，摸到一个男人的脑袋。

她急得就要哭出声来，脑袋的主人却抬起头来看着她，柔声安抚她："是我，乖，别怕。"

她看了一眼："大叔，原来是你啊。"

她嘴角一弯，安心地伸手圈住他，将他的脑袋又抱回了自己的胸口，接着沉沉地睡了过去。

这反应简直是无声的邀请。

若是在青天白日里，在慕天星完全清醒的时候，她一定会羞死。

翌日，天色大亮。

慕天星醒来的时候，凌冽已经不在床上。

她揉揉眼睛起来，迅速去洗手间收拾了一番，这才发现，自己的胸口上居然全是吻痕！

天哪！

慕天星这时候睡饱了，思绪很是清晰，她反应再迟钝，也明白了这到底是怎么回事。

“凌冽，我要杀了你！你个色狼！”

当慕天星怒气冲冲冲到了客厅的时候，就看见凌冽一脸沉重地坐在沙发上，卓希正拿着什么药膏往他的腿上小心翼翼地擦拭着。

卓然也是神色凝重，曲诗文脸色更不好。

没有人跟她说话，大家全都在关心凌冽的状况。

“怎么了？大叔的腿怎么了吗？”

慕天星把质问的事情抛到了九霄云外，看着凌冽这副模样，没由来觉得一阵心疼。

曲诗文焦急地答着：“天快亮的时候，我们听见四少在房间里摔倒的声音，进去一看，轮椅侧躺在地上，四少也在地上。他的腿摔伤了，都肿了。”

“肿了吗？我看看。”

慕天星伸长了脖子就往前凑，却被卓然夫妇拦下。

卓然道：“有卓希帮忙上药就可以了。”

曲诗文也说：“慕小姐，早餐后我们就要回M市了，您的行李收拾好了没？我进去帮您收拾一下吧！”

慕天星皱着眉头，看着凌冽的腿，看不见他的伤，因为卓希的手掌很大，一巴掌直接按在伤处，什么都盖住了，她只看见卓希很认真地在做按摩。

慕天星轻叹了一声，看着凌冽：“大叔，你还好吗？”

凌冽抬眼瞧着她，点点头：“我还行，你跟阿诗去收拾行李吧，我们就要出发了。”

她点点头，很听话地去了。

曲诗文跟着她进了卧室，反手便将房门关上了。

这一刻——

卓希终于停下了动作，贼贼地笑着，小声道：“还好慕小姐没发现。”

卓然真是服了自家主子了，摇头苦笑：“所谓关心则乱，慕小姐关心四少，自然有天大的事情都放下了，先看看四少这是怎么了。”

凌冽却不语，弯腰，伸手将自己的裤管放了下去，遮住了完好无损的肌肤。

早上九点。

一切收拾妥当后，慕天星跟凌冽都坐上了返回M市的车。

瞧着窗外渐渐远去的风景，慕天星心知，这一趟旅途会让她毕生难忘。

想起胸口的那些吻痕，她心里还是有些纠结。她侧过脸盯着凌冽，刚要开口质问，却见凌冽单手扶着自己的腿，一点点轻揉着。

她这才又想起他刚刚摔倒的事情来。

从轮椅上摔下来，该有多疼啊！

“活该！”

她暗骂一句，凑上前，伸出白嫩的小爪子朝他的腿摁去：“疼？”

凌冽：“嗯。”

他任由她的小爪子在他的腿上揉着，他的大手渐渐放开。

没一会儿，慕天星一脸惊奇地看着凌冽：“你两条腿不能走路，但是你有知觉？！”

这简直太过神奇了！

双腿都有知觉，还知道疼痛，却不能走路，这是怎么回事？

凌冽：“……”

慕天星立即松了手，摸出自己的手机开始上网查这方面的知识。

卓然透过后视镜瞥了眼凌冽的表情，但见凌冽侧过脸对着窗外，黑亮的瞳仁里透着一股别样的深沉。

曲诗文坐在副驾驶的位置上，端起一杯奶，咕噜咕噜喝了两口后，又小心翼翼瞥了眼慕天星，但见慕天星双眼放光，好似很兴奋的样子。

夫妻俩最后四目相对，很快又默契地别开眼，又各忙各的。

瞧吧，什么叫多一事不如少一事，这就是鲜活的例子。

“大叔，我查到了！”慕天星摇着他的手臂，一脸激动地看着他，“你这种有知觉却不能行走的，有两种可能，一种是得了帕金森，另一种是脊骨的神经系统出现了问题。”

凌冽：“……”

她又道：“帕金森是一种常见的中老年神经系统变性疾病，发病年龄一般在五十五岁以上，发病率随年龄的增长而增加。大叔虽然老了些，但还不到五十五岁，所以应该不是这一种。”

凌冽：“……”

她激动地把手机放在他面前，让他看上面的字：“你看，你应该是第二种，就是脊骨的神经系统病变。这种病，越早治疗，站立起来的希望就越大。大叔，你看见没？你快看啊！”

凌冽：“……”

他漆黑的眼自上而下看了看手机上的字，转头看了她一眼，道：“我看过很多医生了，都没有得到确定的回复。我的腿，暂时就这样吧，不要太在意了。”

慕天星不理解，也不同意：“大叔，这可是腿啊，是你身体的一部分！大叔，你不要放弃，千万不要放弃啊！你看的那些都是名医吧？我听说有很多名医医德都很差，就是有很多有钱人慕名前去求医，一点屁大的事情他们都说得很严重，骗很多钱。大叔，你信我啊，我帮你找医生看，好不好？”

卓然挑眉，开口替凌冽解围：“慕小姐，四少的腿一直都是用药物治疗的，只是这个需要一定的时间，周期性很长，您不要太担心了。”

曲诗文也道：“是啊，看病这种事情，还是遵从一个医生的吩咐比较好。要是同时看好几个医生，大家治疗的理念不同，方法不同，乱七八糟的，未必管用。”

慕天星激动的表情一点点黯淡下去，又努力挣扎着开口：“那个，给大叔看病的医生有没有说周期结束后大叔的腿会怎样？”

卓然不敢随便开口了，曲诗文也是。

一只胳膊安抚性地在她的肩上轻轻拍着：“乖，这种事情只能是尽人事，听天命，我知道你关心我，但是有时候很多事情不是我们可以决定的。”

慕天星忽然就沉默了，看着凌冽，清亮的大眼中满是疼惜：“可是大叔如果能站起来的话，一定是个秒杀全宇宙的男神呢。大叔，不然我们就去一次医院吧，看看最普通的医生怎么说，好不好？”

他愣了一下，继而不疾不徐地开口：“成了第一男神，我身边围上来的女人可就多了，你愿意看见？”

怎样才能打消这丫头给他治腿的念头呢？真是头疼！

“只要大叔的身体能好起来，身边围多少女人我都不在意！”慕天星一脸认真，“反正大叔说过的，只会要我这一缕阳光，只会要我这一个暖你心窝的人，不是吗？”

瞧着她天真无邪的小模样，凌冽的目光越发深邃起来：“好，你说什么就是什么，我听你的。”

就因为凌冽答应看腿了，在走高速回去的路上，好几个小时里，慕天星一直在打电话，搜网页，那积极又紧张的态度摆在大家眼前，任谁都能看出来，似乎只要凌冽的腿能好起来，她愿意为此付出一切。

而凌冽沉浸在她为他忙碌的喜悦里，盯着这样的她一直看……一直看。

谁说认真的男人最有魅力的？

明明是认真的女人最让人心动！

中途在高速服务区休息了一个小时，去洗手间、加油、用餐等，当他们到达M市的时候，已经是下午五点整。

车子驶入城区之后，凌冽不由握住了慕天星的小手。

“要不要先跟我回紫薇宫，明天再送你回慕家？”瞧见他眼中的期盼，慕天星很想答应。

只是，回忆起之前妈妈在路边给自己送包包时那担忧的样子，她还是决定："我回慕家吧。那个，你好好照顾自己。"

凌冽深深看着她，不说话了。

慕天星有些内疚地垂下头："我……我必须先回家去，爸爸妈妈一定很着急了。对不起，我晚上会给你打电话的。"

凌冽抬手揉了揉她柔软的发，再次一把将她拽回怀里抱着："等到了慕家，我再放开你。"

慕天星圈住他的腰，安稳地待在他怀里："好。"

怎么办，鼻子好酸，一想到马上就要分开了，慕天星居然想哭了。

她眼眶红红的，心里空落落的，小脑袋在他怀里蹭了又蹭，头顶上方响起他好听的声音："舍不得我了？"

"嗯。"她重重地点头，"好奇怪的感觉，好像现在已经开始想你了。"

凌冽大概没想到她会承认，黑瞳跟着一缩，抱着她的力道又重了些。

他从来不知道男女之情可以这样让他牵肠挂肚。在他内心深处，他以为他唯一渴望的便是母爱了。他也曾抱怨过，为什么自己不能有一个伟大的、令他崇拜的父亲。他守着自己紧闭着的心门，想着就那样到天荒地老。

直到遇见她，他才知道他的世界还可以被另一种感情照亮。

这便是爱情。

凌冽身边没有朋友，他接触的人也不多，更没有人教过他该如何爱一个人，也没有人告诉他，这世界上每分钟有多少对恋人分手，然而这一切都不在他的参考范围之内。

因为，他说了，他只需要一缕阳光，只需要一个能暖他的人。

此刻，他拥着慕天星温暖的身子，其实很想问她一句：我这样一往情深地恋着你，你会不会笑话我？

他有些自嘲地笑了，终究没有问出口。他知道自己如倪雅钧所言，真的陷进去了。

当车子停在慕家门口的时候，凌冽放开她："回去吧。"

他的声音温柔得没话说，一如此刻他的眼。

慕天星从他怀里钻出来，娇嗔地给了他一记粉拳："就这么巴不得我赶紧下车？"

他苦笑："哪有，我巴不得把你打包带走，斗嘴置气也好，鸡飞狗跳也好，甜甜蜜蜜也好，只要你在我身边。"

卓然深吸一口气，他也是男人，更是四少的发小，很清楚能让四少开口说出这样的话来，可见，四少对慕小姐的情有多深！

慕天星冲凌冽笑了笑："大叔，等我电话哦！"

她不再耽搁，利索地打开车门，如山间小鹿一般跃了出去。

凌冽紧抿着双唇，透过深色的车窗，见她冲进了慕家的院子，身影沐浴着阳光，清新、灵动，经过院子里的秋千架时，她还调皮地用脚踢了一下。

那高高荡起的，不是秋千，而是他始终默默追随的眼神。

“还说会想我，这样一头扎进家里，都没有回过头来看我一眼。”他抱怨着，久久凝视她的背影，直到秋千渐渐平稳下来，他这才轻敲了一下车窗，“走。”

卓然将车开走后不久，曲诗文从口袋里掏出一个小盒子。

凌冽坐在后面不经意扫了一眼，只觉得很是眼熟：“那是什么？”

曲诗文转头微笑道：“是早上慕小姐在酒店收拾东西的时候交给我的，说让我回去以后戴在珍珍的脖子上，是她送给珍珍的项圈。”

卓然看着曲诗文：“你出来的时候，珍珍有没有交给谁照顾？”

“有，我专门给宅子里的女佣留过话，每天清理一次猫厕所，四个小时喂一次奶粉。”

紫薇宫那么大，曲诗文是管家，但并不是所有的事情都是她来做的。凌冽不喜欢陌生人，所以那些负责打扫卫生的、采购日用品的、采购厨房用品的等不同工作的佣人，都会挑主人在书房或者不在家的时候来紫薇宫工作。

曲诗文说着，拿起盒子里的链子对着阳光看了看。

凌冽的黑瞳猛然一缩，这不是那丫头送给他的第一份礼物，还是七夕节礼物吗？

他倾身上前，长臂伸过去，一把将曲诗文手中的链子夺了过来。

那风雨欲来的气势吓得卓然夫妇不敢开口，连呼吸都变得缓慢起来。

啪！

啪！

啪！

一道道手指关节被捏响的声音响起。

凌冽凝视手中的链子，发现坠子只比自己的小了一号，其他全都是一样的。

这是女款的，男款在他的脖子上，女款却是她要留给那只猫做项圈的！

好，很好。

“慕天星！！！”凌冽抓狂，大吼了她的名字，整个人都不好了。

慕家——

慕亦泽夫妇还没有回来，家里只有管家跟用人。

见慕天星蹦蹦跳跳地回来了，大家很开心地围上去跟她打招呼。不一会儿，她爱吃的、爱喝的堆了满满一茶几。

慕天星蹿上楼，在自己房里逛了一圈，仰面呈大字状舒服地躺在大床上，眯起眼看着头顶粉蓝色的灯，脑海中浮现的都是紫薇宫里的场景。

明明自己离开这间房前后不过几天而已，却莫名有种恍若隔世的感觉。

“小猪，你回来啦？”一道久违的好听的声音传来，她坐起身看向门口，是孟小龙。

“小龙哥！”她微微笑着，爬起来站好。

他已经大步走了过来，将她搂在了怀里，在她额头上落下轻轻一吻。他的声音里有着一丝的忐忑：“我还以为你昨天就该回来的。”

慕天星挑了下眉，昨天吗？

昨天是凌冽大叔母亲的忌日。

“耳环是他送你的？”他轻轻放开她，凝视挂在她耳垂上的东西。他自然是知道的，上次凌冽带她离开的时候，她耳朵上没戴什么东西。

“你把他送你的东西戴在身上，是不是被他打动了？”孟小龙凝视她，小心谨慎的语气让她很多想要说出口的话都堵在嗓子里，开不了口。

“这个……这个是月牙夫人送给我的。昨天是大叔母亲的忌日，我们去扫墓，扫墓过后，月牙夫人的父母请我们去吃饭，倪夫人说，这是月牙夫人吩咐要送给我的金珍珠。”

她一字一句，眼神里透着真诚。

孟小龙却沉默了。

她跟着凌冽去扫墓了？如果没猜错，凌冽昨天一早就该接到凌老爷子取消婚约的消息了，可凌冽还是带着她去扫墓，她还跟着去了，去看凌冽的母亲。

而且，月牙夫人是什么人？那可是差一点就成为国母的女人。

国王陛下至今未娶，膝下更没有一儿半女，传闻，就是为了月牙夫人。

孟小龙的心一点点往下沉。这几天她不在家，他想过了无数种可能。

他可以接受她最终的归宿不是自己，但是绝对接受不了这样完美的她嫁给一个残疾人。

“天星，他虽然长得帅，却还不如花瓶呢，你千万不要把心思放在他的身上。这样的话，不只是我会难受，会心疼，你爸妈也会急疯掉的，他们就你一个女儿，你忍心？”

“我……”慕天星下意识往后退了一步，转过身，不太敢看孟小龙的眼。

她是不想看见孟小龙伤心难过的样子，但是她更不愿意看见凌冽被人这样嫌弃。

“小龙哥，大叔不是你想的那么柔弱的人，他的腿是有希望治好的。”

孟小龙忽然就沉默了，因为他已经懂得了，就在这短短的几天里，小丫头对那个残疾人上心了。

他再说下去，只会让小丫头不断地替那个残疾人说好话、开脱。

他不想听，也不想她为了凌冽而跟自己争辩什么。

他微微一笑，转移了话题，道：“一会儿你爸妈该回来了，要不要去楼下坐坐？我陪你看会儿电视吧。”

他先走了出去，也没等她开口说好或者不好。

这一刻，慕天星有些看不懂孟小龙了。

她顿在原地没有动，眼睛一眨不眨地盯着他的背影：“小龙哥，你就没有什么话想要跟我说的？”

比如，孟家跟凌家达成了什么共识，他在中间起了什么作用。

事关她的婚姻大事，他已经联合他的父母插手了，却从头到尾不跟她提及一个字，这样的城府，真的是她熟悉的小龙哥该有的吗？

孟小龙回头看她，道：“你想要我说什么吗？”

那眼神透着探究与谨慎，刺得慕天星心里有些疼。

他却无害地耸耸肩，冲她微微一笑，那眼神跟动作，一如往常她所熟悉的。他走到她面前，伸手牵起她，便朝着楼下走去：“好啦，别闷闷不乐的，我们这才分开几天啊，你就这样跟我疏远了，我还是你的小龙哥啊。”

两人下了楼，打开电视，孟小龙还是照惯例将电视遥控器交给她。

她刚刚接过遥控器，还没换两个频道呢，手机就响了起来。

她拿起手机一看，是大叔的号码。

她下意识瞥了眼孟小龙，却见孟小龙根本没看她，而是一边喝着咖啡，一边看着电视。

她手指一滑，赶紧将手机放在耳边：“喂。”

“慕天星，你个浑蛋！你给我说清楚，你送我的礼物为什么跟你送给珍珍的项圈是一对的？！它们是一对的！”

凌冽歇斯底里的吼叫声差点刺穿慕天星的耳膜。

她微微将手机拿开一点，等他不吼了，她这才拧着眉头道：“我刚好看见了，觉得男款的很适合你，女款的很适合珍珍，所以就买了分别送给你们，这有什么关系呢？你有什么好生气的？珍珍不过是只猫，还是只小奶猫，你居然跟一只小奶猫计较，你是不是男人啊？！”

“慕天星，你有没有心？！”

“行了，你别再莫名其妙了，要是没有别的事，我先挂了。”

她结束了通话，一阵无语。

她买项链的时候，跟着她的是卓希，卓希自然是见过项链的。而她今天清晨离开酒店的时候，就把女款的给了曲诗文，曲诗文事先不知情，还笑着说那项链很适合给阿猫阿狗做项圈。

她觉得没问题啊！

她搞不懂大叔为什么要生气。

她自顾自叹气，拿着遥控器接着换了个频道。

孟小龙始终一言不发，不论她换哪个台，他都像是在很认真地看着。

须臾后——

慕亦泽夫妇原本跟管家说过，今晚有应酬不回来的，但是听见了慕天星回来的消息，就把应酬给推了，一忙完公司的事情就赶回来看宝贝女儿。

一进客厅大门，慕亦泽首先道："天星！"

"爸爸！"慕天星撒开脚丫子就冲了过去，一头扎进慕亦泽怀里。慕亦泽宠溺地拥着她，像小时候一样带着她在空中转了两个圈后才小心地将她放下。

蒋欣赶紧拉过她的手，道："乖宝贝，妈妈看看，瘦了没，这几天过得好不好？"

"妈，我很好，四少对我也很好，吃的、穿的、用的都是最好的。"慕天星眯起眼笑。

左手拉着妈妈，右手挽着爸爸，她就像个快乐的小天使，站在他们之间。

慕亦泽当即看着管家："晚餐准备好了没？"

"好了，全是小龙少爷跟大小姐爱吃的菜。"

"好，走，先吃饭！"

餐桌上——

慕天星还未拿起筷子，慕亦泽夫妇跟孟小龙就已经将她面前的盘子里堆满了食物。

她感觉很幸福，勾了勾嘴角，笑得谄媚："还是家里好，有爸妈的孩子最幸福！"

蒋欣看着女儿这副没心没肺的样子，红着眼眶，跟着庆幸起来："这件事情说起来，是爸爸妈妈糊涂，就不该抱着什么侥幸心理，想着假结婚几年后还可以离婚，这毕竟是你一辈子的幸福。宝贝啊，你可不要生我们的气，好在这门婚事现在已经不存在了。"

"是啊，幸亏这次小龙他爸肯帮忙，咱们一家又回到了原来幸福美满的状态。"慕亦泽也是感慨万千，给女儿盛了碗汤后，又说，"你不在家的时候，你妈妈老是哭，我也是坐立不安，就怕你吃不好，过得不习惯。这为人父母的，一旦有了孩子，真是一辈子都得操心。"

慕天星鼻子微酸，一脸感动地看着父母："我不怪你们，当时你们回来也有跟我商量的。爸，妈，我现在不是好好的吗？你们别难过了。"

孟小龙别有深意地看了她一眼，点头道："是啊，不愉快的事情都过去了，天星，你父母这么疼你、爱你，你可千万要珍惜，别做什么让他们着急、伤心的事情。”

慕天星心里咯噔一下，她跟大叔的事情，要不要暂时悄悄瞒着爸妈？

慕天星有一下没一下地往嘴里扒着饭，思绪已然飘离了饭桌。

蒋欣则一脸自豪地跟孟小龙说：“小龙啊，这点你完全可以放心的。我家天星虽然从小娇生惯养，但是为人特别孝顺，从小到大，她从来不会做给我跟你慕叔添堵的事情。我们家天星啊，那可不是我吹的，真是又漂亮、又聪明、又可爱、又懂事，天下间都难找第二个了，你眼光真不错。”

孟小龙也笑了：“您说得是，天星确实好。连我爸妈都经常在我耳边唠叨，说若是将来我能娶了她，是我孟家祖上积德才让我这辈子能有这样的福气。”

慕亦泽笑了笑，看了眼安静地吃饭的自家女儿，还以为她是害羞了。

慕亦泽了然于胸，点点头，道：“我也在想，刚好现在是暑假，不如趁这个夏天，你们先订婚吧！”

慕天星猛然抬头，微微白了唇：“订婚？太早了吧。”

她原本还想悄悄瞒着自己跟大叔的事情，现在看来，瞒不住了。

但是要是父母知道了，肯定会担心难过。

如果大叔的腿能忽然好起来的话，他便能堂堂正正地站在她父母面前说：“叔叔阿姨，我想要娶你们家天星。”

如果真能这样，该有多好！

不然，父母肯定会痛心疾首地对她说：好好一个大姑娘，非要跟着一个残疾人，不是脑子被驴踢了吗？

“早什么啊！”蒋欣笑着看着丈夫，表示赞同，“小龙就跟我的亲生儿子一样，能成为我们家女婿，那是再好不过的事情了。再说了，我也听说青城好几户人家去孟家说亲了，天星也不小了，只怕日后上门提亲的也不少。趁着这会儿大家都清闲，赶紧把孩子们的事情定下来，也省了日后许多麻烦。”

慕亦泽点头，一脸欣慰地开口：“是，我跟老孟昨天就商量好了，下个月订婚，订婚后，他俩开学各自回学校上课去，一毕业就结婚。”

慕天星的小手捏紧了筷子，之前只是嘴唇泛白，现在已经脸色发白了。

孟小龙不着痕迹地瞥了她一眼，微微笑着道：“我觉得这件事情还是缓缓为好。”

闻言，慕亦泽夫妇一愣。

这几天小丫头不在家，孟小龙有多着急，他们都是亲眼看着的。

慕亦泽温润地问：“怎么了，小龙？”

慕天星也诧异地看着他，紧张之余带着感激。

孟小龙看了她一眼，轻叹了一声，瞧着慕亦泽夫妇，很认真地说：“天星跟凌家的婚约已经闹得沸沸扬扬，尽人皆知，天星忽然跟另一个人订婚，这不太好吧？”

蒋欣笑了：“这有什么，凌老爷子都在问你跟天星什么时候结婚，还说到时候别忘了叫他去喝喜酒呢！”

慕天星心中一紧，充满了愤怒。

哪里有这样的父亲，完全不在乎儿子的感受？这个凌元，她打心眼里瞧不起他。

“妈妈，我也不想那么早订婚！”慕天星抬起小脸，放下了餐具，双手很规矩地放在双腿上。

这是她从小到大在家里的习惯，只要她宣布重要的事情，或者参与什么重要事情的讨论时，她就会这样坐着，然后一脸认真。

慕亦泽夫妇向她看去。

她开口解释：“我才十八岁，未来的路还很长，以后会有什么样的变故，谁也不知道。小龙哥是很好，我知道你们也很喜欢他，但是，目前这种状态才是最好的。他放假了，我们可以见面，他开学了，我们各自上学，订不订婚不重要，重要的是彼此没有压力，顺其自然。如果现在就弄个枷锁将我跟他困住，将来万一我喜欢上别人，或者小龙哥喜欢上别人，再解除婚约的话，对于两家的感情一定会有影响的。”

“你……你们……”蒋欣有些看不懂了。

慕天星跟孟小龙不是已经情投意合了吗？怎么还会爱上另一个人？

慕亦泽面色复杂地看着女儿，没开口。

慕天星接着道：“我跟小龙哥从小一起长大，青梅竹马不假，但是爱情是很奇怪的，不是在一起时间长就会变成真爱的。喜欢是一回事，结婚是一回事，过日子又是另一回事，何必这么着急定下呢？再说，我跟小龙哥如果注定要在一起，即便现在不订婚，将来也会在一起的。”

众人沉默。

慕天星说得累了，端起面前的汤，总结了一句：“所以，现在订婚是不明智的，我不赞成。”

一碗汤下肚，她舔舔湿润的小嘴唇看了眼身侧。

慕亦泽夫妇面色古怪，孟小龙则沉着一张脸，垂头看着自己的碗。

气氛实在压抑得很，跟刚才慕亦泽夫妇回来时的那种轻松明快完全不同了。

她迅速吃完，放下餐具道：“好累啊，我上楼洗澡睡觉了，提前跟大家说晚安。”

瞧着她佯装自在地上楼的背影，在座的人各怀心思。

房间里——

慕天星冲了个澡出来，扑到大床上翻来覆去地滚着。

她滚了一圈停下，拿起手机看了看。

她撇撇嘴，心道，真是讨厌，大叔居然一条信息都没给她发！

她转身趴在床上，一边晃悠着两条白嫩的小腿，一边打出几个字：吃晚餐了没？

刚要点击发送的时候，她又一个字一个字地删除了："哼！都不理我，凭什么我先理你？"

她跟打了鸡血般跳了起来，抱着电脑靠着床头坐下，一本正经地开始搜索本市比较擅长治疗脊骨神经系统变异的医院。

她研究完两三个网页，听见门口传来一阵脚步声。

她机警地将网页关掉，刚抬头，敲门声已经响了起来："天星。"

是慕亦泽。

"爸爸，进来吧！"

她合上电脑，将其放在一边，拉上小毯子盖着，一副快要睡觉的模样。

慕亦泽进来后，关切的目光在她屋子里扫了一圈，微微笑着，反手将房门关了个严实，在她床对面的飘窗上坐下来。

"天星啊，你跟爸爸说实话，你是不是不喜欢你小龙哥了？"

他的女儿，他最清楚。

她一旦喜欢，那就是喜欢了，没什么好遮遮掩掩的，除非另有隐情。

所以，她会拒绝跟孟小龙订婚，想来其中的原因并不像她在餐桌上说的那么简单。

慕天星与父母之间从来没有秘密。

而她喜欢凌冽这件事情，却成了第一个秘密。

慕天星有些内疚地看过去，道："爸爸，我跟小龙哥从小在一起，有些感情是懵懂的，却不是爱情。"

慕亦泽轻轻敛眉，有些遗憾地笑了笑："我明白了。但是，天星，你是怎么发现你对小龙的感情不是爱情的？"

慕天星顿住。

慕亦泽紧紧盯着她的眼眸，柔声引导她："是不是有别的人出现了，所以，你的心里有了对比？"

当父亲温润的嗓音响起，慕天星终于信了那句话：知女莫若父。

她一下子就败下阵来了，那清澈的小眼睛不敢看过去，也不说话。

慕亦泽等了一会儿，见她不语，叹了口气："有些事，尤其是女儿家的心事，该是你妈妈来跟你说才对，但是你妈妈那个人，容易没事瞎担心，不像我能沉得住气，所以我才会先来问问你。天星，我是你爸爸，是你最亲的人，有什么事情，你大可以跟我说，我帮你分析。”

慕天星咬咬小嘴唇，犹豫了好一会儿，才道：“爸爸，四少的腿是有知觉的，也许他很快就会站起来的。”

房间里静悄悄的。

慕亦泽原本担心的事情终于发生了。

他在心头思忖了片刻，终是没有办法说服自己。

站起身，他往女儿面前走了两步，道：“天星啊，你一直是爸爸妈妈的骄傲，别的我也不多说了，这件事情，无论如何你妈妈是不能接受的。所以，你……还是多想想小龙的好吧。”

“爸爸！”她抬头，眼泪就在眼眶里打着转。

这意思就是说，她跟凌冽不可能了。

这一下，她心里最担心的事情也发生了！

慕亦泽语重心长道：“四少不简单，爸爸活了半辈子了都没能看透那个孩子，别说他是双腿不能站立，就算他是个健康的男人，你嫁给他，爸爸也是不放心的。孟家知根知底，小龙对你又是一心一意，你何苦有福不享，偏偏去碰那根刺？”

“爸爸……”

“这件事情不用再说了，你跟小龙的订婚宴就安排在下个月，具体的我跟老孟再商量一下。”

“爸爸！大叔不是哑巴，这件事情我一早就告诉过你的，他的腿还是有希望的，他会像个正常人一样的，只是需要时间而已。而且，他没有什么复杂的，他就是个家族弃子，自己做了点小生意糊口，就是这样的。”

“天星！你见过谁家做点小生意，可以住在那么大的一座紫薇宫里？！”

“我……”

慕天星忽然顿住，这一刻，她发现，她对于凌冽的了解其实真的不多。

慕亦泽又道：“你不在家的这段时间，我已经打听过了，四少在凌云国际没有任何股份，除了一幢别墅之外，凌元没有再给四少任何东西。四少的生活费是凌元每年一次以红包的形式打在四少的账户里的，但是那点钱，根本抵不上一座紫薇宫年开销的百分之一。”

“可是，就算这样也不能说明他是个复杂的人啊。他从小无依无靠，被逼到了绝境上，自主创业养活一大宅子有什么不可以？爸爸因为这个就对他有偏见，根本不公平！”

慕天星掀开毯子站了起来，有生以来，第一次跟慕亦泽吵了起来。

对于大叔的事业，她确实一无所知。

但是大叔对她的真心，她不会怀疑。

“爸爸，他对我是真心的，全世界都抛弃了他，如果我再抛弃他，他会崩溃的。”

“你太单纯了，四少那样的男人，少了一个人女人就会崩溃？你简直……简直傻到家了！”

“爸爸！”

“别再说了！”

慕天星还要据理力争，可是慕亦泽态度坚决地告诉她：“如果你不喜欢小龙，也没有别的心思，我还会想着不要逼你，一切顺其自然，等你跟小龙都长大了再说。但是现在，慕天星，我非常严重地警告你，你必须从现在开始，给我彻底断了要跟四少在一起的念头，否则，你就从我的家里滚出去！我跟你妈妈都还年轻，可以再生一个，只当没你这个女儿！”

“呜呜……呜哇！”

慕天星“哇”的一声就哭了。

她一哭，慕亦泽就跟着心疼。

他闭了闭眼，转身，放软了声音道：“好好准备订婚宴的事情，有什么想法就跟你妈妈说，我慕家跟孟家都不是小门小户，你有想要的尽管提，我们会尽量满足你。”

慕亦泽开门的瞬间，看见孟小龙就站在房间门口。

孟小龙那一双眼，盯着跌坐在床边的小身影上，久久没有移开视线。

慕亦泽有些尴尬地拍了拍他的肩：“小龙啊，你不要胡思乱想了，天星她太年轻，容易被人迷惑，但是只要我们不放弃她，及时把她拉回来就好了。”

“慕叔，她现在这样，不适合订婚，我们不要逼她了。”

“不行，必须订婚，没有退路！”

慕亦泽说完，忍着没再回头去看哭作一团的女儿，直接走人了。

慕天星哇哇地哭着，孟小龙默默走进来，给她倒了一杯酸枣汁，放在她床头，又给她端了一小盆热水，搓了块毛巾递给她。

她哭得惊天动地的，谁也不理。

孟小龙从来不知道，原来她可以为了另一个男人这般伤心。

他的小猪长大了，心里不再装着他了。

他俯首给她擦擦脸，擦擦手，她依旧哭得像个小孩子。

他端走了脸盆，离开她房间的时候，站在门口，对她认真道：“天星，我会对你好的。”

孟小龙走后，她还在哭。

她的整个世界都像崩塌了一样。她想过这种最坏的可能，却没想到真的到了这一刻，心里会这么疼！

枕边的手机终于亮了起来。

来电人是凌冽。

她接了，把手机放在耳边。她之前哭得太凶，以至于现在喘着气，说话舌头都打结。

“大……大……大叔，呜呜……呜呜……”

凌冽沉默。

紧接着，通话结束。

慕天星完全没反应过来，抱着手机又开始哭。

不过一两分钟的样子，凌冽的电话再次打了过来。这次，不等她开口，他已经先出了声：“发生什么事情了？”

“呜呜……我……呜呜……大叔，呜呜……”

慕天星哽咽得太厉害，说不出话来。

父亲不同意，让她在家人跟凌冽之间选择一个，她的答案一早就有，而现在，却无论如何开不了口。

他没有追问，也没有结束通话，而是就这样安静地听着她哭。

不知过了多久，她哭声渐小，哽咽也快要止住了，他这才缓声道：“天星，你到窗边来。”

温柔的声音蛊惑着情窦初开的少女，引起少女心中的一阵阵悸动。

慕天星吸吸鼻子，拿着手机走到了窗边，瞧着不远处的院门外，一盏暖黄色的路灯孤零零地立着，再无他物。

她有些泄气，擦了擦眼泪。

她就知道，她的大叔不可能如同言情小说里的男主一样，在女主哭得伤心绝望的时候，在她的窗下帅气地站着。

不可能的。

但是——

“天星，不要眨眼哦！”

电话里再度传来他的声音，轻柔得好似一场梦。

她睁大了眼睛，困惑地立在那里，夜风柔柔地拂过，吹干她脸颊上的泪痕。

但见，那根高高矗立的路灯柱子忽然在她眼前如张开了翅膀般，伸展开一个巨大的广告箱，接着伸向她的窗口。

广告箱里有明亮的灯光，将一幅硕大的高清照片彻底照亮。

“预祝凌冽先生与慕天星小姐订婚快乐！”

她目光所及的字幕，便是他在电话那一头呢喃着的内容，而且这一行字幕还是在高清的照片下面，照片里的人物居然是凌冽跟她！

照片上，她依偎在凌冽的怀里，娇羞地垂着睫毛，而他半拥着她，温润的唇印在她的额上。

男人深情而华贵，女人灵动而温柔，这幅画面怎么看都觉得甜蜜温暖。

更为诡异的是，照片里的凌冽是站起来的！

慕天星的头顶在凌冽胸口的位置，直指他的心脏。

她捂着嘴，眼泪就这样哗哗落了下来："呜呜，你怎么弄出来的？"

凌冽在电话那头解释："昨天午餐后从倪家出来的时候，你醉了，依偎在我的胸口，我就拍了这么一张，然后传给了下面的人，让他们迅速做了美术加工，然后打印了出来。本来想着等你明天一早起床的时候，一拉开窗帘，就能看见的。但是你刚才哭得厉害，我不知道该怎么哄你。"

于是，这份惊喜就提前曝光了。

慕天星擦擦眼泪，已经不再哽咽了，却心情复杂："我爸爸说，下个月要我跟小龙哥订婚。"

"你不会。"

"我……你怎知我不会？"

"如果你会，你就不会哭得这么难过了；如果你会，也就不值得我对你死心塌地了；如果你会，你就不是慕天星。"

他一口气说了这些，话锋一转，又道："别想太多，早点休息。我不是说过吗，只要你给我一缕阳光，那么剩下的整个世界，交给我吧，我负责让它明亮起来。"

"你有什么办法？"慕天星瞧着眼前的广告牌，越看越心慌，"你这样，我爸爸一定会更生气。"

对于怎么应付未来岳父，凌冽似乎另有主张："乖，睡吧。今天在高速上坐了一天车，你不累？"

"累，但是睡不着。"慕天星想了又想，终于下定决心问他了，"大叔，我爸爸说你太复杂，即便你身体健全，站在所有人面前，他也不同意我们的事情。你……你私下里究竟在做什么？你好像很有钱的样子。"

"呵呵，我不过是个普通的生意人而已，没有那么复杂。"

"大叔，你该不会是做什么违法的事情吧？什么贩毒、走私、造军火之类的？"

"你的小脑袋里究竟装了什么？"凌冽失笑，"你放心好了，我是个正经的生意人，至于做什么，以后再告诉你。我还有点事情，你先睡，一会儿我去梦里找你。"

"可是，这广告箱太大了，又这么高，只怕我们整个小区都会知道了。这样不大好吧？”

“天星，你现在什么都不要想，什么都不要做，乖乖待在家里，吃好喝好就行了。余下的事情，是我要做的。你要相信我，对于你，我势在必得！”

她脸颊一红，莫名就相信了他的话。

相互道了晚安，她站在窗边许久，最后舍不得拉上窗帘，就这样躺在床上，看着照片里凌冽的脸，缓缓闭上了双眼。

楼下——

最先发现广告箱上的照片的人是慕家的管家。

他吃了一惊后，转身回来就告诉了蒋欣。蒋欣出来看，又叫了慕亦泽，最后孟小龙也出来了。

孟小龙拧了下眉：“都已经退婚了，还把这个东西竖起来，真不知道安的什么心！是男人，就应该拿得起，放得下，这样缠上门来追着不放，是什么意思？”

蒋欣看着慕亦泽，道：“要不要上去告诉天星，问问天星知不知道是怎么回事？”

“不用！”孟小龙当即打断了蒋欣的话，“欣姨，天星已经睡下了，这种事情告诉她只会徒增她的烦恼，还是不要说了。我还是想个办法，先把这东西撤了。”

蒋欣轻叹了一声，点点头：“也是，天星已经跟四少没有关系了，这种事还是不要再让天星知道了。”

想起女儿这几天经历的，蒋欣就心疼。前几天女儿就那样被四少霸道地带走了，也不知道女儿心里多害怕。现在好不容易退了婚，还是快点让女儿从四少的阴影中走出来，别再跟四少有什么牵扯了。

慕亦泽见着这一幕，面色不悦地说：“我去一趟物业，把这个东西给撤了。”

蒋欣连连点头：“你快点去！这个刚刚放上去，未必有几个人看见，要是再拖下去，咱们天星的名誉可就毁了！”

“知道了，我这就去！”

“慕叔，我陪你！”

慕亦泽刚要从院子里离开，孟小龙的身影就跟了上去。

夜色下，两名男子就这样步履匆匆地前往物业管理的办公大楼。

偏偏工作人员已经下班了，只有一个值班的门卫在。慕亦泽一进去，目光深沉地看了一圈黑漆漆的大楼，有些闷闷地开口：“这个小区里从来没有设过广告箱，怎么忽然就有了？电源开关在哪里，你们知不知道？”

现在是晚上，把灯灭了，谁也看不见了。

门卫摇摇头："我不清楚，我就是一个看大门的。"

慕亦泽叹了口气，很是郁闷，却又不甘心就此离开，一直在想办法。

孟小龙忽而道："慕叔，家里有梯子没？上去把广告箱的线路剪断就好，或者找两张大床单过来，把广告箱罩住，其他的，等明天一早物业的人来上班再说！"

"有梯子也没用啊！"门卫扑哧一笑，摇头看着孟小龙，道，"这个广告箱是电子锁控制的，可以自己展开、合并，很重的。而且你要用什么梯子才能爬这么高？"

孟小龙皱着眉头，一脸焦急："你怎么知道是带电子锁的？"

"我中午开始值班的，值班到明天天亮。下午两点钟左右，有两辆小皮卡车拖着这个东西过来，还有小型的吊杆机将这个吊上去。我当时好奇，问了下，才知道这个东西还是高科技的，平时锁上的时候依附在电线杆上，看起来就像是装饰品，但是电子锁一打开，就可以通过远程红外线发布指令，只需对着它摁一个键，它就会像汽车的天窗一样会自动伸展开来，里面还有灯。"

闻言，慕亦泽的脸色都变了："你说是两辆小皮卡车拖来的？"

门卫："是啊，我们这里还是前门别墅区，后门的公寓区也安装了一个一模一样的。"

孟小龙："……"

门卫又道："这算什么，刚才我去小区门口买东西，看见马路对面的汽车站台的广告牌也是这个，还有这一整条街的广告牌全是这个。别的街有没有，我就不知道了。"

孟小龙："……"

就在慕亦泽抓耳挠腮的时候，门卫忽然感慨了起来："啧啧啧，你们瞧瞧，这广告牌上的这对男女，瞧起来多般配啊，俊男靓女的，这么多广告牌算下来，还都是高科技，这得花多少钱啊！谁说有钱人家没真爱的，我看这就是真爱啊，不然哪个男人会这么高调地把自己的脸都拿出来现？都是大老爷们，都爱面子啊！"

孟小龙："……"

现在对于慕孟两家来说，他们不怕慕天星动真情，最怕凌冽动真情。

慕天星动真情，却翻不了天，她不是那种会为了男人抛弃父母的女孩子。

凌冽动了真情，就难说了，毕竟谁都不清楚凌冽有怎样的底牌。

慕亦泽抬手在孟小龙的肩上拍了拍，轻叹了一句："既然到处都是的，我们也别急了，回头人家问起来，我们只说是误会。"

"那现在怎么办？"孟小龙很不甘心，"难道就这样任由凌冽诋毁天星的名誉？"

慕亦泽深吸了一口气，瞧了瞧半空中的广告牌，照片上女儿虽低着头，但看得出笑颜宛若含苞待放的桃花。

这样好的女儿，绝对不能白白叫那个残疾人糟蹋了！

她不能被那个看不清底牌的男人拉去，搅进他们那一摊浑水里！

慕亦泽理了理思绪，觉得这件事情急不得，得有条不紊地处理："走，跟我出去一趟，我们开车四下转转看，把有天星照片的广告牌的街名全都记下来，我明天去找一下市容办，看看他们管不管，要是不管，我再跑跑别的地方，跟凌老爷子也说一下。"

"对！"孟小龙眸子一亮，"还是慕叔有办法，就跟凌老爷子说去！我就不信凌冽敢不听他老子的话！"

晚上九点多，慕亦泽开车载着孟小龙一起出了门。

他们先是在小区里转悠了一圈，发现在公寓区确实也有这样的广告牌。

他们又出了小区，沿着门口的这条路一个个数下去，慕亦泽负责开车，孟小龙负责做笔记。

两人就这样忙碌着，兜兜转转把M市绕了一圈，最后总结出的结果是：几乎M市所有主干道的公交车站台、地铁入口、高级小区门口以及生意人经常出入的工业园区门口，都有这样的广告牌。

孟小龙坐在车里，郁闷地点着手机里的计算器，算完后，加上慕家所在小区的两个，一共是九百九十九个广告牌！

"真是个败家子！"孟小龙咬牙，恨恨地说着，"天星说得没错，他就是有钱没处花！"

慕亦泽将车停在路边，接过了孟小龙手里的小本子仔细看了看，脸色不由沉了沉。

他自己就是个商人，自然懂得如何算账。

假设一个广告牌的租金是一万，九百九十九个广告牌便是九百九十九万，这还不算其中很多那种可以伸缩延展的高科技广告箱的费用。

凌冽先是不惜为了慕天星收购了一家海外的食品企业，又斥巨资向慕天星高调示爱，仿佛那个弃子手里的钱都不是钱，是草纸！

慕家确实也是有些家底的，在M市这两年发展也特别快，但是慕家是做实业起家，所有的资产并非现金，而是土地、厂房、品牌价值、产品库存以及应收账款等。

这些东西，要想换成现金，需要时间。

凌冽手里肯定也有这些东西，但是凌冽不仅有这些东西，还能随时随地拿出巨额的现金出来。

这是个什么样的年代？

这是个有爹拼爹、有钱拼钱的年代！

慕亦泽忽而就有些慌了。

这哪里是凌冽在向慕天星示爱？

这分明是凌冽在暗示他慕家……

若是他们真敢把慕天星藏着掖着，将凌冽这个女婿拒之门外的话，那么其后果绝对不是慕亦泽有能力承受的。

因为，在慕亦泽眼中的巨款，在凌冽手里不过是草纸。

而凌冽若真心想要跟慕亦泽过不去，捏死一个星灿纺织就像是捏死一只蚂蚁那样简单。

“一个残废，非要扮成正常人那样站起来，这照片一看就是假的，是电脑合成的！”孟小龙愤愤地说着，盯着广告牌上凌冽的脸，越看越生气，“穿了龙袍也不是太子，合成了照片也一样站不起来，瞎折腾什么，明明残废一个，还要出来丢人现眼！”

所谓情敌见面，分外眼红，大抵就是这个意思。

让孟小龙来评价凌冽，他嘴里自然说不出什么好话。

照片里凌冽亲吻慕天星的额头，眼眸温柔得快要溢出水来，可回想起平日里凌冽那深邃的眼神，慕亦泽背后直冒冷汗。

这个四少，果然心机深沉，好手段！

慕亦泽若有所思地将小本子还给了孟小龙，然后深吸一口气：“先回去吧，有什么事情明天再说。”

超强占有欲

第七章 Little wife

清晨的阳光倾洒在窗外的广告牌上，慕天星一睁眼便看见了。

她在被窝里伸了个懒腰，笑眯眯地对着照片里的男人说：“大叔，早上好！”

她起床洗漱后下楼，发现慕亦泽夫妇跟孟小龙都已经用过早餐，坐在沙发上等着她了。脚下的台阶是金棕色的，稳重中透着大气。她一边下楼，一边就想念起紫薇宫里白色的旋转阶梯，像童话里的一个梦，兜兜转转后通向幸福。

无力的小粉拳忽然就紧握了，她想要抓住那样的幸福。

“天星！”蒋欣不知道昨晚丈夫与女儿的谈话，见她下来，笑呵呵地起身，对着厨房的方向开口，“把大小姐的早餐端过来，快点！”

慕亦泽似乎在跟孟小龙聊着什么，见她下来，都停了下来。

孟小龙站起身，看着她微笑：“天星，小鱼坐的飞机明天上午到，我们明天上午一起去接她吧？”

“好啊。”她点头。

她被蒋欣拉到沙发前，刚要落座，慕亦泽又紧跟着追加了一句：“你孟伯伯他们明天晚上也要到了，我已经安排下人把房间都收拾出来了，你今天要是没事，就跟小龙一起去房间里看看，顺便上街逛逛，看看客房里还缺什么，就买了添上。”

“这种事交给齐叔叔不就好了？”她口中的齐叔叔，便是慕家的管家方齐。说起来方齐也算自己人，因为他是蒋欣嫂子的表弟，跟随慕亦泽夫妇多年了，是个严谨忠厚、知冷知热的贴心人。

慕亦泽笑了，道：“真是孩子气！孟伯伯可是你未来的公公，你亲自帮着添置一些日用品，不是更显得有诚意？”

“就是！”蒋欣也笑了，“其实家里什么都不缺的，你就跟小龙出去看看，顺便吃个饭、看场电影什么的。现在的年轻人约会，可不就是这些吗？等明天小鱼来了，你们铁三角凑一块儿，想要抽出时间过二人世界，只怕都没有机会了！”

女佣将早餐端了过来，一一摆在慕天星面前的茶几上。

一小碗枸杞白燕盏，一碟山药枣泥糕。

她端着那碗燕窝，忽而就想起在倪家吃到的酒酿丸子，虽然她醉了，但是倪夫人的手艺真的很好：“我明天想吃酒酿丸子，嗯，米酒的度数不要太高，不然我会醉的。”

“怎么忽然想吃这个？”蒋欣失笑，感慨她到底是个孩子，一阵风一阵雨的。

慕天星道：“前天中午在月牙夫人的娘家，倪夫人亲手做的酒酿丸子很好吃。”

说到这里，她下意识瞥了眼慕亦泽：“大叔也爱吃，他一连吃了三碗，还把我剩下的半碗也吃了。倪夫人知道大叔要去，所以提前了好多天把米酒先酿好，再亲手给大叔做酒酿丸子。我们跟着去的，像卓然、卓希都是沾了大叔的光。”

众人一愣。

蒋欣这才回过味来，盯着女儿耳垂上的一对金珍珠，道：“你这个，是真的？”

她昨晚就看见了，但是女儿一向不喜奢华，也没有什么虚荣心，即便四少送了什么，女儿也不会这么显摆，她下意识以为那是假的。

慕亦泽的神色跟着严肃了起来：“是谁送的？”

男人送女人东西，不会有这样深沉的心思，送一对价值连城的金珍珠耳环，这一看就是女性长辈送的。女性长辈给女性晚辈送礼物，通常情况下会送翡翠镯子等，还有像慕天星耳朵上的珍珠之类的。

所以，慕亦泽夫妇坚信，这不是四少送的。

慕天星抬手摸了摸其中一粒珍珠，又放开，有些赧然地开口：“是月牙夫人送的。”

慕亦泽：“……”

慕天星很认真地把那天倪夫人送自己金珍珠的事详细说了一遍，又道：“所以，倪爷爷就吩咐说，让我先收着，就算想还，也要等我见着月牙夫人后，亲自还给她。”

这么说，凌冽背后还有皇室的势力？

月牙夫人如此尊贵，她的母亲亲自给凌冽做东西吃，她还委托她母亲送慕天星礼物？

慕亦泽的脸色难看了几分。

孟小龙见慕亦泽似乎有退缩的意思，当即道："月牙夫人那样优雅、善良的女人，即便是跟凌冽有什么交情，也不可能纵容凌冽强抢黄花闺女吧？"

这一句话，彻底打消了慕亦泽心头的疑虑，就连蒋欣也松了口气："小龙说得对。你快吃，快吃吧，吃完了出去逛街去。"

慕天星吐吐舌头，有些泄气。

她还真不是那种贪慕虚荣的人，这对金珍珠耳环，昨晚她洗澡前就摘下放在首饰盒里了，只是忽然想起来这么一招，想着也许搬出月牙夫人的话，她爸爸会感到有压力，就不会轻易催促她跟孟小龙订婚了。

原本看着，慕亦泽是有妥协的迹象，却偏偏被孟小龙一句话毁了。

她两三口吞下一碗燕窝，撇撇嘴，站起身上楼去。

手腕一紧，她垂头看见孟小龙抓着她的手腕："我刚才那句话，不是故意的，你别生我的气。"

"她敢！"慕亦泽当即安慰孟小龙，"小龙啊，你别胡思乱想，天星心性单纯着呢，跟你一样。"

孟小龙又说："我只是想让她开心。"

蒋欣也笑了："我就知道，世界上对我们天星最好的男人，除了我家老公，就只有小龙你了。"

孟小龙有些腼腆地笑了，却还是很认真地看着蒋欣："欣姨，我对天星是真心的，她这么好的姑娘，值得我对她好一辈子。"

"哈哈哈，天星，你听听，小龙多好的孩子啊。你快上去，拿上东西就下来，该跟小龙出门了！"

慕天星深吸了一口气。

不知道为什么，住了两年的大宅子，相处了十八年的人，她忽然就觉得特别陌生，这里好像缺了什么，又多了什么，总之，跟以前不一样了。

好像再也回不去了，她不想再待在这里了。

她想起那一片海蓝色的紫薇宫，想起里面的一灯一景，甚至开始想念珍珍。

回到房间后，慕天星站在窗前对着凌冽的脸微微笑着，拿起手机给他发了一条信息：大叔，我想你了。

给凌冽发完短信，慕天星坐在梳妆台前摘下了那对耳环，小心翼翼地放在首饰盒里。

手机在梳妆台上振了振。

凌冽给她回了一个字：同。

她撇撇嘴，想着他现在应该很忙，不然会给她打电话，或者回更多字的短信的。

她之所以给他发信息，也是因为怕他正在忙，而且她心里有些羞涩，不想主动给他打电话，让他骄傲。

回忆起跟凌冽斗嘴的点点滴滴，她忽然忍不住道："大叔毒舌起来的样子，很可爱呢。"

慕天星用力摇了摇脑袋，觉得自己疯了。

哪有姑娘家被人骂更年期提前什么的，还会觉得对方可爱？

咚咚咚！

敲门声之后，孟小龙关切的声音传来："天星，你好了没？"

慕天星收回思绪，从首饰盒又取出孟小龙之前送给她的戒指，走向房门。

房门一开，孟小龙便微笑着看着她。

他穿着烟灰色的T恤、浅色牛仔裤，高高瘦瘦的，很帅气，很阳光。

可他越是如此，慕天星就越心疼。

她不是心疼别人，而是心疼凌冽。

那个家伙，十七岁以后就没有再站起来过了，而小龙哥身上的这份阳光帅气，更凸显出大叔身上的残缺。

白皙的手掌伸向他，然后摊开。

那枚精致的钻戒安静地躺在她的掌心。

孟小龙望着她轻颤的睫毛，心也跟着轻颤起来："天星？"

"有些事不用我多说，相信小龙哥是明白我心中的所想的。"她没抬眼，说得认真，"上次我刚去紫薇宫的时候，第一次往家里打电话，我记得小龙哥说过的，如果我需要的是个哥哥的话，你一定会选择做我的哥哥，默默守护我，真诚地祝福我。"

孟小龙沉默了好一会儿，从她掌心拿走了戒指，另一只手一如往常般宠溺地揉了揉她的发，道："傻丫头，小龙哥跟你说过的话，自然是永远都作数的。别不开心了，走，我带你逛街吃好吃的，然后去看电影。"

慕天星抬眼看他。

他澄澈的眼眸不含杂质，带着一脸笑望着她，可是她有些看不懂："小龙哥，我好像越来越不认识你了。"

论心机，或许孟小龙比不上凌冽。

但是，这不代表孟小龙没有心机。

孟小龙微微一笑，仿佛很无奈的样子。他看着她："天星，你不要对我太过苛刻了。你把戒指还给我，我为了让你安心才佯装无事，你不要多想别的。我对你，一直都是一样的。”

“可是我不想出门。”

“乖，你需要出去透透气，放松一下。”

“我在房间里玩玩电脑，看看网页，也是一样的。”

“那怎么行？你忘了慕叔之前怎么叮嘱你的？快走吧！”

他拉着她的手就要出去，身后的房间里却传来了一道悦耳的手机铃声。慕天星从来没有给凌冽的来电铃声设置特别的曲子，但是，手机一响，她就是能感应到一定是他。

她猛然挣脱掉孟小龙的手，急忙转身冲回去。

在她拿起电话前，另一只大手却抢先一步将她的电话拿起，甚至接通了放在耳边。

这边没有说话，那边好听的男声已经传过来了：“在做什么？”

孟小龙如遭雷击般站在那里，难以置信地道：“你！你是四少？你居然会说话？！”

“把手机还给我！”慕天星愤怒了，扑上前抢，可是孟小龙个子比她高，力气比她大，还是个念军校的，岂是她这样的软妹子可以搞得定的？

孟小龙将慕天星推倒在床上，转身眼神凶狠地瞪着窗外，瞪着广告牌上凌冽那双温柔的眼：“你居然会说话，你是装的哑巴！你这个居心叵测的男人，你一直勾引慕天星，霸着她不放，究竟有什么企图？！”

“孟小龙！你浑蛋！你把手机还给我！这不是大叔在说话！这是他身边的卓然或者卓希在说话！”

慕天星从床上爬起来，冲到孟小龙身后狠狠踹了他两脚。

孟小龙一下子就被慕天星彪悍的气势震住了，他跟慕天星青梅竹马，一起长大，他何曾见过慕天星这般愤怒？

没有！

“大叔哑巴了那么多年，要是他能开口说话，还会被家里抛弃吗？你是白痴吗？那是卓然或者卓希的声音！”

慕天星狠狠砸着孟小龙的肩，凶神恶煞的样子简直像要把孟小龙给生吞活剥了一般。

孟小龙震惊之余，也回过神来。

是啊，如果凌冽没有问题，就不会被家族抛弃在外，成为一个人人嘲笑的弃子。凌冽又不是傻子，怎么会放弃凌家的继承人之位，偏偏要做受尽世人嘲笑的残疾人？

慕天星一把夺过了电话，声音紧张，还微微颤抖着：“卓希吗？你跟大叔说，我很好，我没事，我过会儿再给你打过去！”

那边没有声音，慕天星也不等，迅速结束了通话。

她无力地往床沿上一坐，垂着脑袋，闭上眼。

她被吓死了！差一点点孟小龙就要发现大叔会说话的事情了。

房间里好安静，安静得甚至有些诡异。

孟小龙沉默了良久，硬是挤出两个字：“天星。”

“小龙哥，你变了。”慕天星有些悲凉地开口，“又或者你的本性一直都是这样的，只是以前没有机会暴露，而我也一直没有发现。”

“天星！”

孟小龙一惊，总觉得她说了这样的话之后，他们之间就再也回不到从前了。

慕天星站起身，一脸不耐烦地走到了房门口，软软的身子靠在房门口，口吻却是强硬的：“小龙哥，我好累，我想睡觉了，你自己去逛街吧。”

他急得两三步走过去：“为什么？刚才你明明还想跟我一起去的，我只是抢接了他手下的一个电话而已。”

她凝眉大声道：“因为我不想再让他伤心难过了！”

孟小龙一怔。

慕天星看着他，一字一句道：“我喜欢他，我不想再看见我喜欢的人不开心了，所以，我不能跟你去逛街！小龙哥，这个理由，足够了吗？”

孟小龙手足无措，被慕天星生拉硬拽地赶出了她的房间。

下一刻，他反应过来后要冲进去，她却先一步将房门反锁了。

“天星，我知道错了，我以后再也不会擅自抢接你的电话了，天星。对不起，对不起，真的对不起，你开开门，听我解释，给我一个机会好不好？”

孟小龙无力地拍着门板，一遍遍地道歉，一遍遍地哄着。他从来不知道，他的小猪有一天长大了，也会这样生他的气。

她已经不再是那个给她一瓶酸枣汁或者对她稍微好一点，就会喜笑颜开地拉着他胳膊笑的小丫头了。

慕亦泽夫妇自慕天星上楼后便离开了，家里现在没人管他们的事情，用人不敢插手，更不敢多嘴。

二楼的长廊上，孟小龙就这样道歉了好一会儿，终是放弃了。

“小龙少爷，大小姐还是孩子脾气，你现在逼得越紧，她逆反心理越是强，依我看，你还是给她一点时间，让她安静一下，你也可以想想接下来要怎么办。”

管家的话让孟小龙冷静了很多。

孟小龙无可奈何地盯着门板，这一刻总算明白什么叫作欲哭无泪。

慕天星此刻戴着耳机，一边听着摇滚，一边在自己的大床上跳着迪斯科，一首一首歌放过去，终于在某一首结束之后，她感受到世界彻底安静了。

摘下耳机时，她已经跳出了一身汗。

她进浴室冲了一下，穿着睡衣出来，然后倒在大床上，眼巴巴盯着窗外的广告牌，盯着凌冽的那张脸，怎么看都觉得不够。

这算不算应了那句话：情不知所起，一往而深？

她想，刚才大叔打电话过来也许是真的有事情要找她的。可是她不小心让孟小龙接了电话，还差点暴露了大叔的秘密，大叔会不会生气？

自顾自瞎想了一会儿，她小心翼翼地给凌冽发了一条信息：大叔。

只有两个字。

发完信息之后，过了很久，他都没有回复。

慕天星对着天花板哀号一声，拉着被子蒙住了自己的脑袋，更加纠结了。

此时的慕天星并不知道，凌冽现在身处凌云国际八十八楼的董事长办公室。八十八楼是高层管理者所在的楼层，他的父亲与三个哥哥每天都会去，但是之前他从来没去过。

她一早给他发信息的时候，他只回了一个字，是因为他刚刚抵达凌云国际的地下停车场，而他的二哥正朝他走来，笑得意味深长。

他从没想过小丫头会主动对他说那么好听的话。

一条短信，简单的几个字——大叔，我想你了——却胜过了千言万语。

怕她等得急，他这才抽了个时间让卓希带他回了车里，给她打了个电话过去，却不想接电话的是孟小龙。

而后，凌元来了。

凌元的秘书邀请凌冽上去，他一时之间便难有机会再跟她说些什么了。

办公室里——

卓希推着凌冽进去之后，便发现凌元的脸色很难看，甚至，可以说凌元是怒气冲冲地瞪着凌冽的。

卓希有些胆怯，握着轮椅的手紧了紧，但在凌元用眼神示意卓希出去的时候，卓希硬着头皮假装看不见，坚定地站在凌冽身后，说什么都不肯离开。

这一下，凌元的怒意更是忍不住了："一个小小的保镖，也敢在我面前放肆！"

卓希心尖都在颤抖，却还是不卑不亢地抬起头来，迎上凌元的眼，道："老爷子，抱歉，我是月牙夫人派给四少的人，只听命于四少。"

凌元捏紧了拳头，瞪着凌冽："让他出去！"

凌冽没有开口，也不会开口，因为他是"哑巴"。

而卓希又道："老爷子，抱歉，月牙夫人曾经吩咐过我们，要寸步不离地守着四少，防止发生任何意外。”

“他是我儿子，我还能杀了他不成？你再敢拦着我，信不信我对你不客气！”

凌元气愤至极，刚要有所动作，轮椅上的男人却气定神闲地写下一个字递给了卓希。

卓希看过，把字条恭敬地送上前，放在凌元的桌上。

凌元垂眸瞥了一眼那张纸：北。

凌元忽然就不动了，也不再刁难卓希了。

因为他想起来了，卓然跟卓希的爷爷，正是他不敢得罪的晏北！

“咯咯……”凌元在办公桌前坐下，秘书送上茶水后，很快退了出去。凌元盯着凌冽，有些恨铁不成钢地开口：“你到底在搞些什么名堂？我不是说过了，慕家跟咱们凌家的婚约已经取消了，你倒好，把订婚的广告搞得全城都是，你这是要做什么？！”

凌冽不动，不语。

一双漆黑的眼睛仿佛可以容纳天下万物，沉寂中又似乎暗潮涌动，令人不敢直视。

凌元知道他是哑巴，想起他从前虽然性子孤僻，但还是听话的，于是下令道：“让你的人把那些订婚广告牌都给我撤了，今天之内，全都撤了！”

凌冽依旧不动。

凌元又道：“你知不知道，孟家明天傍晚就到了，要是他们看见了那么多广告牌，发现自家儿媳妇跟我儿子的照片还挂在外头招摇着，你说这多不好，是不是？”

凌冽忽而抬起了一只手，撑着自己的下巴，目光幽幽地盯着凌元。

但凌冽就是不写一个字，也不肯点一下头。

凌元闭了闭眼，叹了口气，再睁开眼的时候，目光冷冷地盯着凌冽：“你该知道你的身份，家里把你养这么大，你该感恩才是。以前你的婚姻可以为家族带来利益，你该全力以赴，现在你继续缠着慕天星，只会给家族带来负面的影响，你就到此为止吧！”

那口吻，那神情，凌元仿佛在跟凌冽说：别给脸不要脸！

偏偏凌冽笑了，满面春风地笑了。

白皙的大手在身侧优雅地扬起，他冲着卓希打了个清脆的响指。

下一刻，卓希从口袋里摸出一样东西来，双手恭恭敬敬地递上，并摆在凌元的办公桌上。

凌元低头一看，是一张海蓝色的请柬，做得相当精致漂亮。

凌元打开请柬，见上面写着：兹定于本月二十八日下午六点整，凌冽先生与慕天星小姐将举行订婚舞会，特邀凌元先生携全家前往紫薇宫赴宴。

请柬上的每一个字，甚至连标点符号都让凌元感到恼火。

他猛然将请柬撕碎，冲过去一把撒在了凌冽的头上：“你这个逆子！我养了你这么多年，你却给我玩这一手！我警告你，慕天星是孟小龙的，你动一下试试！”

凌冽忽而抬起下巴，眸光针尖般犀利地望着凌元，那样满含煞气的眼神，带着冲破一切阻碍的力量，刺得凌元的眼睛有些疼。

凌冽忽而勾了勾嘴角，冷笑一声，即便坐在轮椅上，却一把抓过了凌元的衬衣领子，将凌元扯到自己面前后，迅速拔了凌元的几根头发，又在凌元反应过来之前用力将他推开。

凌元的身子狼狈地跌向前，又被狼狈地推向后，失去重心的瞬间差一点就跌坐在地上。

他不敢相信眼前的凌冽居然有这么大的臂力，脸色发白地伸出手，颤抖地指向凌冽：“你！你你你……你居然敢……”

这可是在凌云国际，也就是在他凌元的地盘上，他居然被凌冽这个废物欺负得没有还手的余地！

这像话吗？！

他冲到办公桌前就要拿起电话叫人，要把这个不孝子狠狠教训一顿。

但在他拿起话筒的一瞬，卓希开口了：“四少不过是做了一件一直以来他最想做的事情罢了，凌老爷又何必如此介怀？”

闻言，凌元抬眼，便见凌冽将刚才拔下的几根头发仔细地装在了一个透明的标本袋里。

凌元咽了咽口水，有些底气不足地看着他：“你……你要我的头发做什么？”

凌冽打了个响指，卓希懒得解释。

他俩一个眼神都没再给凌元，转身就要离开办公室。

而凌元哪里肯罢休，他的眼中像有燃烧的火焰，他盯着被凌冽收好的标本袋，真想用眼神把那东西给点燃，烧成灰烬。

“站住！”他冲过去，吼道。

凌冽表情极淡，并不畏惧，迅速在纸上写了一个字，直接撕下来，丢在了凌元的面前。

凌元下意识抓住那张纸，瞥了一眼之后，后怕地退了一步。

卓希跟着道：“四少想要做的事情，没有谁能够真的拦得住。以前四少隐忍，得过且过，大家相安无事也就罢了。但是现在，慕天星就是四少的心头肉，谁要是敢打她的主意，或者想要在中途阻碍他们，那就得先想想您手上的那个字！”

凌元紧抿着唇，似有不甘。

卓希又道：“您身上的东西，四少一直是想要的。今日在这里，时机不错，拿了您的头发。若是您不依着四少的脾气，硬是把头发给抢回去，也是可以的。但是，往后，四少若再想要，可就不一定是在您的办公室里，要的也不一定就是您的头发了。除非……您确定您现在可以彻底灭了四少，还有我。”

这是赤裸裸的威胁，但是凌元无可奈何。

正如卓希所言，他不可能现在就灭了凌冽。

他灭不掉，也不敢灭。

他嘴角抽搐着，显然是气极了，却还在隐忍：“你只管去，但是别怪我没有提醒你，有些事情，还是不要知道真相为好！”

凌元转身，任由卓希推着凌冽离开了他的办公室，离开了凌云国际。

就在凌冽离开后，凌元气得将办公室里所有的东西都砸了。

他砸得累极了，往沙发上一坐，目光触及的刚好是凌冽刚才丢在他面前的那个字：慎。

凌冽是在警告他，让他三思而后行，免得造成他所不能承受的后果。

思及凌冽拿出的那个订婚请柬，还有孟家明晚抵达M市的事实，凌元一个劲儿头疼：“这个逆子！我当初就该在她死后，把你也掐死！”

他回到办公桌前坐好，思忖了半天，终于拿起手机打了个电话。

对方接了，只是一个字：“喂。”

“哥哥！”凌元当即喊出声来，道，“那孩子拔了我的头发，是不是要去做DNA检测？”

电话那头的人沉默了。

凌元又道：“哥哥，你倒是说话啊！要是这件事情最后兜不住了，可千万别怪我！”

电话那头的人终于出声了：“随他去吧，反正月牙在我面前发过誓，她与那孩子此生不相见。”

凌元安静地等了好一会儿，确定这件事情不会殃及自己后，又道：“哥哥，我把公司今天要处理的事情都给你说一遍吧！”

“好。”

凌冽拿着发丝直接去了医院。

他还拔下了自己的发丝，放在另一个标本袋里，交给了卓希送进去。

凌冽在车里静静坐着，大拳紧握，心情复杂而紧张，始终不能平复，直到他无意中拿出手机看了眼，发现上面有慕天星半小时前发来的短信，只是他没在意。

短信只有两个字：大叔。

他的心忽然就安定了，手指轻柔地抚摸着项链上的那粒蓝宝石，一脸眷恋的样子宛若在轻抚爱人的脸庞。

很快，卓希回来了，看着凌冽："办妥了，三日后会直接给我打电话，把结果告诉我。"

凌冽点点头："回去吧！"

话音未落，手机又振动了起来，他拿起，甚至来不及看一眼就开了口："天星！"

对方愣住，继而哈哈大笑起来："四少，我是雅钧！"

凌冽："……"

倪雅钧道："我刚到，目前没有地方住。"

凌冽一脸嫌弃："那么多酒店，不会全都住满的。"

"可是爷爷说了，让我投奔你！"倪雅钧说完，笑得欢快，"你就那么眼巴巴盼着我小嫂子给你打电话？我说你也真是的，看也不看是谁打的就开口说话，你是一恋爱智商就变负数了吧！"

凌冽闭了闭眼，倪雅钧的话很有道理，刚才确实是他大意了。

倪雅钧又道："十分钟前我给小嫂子打过电话了，她说请我吃火锅，以感谢我前两次对她的帮助，就在今天中午。"

一次是他将她从酒吧抱走。

一次是他请了医生给她看病。

"酒店哪有家里好，我这就让阿诗帮你收拾出一间套房来。"凌冽忽而话锋一转，对着倪雅钧竟也亲和了起来，"说起来，我也很久没有吃过火锅了。"

慕天星乌黑的长发自然地披散着，她穿了一身鹅黄色的连衣裙，公主蓬蓬袖，小V领，收腰大摆，下裙的鹅黄底色上还有大颗的白色圆点，看起来就像是阳光打在奶酪上。

她的模样本就俊俏，身材也一级棒，站在镜子前左照右照，机灵可爱的样子直直甜进人的心里去。

她给自己配了一双白色的平跟小凉鞋，鹅黄色的包包里装了出门的必备品。

刚下楼，她便笑嘻嘻地开口："齐叔，我要出门，让司机备车！"

方齐微微笑着："大小姐要去哪里？"

虽然慕亦泽夫妇没有禁止慕天星出门，但是作为管家，家里近来发生的事情他自然知道一些。

慕天星刚要回答，沙发上忽然立起一道清瘦高大的身影："天星，你要去哪里？我陪你！"

孟小龙站在原地，想要上前，又怕她不高兴。

之前他在长廊上敲了半天的门，不停道歉，不停哄她，可是她不理会，他的心里别提多难受了。从小到大，在他面前，她哪次不是亲昵可人的，怎么一下子就变了？

慕天星脸上的笑意一下子就收敛了，沉默了两秒后，对他道："抱歉，我约了人，不方便。"

"天星！"孟小龙不放心，"你约了谁，四少吗？"

"不是。"

"男人还是女人？"

"这是我的事情！"

"天星！"

慕天星不看他了，也懒得解释，大步朝着厅门外走，却被孟小龙拦住了："天星，我陪你去。反正我在家里闲着也是闲着，明天小鱼就要来了，我爸妈也要来了。小鱼跟你那么要好，我爸妈也对你那么好，你真的要跟我这样僵持下去，让他们看见了心里难受吗？"

想起孟小鱼跟孟家父母，慕天星迟疑了。

毕竟大家从小到大都是知根知底的熟人，彼此间比亲戚还要亲，怎能就这样疏远了？

她看着孟小龙，微微拧了下眉："我带你去也行，但是你要保证不乱说话。"

孟小龙笑了。他就知道小丫头单纯又心软，连连点头："好，我保证！"

中午十二点整。

M市最有名的火锅店。

慕天星提前在网上预订了一个高级包厢，到店里的时候，外面还有很多人在排队，她跟孟小龙一起进了四楼的包厢。

包厢很大，环境非常好，最难得的是，里面没有一丁点儿的火锅味。

一厅一室，还自带一个洗手间。

厅里有沙发、茶几，两棵高大的景观树，客厅与餐厅之间隔着一个绿色的玄关，地上是褐色与枣红色交织的牡丹花图案地毯，还有红木精雕的窗棂，颇有几分古雅韵味。

餐桌是圆形的，一人一个小锅。

慕天星不知道倪雅钧会带几个人来，所以暂时没说要几个小锅。

她把包厢的地址发给了倪雅钧后，便与孟小龙一起在沙发上坐着等。

孟小龙趁着客人过来之前，追着慕天星问东问西。慕天星只说是最近刚认识的朋友，帮了自己两次，所以请人家吃顿饭，算是表达感谢。

孟小龙又想要追问的时候，包厢的门被人轻轻敲了敲。

紧接着，服务员从外面将门打开，倪雅钧如莲般美好的脸赫然出现在慕天星的眼前。

他到底是混血儿，不论从哪个角度看过去，都非常帅。

站在他身侧，帮着开门的女孩子红着脸，道："慕小姐，您的客人到齐了吗？"

"雅钧哥哥！"慕天星赶忙站起身，亲切地打着招呼，又对服务员道，"嗯，人已经来了。"

倪雅钧微微笑着，琥珀色的瞳孔绽放出丝丝光彩，注意力却没在她身上，而是颇有兴致地看着她身后的男孩："那就是你邻居家的大哥哥？"

慕天星点点头，上前去刚要招呼倪雅钧进来，却发现倪雅钧的身子微微侧了侧，又往前走了几步，这时，出现了一把耀眼的银色轮椅，轮椅上坐着一个清辉月华般的男子。

"大叔！"慕天星不敢置信地看着凌冽，他腿脚不好，来这里吃饭是很不方便的。

凌冽面色深沉地盯着她身后的孟小龙，一言不发。

倪雅钧笑了："还好你订的地方有电梯，不然……"

不然凌冽的轮椅根本上不来。

"大叔！"慕天星走到凌冽轮椅后面，将他推了进来，又做贼一样跑去门口左看看右看看，这才回来，把门关上，"大叔，卓然他们呢？还有雅钧哥哥，你没带其他人？"

不远处的孟小龙似乎不甘心就此被人遗忘，就在慕天星跟倪雅钧寒暄的时候，主动上前，对着倪雅钧伸出手去："孟小龙，慕天星的未婚夫。"

他承认，眼前的两个男人，不论是倪雅钧，还是凌冽，都帅到了人神共愤的地步，让他抓狂嫉妒。但是，这又怎样？

帅不能当饭吃，无论如何，在慕亦泽夫妇心目中，他孟小龙才是慕家女婿的最佳人选，这就足够了。

倪雅钧微微挑眉，颇有深意地看了慕天星一眼，却没有伸出手去跟孟小龙相握。

慕天星听见孟小龙的话，当即反驳起来："小龙哥，你别再乱说话了！"

因为他答应了不会乱说话，她才带他出来的。

现在到了地方，客人也来了，大叔也来了，他怎么能口不择言呢？

孟小龙不理会慕天星，微微笑着："听我们天星说，你之前帮了她两次，虽然我不清楚具体的情况，不过还是谢谢你了。"

"呵呵。"倪雅钧笑了，径直朝着餐厅而去，背影显得挺拔而孤傲，"这世上，能跟我握手的男人还真的不多呢。怎么办，你偏偏不是其中之一。"

孟小龙蹙了蹙眉头，开口也是不饶人："来者是客，但是做人基本的修养与礼节，你似乎欠缺得很。"

"就算在当今陛下面前，我也是如此。怎么，你有意见？"倪雅钧冷笑了一声，眼中是满满的不屑，明显没有把孟小龙放在眼里，"小丫头，你请我吃饭，是为了谢我。但是每天想要请我吃饭的人多得数不胜数，可不是什么阿猫阿狗都可以与我同席的。"

倪雅钧的话虽然狂妄了些，但也不假。

倪雅钧的爷爷倪子洋是个温润儒雅、权倾天下的人；倪雅钧的外公伊藤却是个日本人，更是个叛逆狂妄、藐视世俗的男子。

倪雅钧的身上继承了他爷爷的责任与担当，也遗传了外公伊藤的离经叛道。

看得顺眼的，怎么样他都接受。

看不顺眼的，他绝对不容。

孟小龙不知倪雅钧身份贵重，也没往更高的地方去想。

孟小龙在青城是富甲一方的孟家大少，从小到大都是周围人眼中羡慕的对象。

但是，人外有人，天外有天。

这个道理他懂，却不服。

他就需要倪雅钧这样的人物来刺激刺激他，才能明白他自己究竟有多渺小，而这个世界究竟有多大。

倪雅钧的话显然让孟小龙下不来台了。

慕天星赶紧上前解释着："雅钧哥哥，你别生气，他这人不大会说话。"

倪雅钧拿起桌上的菜单自顾自看了起来，也不理谁。

慕天星有些紧张，看倪雅钧的样子像是生气了，便看着孟小龙着急地小声道："你不是答应过不乱说话的吗？你搞得气氛这么尴尬，你说现在要怎么办？"

孟小龙不以为然地道："你别听他吹牛了，我以前在部队的时候，有个男孩子也爱吹牛，还说自己是陛下的私生子呢，结果谎言被戳穿，最后被人关进了军人保卫处，被开除军籍，还被判了刑。"

孟小龙似乎有意吓唬倪雅钧，还把声音放大了。

这一下，慕天星真是想死的心都有了。

孟小龙当着凌冽的面说她是他未婚妻，倪雅钧又管凌冽叫哥，自然会替凌冽感到生气，对他的第一印象更不好了。

孟小龙还讽刺倪雅钧没有家教，这可是连着倪家一家都骂进去了，倪雅钧不生气才怪。

现在，孟小龙还说倪雅钧是吹牛皮，装皇亲国戚，这不是逼着倪雅钧发火吗？

这还能忍得住，倪雅钧就不是男人了。

慕天星正在想办法化解，倪雅钧已经冷冷地勾了勾嘴角，盯着孟小龙："小丫头，我给你面子，这次不跟他计较，但是你最好现在立即让他消失在我眼前，否则，后果他自己负责。"

"小龙哥，你回去吧！"慕天星拉着他就往门口走。

孟小龙哪里肯，一个四少也就算了，现在还多了个帅得没天理的倪雅钧，他怎么可能放心把娇弱的慕天星单独留下来？

"天星！你就让我留下吧，我保证不再乱说话了！"

"不行！你快走吧，雅钧哥哥生气了，你别让我为难了！"

"你那么怕他干吗？"

"我不是怕，而是我本来一心想要谢谢他，结果反倒让人家不高兴了！再说，他是月牙夫人的亲侄子！我前天在倪家做客见过他的，他是真的倪少！"

"呃……"

孟小龙彻底傻眼了。

原来传说中受尽万千宠爱的倪少，就是眼前这个妖孽倪雅钧？

倪雅钧的父亲倪夕牧与当今陛下曾是患难之交，彼此肝胆相照，倪雅钧的爷爷倪子洋与当今陛下的父亲天凌大帝相交颇深。

远的不说，就说近的，倪雅钧是月牙夫人的亲侄子，陛下待倪雅钧如同亲生儿子。

这么说，他是真的得罪了皇亲国戚？

"快走！"慕天星打开包厢门，便看见卓然、卓希分别一左一右守在门口，他俩见慕天星拉着孟小龙要出去，赶紧过来帮忙。

孟小龙就算是在部队里锻炼过，也招架不住卓然、卓希两个练家子，都来不及多说一句话，便已经被撂倒在地，狼狈地被拖了出去。

包厢里只剩下三个人，安静得很。

慕天星推着凌冽走到餐厅，在倪雅钧身边停下："雅钧哥哥，对不起。"

倪雅钧被人捧惯了，忽然遇上孟小龙这么个蠢货，自然不痛快。

他看了她一眼，刚要开口说些什么，可看到了凌冽犀利的眼神，立马就老实了。

倪雅钧微微笑着，脸上满是亲和，开口道："没事了，苍蝇赶出去就行了，不提了。咱们点菜开吃。"

慕天星听了这话，紧张的小脸上终于露出了微笑。

她并不知道的是，倪雅钧其实并非表面上这般无害，倪子洋能放心让自己二十二岁的嫡孙出来磨炼，自然是相当放心倪雅钧的。

倪雅钧面上没表露什么，心里却在想，刚才孟小龙那档子事儿，他不可能就此算了。

慕天星拿起铅笔，一样样给他们报菜名："土豆土豆，土豆吃吗？地瓜地瓜，地瓜吃吗？菠菜菠菜，菠菜吃吗？"

倪雅钧之前还会应声，表达自己的喜好，可是后面，都快笑喷了。

他下意识看了眼凌冽，投过去一个暧昧的眼神，好像在问：四少，你从哪儿捡了这么个活宝，点个菜还这么富有喜感！

凌冽单手抵着太阳穴，偏着头安静地坐着，听了一小会儿后，轻叹了一声，伸出手从她掌心拿走了菜单，也拿走了铅笔。

她诧异："大叔，怎么了吗？"

凌冽没理她，一双漆黑的眼往菜单上一看，迅速勾了几样，又把菜单递给倪雅钧。

倪雅钧接过，琥珀色的瞳仁转了转，迅速加了几样，递给慕天星："小丫头，好了！"

她再这样把菜名一个个念下去，这顿饭就不用吃了。

她叫了服务员，下了单，局促不安地坐在倪雅钧跟凌冽中间，小脑袋里想了很多事情，每一件都让她感到不安，尤其是孟小龙抢了电话，差点发现凌冽会说话。

她道："大叔，早上那个电话，对不起。"

凌冽看了她一眼，没有表示。

她凑近他，又道："我来的时候，他非要跟上，不然我出不了门。"

这一次，凌冽连一个眼神都懒得给她了。

慕天星有些着急，抓着他的手臂，又将自己整个小身子都往他那边挪了挪："大叔，对……"

她话还没说完，那只僵硬的胳膊忽然变得很有力量，将她拦腰一捞便捞到了他的双腿上，另一只手早有预谋般迅速取出一条银色的东西，朝她脖子绕了上去。

慕天星只觉得脖子上一凉，垂头一看，却什么也看不见，因为链子太短，吊坠刚好被她的下巴挡住了。

紧接着，她后颈一热，浑身一僵。

凌冽温润的唇瓣此刻就贴在她白嫩的后颈上，不过停顿了两秒，却让她的小脸红透了，更让倪雅钧无语地遮住了眼睛：“我爷爷教过我，非礼勿视！”

“大……大叔！”

慕天星因为倪雅钧的话，更不自在了，挣扎着从凌冽身上下来的时候，还让他逮着机会在她脸颊上又亲了一下。

“咯咯，雅钧哥哥，你要喝点什么？”她赶紧整理了一下小裙子，端正身子坐好，见倪雅钧放下了大手，赶紧又道，“要喝酒吗？白的，红的，还是啤酒？”

倪雅钧淡淡一笑，能入他口的酒，即便在这全市最有名的火锅店里也是拿不出来的。

他看了眼凌冽，发现凌冽的一双眼就那样如狼似虎地盯着慕天星，明显欲求不满。

倪雅钧忽然就想离开了，在这里他就是个电灯泡。再说，凌冽是他哥，好不容易有个喜欢的人，他怎么也得帮着。

“咯咯。”他给凌冽一个眼神，想要找个借口开溜。

偏偏凌冽回了他一记警告的眼神，他只能乖乖坐好。

他转念一想，小丫头心思单纯，一心想着要感谢自己，若是自己真走了，小丫头指不定多着急。

他忽然微笑，开口道：“跟酒相比，我还是对你脖子上的链子更感兴趣。那是斯里兰卡的蓝宝石，四少脖子上的该有一克拉，你脖子上的，该有0.8克拉吧？”

倪家是做珠宝起家的，倪雅钧从小耳濡目染，辨别珠宝自然是个中高手。

慕天星先是惊讶了一下，而后笑了：“雅钧哥哥，你好厉害！就是斯里兰卡蓝宝石，是……”

话说了一半，慕天星忽然顿住。

她微笑的小脸上瞬间布满乌云，拧着小眉头愤愤地看着凌冽：“这是我给珍珍买的项圈，你怎么给我戴上了？！”

凌冽温柔的神色跟着瞬间收敛，他不冷不热地开口：“你还好意思说？把你男人跟一只母猫配成一对，你还真做得出来！”

“戴了项链就是一对了？大叔，这项链全世界又不是只有这一对，很多人会买，难不成买了的人都凑成对，你当是那种狗血的小说？！”

“我是腿脚不好，但不是脑子不好。你出去随便找个人问问，谁的老婆会一次在商场买一对项链，一条送给老公，一条送给家里养的母猫？！”

“我还不是你老婆！”

“你很快就会是！”

“现在还不是！送你项链的时候还不是！”

“就是就是！你就是！”

就在这两人吵得不可开交的时候，一道清雅的男声忽然插了进来：“那种狗血的小说，你是指哪一类？”

慕天星的话脱口而出：“就是男人以及女人都比较滥情、开放的言情小说！”

她刚刚吼完，全世界仿佛都安静了。

倪雅钧耳根微红，尴尬却忍不住低笑。

凌冽的脸色已经完全黑了下来，空气里似乎还有轻轻的咬牙切齿的声音。

啪！

啪！

啪！

慕天星忍不住循着声源去看凌冽紧捏的手指，又在迎上他那风雨欲来的双眼时，果断错开眼。

“滥情？开放？什么程度？”

凌冽几乎咬牙切齿：“你还看那种乱七八糟的东西？！”

“喀喀，那个，就学生的生活太苦闷，所以闲来无事看看小说，打发时间嘛。”慕天星的声音越来越低，明显底气不足。

因为她看的众多小说里，确实有几个情节不太雅观。

但是，这并不妨碍她做一个善良纯洁的好孩子。

“生活苦闷？打发时间？嗯？”

凌冽盯着她，那眼神仿佛他恨不能将她生吞活剥了。

天天在学校上着课，生活那么忙碌、有规律，她还能感到苦闷无聊，去看那种小说，那么是不是表示，将来婚后，他若是丢下她出差个三五天，她就能红杏出墙？

不得不说，凌冽的世界，对于男女之事是非常纯洁的，他的爱情观是相爱的两人务必是纯洁的。

男女牵手这样的小事，在他眼里都是很庄重的。

他心爱的女人，必须从上到下、从发梢到脚趾都是他的，绝对不允许别的男人沾染分毫！

而他也是这样要求他自己的，他喜欢慕天星，那么他就必须从上到下、从一根头发丝到脚趾都只属于慕天星一个人，其他女人都沾染不得。

不过转瞬，凌冽已经在心里做了一个非常重要的决定，并且，他现在就将这个决定坦诚地告诉她："慕天星，从今天开始，每天我们都必须见面。如果我要离开，你也必须跟着我离开，与我形影不离。在生理上，你有什么需要，尽管跟我说，我一定会满足你。所以，把你那些乱七八糟的小说都给我扔了吧！"

不许看！

就是不许看！

还滥情、开放？她真是反了！

这一番话，直接把慕天星雷得外焦里嫩。

她不就是看小说吗，怎么就成有生理需要了？

她再小心翼翼瞥了眼倪雅钧垂着脑袋快笑喷的样子，顿时就火大了！

白嫩的小手狠狠在桌面一砸，她站了起来，显现出凹凸有致的小身子："老娘没那么饥渴！凌冽，你是不是脑子有毛病？全世界看言情小说的少男少女多了去了，个个都是有生理需要的？你的思想怎么这么复杂啊？"

凌冽只是冷冷地看着她："你自己看滥情、开放的小说，还说我复杂？什么叫恶人先告状，颠倒黑白，厚颜无耻，说的就是你这样的！"

她真是怒了："我又不是看岛国片！我看的是爱情小说，讲的是高尚的、纯洁的、伟大的爱情！"

这下轮到凌冽困惑了，他一副不耻下问的样子，眨巴着双眼："岛国片是什么？"

慕天星："……"

倪雅钧太阳穴突突地跳了起来，却还是温润地开口，帮着解释起来："所谓岛国片，就是指男女青春期的教育片，专门教男女之间阴阳调和的。"

这一下，凌冽的脸更黑了："慕天星！你给我解释一下，为什么你还知道这种东西？！"

慕天星简直要崩溃了！

岛国片是大部分人都知道的东西，她即便没有看过，也听说过的。

可是这个大叔他自己过着与世隔绝、清心寡欲、修道一般的日子，他不知道不代表别人不知道啊！

"我……我跟你说不清楚！"慕天星懒得解释了。

越是解释，牵扯的问题越是多，他越是抓着她不放。

"咯咯。"倪雅钧干咳两声掩饰尴尬，也给怒火中烧的两个人一个台阶下，"讨论半天了，我都快饿扁了，还是赶紧上菜吧！"

房里安静得很，无人作答。

倪雅钧笑了笑，也不在意，对着门口道："卓然，卓希，上菜！"

下一秒，包厢门被打开，三个服务员分别端着锅进来了，卓希也端了一大托盘的菜，卓然依旧如士兵般在门口守着。

“怎么这么慢？”慕天星忍不住抱怨起来。

若是他们上菜快一点，大家都开吃了，食物堵住了嘴，她跟大叔也不会吵起来。

卓希却开口解释起来：“四少从没在外用过餐，这是第一次，我跟我哥在外面把这些食物都检查了一遍，所以耽误了一些时间。”

将托盘里的菜一一摆上后，卓希回去，很快又端了一托盘的菜过来。

慕天星嘴角轻抽：“吃个饭还要查毒，真当自己是皇帝啊！”

谁知，不远处的倪雅钧轻笑着，竟低声说了一句：“可不就真是吗？”

上菜过程中，小锅也开始起火，脚步声、碗碟碰撞声等夹杂在一起，将倪雅钧的这一句低语生生盖去了一半，几乎没有人听得清。

慕天星不解地看着他：“雅钧哥哥，你说什么？”

“啊？”倪雅钧一愣，帅气的脸上闪过一丝慌张，而后他迅速镇定下来，“没……没事。我刚才说什么了吗？呵呵，我都不知道。”

慕天星：“……”

等到卓希跟服务员都出去之后，卓然又进来了。

他给大家摆好餐具跟蘸料，还开了一瓶自带的红酒跟酸枣汁，帮大家斟上之后，道：“四少、倪少、慕小姐，这些食物餐具都检查过了，没有问题，请慢用。”

说完，他离开了，应了那句：挥一挥衣袖，不带走一片云彩。

之前在电话里的时候，凌冽跟倪雅钧说的是：我很久都没吃过火锅了。

但是眼下看着凌冽跟慕天星学习吃火锅的先后顺序时，倪雅钧忍不住开口道：“四少，你该不会是从来没吃过火锅吧？”

凌冽的脸上闪过一丝不自然，却不语。

他学着慕天星的样子，将涮熟的羊肉在蘸料里蘸了蘸，吹了吹上面的热气，再送入口中。

他慢条斯理地吃着，即便从来没吃过火锅，却很快摸到了门道。

慕天星吃着吃着，听倪雅钧来了这一句，这才惊讶地看了看凌冽。

他是她见过唯一一个吃火锅还能吃得如此优雅的男人。

她双眼中迸发出无数含着爱慕之意的小心心，对之前两人吵架的事情也不再纠结了。她从自己的锅里捞出两粒撒尿牛丸，放他的盘子里，道：“大叔，这个很好吃哦，只是咬的时候要慢一点，里面的汤汁很烫，还会喷出来。”

凌冽深沉的脸色立即有所缓和，很温柔地看了她一眼：“好。”

接下来的时间，包厢内很温馨、很静谧。

凌冽心里感到了从未有过的安定，他没有开口，她却已经料到了他有些菜没吃过，会提前跟他讲。他确实也是第一次吃这些东西，很多菜也是第一次听说。

她眯着眼睛甜甜地笑，看着他："这个叫撒尿牛丸。"

他也跟着笑起来，整个人从死气沉沉变得鲜活起来。

气氛和谐，倪雅钧也吃得很开心。

用餐结束的时候，慕天星叫服务员买单，结果卓然打开了包厢的门，一个穿得像模像样、挺着啤酒肚、有些秃顶的肥胖男人走了进来。

他往餐桌前扫了一眼，看了一眼坐轮椅的男人，还有不坐轮椅的男人，当即笑得谄媚，凑上前："倪少，倪少啊！哈哈哈，怎么到了我们M市也不说一声，我好给您安排住处啊！"

倪雅钧眯起眼，已是不悦："你是谁？"

男子顿住脚步站在原地，眼神带着忐忑与讨好，笑道："我是M市的市长，嘿嘿。"

倪雅钧只是"嘁"了一声，透着不屑的意思，不再多言。

而男人笑着又要往前凑，惹得倪雅钧一脸嫌弃地说："未来两三年我会在这里住下，但是住处不用你安排，凌四少的紫薇宫，我看挺合适。"

"四少？"男人似乎吃了一惊，又委婉地开口，"倪少，这四少虽是凌家的孩子，可是他早年就出来了，住处跟凌家在山顶的别墅自然不能比。还是我另外给您安排吧，咱们M市漂亮的景观房特别多，嘿嘿，就……"

"行了！"倪雅钧皱起了眉头，面露不悦，显然已经没了继续说下去的耐心，"我的事情不用你管！卓然，把他请出去！服务员，买单！"

卓然上前一步："这位先生，请。"

片刻后，服务员上前道："这单子，刚进来的那位先生已经结过了。"

倪雅钧毫不留恋地起身，上前小心翼翼地亲自推着凌冽的轮椅，道："既然结过了，咱们走吧。"

慕天星也很快跟上，几个人就这样头也不回地从火锅店离开了。

这一下，整个M市风起云涌，就连平民百姓都在议论纷纷：凌家那个废物四少，不知怎么入了倪少的眼，他们在一张桌子上吃饭，倪少还住到四少家里去了。

当这样的消息传得满城风雨，连慕亦泽都打电话向慕天星询问的时候，慕天星才第一次很认真地思考倪雅钧的行为。

看来他故意赶孟小龙走，还特意亲手推着凌冽出去，都是别有深意的。

倪雅钧来M市之前，大街小巷都是凌冽跟她的照片，上面还印有凌冽跟她的名字。

凌冽看似并不买倪雅钧的账，实则两人配合得恰到好处，让世人都不得不重视起凌冽这个人。

慕天星吐吐小舌头，忍不住想，那些男人啊，怎么看起来都那般无害，实则全是披着羊皮的狼？

染指未遂

第八章 Little wife

慕天星踏上白色的旋转阶梯，看着眼前一大片海蓝色的景致，心情是复杂的。

她抱着珍珍，陪着倪雅钧把紫薇宫上上下下看了个遍。

最后，倪雅钧挑了最上层的小阁楼，上面是透明的玻璃屋顶。他说，以前就想住可以半夜仰望星空的房间，没想到这次到了M市如愿了。

慕天星忍不住问：“可是这里是顶楼，空荡荡的，你有什么需要也不方便啊。卓然、卓希听见你的指令，也要好一会儿才能来到你面前呢。”

倪雅钧微笑着，道：“没事，我喜欢清静。”

其实，一路上他跟凌冽坐一辆车，慕天星坐的还是慕家的车，因为慕亦泽知道这件事后，就吩咐自家司机无论如何要跟着大小姐，不许跟丢。

在车上的时候，凌冽就已经警告过倪雅钧，让倪雅钧住得远一点，不要妨碍到凌冽跟他的小未婚妻。

所以，倪雅钧看似在选择喜欢的房间，其实是别无选择。

两人并肩下了楼，就看见凌冽正若有所思地盯着他俩，黑眸中有着淡淡的火苗。

倪雅钧只觉得眼疼，他已经跟凌冽保证过不止一次了，他绝对不可能爱上慕天星的。

慕天星虽好，但不是他的菜。

别看倪雅钧年纪小，他偏偏喜欢那种温柔美丽、大方贤惠、性格内敛、有智慧、顾大局的女孩子。

慕天星这样的山间小鹿，蹦蹦跳跳的，灵气再盛，他最多把她当妹妹。

倪雅钧叹了口气，不冷不热道："四少，贵府醋是不是太多了？"

卓希扑哧一笑，帮曲诗文将新煮好的咖啡摆上："四少、倪少、慕小姐，请慢用。"

凌冽收回那样的眼神，看了看慕天星，朝她伸出一只手。

两人之间的距离分明只有两米，她却美滋滋地踏着小碎步，一路小跑着凑到他面前："大叔！"

甜腻腻的一声，唤得人心里软乎乎的。

她把珍珍放在凌冽的腿上，没在意凌冽脸上淡淡的嫌弃，拉过他的大手，只顾看着他傻笑。

四目相对，二人锁骨间的蓝宝石遥相呼应着，他们眼中只有彼此。

"留下来吃晚餐，然后再回去。"凌冽抬手摸摸她的脸颊。说实话，他昨晚都没睡好，才抱着她睡了两个晚上，就已经贪恋那种拥她入怀的感觉了，暖暖的，像沐浴着春天的阳光。

慕天星下意识朝着门外看了看："司机还在。"

"让他等着。"凌冽漫不经心地说，"不然，我让卓然把他打发走。"

慕天星握紧他的大手，摇了摇头："我还是一会儿先回去吧。明天我最好的朋友要来M市，我要跟小龙哥一起去机场接机。傍晚的时候，孟伯伯跟孟伯母也要来。我爸爸已经让人把客房都给他们收拾出来了。"

说到这里，她有些忐忑地看着他："他们是来商量我跟小龙哥订婚的事情。"

倪雅钧面色一紧，看了眼凌冽。

没想到那个姓孟的那般不要脸，强娶这种事情也干？

那慕天星的父母也有些不是东西了，看着疼惜自家女儿，却尽做些违背女儿意愿、伤害女儿感情的事情。

凌冽表情极淡，执起她的手吻了一下："明天你一切照旧，等我去慕家下聘。"

"啊？"慕天星惊讶得张开嘴，小嘴可以塞下一个鸡蛋了。

"上次凌家去慕家下聘的东西，在凌孟两家达成共识之后，就被你爸爸原封不动地退了回来。我们反正是要结婚的，你这么好的姑娘，我不能让你白白跟了我，下聘是必需的。"

"你……"

慕天星凝视凌冽认真的眼，小心脏扑通扑通直跳。

下聘……下聘……凌冽的意思是真的要跟她结婚？

刚才慕亦泽打电话过来，追问倪雅钧的事情，当时她说，她陪着倪雅钧去一趟紫薇宫，看看就回去。当时她心里在打鼓，不知道父亲会不会怒发冲冠。

毕竟前一天晚上，父亲警告过她的，要是她继续跟凌冽搅在一起，就从家里出去，父亲就不要她了。

但是很明显，不过一晚而已，父亲的态度就变得微妙了，居然在电话头跟她说，让她不要太贪玩，尽量早点回去。

慕天星脸颊一点点烧红，眼神也带着羞怯。

其实，她完全可以说，她还小呢，结婚的事情不急，以后再说吧。

但是话到了嘴边，她也不知怎么就变成了：“你可以今晚去的。明晚大家都在，多尴尬。”

凌冽黑瞳莹亮，定定地望着她，却没有解释，而是玩笑般开口：“人多热闹嘛！”

“我爸爸昨晚发了好大的脾气，但是刚刚……我觉得，他好像不是那么排斥我来这里了。”慕天星歪着脑袋看他，清亮的眼里带着一丝探究。

难道是这个男人私下里动了什么手脚？

凌冽却笑了。

慕亦泽其实是白手起家的，能从小县城来到M市立足，说明慕亦泽是个很有能力的人。星灿纺织若是再经历一两代人的细细打磨，未来肯定是辉煌的。

现在听慕天星说慕亦泽的态度有所变化，他就知道，那九百九十九个广告牌的钱，不是白砸的。

他拉着她的手怎么都不舍得放开，时不时还以指腹细细摩挲她白嫩的手背：“也许他想通了吧。”

她的眼中闪过一丝警惕：“我怎么觉得你笑起来的样子像只狐狸？”

“哪有！”

“分明就有！”

凌冽不说话了，沉默地盯了她两秒，这才缓声道：“一会儿我送你回去。”

他今天还没跟她亲密过呢，没抱抱，没kiss，她这个到嘴边的甜点比今天中午吃的小肥牛还要鲜嫩，他要是就这样眼睁睁错过，岂不是白痴？

慕天星不明白其中深意，只单纯觉得他是舍不得自己离开，就这样温顺地点了点小脑袋。

几个人围着茶几坐下，品着咖啡，天南地北地聊了起来。

忽然，倪雅钧很煞风景地来了一句：“小丫头，你这么一个聪明伶俐、如花似玉的小姑娘，追求者多的是，你怎么就看上了四少这么个坐轮椅的？”

凌冽眸光一黯，却云淡风轻地坐在原位，不动声色。

倪雅钧看起来是在寒碜他，其实呢，是在当着这么多人的面，逼着小丫头向他表达爱慕之心呢。反正提问的不是他本尊，他坐等着被表白就好了，他不享受白不享受，何乐而不为呢？

这一刻，所有人都屏住呼吸——

但闻，慕天星清甜的声音缓缓响起："我……我没看上他啊！"

倪雅钧："噗！"

凌冽的脸顿时黑得跟锅底一样了。

慕天星有些难为情地看了凌冽一眼，又道："是他看上我的。"

倪雅钧："咯咯。"

凌冽竖起了耳朵，静待下文。

慕天星却道："他先看上我，对我好，一直把我绑在他身边，我这才对他日久生情的。所以，雅钧哥哥，你若是奇怪为什么我们会在一起，那也要先问他为什么会看上我。因为如果不是他先开的头，我们也不会在一起。"

闻言，众人的面色微微好了些。

倪雅钧颇为同意地点点头："原来是四少先追你的。"

"嗯。"慕天星眼神一闪，坦坦荡荡地点头承认。

别看慕天星是个软妹子，但是智商绝对不是负数。

倪雅钧跟凌冽看似不大契合，实则却是一条战线上的。他们想联合起来让她开口对凌冽表白，哼，门儿都没有！

妈妈说过的，女孩子长大了，要矜持些。

情意绵绵的句子，自然应该是男人对女人说，就好比那日在车里，凌冽对着她表白的时候说的那些话一样。

所以，这种当着所有人的面表白的任务还是交给大叔吧。

她笑眯眯地看着凌冽："大叔，你也听见了，雅钧哥哥感到好奇了呢，你是怎么会看上我的呢？"

众人绝倒。

凌冽的眼睛直直盯着慕天星，目光深邃得令人无法参透。

慕天星的小心肝一下子跳得更快了，被凌冽盯得太紧，她的眼神开始闪烁，眼看就要招架不住，又不甘心就这样退缩。

他忽而抬手，在她鼻尖上轻轻刮了一下，语气带着宠溺："调皮！"

不过两个字，就化解了这场表白危机。

腹黑鬼！

聊了一会儿，慕天星觉得是时候回去了。

虽然父亲的态度似乎缓和了些，但她还是不要太放肆为好。

她看了眼凌冽，有些心虚。

而那双眼深不见底，却晶亮通透，他看了她一眼，便主动对她笑了笑：“要不要送你回去？”

她点点头，站起身后，对着倪雅钧道：“雅钧哥哥，你好好休息，我先回去了，改日再来看你。”

倪雅钧笑了：“既然明天四少要去慕家下聘，我闲着也是闲着，一块儿去呗，明日就能见了！”

她愣了一下，看着凌冽，见凌冽没反对，于是她点头道：“好啊，明天见！”

“走吧，我也送送你！”倪雅钧站起身，就要跟着一起往外走。

“喀喀。”轮椅上的男人又犯病了。

倪雅钧停下步子，却见凌冽意味深长地盯着他：“你累了，先去休息吧。”

“我不累。”倪雅钧刚开口，却见凌冽的眼神凌厉，话锋一转，赶紧道，“喀喀，虽然不累，却还是有很多事要处理，我先去你书房，一边处理一边等你。”

凌冽这才满意，面色缓了缓：“嗯。”

院门外——

紫薇花香醉人，沉甸甸的花朵压低了树枝，像满载着甜蜜、美好的祝福般。

慕天星推着凌冽缓缓向前，烈日下，俩人的影子被拉长，覆盖一路的花瓣，呼吸间都透着浪漫。

抬眼看，卓然已经走到了慕家的车边，敲下了司机的窗口，说了两句什么，又很快走到凌冽的专座前，发动引擎。

“再等等。”慕天星看着凌冽的头顶，声音透着体贴，“晒了这么久，车里就像电烤箱一样，进去会被烤熟的。等卓然把冷气开了，再进去。”

凌冽忽而朝着身后伸出手，她握住。

二人再无言语。

天地间有风声，有蝉鸣，有花香，有爱人。

慕天星忽然觉得心一下子被填满了。她终于明白，现在的慕家大宅她有些住不下去究竟是为什么。

因为那里没有他。

原以为她对他的喜欢刚刚开始，淡淡的，像阵阵清风，像阵阵花香。

但是现在，她才发现，即便是刚刚开始的喜欢，也可以在很短的时间内迅猛地发展为小小的爱，像戒不掉的思念，像离不开的空气。

小手缓缓握紧他的大手。

她忽而打破沉寂，对他说："大叔，你……明天一定要来。"

——我等你！等你来下聘！

凌冽抬起下巴，见她小脸红扑扑的，也不知是被太阳晒的，还是因为害羞，总之，很迷人。

凌冽的心就在这一瞬间被填满了。

他心里再也容不下其他，乖乖点头："嗯。"

她一下子就笑了，笑容灿烂得好比那沉甸甸的紫薇花，在他心中美得不可方物，令他目眩神迷。

卓希走过来："四少、慕小姐，上车吧。"

卓然也过来，跟卓希一起扶凌冽上车。慕天星转身要往慕家的车去，却听卓然笑着道："慕小姐，我刚才跟您家里的司机说过了，您坐我们的车回慕家，他在后面跟着。"

慕天星上车，身子还没坐稳，就发现前后座之间的幕帘已经放下了，车里被阻分成了两个空间。

车门刚关，下一秒，她的世界就天旋地转了一番。

"呜——"

她娇嫩的唇瓣上忽而贴上了什么，后脑被一只大手稳稳托住，整个小身子都贴在了一副健硕有力的身躯上。她刚要开口，呼吸已经被覆在她身上的男子所掠夺！

说不清是不是缺氧，她就这样在他的怀中化成了一摊水。

车子停下，卓然在前面轻语着："四少、慕小姐，慕家到了。"

凌冽这才放开她的嘴唇，望着她大口喘气、眼神迷离的小模样，又俯首在她的小香肩上轻咬了一下。

"啊！你干吗？"

她软乎乎的一句话，绵软无力。

他却毫不避讳地在她脖子上蹭了又蹭："不干吗，就是想吃你。"

慕天星下车了。

与上次一蹦一跳地回慕家相比，这次，慕天星真是三步一回头，那般眷念不舍的样子，瞧得凌冽的心都疼了起来。

她人还没走到院子里呢，凌冽的电话就已经打了过去。

她就那样傻乎乎地站在太阳下接起电话："喂。"

"小乖，不难过，我明天一定早点来！"

"嗯！我等你，你可不许不来，不许骗我，不许忽然就不要我了！"

"小乖，我绝对不会不来，不会骗你，不会忽然就不要你的！"

“我晚上想你了怎么办？”

“随时给我打电话，我们还可以视频。我也会想你的，很想很想，想得不要不要的。”

此刻车里的幕帘已经升了上去，卓然兄弟不仅可以听见后面的动静，更能看清后面的动作。

就凌冽那个纠结的表情，加上那酸溜溜的话，卓希简直快受不了了。

他抱着胳膊，小声道：“我鸡皮疙瘩掉了一地。”

凌冽一记狠戾的眼神射了过来：“你怎么有鸡皮？”

卓希：“……”

卓然忍着笑，还是道：“四少，外面现在三十八九度，还是让慕小姐赶紧进屋吧，别中暑了。”

凌冽瞧着窗外那丫头可怜兮兮的惨样，刚要开口，就听她已经说了一句：“大叔，我后悔了，我应该留在紫薇宫吃晚餐的，要不我再跟你回去吧，等吃了饭再回来。”

凌冽的大手直接就摸向了车门，却在开门的前一秒，眼睁睁看着心爱的女人离自己越来越远，越来越远。

“卓然！”他怒吼了一声！

卓然则没有回头，因为他在开车。

但是，他义正词严的声音传了过来：“四少，您不能带慕小姐回去，您接下来根本没有时间陪她。”

此言一出，凌冽暴戾的神色渐渐缓和了。

没错，他接下来还有很多事情要做，而且都很重要。

车子缓缓驶离慕家所在的小区，凌冽有些难过地开口：“小乖，我临时有事情，必须先走了。你好好的，我明天一定会过来。”

慕天星回到家里，孟小龙一下子就从沙发上弹了起来，以五十米冲刺的速度跑到她面前：“有没有怎么样？”

小丫头眼眶红红的，要么是哭过了，要么是快要哭了。

她的嘴唇红肿中带着轻微的破损，一看就是刚刚被男人狠狠疼爱过。

孟小龙急得双脚根本不能着地了，一个劲跳着，着急道：“是四少欺负你了，还是倪少？”

慕天星愣了一下后，才想清楚他说的是什么。

慕天星下意识捂了下自己的嘴，又放开，拧着眉侧过身，想要绕开孟小龙上楼去：“我累了，先睡一觉，晚饭的时候再下来。”

孟小龙没拦她，却跟着她一溜烟跑楼上去了。

慕天星冲进房间，反手要关门，孟小龙单手将门撑开，另一只手紧紧抓住了她的胳膊，高大的身躯硬是从门缝里挤了进去。

房门一关，房间内就只有青梅竹马的两个人。

孟小龙抬起双手，想要捧住慕天星的小脸，手却生生顿在了她的耳边。

“天星，你告诉我，他吻了你，不是你自愿的，是不是？”

房间很安静，静得慕天星能清晰地听见自己的心跳声。

她点头：“是，不是我自愿的。”

孟小龙松了口气，哪怕她的初吻已经没了，他也不在意，只要她不是自愿的就好。

可是慕天星话锋一转，道：“但是他吻了我，我没有反抗，也并不反感。”

孟小龙：“……”

慕天星又道：“后来，我也吻了他，我喜欢他。”

孟小龙：“……”

他根本不能接受这样的事实，早上她说喜欢凌冽的时候，他不在意，因为她喜不喜欢凌冽都改变不了她要做他新娘的事实。

以后的日子长着呢，他会让她爱上他的。

但是现在，因为一个吻，他如此难受，痛彻心扉。

他有些抓狂，捏住了她的肩膀，用力地摇晃了一下，似要将她摇得清醒一点。

“小猪，你是不是忘记了过去那么多年里，你是怎么暗恋我的？我一直一直那么宝贝你，害怕你太小了，怕伤了你，每次想要吻你的时候都隐忍着，只亲亲你的额头。我怕会吓着你，连亲你额头的次数都在极力地控制。可是现在，你居然让另一个男人吻了你的唇？！”

孟小龙快疯了，瞪着她红肿的唇，见她不答，火气更甚。

他一把拉过她的小身子直接往洗手间的方向走去。

“啊！你放手，你干什么？！”慕天星根本招架不住，她的小身子落在他手里就跟小鸟被人提着一样。

他把她拖到洗漱台前，拿过她的牙刷，挤上牙膏，把漱口杯接满水，递给她：“刷牙！快点！把他所有的味道都给我刷掉！快点！”

慕天星从来没见过孟小龙这么凶。

她想着，现在爸妈不在家，楼上就她跟孟小龙，万一孟小龙发疯揍了她，或者强要了她，也没人能救她，所以她还是不要刺激他为好。

好汉不吃眼前亏。

她咽了咽口水，心里发怵，小心接过了他手里的杯子跟牙刷，就这样当着他的面刷牙。

她刷得极慢，孟小龙也没催她。

仿佛她刷得越仔细，他心里就越满意。

可是，透过洗漱镜，慕天星发现孟小龙看着她的眼神像是冒着火，充满了兽欲。

她更害怕了，现在才下午四点，距离爸妈下班回来还早呢！

即便孟小龙真的要了她，她就算哭死，父母也只会说，那就嫁了吧，反正都要嫁的。

怎么办？

她垂下眼帘没再看他，却依旧能清晰地感觉到两道火辣辣的视线正投在自己的身上。

“差不多了。”孟小龙忽然开口，声音喑哑，听得慕天星头皮发麻，“把嘴里的泡沫全都吐掉，漱漱口！”

“嗯。”她很乖巧地应了一声。

一只小手伸向水龙头，她准备拧开水龙头放水，他忽然上前一步，一只大手放在她肩上，另一只大手罩在她拧水龙头的小手上，就连他的前胸都紧紧地贴着她的后背，对她道：“我帮你开。”

慕天星被孟小龙这样紧紧贴着，别说后背发麻，就连耳根都开始发麻。

她用力抽回自己的小手，接了水漱了口。他递过毛巾给她擦嘴，却一如之前那样紧紧地贴着她。

“小龙哥，你到底想干吗？”她的口吻已经很不好了，带着薄怒，尽管心里有些怯，却还是很生气。

她瞪着镜子里的他，没转身，却眼睁睁看着他的双臂环上了她的腰，将她禁锢在他的胸前。他的下巴渐渐朝着她的肩靠了过来，那动作与他鼻子喷洒出的气息、节奏都暧昧至极。

慕天星一阵恶心，侧开了脖子，用力去扯他的大手，实在受不了便大喊起来：“孟小龙，你这是不对的！”

“早知道你会被别人先下手，我应该更快下手才是！都说近水楼台先得月，我爱护了你那么多年，一心怕伤了你，结果你不甘寂寞，找了别的男人！”

孟小龙也很生气，箍着她腰的双臂越来越紧，要生生将她的腰折断一般。

“天星，我想要你，你给我好不好？”

“不好！”慕天星就要疯了，他的唇已经吻了上来，落在她白嫩的脖颈上，那里还有大叔亲手帮她戴好的项链，“不好不好不好！孟小龙！你放开我！你敢欺负我，可想过后果了？！”

他只觉得一阵口干舌燥，似乎已经豁出去了：“后果不过是我被两边父母狠狠骂一顿，或者揍一顿，但是我能娶你！”

说完，他的某只大手作势就要朝着她的胸口抓过去。

慕天星被吓得哇哇大叫，奋力挣扎，拼了命大喊起来。

“不，我会告你，我要告你！除非你杀了我，不然我就会告你！谁求情都没用，你爸妈没用，孟小鱼也没用，你爸妈和我爸妈都没用！你还是个军人，军人！”

在宁国，军人守则里的条款，是全世界最为严格的。

军人犯强奸罪不会坐牢，只会枪毙。

而孟小龙现在这样的性骚扰，已经够得上开除军籍了。

慕天星的提醒，让他有所顾虑，一时顿住了。

他有些心痛地望着她：“如果别的男人这样对你，你是不是就半推半就了？”

他目光灼灼地盯着她的唇，不等她开口，又道：“我想尝尝你的味道。”

后面裙摆处，她翘起的臀部看起来诱惑至极，并且隔着夏日薄薄的衣料无声地引诱他。

“呜哇！”慕天星被吓得拼命大哭起来。

她侧过脸颊一口凶狠地咬在了孟小龙的胳膊上。

剧烈的疼痛让孟小龙蹙起眉头，他放开禁锢她的手臂去推她的脑袋：“天星，你给我松开！”

慕天星死也不松口，决然地紧闭双眼，白皙的脸颊上，无数的泪珠汹涌而下，仿佛抱着非要把他这块肉咬下来不可的决心一般。

鲜红的血从他胳膊上缓缓而下，染红了她软软的小嘴。

孟小龙看着她这般，忽而悲凉地开了口：“天星，你就这么厌恶我触碰你？你没试过，又怎知你会不喜欢？”

她却不理，仿佛天地间所有的事都与她无关，她只是咬，拼了命地咬！

孟小龙也怒了，使劲去掰她的嘴，推她的脑袋，甚至想要动手揍她。

就在他侧过身想要面对她的瞬间，她猛然一抬左腿，毫无预兆地在他的双腿之间踢了一脚。

孟小龙面色扭曲地弯下腰去，她及时松了口，在他蹲下去的瞬间如小鹿般迅速蹿了出去。

慕天星是个动作非常敏捷的姑娘，就算曲诗文跟卓希他们那些练家子，很多时候也被她迅速又干净利落的小动作搞得一愣一愣的。

她没练过功夫，不懂得武术，所以面对那些会拳脚的人，她的招数全无章法，别人根本猜不到她下一步会怎么做，所以，就连曲诗文、卓希他们都时常会被她钻了空子。

孟小龙反应过来，伸手去抓她的时候，她已经跑出了洗手间，并且迅速从房间里跑了出去。

不过转瞬，慕天星已经想好了后面的对策。

她把衣领跟裙子扯了扯，把头发揉得乱糟糟的，撒开脚丫子一边朝楼下去，一边发了疯一样地大喊："救命啊！救命！他要强奸我！救命啊！"

慕天星刚刚跑到楼梯上，就看见管家方齐已经带了两个人往楼上赶了过来，刚好与她撞上了。

"呜呜，呜呜，齐叔！"

她一头扎进方齐的怀抱，被吓坏的狼狈至极的小模样吓死人了。

她嘴里还有血，鲜红的、孟小龙的血。

"大小姐，你有没有怎么样？"方齐心痛地看着眼前的心肝宝贝。他可是看着她出生，看着她长大的，跟着大家一起宠了她这么多年，生怕她受一点委屈。

方齐扶住她的胳膊，上下打量了她一番，虽松了口气，但还是面色沉重："是小龙少爷？"

慕天星一副吓得说不出话来的样子，半晌后才道："我用力地踢了他的那里，我……我还咬了他，呜呜，他在我房间的洗手间里。"

"我知道了，大小姐先下去，我上去看看。"方齐安抚地拍了拍慕天星的肩，领着人便上了楼。

慕天星看着他们离开，大口喘着气，扭头死死盯着客厅的电话，随即一溜烟冲了下去。

她先打了120，叫了一辆救护车。

从慕亦泽开始，到蒋欣，再到孟家父母和孟小鱼，她一个个地打了电话过去，全是歇斯底里地哭诉自己差一点就被孟小龙强奸的事。

慕亦泽夫妇震惊不已，马上就要回来。孟家父母震惊又羞愤，孟小鱼直接在电话里痛骂她哥哥，还安慰慕天星不要太难过了。

不久后，救护车的警报声传了过来。

慕天星冲出去，领着救护车里的人往楼梯的方向去，他们上楼后不久，两名医生便扶着孟小龙下来了。孟小龙胳膊上的伤口隐隐往外渗着血，但是他的身子始终弓着，一看就是被慕天星踹得太痛了。

这时候，慕亦泽夫妇也赶了回来，瞧着孟小龙被救护车接走，而女儿又成了这副惨兮兮的模样，心痛至极。

"呜呜……妈妈！"

慕天星号啕大哭，一头扑进了蒋欣的怀里。

“宝贝！”蒋欣拥着她，虽然听管家说，孟小龙没有得手，但是看着女儿这副样子，连衣裙被揪得不成样子，头发也乱糟糟的，一看就是受委屈时挣扎而造成的。

“怎么会这样，小龙这孩子怎么会这样？呜呜，天星，我的女儿！”

蒋欣抱着女儿哭了起来。

慕亦泽看得眼疼、头疼、心疼，只好半哄半安慰着：“快，老婆，带着天星上楼去收拾一下，检查一下有没有哪里受伤。”

蒋欣领着慕天星刚刚上楼，慕亦泽便对着管家使了个眼色。管家当即召集了家里所有的用人，在院子里开了个小会，再三叮嘱他们，家里今天发生的事情不许宣扬出去。

想起孟小龙，慕亦泽心中真是恨铁不成钢。

慕亦泽开着车，无奈地追着救护车而去了。

到了医院，慕亦泽等了半晌后，才见到一个护士，护士说：“医生还在给他看呢，他伤的是男性器官，好像有点严重。胳膊上的咬伤，我已经帮他处理好了。”

听完护士的话，慕亦泽真是又气又恼又担心，当即给孟家打了个电话，把今天的情况如实地说了一遍。

孟逸朗夫妇称他们已经在路上，马上就要到M市了。

青城虽说是个小县城，但与M市相邻，附属于M市，走高速只需要一个小时。

当慕天星对孟逸朗夫妇哭诉之后，孟逸朗夫妇当即放下一切事情赶了过来。

当他们抵达慕亦泽所说的医院时，长廊上只有慕亦泽孤零零地守着。而两方家长彼此见面，尚未来得及打招呼，孟小龙已经被护士从急诊室的小手术室里推了出来。

众人围上去，连连询问情况。

医生说：“他是在欲望最强烈的时候被人踢了一下，有些损伤在所难免，好在不会影响日后的正常夫妻生活，还有生育能力。”

闻言，孟逸朗夫妇悬起来的心总算落了下去。

孟小龙此刻已经清醒了很多，看着眼前的长辈们，愧疚难当，眼泪在眼眶里打着转：“慕叔，对不起，我也是一时冲动，真的不是故意想伤害天星的。”

慕亦泽面色复杂地看了眼孟小龙，又对孟逸朗道：“这里没事就行了，交给你们了，我回去看看天星，天星吓坏了，都快哭瞎了。”

孟逸朗连连道歉，拉着慕亦泽，道：“我跟你一起回去看看天星！”

然后他扭头，对妻子白梅道：“你留下，照顾这个逆子！”

白梅这会儿心中愧疚，想着慕天星那小丫头成天蹦蹦跳跳、快快乐乐的，真不知道儿子怎么就能下得去手，但是毕竟是自己儿子干的蠢事，除了道歉她没别的话可说。

“好好好，我在这里照看着，你赶紧去看看天星怎么样了。”

白梅话音刚落，医生却挑了下眉，道：“等等！”

众人停下脚步，看向医生。

医生有些意味深长地开口：“刚才护士说，给患者补押金的时候，发现他是个军人。”

这一句话，顷刻间让众人倒吸一口气。

白梅的一颗心不断下坠，她有些害怕，往后退了一步。

天凌大帝在位期间励精图治，不断整治、改善宁国的军队，对于军人行为的要求更是极为苛刻。宁国地大物博，军事力量也非常雄厚，全国上下团结一心，使得各国不敢来犯。每每在国际问题上涉及宁国，各国都会投鼠忌器，对宁国礼让三分。

而杰布大帝上任之后，则将整治重点放在整个国家的民风上，更是授予了月牙夫人极大的权力，和月牙夫人一起不断完善全国的医疗体系、教育体系以及民法、刑法。

所以，现在在宁国治病，哪怕是在很小的私人诊所，都必须用身份证进行登记。

而在全国医疗体系与安全部联网后，当孟小龙三个字跟他的身份证号被输入该医院的电脑中时，他本人的资料就全都显示出来了。

别说他是个军人，就算他只是个普通百姓，因性侵未遂而被送医院的，院方也会报警。

若知情不报，一经查出，整个医院跟着遭殃。

孟逸朗当即看向慕亦泽，道：“老慕啊，M市我一点都不熟悉，你可得想想办法帮帮小龙啊！”

在宁国，军人强奸，得枪毙。

孟小龙即便是强奸未遂，可是自天凌大帝上任之后，全国律法中找不到“未遂”两个字。也就是说，不管是不是未遂，只要行动，就算事实，且，帮凶与主犯同罪。

除此之外，在宁国——

贩卖儿童，枪毙。

猥亵幼女，枪毙。

重婚，枪毙。

虐待老人，枪毙。

慕亦泽虽然心里对孟小龙恨铁不成钢，但肯定不会眼睁睁看着孟小龙去死。

听见孟逸朗的话，慕亦泽赶紧上前一步，笑呵呵道：“医生，误会，一场误会！我女儿是这个孩子的未婚妻，他俩是情侣，斗斗嘴，吵吵闹闹，谁知道他们年轻人是怎么玩的，居然就成这样了，我女儿在家里现在还心疼得不行，刚刚还给我打电话问情况呢！”

医生揉了揉眼睛，略显抱歉地看着他：“刚才，住院登记处的同事已经报警，并且将这件事情反馈给了B市该患者所在的军校。站在我们医生的角度，救死扶伤是本职，但是站在一个遵纪守法的公民的角度，我们报警也是应尽的义务。所以，这位先生，不论该患者是否无辜，您不必跟我解释，跟警方和军人保卫处解释便可。”

医生说完，扭头又跟护士交代了一下：“他输完这两瓶药就没事了，先把他移送红色病房，已经有警员在那里等着录口供了。”

红色病房是宁国的医院专门提供给有犯罪嫌疑、需要接受审问、还未判刑的人治疗疾病的场所。

白梅两眼一黑，往后退了两步，孟逸朗伸出手及时扶住了她。

慕亦泽嘴角动了动，当即道：“你们陪着小龙，我去想想办法。”

孟逸朗不放心，毕竟现在自家儿子性命攸关。他看着白梅道：“老婆，撑住，你陪着小龙，我跟着老慕去想想办法。”

孟逸朗坐着慕亦泽的车离开。

此刻已是傍晚，正是家家户户一家团聚、准备吃晚餐的时候。

对比眼下孟小龙的状况，慕亦泽和孟逸朗更觉糟心。

慕亦泽叹了一口气，没想到事情会这样发展。孟逸朗在一边不断道歉，慕亦泽听得一阵头晕：“行啦，你别再说了。我们多年的兄弟了，小龙也是我看着长大的，咱们也都年轻过，也有过冲动的时候，今天的事，对错咱们都不要去计较了。目前来说，先把小龙安然无恙地捞出来才是最重要的。”

孟逸朗闻言，心中一阵感动，要知道若是有哪家孩子敢强暴他家孟小鱼，他是肯定要把那孩子打残的。

“老慕啊，我真是愧对你！”

“别说了，我现在也烦着呢，我想了想，还是要天星主动承认自己跟小龙是情侣关系，他俩闹着玩的，没想到玩过了，这样的说法才最有说服力。”

“是是是！那咱们赶紧回去先问问天星。”

慕家——

蒋欣给女儿洗了个澡，看见她胸口上的吻痕，气不打一处来："这个小龙也真是，平时看着那么老实的一个孩子，怎么这样！"

慕天星眼眶红红的，瞧着胸口上的几朵"梅花"，暗恼，这还是在H市的最后一晚，大叔在她身上留下的，都过去两天了，怎么还没消？

她抬起头，也不解释，只是对着蒋欣可怜兮兮地说着："呜呜……妈妈，我不想跟小龙哥订婚了。他这样，说明人品有问题。我怕他，我现在一看见他就觉得害怕。妈妈，我求求你了，你去跟我爸说，去跟孟伯伯他们说，我不要跟小龙哥订婚！呜呜……"

说着说着，她眼泪就像断了线的珠子一样哗哗地落了下来。

蒋欣心疼极了。她就只有这么一个女儿，在她心里，女儿还是个孩子呢，那孟小龙怎么下得去手？

若不是看在两家这么多年的交情上，换了别人家的儿子，她肯定不会轻饶的。

现在女儿吓成这样，蒋欣越听越心疼，道："好好好，你放心，这件事情我去跟你爸说，这婚咱们先不订了。就算白梅他们说什么，也是他们家理亏，以后的事情以后再说吧。"

女儿接二连三地出事，蒋欣不怕别的，就怕活泼开朗的女儿被吓出心理疾病来。

她家宝贝什么时候受过这样的委屈？

待慕天星换好衣服坐在床上的时候，蒋欣亲自给她煮了一碗甜汤压惊，端上来给她："喝点，妈妈陪着你呢，不怕不怕啊。"

慕天星默默接过，心里却在想，凌冽明天就要来下聘了，虽然他说过，让她什么都不要管，一切有他在，可是她也不能什么都不做，让他一个人为爱奋斗啊。

如果在他明天来下聘前，她能通过自己的力量使自己跟孟小龙不必订婚，就再好不过了。

对于那闪闪发光的爱情，情窦初开的少女也想要尽一点自己的绵薄之力。

她喝完一碗甜汤，气色明显好些了。

蒋欣接过空碗，又跟她聊了会儿，但闻一阵急促的脚步声响起，随即越来越清晰。

咚咚咚。

慕天星拉着被子，一副受惊状。

蒋欣赶紧去开门，一看是丈夫，拧着眉头就发起火来："小龙那孩子怎么样了？真是太不像话了！我们两家交情这么深，都说兔子不吃窝边草，他怎么对咱们天星下得去手？！”

慕亦泽微微侧过身，后面跟着的孟逸朗便露出了脸。

蒋欣撇撇嘴，走到床边去，谁也不搭理，摆明就是生气了。

孟逸朗更是难堪，进了屋子看了眼慕天星红红的眼眶，赶紧追问着：“天星，你还好吗？”

“好什么啊，我家天星裙子都被扯破了，头发乱糟糟的，吓得直打哆嗦，我刚刚才把她哄好。我说老孟啊，小龙就算再喜欢我家天星，也不能这样吧？她才十八岁啊，你家小鱼不也才十八岁吗？”

“是是是！对不起，对不起！”

不论蒋欣说什么，孟逸朗都只是道歉。

孟小龙长得像爸爸，跟孟逸朗一样都是高高瘦瘦的，看起来都老实巴交的，眉宇间透着英气。

蒋欣还要说什么，慕天星却拉着被子躺下，道：“你们都出去吧，我累了。”

她声音都哑了。

慕亦泽一听，心也跟着疼起来。

可是现在不是追究这些的时候了，他看着蒋欣，道：“你也别说老孟了，这些回头我们再商议，现在的关键是怎么保住小龙的命。”

慕家跟孟家虽说有些家底，但都是白手起家，祖上无人当官，姻亲无人从政，黑白两道都不熟，全靠他两家自身的努力。

现在孟小龙的事情闹大了，已然超出了他们的能力范围，只能通过慕天星的口供来掩盖孟小龙企图对慕天星不轨的事实。

闻言，蒋欣蒙了：“你开什么玩笑啊，我家天星咬了他一口，踢了他一脚，他就有生命危险啦？”

慕亦泽无奈地摇摇头：“他是军人，院方已经报警了。”

这一下，房间里彻底安静了。

就连慕天星都愣住了。

她只是想跟孟小龙取消婚约，再说，孟小龙企图强暴她，这是事实，她没有诬陷他。

她只是想借着这件事扫除她与大叔在一起的障碍，但她不想也不愿让孟小龙去死。

孟逸朗看着慕天星将身子蜷成一团，心急地道歉：“天星啊，这是伯伯没教好儿子，是伯伯的错，可是小龙也是太喜欢你了，不然他也不至于那样，我的儿子，我肯定是了解的。”

慕天星不说话。

孟逸朗又看了眼慕亦泽。

慕亦泽意会，往女儿床头又走了两步，道："天星啊，现在小龙进红色病房了，怕是正有警方给他做着笔录呢。你呢，就跟警方说你跟小龙是未婚夫妻，你们小两口吵架闹着玩的。天星啊，小龙再有错，也是跟你一起长大的，有这么多年感情在。他这次是浑蛋，但是你要是不救他，就没人能救他了。"

孟逸朗急得头上全是汗，恨不能给慕天星跪下："天星啊，孟伯伯求你了！"

慕天星咬着唇，瞧着眼前的这一系列变化，有些接受不了。

她从楼上冲下去打电话叫救护车，一来是自救，踢人是逼不得已的，那一下有多狠，她自己知道；二来是想让这件事情稍微大一点，方便她拒绝跟孟小龙订婚。

结果……

这根本与她的心愿相违背。

"我不要再跟孟小龙订婚了！"她闭着眼睛，大吼了一句，眼泪跟着掉下来，"呜呜……我不要跟他订婚！不要！不要！不要跟他订婚！"

孟逸朗心急如焚，走上前，盯着她，语气恳切："那你就能看着他死吗？"

慕天星的哭声一下子止住了。

她……不能！

"天星！"慕亦泽上前，看着她，"现在不是你感情用事的时候，现在是事关人命的时候。你听爸爸说，你先承认你跟小龙的未婚夫妻关系，把小龙救出来。余下的事情，你要是不想嫁小龙，我们不勉强你，怎么样？"

"对对对！"孟逸朗赶紧附和，"天星啊，宝贝闺女啊，伯伯求你了，先把你小龙哥救出来，婚约的事情咱们稍后再议！"

慕天星看着他们，捏着小粉拳，两眼一闭："让孟伯伯写一份保证书，保证我跟孟小龙不会订婚，也不会结婚，我就跟警察说那是一场误会，否则免谈！"

众人微愣，都没想到软软的小丫头这么有远见。

瞧瞧那气势，才十八岁的小姑娘，都已经学会威胁人了。

孟逸朗算看出来了，慕天星是真的不喜欢他儿子，说什么都不会嫁了，既然如此，那就先把儿子救出来再说吧。

慕亦泽经历这件事情后开始反思，女儿不喜欢孟小龙，他逼着女儿嫁，确实不妥，不爱的男人，怎能算是女子的良人？

"老孟，你就写一份吧！咱们做不成亲家，还是兄弟，以后我家天星给你家做干女儿，一样的。"

“好，我写。”孟逸朗点头刚刚答应，慕天星就一下子从被窝里爬起来，从书桌上拿过纸笔递了过去。

孟逸朗看了她，心里舍不得。

这可是在她很小很小的时候，他就相中的儿媳妇啊！

他那个儿子，真是不争气啊，硬生生把人家小姑娘吓得死也不肯嫁了。

孟逸朗趴在书桌上，很快写完了保证书，亲自交给慕天星，道：“天星，满意了？”

她接过，一字一句地看着。

一群人都急死了，终于看到她点了点头。

慕亦泽开着车，载着孟逸朗、蒋欣还有慕天星一起去了医院。

可是，当他们到了孟小龙所在的红色病房大楼前，却被医院的人告知仅能留一名家属在里面照顾病人。白梅是孟小龙的生母，已经在里面了，别人就是跟孟小龙关系再亲，也进不去了。

慕天星看他们着急，赶紧道：“我是孟小龙的未婚妻，这件事情是因为我们闹别扭才发生的，不算强暴。麻烦你通知一下负责孟小龙的警官，让我们进去见见他，把事情解释清楚。”

“是啊是啊！我们是来解释的！”

“有误会啊，这是小两口吵架闹出来的，怎么就成强暴了呢？”

孟逸朗他们七嘴八舌跟着掺和起来，吵得门口的哨警头都疼了。

其中一个哨警道：“你等等，我把你说的情况反映一下。”

“好的，好的。”

于是，大家看着那名警员进了保安室，打电话把慕天星说的话说了一遍。电话那头似乎回应了什么，只见那名警员不断点头，然后挂掉了电话。

孟逸朗他们眼巴巴地看着那警员出来了，都急切地说：“可以进去了吗？”

孟逸朗更是急得快哭了：“就让我进去看看孩子吧，拜托您了！”

哨警摇摇头，一脸认真地看着他们：“这件事情太严重了，抱歉！”

“都说是误会，怎么会严重？”慕亦泽不懂，“就算要定案，我们女方是受害者，当庭宣判之前，也要问问女方当时的实际情况吧？”

哨警答：“犯罪嫌疑人刚刚被送进来不久，上头就来了电话，说是录口供以及后面一系列的工作中，不得打搅慕小姐。请问，这位就是慕小姐吧？”

“是，可是……”慕天星不明白了，“上头是什么意思？”

“就是上级，应该是领导，或者是什么维护您的大人物。”哨警坦言。

众人静默了两秒，所有人都目光复杂地盯着慕天星。

慕天星一脸茫然，不明所以：“这是怎么回事？我跟小龙哥的事情怎么会闹到上头都知晓了？什么上头啊，哪里来的上头啊？”

孟逸朗真是要疯了。他拉着慕天星，道：“天星啊，伯伯求你了，你跟他们说说，让他们听一下你的话，这件事有误会是不是？”

慕天星自然明白，现在是人命关天的时候。她抿了下唇，看着哨警：“你好，我能见见负责这件案子的警官吗？”

“抱歉了。”哨警依旧铁面无私，“您刚才跟我说的情况，我已经在电话里如实反映过了。可是我的同事说，别说是未婚夫妻关系了，就算是已婚夫妻，婚内强奸也是要负法律责任的。哪怕是平日里关系再好的情侣，他想要跟您发生关系的时候，您咬了他，已经表示不愿了，但是他还强迫了您，导致您迫于无奈踢伤了他，这就是他意图强暴的既定事实。只要他想要侵犯您的事实在，他便有罪。”

慕天星：“……”

哨警又道：“这里是我们看押犯罪嫌疑人的警务要地，还请你们速速离去，否则，将以妨碍司法公正的罪名将你们拘禁。”

众人：“……”

夜色中，孟逸朗急得差点晕死过去。

几名哨警见他们不走，有的端起胸前的枪来，吓得慕亦泽赶紧拉着他：“老孟，咱们先离开，静下来好好想想对策再说！”

蒋欣也吓了一跳，拉着慕天星就往停车场去：“是啊是啊，快走，先离开这里，再想别的办法，不然我们都被枪打死了，小龙在里面可怎么办，谁来救？”

孟逸朗深吸一口气，振作起来。

是啊，他若是再出事，儿子就更没救了！

傍晚的天空，绚烂的霞光渐渐被浅蓝的夜色吞噬。

四人坐在轿车里，看着车外的一轮弯月、两三颗星星，寂寥的场景正照应了他们的心情。蝉鸣声响起，即便有风吹过，还是让人觉得闷。

慕亦泽理了理思绪，看着慕天星：“天星啊，这两天你在紫薇宫的事情，爸爸一直没问你，你到底有没有认识什么特别的人，或者发生过什么特别的事情？”

几道视线都射向那张漂亮得不像话却又纠结万分的小脸。

她似乎很认真地想了想，这才小心翼翼地看着慕亦泽：“爸爸，你还记得中午我跟雅钧哥哥还有四少一起在火锅店吃饭的事情吗？”

“嗯。”慕亦泽点点头。

她又道：“当时是小龙哥陪我去的，小龙哥却被雅钧哥哥赶走了。我想，会不会因为这个，所以雅钧哥哥知道了，就……”

车厢里很静，而孟逸朗却坐不住了，他完全听不懂，谁给他解释一下？

“什么雅钧？什么人？赶走我家小龙什么意思？我没听明白！”

慕天星赶紧解释起来：“雅钧哥哥是月牙夫人的亲侄子。他之前帮过我两次，所以我今天中午请他吃火锅，算是酬谢他。但是小龙哥非要跟着去，去了以后，小龙哥说雅钧哥哥没有教养，还讽刺雅钧哥哥假装皇亲国戚，所以雅钧哥哥当时就怒了。”

蒋欣瞪大了眼睛，有些后怕：“你说的那人是倪少？传说中的那个倪少？！”

当今陛下膝下至今无儿无女，偏偏对月牙夫人的亲侄子宠爱有加，陛下至今未婚，月牙夫人也是单身。民间有一种传言，若是陛下真与月牙夫人结婚了，那么倪少很有可能会成为太子，继承大统。

因为目前除了陛下之外，洛氏一族再无男丁，陛下是皇族，一脉单传，想要过继一个洛氏宗亲的男丁继承王位都没有。

孟逸朗忽然整个人都不好了。

他闭着眼，头后仰着，大口大口呼吸，一只手还放在自己的胸口，好像随时都可能晕过去。

慕亦泽也是脸色难看，之前他只是听说四少跟倪少交情不浅，两个少爷一起陪着慕小姐吃饭，他才会给女儿打电话证实。但是他万万没想到，午餐的时候还有那么一段插曲。

蒋欣捂着嘴，像是没看见孟逸朗快断气的样子，居然哽咽起来：“那就一定是了，咱们家里根本没有那样的关系，只有你认识倪少，呜呜……小龙得罪了倪少，所以现在在劫难逃了。”

“别说了！”慕亦泽赶紧拦住她，“你看看老孟，都这样了，你就少说两句吧！”

蒋欣也是着急，但是她着急的样子跟别人不一样，别人或许沉默，或许悄悄想办法，但是她性子就是如此，一旦着急便会口不择言，不停抱怨。

“这有什么办法，都这样了，还能想什么办法！我原本以为小龙那孩子稳重大气，还懂事，没想到去上了三年军校回来，居然越长越回去了。倪少是他能得罪的？他要是不得罪倪少，要是不对天星下手，他会落得这般田地？！种瓜得瓜，种豆得豆，小龙的路是他自己走歪的！”

慕亦泽：“……”

他也不跟妻子辩解了，越说妻子越来劲，这么多年夫妻，他太了解她了。

慕亦泽下车去后面拿了一瓶矿泉水，递给孟逸朗：“老孟，你别急，先喝点水，咱们再想想办法。”

“呜呜……弟妹说得对啊，都得罪了倪少，还能有什么办法？呜呜……”

孟逸朗接过矿泉水，却没喝，而是哇哇哭了起来。

可以想象吗？

一个事业有成的中年男子，忽然在车里为了儿子的生死而痛哭流涕，这样的画面，真是刺痛人心。

慕天星瞧着心里也不好受，善良的本性让她全然忘记了孟小龙对她的所作所为，她只想着自己当初不该打电话叫救护车的，不然医院也不会报警了。

小小的内疚从心中升起，她有些犹豫地开口道：“不然，我去求求雅钧哥哥？”

此言一出，全场寂静。

孟逸朗也不哭了，他侧过身，将自己的脑袋伸到慕天星面前：“你……你说倪少？你认识他？能找到他？他……他会买你账吗？小龙会没事吗？”

慕天星有些为难，不知道怎么开口。

但是她想，雅钧哥哥那样的人，应该很善良吧。

慕亦泽也觉得，以倪雅钧的身份，孟小龙的事情在他手里，那就是弹一弹烟灰那么简单。

偏偏，有的事情，对别人而言是举手之劳，对他们来说却是难乎其难。

蒋欣知道事情太大，毕竟事关人命，于是急忙把女儿拉到身后，看着孟逸朗，非常认真地说着：“老孟啊，这些事儿，一桩桩、一件件可全是你家小龙惹出来的，我家天星这是不计前嫌帮你们去找倪少求情，所以，她一个小姑娘已经尽最大的努力了。你不要太苛责她，成与不成，你可不能把责任往我们家天星身上推！”

万一倪雅钧不同意，孟小龙的命还是没有救回来，那么孟家万一发起疯来，找他们慕家要人，不就麻烦了吗？

交情归交情，蒋欣觉得，有些话还是提前讲明比较好。

慕亦泽这次没有拦着妻子，一如平日里在生意场上一样，得罪人的事情全是妻子在做，他们夫妻俩在商场打拼多年，一向都是一个唱白脸、一个唱红脸配合下来的。

孟逸朗闻言，连连点头，满心焦急地看着慕天星；“闺女啊，倪少人在哪里？咱们赶紧去吧！”

少顷——

慕亦泽的车停在了那一片清雅浪漫的紫薇花树下。

慕天星掏出手机，直接给倪雅钧发了一条信息：雅钧哥哥，你在紫薇宫吗？我有点事情找你。

发完后，她的小心脏扑通扑通跳，手心里有汗。她也是相当紧张的，毕竟，她跟倪雅钧相识不久，彼此交情并不是很深厚，她没有把握可以把孟小龙救出来。

然而，一分钟后，回应她的不是短信，而是紫薇宫大门敞开后透出的光亮。

暖色的路灯下，紫薇花随风翩然起舞。从慕天星他们的角度看过去，视线的尽头是一道带着光亮的大门，就像上帝之手打开的一扇天窗。

独立于天光之中的一道人影渐渐向慕天星他们逼近。

车里的人一阵紧张，慕天星知道，那是卓然。

慕天星打开车窗，待他靠近后，不等慕天星开口，他便彬彬有礼道："慕小姐，阿诗做了晚餐，倪少跟四少邀您一起进去尝尝。"

言外之意，慕天星之外的人，不让进。

慕天星的脸上闪过一丝复杂的情绪，看了眼慕亦泽跟孟逸朗，又对卓然道："我找雅钧哥哥有重要的事情，人命关天的事情！"

卓然依旧面无表情，只是对慕天星说话的口吻很温和："慕小姐，眼下在倪少与四少眼里，用膳才是天大的事。您若是不需要用晚餐的话，那请回吧。"

卓然跟在凌冽身边比较久，属于冷漠型，他一出场，盛夏的夜晚都变得清冷了。

慕亦泽夫妇跟孟逸朗坐在车里，不敢多说什么，生怕说多错多。

但是孟逸朗还是忍不住，小声对着慕天星道："闺女，伯伯求你了，拜托你了，你先进去，跟他们说说小龙的事情，求个情看看？"

既然他们进不去，总不能全都无功而返。

慕亦泽面色复杂，想了想，对女儿道："你去试试吧，已经这样了，能多帮着你小龙哥……"

"慕先生……"卓然忽然开口打断了慕亦泽的话，对其淡漠地开口，"四少今天知道了孟小龙先生对慕小姐做的事情后，非常愤怒。四少说了，这件事情不论谁开口替孟小龙求情都没用，国有国法，家有家规，一切得按照规矩来。倪少的意思是，听四少的。"

众人："……"

倪少听四少的？

这是什么意思？

一个可能是太子的人物会听一个残疾人的？

慕天星有些紧张地看着卓然："我跟小龙哥没有发生什么！"

她最怕凌冽误会了，想解释清楚，她还是清白的。

焦急的小脸上忐忑与期盼并存，她想要为孟小龙求情，欲言又止的样子，令她此刻看起来楚楚可怜。

卓然轻叹了一声。

这副模样，他见了都于心不忍，要是出现在屋子里，只怕四少的心都该疼坏了。

卓然忽而抬起两只手，左手摸着右手的手腕，右手的手腕还在转动着，像是在活动关节，语气阴冷了很多："慕小姐，四少自然知道您是清清白白的，不然，依着四少的脾气，孟小龙早不能喘气了。"

众人闻言，心中一沉。

这样看来，他们还能把孟小龙给捞出来吗?

"慕小姐，请吧！"卓然也不再问慕天星要不要去，直接打开了她那边的车门，做了个邀请的动作。

慕天星看了眼父母跟孟逸朗，道："我尽快回来。"

她还没来得及跳下去，孟逸朗又开口道："别！你别急着回来，记得最紧要的是小龙的事情。"

慕天星看了他一眼，点点头："我知道了，孟伯伯。"

清甜的声音听得孟逸朗很惭愧。

明明是自家儿子不懂事，欺负了慕天星，闯了祸，现在反倒要慕天星出面帮着解救自己儿子。

她还不过是个十八岁的丫头，跟他家的小鱼是一样大的。

慕天星满载着一车人的希望，踏着花瓣，嗅着花香，朝着心爱的男子所在的方向前行。

当一片海蓝色的景色出现在她的眼前，她的心莫名就安定了。

卓希站在沙发前，自下而上地打量她："慕小姐，餐厅里面请！"

慕天星的小脸上闪过一丝不自在，她想，肯定全天下的人都知道孟小龙想要强暴她的事情了。

慕天星随着卓希前往餐厅，一路上几乎是小跑着的，当她看见凌冽跟倪雅钧都端坐在餐桌边等着她的时候，她的眼眶一下子就红了。

她从来不知道思念会让人如此揪心揪肺。

她想他，想得心都疼。

"大叔！"她小鹿一般飞速扑进了他的怀里，她甚至没来得及好好看看他的脸。

有力的大手将她的小身子拥紧了些，她的身上散发着刚刚沐浴过后的清香，他满带着疼惜的吻沿着她的发际线缓缓而下，一路从她的额头亲吻到脸颊。

"今天吓坏了，是不是？"他捧着她的小脸，认真地看她的眼。

这专注的眼神，令她心惊。

“大叔，我一点事情都没有，小龙哥他……”

“嘘！”他啄了一下她的唇，凝视她，“乖，不提扫兴的人。”

“可是，他们还在外面等着我……”

“嗯，先吃饭，一会儿吃完了饭，你回去就告诉他们，明天傍晚，我跟倪少去慕家用晚餐。”

“呃——”

“这么说就可以了。”凌冽忽而笑了起来，笑得像只狐狸，“我会带上聘礼，但是在此之前，你不要告诉他们，我是要去下聘的。”

换言之，他就是要慕亦泽跟孟逸朗摸不着头脑地白白担心一整天，让他们绞尽脑汁地想着他跟倪雅钧究竟为什么要去慕家用晚餐。

慕天星忽然想起来自己在学校上犯罪心理学时学到的知识，眯起眼瞧着他，道：“啊！你是想跟我爸爸还有孟伯伯打心理战！”

“不愧是我女人，真聪明！”凌冽毫不吝啬地夸赞她，顺势在她脸颊上又亲了一下，这才对着厨房的方向道，“阿诗，上菜了。”

慕天星坐在他身边，他们的对面是倪雅钧。

今天换了一张典雅的乳白色长方形餐桌，曲诗文做了几道非常拿手的菜招待倪雅钧，不一会儿，就呈上了满满一桌精致而美味的菜肴。

小丫头微微笑着，孩子般一脸兴奋的样子成功地取悦了凌冽。

他眸色渐深，视线落在她身上，她咬了一口鲍汁鹅掌后连连称赞：“嗯嗯，大叔，雅钧哥哥，这个好吃！”

鲍汁鹅掌是一人一份的，每份一只。

倪雅钧闻言，微笑着就要去吃自己的那份，可是一只白皙的大手硬是迅速地将他那份给拿走了。

他抬眸一看，才发现，不光是他的，还有凌冽的那份，都已经摆在了慕天星的面前。

慕天星有些不好意思，腾出一只白嫩嫩的小手，就要将倪雅钧的那份还给他。

凌冽却冷冷地说了一句：“倪少不喜欢吃这个，你帮他吃掉，他会感激你。”

“你不喜欢吃吗？”慕天星一脸诧异地盯着倪雅钧，“这个鲍汁熬得好香啊，洒在鹅掌上，连骨头里面都入味了呢，特别好吃！”

倪雅钧温润地笑了笑，他可以说他其实很喜欢吃吗？

明显……不能！

心爱的食物被拿走，面对小丫头天真无邪的眼神，他还要假装浑不在意：

“我一点都不喜欢吃，你吃吧。”

凌冽又给小丫头盛了碗汤，递给她：“慢点吃，别噎着。”

一顿饭小丫头吃得津津有味，凌冽看着她那开心的小模样就已经饱了。而倪雅钧，则是一脸悲摧，食不知味。

晚餐结束后，凌冽的大手拿过餐巾，直接擦上了她的小嘴。

慕天星小脸微红，有些难为情地说：“我……嗯，我自己可以。”

他却不语，擦完后，又不知从哪儿变出一只润唇膏，打开，轻柔又认真地沿着她的唇线细细涂抹。

这幅画面瞧得倪雅钧眼珠子几乎都掉下来了。

他爷爷宠爱奶奶那么多年，都没有亲手帮着奶奶擦过唇膏！

慕天星抿了抿唇，脸更红了：“谢谢！”

凌冽拉过她的手，将那支粉蓝色的唇膏放在她的掌心里，道：“专门让人给你定制的，你来之前，我试了一下，很滋润。”

言外之意，这支唇膏在给她擦之前，已经在他的唇上擦过。

“咯咯，你们慢慢聊，我先去书房等你。”倪雅钧实在受不了了，人家小两口你侬我侬的，他留下来真是太多余了。

他起身从卓然身边路过的时候，对卓然小声道：“一杯咖啡，让你老婆再给我做一份鲍汁鹅掌。”

“好。”卓然轻笑，转身便给倪雅钧倒咖啡去了。

餐厅只剩下两个人，慕天星起身推着凌冽的轮椅往大厅的方向走。来到沙发前，她有些不安地凝视大门外。

她父母还在车上坐着呢，父母都还没有用晚餐。

凌冽却像是看穿她的心事一般，表情极淡地开口：“我们用餐的时候，然给你父母送了热牛奶跟三明治。”

慕天星惊奇地看着他：“你？”

“毕竟是我未来的岳父岳母，第一次来我住的地方，我没让他们进来，再不给他们饭吃，显然有些不敬。”

他冷静起来的时候，真的是个很深沉的人，精雕细琢过般的脸上，全然看不出任何表情。

慕天星感觉心里很暖：“谢谢你！”

她脚边忽然多了个软绵绵的东西，还传来小奶猫的叫唤声。

慕天星蹲下身子，将珍珍抱起来，亲昵地逗它：“是不是想我了？”

“喵！”

“哈哈哈！”

眼前的少女娇俏天真，一人一猫，画面十分和谐，凌冽的目光就这样定在她身上，专注得让人心惊。

时光缓缓流逝，没有人舍得开口说分别的话。

可是，就在这时，慕天星的手机响了。

她接起："喂，爸爸。"

慕亦泽的声音明显带着焦急："天星，你谈得怎么样了？小龙的事情说了吗？"

慕天星下意识看了眼凌冽，却见他正噙着一抹意味深长的笑盯着自己："四少说，他跟倪少明晚去我们家里用晚餐。"

"明晚？跟倪少一起来我们家？"

"是的！"面对慕亦泽的震惊，慕天星答得干脆，又道，"爸爸，我马上就出来了。"

"好，等你出来，我们先回去吧，你孟伯伯都饿坏了。"

"啊？哦，我知道了。"慕天星愣了一下，却没有多问，结束了通话。

慕天星把手机收在随身的斜挎小包包里，一脸困惑地盯着他："你不会是骗我的吧？为什么我爸爸说孟伯伯都饿坏了？"

凌冽一脸奇怪地看着她，随后白了她一眼，淡漠的语气一如他淡漠的表情："我给孟逸朗送饭吃，才是脑子坏了。他儿子做了那种事情，还指望能吃上我紫薇宫的东西？我这里的，即便是三明治跟牛奶，也是M市最好的。"

慕天星："……"

卓希扑哧一笑："慕小姐，四少对您的父母好，就是对自己的岳父岳母好。"

她无奈地吐吐小舌头："你这样，我爸妈肯定吃不下去的。"

都在一个车里坐着，只有慕亦泽夫妇有东西吃，孟逸朗饿着肚子，慕亦泽夫妇也不是那么不讲义气的人啊！

再说，他们都是成年人，一顿不吃，忍一下没什么大不了的。

谁知，卓希却微微笑着，又道："慕小姐尽管放心，您父母全都吃完了。"

"啊？"慕天星嘴角轻颤，"他……他们是怎么吃的？"

卓希一脸淡然地帮她解惑："我把吃的送过去的时候，说那是四少跟倪少请慕小姐的父母用的。他们接了以后，我就一直站在车窗边盯着他们，我说请他们趁热吃，不要辜负了四少跟倪少的一番心意，四少跟倪少还等着我回去复命呢。于是，他们就这样在我眼前将晚餐吃得干干净净。"

慕天星："……"

她完全可以补脑三位长辈在车里的那幅画面，慕亦泽夫妇肯定吃得很无奈，孟逸朗看得也是很无奈，除了卓希心情好，没人会觉得那画面很美好。

她无奈地笑了，凌冽这样孩子气般斤斤计较的样子，让她忍俊不禁：“大叔，我怎么觉得，你比我还像个孩子？”

他深深看着她，一字一句道：“对你，是一定要斤斤计较的。”

慕天星闻言，娇羞一笑，却没懂凌冽话语背后更深层的意思。

她不懂，卓然跟卓希却都懂。

当他们下午得到消息的时候，凌冽那暴戾狠辣的模样，他们这辈子都忘不掉。

孟小龙该庆幸，他跟慕天星有着青梅竹马的情谊，即便这情谊令凌冽嫉妒到抓狂，所以在发生了那样的事情之后，他还能在红色病房里喘着气。

否则，不管是谁，别说是染指小丫头未遂了，就算仅仅是有这样的念头，凌冽也绝对不会让对方活在这个世上。

你是我的光

第九章 Little wife

慕天星回到车里之后，慕亦泽夫妇跟孟逸朗都缠着她问个不停。

她只说在紫薇宫里吃了晚餐，然后四少跟倪少都说明晚去慕家吃饭。

至于别的，她三缄其口，什么都不说。

车子在慕家停下之后，慕天星说："我累了，先上楼去休息了。"

慕亦泽夫妇也没拦着，心知女儿今天受了惊吓，小小年纪也不容易。

只是，孟逸朗却若有所思地凝视着慕天星上楼的背影，然后扭头对着慕亦泽夫妇开口："外面路灯上那一个个的广告牌是怎么回事？"

一路上，那广告牌那么招摇，孟逸朗再看不见，那就是瞎子。

他忽然有个不好的想法，会不会是凌冽看上了慕天星，所以故意使绊子害他儿子？

而蒋欣一眼就看穿了孟逸朗的心思，拧着眉头不高兴地开口："我家天星之前跟四少有婚约的事情，你又不是不知道，那婚约还是你出马帮忙，我们才跟凌家退的，要是我们有心跟四少结亲，还会让你插手吗？"

闻言，孟逸朗想想也是，莫非是自己小人之心了？

慕亦泽冷哼了一声，有些不高兴地说着："你自己儿子不争气，闯了祸，我们陪着你跑到现在，女儿受了这么大的委屈，我们说你什么了？结果你现在还反过来怀疑我们，你……"

"没没没……"孟逸朗赶紧摆手否认，"你误会了，我也就是随口一提，你看弟妹激动得，弟妹一激动，你也跟着激动起来。"

"你那么问，我当然激动了！"蒋欣无语了，"是你儿子他自己得罪倪少的，没人拿枪指着他！你儿子想欺负我女儿，更是他自己的错误，没人逼着他！他自己一步步走出来的路，现在你居然有心思怀疑是我们天星联合外人来欺负他，你这不是成心给我们心里添堵吗？”

蒋欣的脾气，那就是一个得理不饶人。

慕亦泽头疼地对着孟逸朗使了个眼色，孟逸朗赶紧闭嘴，什么都不说了。

越是说下去，她较真得越厉害，没完没了。

慕亦泽拍拍她的肩，哄着：“这样，你也累了，上去休息吧，明天你去公司里看着。这两天，我就跟老孟一起跑跑小龙的事情。”

蒋欣气得狠狠瞪了他们一眼，上楼去了。

慕亦泽赶紧领着孟逸朗去餐厅：“走吧，让厨房的人炒两个小菜，咱们兄弟俩喝点酒聊聊。”

步子还没迈出去，蒋欣又忽然从楼上下来，叫住了他们：“喂！”

她半倚在扶栏上，盯着慕亦泽：“天星不是说了，明天四少跟倪少一起来吃晚餐吗？那么咱们要准备什么啊，得赶紧想好，让方齐明天一早就去把该准备的食材都买回来啊！”

闻言，慕亦泽一拍脑门：“差点忘了！”

这么重要的事情！

尤其，明晚倪少跟四少来的目的，他们都还不知道呢！

四少虽是残疾人，但是怎么看都不是个好相处的主，倪少更是从小含着金汤匙长大，什么山珍海味没吃过？

两个煞神，一起降临慕府，到底要准备怎样的晚餐给他们吃啊？

孟逸朗也没有心情喝酒了，吩咐厨房的人给他随便煮碗面，煮好后端楼上慕亦泽的书房去。而他们三个人挤在慕亦泽的书桌前，齐齐对着电脑认真搜索着皇室菜谱。

慕天星已经躺下了。

窗帘是开着的，她眨巴着大眼睛盯着广告牌，看到广告牌上凌冽那般宠爱她的样子，她的心里甜甜的。

他说，不让她提前告诉父母，他明晚是来下聘的。

她居然听话了。

她抱着枕头翻了个身，又忍不住翻了回来，继续盯着他的照片看：“你说，我为了你，就这样瞒着我爸妈，算不算胳膊肘向外拐？”

照片上的凌冽自然不会回答她。

她又道：“应该不算吧，不都说女生外向吗？我要是不向着你才奇怪呢，对不对？”

照片上的凌冽依旧沉默。

慕天星却笑了，闭上了眼睛，心里美滋滋的，满心欢喜地等着第二天的到来。

可是，她陷入熟睡后不到十分钟，就被蒋欣从大床上拖了起来。

“呜呜，干吗啦，人家还要睡，好困！”

“乖宝贝，快别睡了，妈妈就问你一个问题，你告诉妈妈后就可以接着睡了。”

“呜呜……什么啦，快点问！”

“好的。哎哎，你别睡，别睡啊！快醒醒，妈妈跟你说话呢！”

“嗷嗷！”

慕天星终于受不了这样的折磨，迷迷糊糊睁开眼，坐起身，盯着蒋欣。

这一下，蒋欣才松了口气，紧张地拿着纸笔对着她，道：“四少喜欢吃什么？”

慕天星：“……”

她还真的不知道呢！

她跟凌冽相处了几天，紫薇宫餐桌上摆的食物永远都是她爱吃的，她吃得也非常开心，却从来没有注意过凌冽喜欢吃什么。

慕天星有些心虚，心里充满了对凌冽的愧疚：“不知道呢，我居然没有观察过，真是该死。”

她自责，蒋欣却以为她是为了不能回答问题而自责。

蒋欣连声安慰道：“没事，没事的，你说说，你这些天跟四少在一起的时候，都吃了些什么？有菜名跟食谱吗？”

“鲍汁鹅掌，今晚吃的，超好吃。哦，对了，他爱吃酒酿丸子！”慕天星绞尽脑汁想了想，这才道，“我们在一起吃饭的时候，都是吃烤鳕鱼排、白蛤蒜仔意面、法式焗烤扇贝、蔓越莓脆饼、奶油鸡肉蘑菇浓汤……”

起先，蒋欣还很认真地做着笔记，可是听着听着，蒋欣的脸都绿了：“臭丫头，你玩我是不是？”

慕天星一愣：“怎么了？”

蒋欣无语了：“你是不是睡糊涂了？你说的这些全都是你从小到大爱吃的！”

慕天星：“……”

母亲的话，一语惊醒梦中人！

她这才发现，原来凌冽每次跟她一起用餐的时候，吃的全都是她最爱吃的食物。

这么一想，她恍然大悟。每回他们一起吃饭，只要她夸一样菜好吃，他就立即对那样菜停了筷子，她之前还以为他不喜欢，其实，他是因为她喜欢，所以不舍得吃，留给她，让她多吃点吗？

他对她的心思，竟然细致到这样的地步！

“你到底清醒了没啊？你爸跟孟伯伯还在隔壁书房等我回话呢！”

蒋欣真是着急啊，看着女儿发呆出神的样子，还以为女儿睡糊涂了，还没醒。

要不然，问她四少爱吃什么，她怎会报出一串她自己爱吃的？

自己养大的女儿，爱吃什么，当妈的怎么可能记错？

慕天星眼眶一下子就红了，是被凌冽的温暖感动的。

浑蛋，大半夜的，她居然后知后觉地被他感动了，这个晚上还要不要睡了？

“天星！”蒋欣又道，“倪少呢，倪少喜欢吃什么？”

“他……我就跟他一起吃过火锅，发现他特别喜欢虾滑，吃了一盘。还有生菜，今晚阿诗姐做了一盘蚝油生菜，我很喜欢生菜，但是不喜欢耗油，他跟大叔却全都吃了。”

慕天星的声音越来越小。

她现在有理由相信，凌冽是因为她，才吩咐曲诗文做生菜的，因为中午吃火锅的时候，她唯一吃的绿色蔬菜就是生菜。

他一定是观察到了，吩咐了曲诗文。

曲诗文却不知她不吃耗油，所以做成了蚝油生菜，结果上桌后她不爱吃，凌冽便跟倪雅钧将她不爱吃的给吃了！

天哪！

慕天星越是细细分析，越是觉得，看起来像冰块一样的凌冽其实真的很温暖。

蒋欣做好了记录，连忙起身离开，关门之前道了一句：“快睡吧，晚安！”

房间里只剩下慕天星一个人，她抱着膝盖，静静凝视着窗外的广告牌，鼻子酸酸的，心里满满的都是感动。

一个从小缺少爱的孩子，有了心爱的女孩后，用他的方式细心地爱着她。

一想到这些，慕天星就认定她能遇上大叔，那是她捡到宝了。

她真的不在意他是否还能不能站起来，只要他能这样一辈子陪着她就好，她愿意这样一直一直推着他，真的愿意！

心潮澎湃着，翻滚着道道浪花，慕天星真的失眠了。

从青城水库到如今，她把她与凌冽相处的点点滴滴在脑海中细细过一遍，才惊觉，他对她的爱慕，其实由来已久了。

只是，后知后觉的她一直没有发现。

曲诗文说得对，他真的很疼她！

她曾经觉得苦不堪言的斗嘴吵架，如今回想起来，却成了最甜蜜、珍贵的记忆。

慕天星就这样胡思乱想着，一会儿回忆，一会儿思考，精神越来越好了。

她摸到手机，看了眼时间，已经是半夜一点半了，给他打电话显然不合适，那就……发一条短信吧：大叔，很幸运遇见你！

发完，她将手机一丢，然后爬起来，踩着拖鞋去了一趟洗手间。再次回来的时候，她发现手机屏刚好亮了起来，拿起一看，他居然给她回复了一条：丫头，很感激遇见你！

她根本不知道自己对于凌冽来说意味着什么。

他说过，只要她给他一缕阳光，那么他便会为她点亮整个世界。

她感动，却没细想过这句话背后的深意。

在凌冽的世界里，对于凌冽而言，她意味着光明，可以点亮他整个世界的光明。

慕天星就这样抱着手机睡着了。

梦里，有紫薇花，有海蓝蓝的家，有珍珍，还有他！

新的一天，对于慕家来说，紧张而忙碌。

窗户紧闭，只是把窗帘拉开了，可是慕天星还是被一阵割草机割草、修剪花枝、吸尘器工作等杂乱的声音给吵醒了。

她揉着一双大眼睛，郁闷地撅着小屁股，嘟着嘴，拿起枕头盖住自己的脑袋，然后接着睡。

事实上，慕家从凌晨开始便在忙碌了。

所有的女佣都出来擦地板、拖走廊、换窗帘等。

今日一早，女佣们下去休息半日，厨房里的人又跟着管家拿着慕亦泽写好的菜单一起去农贸购物中心采购食材。

慕亦泽夫妇俩也出门了，却没有去公司，而是直接去百货公司，挑选崭新的茶具、餐具以及酒具。

孟逸朗也没闲着，在慕亦泽的建议下，给凌元打了个电话，邀请凌元晚上来慕家用餐。

他们想着，既然倪少跟四少玩得好，什么都让四少做主，而四少自然会听凌元的，那么凌元来了，一切应该好商量才对。

偏偏，在电话里，凌元拒绝了孟逸朗。

他说："你希望我取消与慕家的婚约，如今婚约我已经取消了，答应你的我已经办到了。剩下的事情，小四会怎么做，不在我的控制范围之内，孩子大了，不由爹了，孟总还请见谅！”

凌元的答复，让孟逸朗万万没想到。

孟逸朗已经坐在车里，准备中午先请凌元吃一顿，透透消息，结果人家根本不见他。

孟逸朗一着急，开着车又去了一趟医院，却见不着老婆孩子，只能在红色病房大楼外远远看着。他看了一会儿，然后偷偷躲在车里哭了一场，后悔这两年一直忙着做生意，居然疏忽了对孟小龙的教育。在他的记忆里，这孩子一直都是个懂事的孩子啊！

慕天星一直睡，一直睡，睡到闹钟响起的时候，拿过手机一看，当即洗漱、换衣、下楼。

孟小鱼的航班是上午十点四十到。慕天星从慕家出来，才发现家里三辆车全都有事派出去了，她在小区门口打了辆车去机场，抵达机场的时候，刚好十点半。

她在国内到达口等了不一会儿，红着眼眶的孟小鱼便出现了。

慕天星对着孟小鱼挥了挥手：“小鱼！小鱼！”

孟小鱼看见了，大步跑了过来，声音还是哑的：“天星，我哥怎样了？”

“你知道了？”慕天星愣了一下，看她哭成这样，有些心疼。

孟小鱼捂着嘴，忍着不在人多的场合哭，小声哽咽：“昨晚我妈给我打电话，边哭边说，可是话说了一半，她手机就被警官拿走了，到现在都打不通，我哥的也是。呜呜，天星，我哥对不起你，但他是真的喜欢你的，你不是也特别喜欢我哥吗？”

慕天星拿出纸巾给她擦擦眼泪，柔声安慰：“走吧，事情比较复杂，咱们上了车，我慢慢说给你听！”

慕天星领着孟小鱼打车回家。

路上，慕天星刚要开口说些什么，却发现在出租车里说话并不安全。

她沉默着，看着孟小鱼这般心急如焚的模样，只好拿出手机来，不停打字给孟小鱼看。

姐妹俩就这样用手机沟通了一路，抵达慕家的时候，孟小鱼已经把大致的情况了解清楚了。

她心里有些芥蒂，等进了楼上的房间里，这才关起门来看着慕天星。

“你是不是疯了？我哥那样四肢健全的你不要，非要跟着一个残疾人？还在念小学的时候我就知道了，凌家四少是个残疾人！”

“小鱼，他比你想象的优秀多了，我也不是那种以貌取人的人！”

慕天星现在最见不得的，就是听别人说凌冽是个残疾人。

即便是最好的朋友说的，她也不想听。

孟小鱼看着慕天星，有些崩溃："我哥一定是被你刺激的，他一定是发现了你喜欢那个人，所以才会慌张得手足无措，选错了路！"

毕竟是一家人，孟小龙犯再大的错，孟小鱼心里都觉得孟小龙可以得到原谅。

而且，孟小鱼从小跟孟小龙的感情特别好。从小到大，孟小龙除了有时候会为了护着慕天星跟她作对外，其他时候他都是特别疼她的。

慕天星最怕的，就是孟小鱼来了以后会失去理智而是非不分："小鱼，不管我怎么选择，他都不应该强暴我，这是原则问题，也是人品问题！"

孟小鱼自知理亏，难受地往床上一坐，眼泪哗哗地掉。

慕天星拿了抽纸递上前，她也不接。

她边哭边道："如果我哥这次平安回来，你就收了心，好好做我嫂子吧，我哥是真的喜欢你的，你脑子是不是进水了啊，天星，你怎么变成这样了呢？你怎么变得我都快不认识你了呢？你太伤我心了，呜呜呜……"

"小鱼，爱情不能勉强的！"

慕天星看着她，又道："你爸也给我写保证书了，说以后不会让我进孟家做媳妇了。"

"你！"孟小鱼闻言，一下子火大了，"昨天你打电话向我哭诉时，我都在心疼你，恨不得当时就坐飞机回来，然后帮你狠狠揍我哥一顿！但是今天我才知道，原来是你移情别恋，有了别人！你背叛了我哥，我忍着，现在他为了你连命都快没了，你居然在这里轻描淡写地跟我说你跟另一个男人之间是真爱？"

孟小鱼也是一个千金小姐，从小被宠大的。

她跟慕天星性格不同，慕天星就算彪悍起来，那也是讲道理的，但是她一旦彪悍起来，那就是凭感情说话的，什么道理在她面前都是屁！

慕天星深深了解她的脾气，所以忍着，也不开口争辩了。

尽管眼下，孟小鱼已经把话说得很难听了。

"小鱼，你好好休息，一会儿你爸爸就该回来了。"

慕天星有些难过地转身，还以为唯一的闺密会懂她，会站在她这边为她着想。原来她错了，亲兄妹就是亲兄妹，兄妹间的感情高于一切闺密之情。

她忽然很怀念昨天在电话里痛骂孟小龙的孟小鱼。

现在想想，孟小鱼那会儿大骂孟小龙，也未必是真心的，大部分是在做戏给她看，是安慰她的。这不，孟小龙真的出事了，孟小鱼的本性就暴露了。

也对，人都是自私的，谁让人家是一家子呢？

慕天星就要从孟小鱼的客房走出去了，孟小鱼忽然抓住了她的手，看着她："慕天星，你到底有没有良心？我哥走到现在这一步，都是为了你，你怎么能置之不理？"

"我没有置之不理，我能做的都做了，可是我能力有限，我又不是宁国女王！"

慕天星也怒了，看着她："你别忘了，你爸爸还在这里住着，他那么精明的一个人，吃的盐比你吃的米都多，是对是错，孰是孰非，你爸爸都能分辨得一清二楚，你还是跟我从小最要好的姐妹，怎么就分不清是非黑白呢？！"

她说完，不理会孟小鱼错愕的模样，直接离开了客房。

回到房间里，慕天星心里委屈。

她好心好意去机场接最好的朋友，可是接来之后才发现，这个世上根本没有她亲密无间的姐妹。

或许那个人永远只在记忆里，又或者那个人从来就没有出现过，是她把对于闺密的一切幻想放置在了孟小鱼的身上。

她躺在床上看着窗外的广告牌，现在待在慕家的唯一动力就是盯着凌冽的脸，一直看，一直看。

忽而，手机传来一道短信的铃声。

她心上一喜，赶紧扑过去看，结果把手机拿在手里的时候，才发现是孟小鱼给她发来的：傻妞，你别再犯傻了，我哥才是最爱你的人！

慕天星看完，整个人都不好了。

为什么现在的人都这么奇怪，总以为她好的名义去强迫她，做伤害她感情的事情呢？

真正的关心，不应该是这样的，不是吗？

许是慕天星没有回孟小鱼的短信，孟小鱼在客房里也火大了，又发了一条短信：要么做我嫂子，要么今后绝交！两条路，你选一个！

慕天星看完，崩溃了。

这对兄妹，怎么遇事都是这样冲动疯狂呢？这种性格是遗传的吗？

她拿起手机，直接给孟小鱼回了一条信息：没人逼着你哥得罪倪少，没人逼着你哥强暴我，一切是他自己选的。难不成抢劫犯抢了银行，你还要去怪银行为什么要存放那么多钱？孟小鱼，你讲点道理好不好？你还能不能分清是非黑白了？

慕天星也是有脾气的，只是她的脾气不会轻易发出来，但一旦发作就是很凶猛的。

她坐在床边，静静等着，也不知道在等傍晚赶紧到来，还是在等孟小鱼回复的短信。

只听又是"嘀嗒"一声，慕天星盯着手机看了起来。

上面，孟小鱼回了一句，不过，只有四个字：你真狠毒！

就是这四个字，让慕天星心头一震，同时她也彻底醒悟了：不管是孟小龙，还是孟小鱼，他们兄妹俩，从来就没有真的了解过她！

慕家忙得一团乱，厨房也没人做午餐。

不论是孟逸朗，还是慕亦泽夫妇，甚至是管家方齐，都没有回来。

眼看着马上到下午一点钟了，慕天星拿起手机，准备在网上订餐。从起来到现在，她连早餐都没有吃过，真的很饿。

她记得孟小鱼喜欢吃夏威夷比萨，于是专门订了一个，配一份金橘红茶。

她给自己订了一份海鲜炒饭，还有鸡茸蘑菇汤。

外卖送来的时候，她亲自下去付了钱，拿了自己那份，喊了个女佣把孟小鱼那份送去客房给孟小鱼。

慕天星虽然是个软妹子，但是为人处世非常大气。

不论孟小鱼对她的误解有多深，是否跟她吵架，但既然孟小鱼在她家里做客，她便会尽地主之谊，不会失了礼数，连饭都不给吃。

她捧着炒饭坐在飘窗上，一边看着凌冽的脸，一边吃着。

她耳边忽而响起上次他送她回来的时候，附在她脖颈边说的那一句："不干吗，就是想吃你。"

她红着脸给他发了一条短信：大叔，我家里现在一团乱，都是为了迎接你跟雅钧哥哥来吃饭，你们晚上一定要来哦！

不一会儿，那边回了：嗯，一定去。四个小时后见！

慕天星的眼睛一下子就睁圆了，她盯着现在的时间，四个小时后，那不就是下午五点半？

嗷嗷！

她立即化思念为动力，大口大口吞下了午餐，又跑去妈妈房间的浴室里，拿了好多香薰精油跟沐浴花瓣，回来在自己的浴室里美滋滋地泡起澡来。

她要在大叔来之前，把自己洗得白白的，洗得香喷喷的！

嘿嘿，好羞涩。

下午三点半，孟逸朗跟慕亦泽夫妇陆续回来，都在大厅里坐着。

茶几上摆满了一次性纸杯，每个纸杯里都倒了些许米酒。这些米酒品牌不一，酒精浓度也不同，厨房的锅里还煮着丸子，大的、小的都有。

慕亦泽喝了其中一杯，道："这个味道好像不错，旁边这杯有点像是白水了，味道太淡。"

"我觉得这个可以，就是有点甜。"蒋欣也拿起一杯尝了尝，然后夫妻俩彼此交换纸杯尝了尝。

孟逸朗也在尝，可是他对米酒不是很感兴趣，几杯下来，除了觉得味道甜淡之外，没喝出什么感觉。

他叹了口气，道："快点决定啊，马上就要傍晚了，也不知道四少他们什么时候来，赶紧定下，让厨房赶紧做好，到时就等着上菜了。"

这时候，孟小鱼从楼上下来了。

她眼睛哭得红红的，瞧着沙发上三位长辈的背影道："爸爸！慕叔！欣姨！"

三人纷纷回头，这才想起来，孟小鱼应该是今天上午到的。

可是大家都各忙各的，把接她的事情给忘了。

蒋欣站起身，瞧着她："乖孩子，不哭了，是不是天星去接你的？"

孟小鱼点点头，下来后一头扎进了蒋欣的怀里，看着她："欣姨，您不是最喜欢我哥吗？天星糊涂，您可不能糊涂啊，这世上除了我哥，谁还能真的一心一意对她好？"

蒋欣有些为难地笑了笑，帮她擦眼泪，道："这几天发生的事情比较复杂，天星也长大了，有她自己的想法，我们不能左右她的想法，是不是？"

原本蒋欣也是喜欢孟小龙的，可是得知孟小龙在火锅店不知死活地得罪了倪少之后，她对孟小龙的看法就变了。

倪少是谁？是不知死活的孟小龙可以招惹的？

孟小龙那孩子，平时看起来挺实在的，一到关键时刻，他干的坏事比平日里看着讨厌的人做出来的，还要让人讨厌！

"欣姨！你也不能任由天星嫁给一个残疾人啊！"

"没有没有，没有的事情，我们天星跟四少什么关系都没有，婚约已经解除了！"

两人正说着，慕亦泽面色复杂地看着孟小鱼，不让她再开口说话，说道："小鱼啊，现在不是我们叙旧的时候，你去楼上休息，或者去找天星玩。我们现在要抓紧时间准备晚餐，这也是为了救你哥哥。"

孟逸朗好几个月没见到女儿了，拉着她走到一边，自上而下打量了她一番，道："你先不要打搅我们准备晚餐了，今晚能救你哥的人要来吃饭，身份很尊贵，我们都在忙着准备。你上去找天星玩，乖！"

孟小鱼斜睨了一眼孟逸朗，道："我不去！她背叛了我哥，我才不去！"

"你！你这孩子，说的是什么胡话啊！做错事情的人本就是你哥哥，你怎么连是非都不会分辨了？"

孟逸朗拧着眉，眼看着厨房的人把煮好的丸子送上来了，赶紧催着孟小鱼："你不去找天星也行，就在这里乖乖的，别找事儿！"

三位长辈凑在一起，一个人手里拿着个小勺子，舀起每个碗里的丸子试吃后，相互讨论着。

孟小鱼看着，只觉得被冷落了。

她走上前，瞧着一个个纸杯，一个个小碗，不屑地嘟着嘴，然后俯首端起一杯喝了一口。

发现是米酒以后，她皱着眉头摇着头："什么味儿啊，真难喝！"

慕亦泽在尝过一粒丸子之后，眸子瞬间亮起来："四号杯的米酒配二号碗里的小丸子，味道肯定非常好！"

孟逸朗赶紧对着蒋欣道："把天星叫下来，她尝过倪夫人的手艺，肯定记得那个味道的！"

"对对对，我去叫！"

蒋欣说完就要上楼，却被孟小鱼拦了下来："欣姨，你们忙，我去叫。"

孟小鱼敲了敲慕天星的房门，里面没人应声。她困惑地开门进去，发现里面还是没人。

空气里弥漫着浓密的花香，像是有人在用香薰沐浴。她当即朝着洗手间而去，就发现慕天星此刻正躺在撒满玫瑰花瓣的浴缸里，美滋滋地泡着澡。

孟小鱼实在是生气："你！天星，我对你太失望了，我哥还被关着呢，你居然有心情泡花瓣澡？"

慕天星没想到孟小鱼会进来。

她赶紧起身，拿过一条浴巾包好自己，却又发现孟小鱼正一脸惊愕地盯着自己。

"怎么了？"慕天星诧异。

孟小鱼却一脸愤愤地说："我哥都把你胸口咬成这样了，你还不肯嫁给他？"

慕天星只觉得五雷轰顶，顺着孟小鱼手指的方向低头看去，便看见胸口上点点吻痕如梅花绽放，泡澡后更显娇艳。

那是大叔在她身上弄的痕迹，跟孟小龙有什么关系？

慕天星没法解释，也不想解释，因为这是属于她跟大叔之间的私事。

从水里走出来，她浑身上下都香得冒泡，肌肤在精油的滋润下更是白皙嫩滑，美得冒泡。

"天星，你就收收心吧，你只要安分守己地做我嫂子，我们全家都会对你很好的，真的！"

孟小鱼不死心地劝说着，却丝毫没有打动慕天星。

慕天星以后怎么生活，跟孟家人有什么关系？

慕天星裹着浴巾回了房间，大方地擦干身上的水渍，拿着衣服穿了起来。反正她跟孟小鱼从小玩到大，她俩谁没见过谁的身体啊。

换好衣服，她开始擦头发。

孟小鱼帮她把电吹风的插头插上，然后谄媚地把电吹风递过去，嘴里还在念叨着："天星，我哥想你都想疯了吧。我发誓，你是他碰过的第一个女人。天星，你就收收心吧，那个残疾人究竟有什么好啊，你跟他在一起，两人连孩子都生不出来！"

慕天星接过吹风机，默不作声地吹头发。

头发差不多干了，她关掉吹风机，看着孟小鱼："你来找我做什么？"

她想说：如果你来找我就是为了说这个，那么你可以出去了。

而孟小鱼这会儿才想起来："我爸跟欣姨都在楼下等你，等你去尝什么米酒跟丸子的味道。"

慕天星秒懂，揉了揉长发，任由它们垂落在自己的胸前，一言不发转身出去了。

孟小鱼站在原地，瞧着慕天星尤物般的身躯、妖精般的风情、天使般的小脸，啧啧称奇，难怪老哥那么放不下她。

孟小鱼从小就生活在慕天星的阴影下，有慕天星在的地方，不论是学业、才艺、样貌，她永远只能排第二，哪怕在哥哥心里，她也是第二。

但是孟小鱼想着，慕天星再好，好到天上去，那也是一个暗恋她哥哥、一心想要嫁到孟家做媳妇的女孩，她心里就舒坦了些。

其实，孟小鱼之前也不知道哥哥喜欢慕天星。

她知道的时候，还是在哥哥跟慕天星表白之后。也正因为如此，孟小鱼更感动了，觉得哥哥真是把慕天星保护得太好，太珍惜她了。

慕天星走到门口，顿住步子，转身，看着她："你留在我房里做什么？"

孟小鱼笑了，看着她，还不忘给自家哥哥拉拉票："天星，就算昨天我哥把你都剥光了，他那么疼你，也未必真的就会把最后的一步给做了。他是真的很珍惜你的，因为你喜欢那个残……咯咯，四少，他被你刺激到，才会冲动的，你就原谅他吧。"

慕天星深深地看了她一眼，有些失望地开口："小鱼，也许像你说的，就算他把我扒光了，也未必真的会越过最后一道防线。但是，你有没有想过，我为什么要让他扒光？他又凭什么看我的身子？"

孟小鱼："……"

慕天星又道："因为那是你哥，所以他占了便宜，你也不觉得有什么。但是我是个姑娘家，我不可能随随便便让一个男人把我扒光、看光，不是吗？"

孟小鱼："……"

"你也是姑娘，还是说，如果这件事情发生在你身上，你就会觉得，只要是个男人喜欢你，他就有权利把你扒光，看光你，对你做那样的事情？"

孟小鱼一愣，又道：“你！你怎么说话的？”

慕天星毫不客气地回应：“你又是怎么说话的？！”

“天星！天星！小鱼？”

楼下传来一道蒋欣的呼唤声，显然他们都已经等不及了。

孟小鱼的小脸一阵红一阵白，她大步从慕天星面前冲了出去。慕天星深吸一口气，显然也被气得不轻，关上房门后，这才跟着孟小鱼往楼下走去。

倪夫人亲自做的酒酿丸子味道很香，令人难忘，慕天星一直都牢牢记着。

几样米酒都放在她面前，她一一尝过，却皱起了眉头：“都缺了点什么，味道不够香。”

蒋欣却一脸奇怪地盯着女儿看：“我倒是觉得你挺香的。”

慕天星心里在打鼓，她泡了一个多小时的香薰花瓣澡，能不香吗？

她躲开蒋欣的眼神，认真想了想，又道：“倪夫人的米酒是她自己酿的，不是买的，也许她有什么小秘诀，能让米酒特别香，但是我们不知道。”

慕亦泽轻叹了声：“那就将就着这么煮吧，你看看哪个跟哪个配最好，吩咐给厨房。”

慕天星点点头，认真品着。

蒋欣却若有所思地拉着慕亦泽去了一边，小声道：“你说，女儿今天怪不怪？突然还把自己泡那么香，她是不是看上了那个传说中的倪少？”

慕亦泽眯了眯眼，心里头清楚得很，女儿那样哪里是为了倪少，分明是为了四少！

蒋欣又道：“听说倪少可是H市第一美男子，以后还可能是太子。”

“行了，这种事不要乱说，小心惹火上身！你还嫌我们现在不够乱？”

慕亦泽柔声责备了妻子一句，便揉了揉发疼的太阳穴，对孟逸朗道：“老孟，走，跟我去书房。”

慕亦泽跟孟逸朗上楼去，沙发上剩下蒋欣母女，还有孟小鱼。

可是，刚才蒋欣跟慕亦泽说的话，不小心被孟小鱼竖起耳朵听见了。

原来今晚倪少也要来吗？

身为宁国子民，谁没听过传说中的倪少？

孟小鱼心里一阵激动，她看了眼慕天星，心知慕天星想的是四少，于是站起身，佯装打了个呵欠：“好困，我先上楼休息一下，吃晚餐时再下来。”

蒋欣看着她，心疼地道：“快去睡吧！你哥的事情你别多想了，咱们尽人事听天命，你不要太操心了。”

孟小鱼点点头，一边往楼上走，一边看了看慕天星。

慕天星穿着一袭浅蓝色的连衣裙，白色的娃娃领，清新的小模样好似雨后干净的蓝天白云。

她思索着，一会儿穿什么颜色的裙子，才能让倪少的目光越过慕天星，一下子就从人群中发现她？

下午六点。

一辆黑色的劳斯莱斯幻影稳稳地停在了慕家的院门口。

卓希下车，先摁了慕家的院门门铃。方齐出来一看，当即将黑色的玄铁欧艺大门打开，彬彬有礼地站在一边做恭迎状。

卓然毫不客气地将车开进了院子里，停在主人的停车位上。

车里，凌冽那一双漆黑的眼直直盯着对面草地上的秋千架，脑中浮现出某少女娇俏地在阳光下踢了它一脚的画面，淡漠的嘴角终是勾了勾，双眸中溢满了温柔。

用人进屋通报。

方齐打开车门，毕恭毕敬地瞧着车门边的倪雅钧："倪少！欢迎！"

凌冽毕竟是来过一次的，所以方齐认得。

而且就算凌冽没来过，小区里成天竖着的广告牌，他从早看到晚，再怎么也看眼熟了。

倪雅钧也不矫情，反正他从小到大被人捧惯了，他不动声色地从车里下来，也不进屋，反倒走到了车后座，看着卓希亲手拿出了轮椅，还将折叠好的轮椅打开，放在车后座另一边的门口。

得到消息的慕亦泽跟孟逸朗齐齐走过来，笑脸相迎。

方齐赶紧上前汇报着："那便是倪少！"

但见，绚烂如锦的霞光就这样洒在那人的身上，高大的个子，修长的身躯，帅到人神共愤的脸，还有那举止间无意流露出的高贵，都让眼前的倪雅钧成功地吸引了众人的目光。

慕亦泽跟孟逸朗这辈子都没有见过这样的大人物，还是如此年轻的大人物。

"倪少！倪少，您能来鄙府做客，真是令我慕家蓬荜生辉！"

"倪少啊，久仰久仰！想不到倪少比传说中更为玉树临风、卓尔不凡啊！"

两人马屁一个比一个拍得溜，纷纷上前对倪雅钧伸出了手。

为了这一刻的握手，他们刚才在屋子里已经用洗手液把手洗了八遍，还修剪了指甲，擦过了护手霜。

然而，倪雅钧只是从他们眼前云淡风轻地走过，还道了一句："麻烦让让。"

慕亦泽跟孟逸朗还没反应过来，就见倪雅钧绕过了半个车身，竟亲自弯下腰去搀扶车后座上的那名男子！

而凌冽竟然真的就把手搭在了倪雅钧的手腕上，身体重心渐渐转移到倪雅钧的身上，任由倪雅钧使了大力将他小心翼翼扶起来。

就在其他人都看傻了的时候，卓希上前帮了忙。

当凌冽稳稳地坐在轮椅上的时候，卓希竟悄无声息地退下了，独留凌冽一个人坐在轮椅上，与站着的众人相比，明显矮了一截。

而凌冽丝毫没有在意，漆黑的瞳仁中竟然透着别样的光彩，仿佛带着某种运筹帷幄的自信。

救子心切的孟逸朗当即又向倪雅钧伸出了手："倪少，呵呵，鄙人姓孟，孟逸朗，就在邻郊的青城。"

倪雅钧一个眼神都没给他，直接走到凌冽身后，那双一看就是弹钢琴的白皙修长的手紧紧握住了凌冽的轮椅把手，推着凌冽缓缓前行："闷！进去再说吧！"

盛夏的烈日已然西下，可是空气沉闷得很。

他们又是刚从车里下来的，车里都有空调，忽然下车，温度与空气都产生了变化，他们自然会觉得不舒服。

慕亦泽连连点头："倪少请！四少请！"

众人进屋的时候，才发现刚才退下的卓希，此刻却双手捧着一只宝蓝色的木匣子跟了进来。

蒋欣跟慕天星都在客厅里站着，因为是女眷，不好冒昧出门站在院子里迎宾。

当慕天星看见凌冽进来的那一刻，心都提了起来，浑身绷得紧紧的，恨不能冲过去。

蒋欣感觉到她的紧张，心里对她喜欢倪雅钧的想法更加肯定了。

也不过就是这一瞬，蒋欣心里已经有了主意，若是慕天星真能嫁给倪雅钧，搞不好将来还能母仪天下呢！

经历了孟小龙的事情之后，蒋欣也不得不承认，人比人气死人，若是家里出了什么事，黑白两道都无人相助，两眼一抹黑，真能把人为难死。

于是，蒋欣看着倪雅钧的眼神更亲切了。

她女儿才貌双全，怎么会入不了倪雅钧的眼呢？倪雅钧年轻，二十二岁，只比慕天星大四岁，配起来刚刚好。

凌冽一进去，明亮的目光就落在了慕天星的身上，非常专注。

他表情极淡，慕天星却偏能从他淡漠的眼神里读出温暖的味道来。

知道凌冽不喜欢陌生人在，所以慕亦泽一早就吩咐了用人，让他们干完活全都下去，没事不许出来。蒋欣领着慕天星一起去厨房，很快就端了两个托盘出来。

空气里渐渐飘着清甜的酒香，像浪漫的紫薇花瓣，透着甜蜜的气息。

慕亦泽邀请倪雅钧入座，倪雅钧则挑了个单人的小沙发，姿态雍容地坐了下去。

倪雅钧目光所及之处，茶几下的地毯、窗前的帘子，以及身侧的景观树，还有装着果盘的琉璃盘等，全是新换上的。

凌冽的轮椅就在倪雅钧的旁边，两人可以说是并肩挨着的。

蒋欣一过来，就笑呵呵地道："听我家天星说，她几天前在H市的时候，沾了四少的光，还尝到了倪夫人亲手做的酒酿丸子。恰好今天家里也准备了些，虽然比不得倪夫人亲自酿的，但是应该也是不错的。"

蒋欣将托盘放在茶几上，亲手将托盘上的四个碗一个个拿出来，碗里还有调羹。

慕天星随后，端着托盘刚要上前，卓然不知道从哪儿冒了出来，接过了她手里的托盘，道："慕小姐，我来！"

蒋欣拿出的四份，没人动。

卓然接过慕天星手里的托盘，取出四份，倪雅钧的手便伸了过去，凌冽也伸了手过去。卓然起身的时候，拿了一碗，却转身递到了慕天星的手里："慕小姐，慢用。"

慕天星微笑着接过，跟蒋欣一起站在慕亦泽身后吃了起来。

卓然又道："慕先生、慕太太、孟先生，慢用。"

慕亦泽夫妇跟孟逸朗赶紧也各自端起一碗，尝了起来。

余下的时光里，大厅鸦雀无声，大家看似沉浸在酒香里，实则有的人忐忑得拿着勺子的手已经在颤抖，比如孟逸朗。

孟逸朗如果再救不出自己儿子，孟小龙只怕就要被送回B市部队的军人保卫处，等待判决了。

B市在江北，属于重军区，更是皇族洛氏的祖籍所在，量刑程度就跟首都一样严苛，那时候再想捞人，简直就是天方夜谭。

因为这酒酿丸子是选取酒精浓度较高的米酒制成的，所以慕天星只喝了两三口，便不敢喝了。

大叔今天可是来下聘的，万一她醉了，可怎么办？

一双黑眸好巧不巧地凝视着她，宛若能时刻洞悉她的一切小心思般。凌冽微微偏了偏头，将自己的碗放在茶几上。

他的碗空了。

孟逸朗当即拍起马屁来："四少，四少若是喜欢，这里还有！"

茶几上还有两份没有动过的。

可是凌冽像是根本听不见一般，竟在众人震惊的目光下，将大手伸向了慕天星。

那画面，有点意思。

慕天星小脸一红，垂着头舔了舔小嘴唇，捧着自己的碗一步步走向他，亲手将碗放在他掌心里："谢谢。"

她觉得这米酒味道太浓了，没有小时候她外婆做的那种浓度只有百分之一的米酒容易入口。

凌冽笑了，接过碗后，三两下就将里面的东西吃完了，举止还如行云流水般，优雅至极。

他将空碗放在他刚才那只碗的边上，紧紧挨着，成双成对。他收回大手的瞬间，脸上浮现出满意的神情。

慕天星回身坐好，倪雅钧也吃完了。

大家很快陆陆续续地吃完了。

倪雅钧刚要开口说话，却听到楼上传来一阵轻快的脚步声。

凌冽不悦地蹙眉，他讨厌陌生人亲近，倪雅钧身份贵重，更不会轻易与陌生人接触。

慕亦泽夫妇也凝眉望过去，但见，金棕色的楼梯扶栏边，站着一个与慕天星年纪差不多大、亭亭玉立的少女。

她穿了一袭橘红色的长裙，脸上化了妆。

那妆容，怎么说呢，反正在凌冽跟倪雅钧的眼里，她脸上什么颜色都有，只觉得那不是人脸，而是调色盘。

她一脸娇羞状，很淑女地从楼上下来，目光扫到凌冽的时候，瞳孔中流淌过惊艳，再扫到凌冽的轮椅时，又微愣，赶紧避开。然后，她热切的目光落在倪雅钧身上，之后再也移不开了。

她缓缓靠近，佯装无意打搅般开口："家里来客人了啊，我都不知道呢，一直在楼上睡觉来着。爸爸、慕叔、欣姨，这位是倪少吧？"

而此刻，没有人回答她的问题，因为大家都发现了一个无比惊悚的画面。

孟小鱼的耳垂上，戴着慕天星的那对金珍珠耳环！

"哦，天哪！"慕天星下意识叫出声后，又赶紧捂着嘴巴，吓得花容失色。

而凌冽在看见慕天星这副表情后，便知道，这对耳环是眼前这个女人偷偷戴上的。

倪雅钧的脸彻底黑了。

慕亦泽夫妇也是完全没有料到。

而孟逸朗即便不明白是怎么回事，但是在生意场上打拼多年，看着大家都这么恐慌的样子，也跟着担心起来：该不会是自家女儿闯什么祸了吧？

慕天星缓过神来，赶紧上前拉着孟小鱼，道：“你饿了吧，家里客人多，我先陪你上去，你在上面吃吧！”

其实慕天星急得手足无措了。

孟小龙已经出事了，现在孟小鱼还偷了月牙夫人送她的耳环戴在了自己的耳朵上。

天啦，慕天星的脑袋疼得都要炸开了一样。

孟小鱼则瞪了她一眼，用她们两个人才能听见的声音道：“你就这么小气？不过是借了你几件首饰而已，一会儿我还给你就是了！从小到大，我们什么东西没有共用过？”

慕天星真是跟她解释不清楚了。

慕天星拉着她，不由分说就要离开，如果再让她继续留下，搞不好就是凌冽或者倪雅钧来处理她了。

这两种后果，无论哪一种，都是孟小鱼，也是整个孟家不能接受的！

蒋欣缓过神来，也跟着过去拉孟小鱼：“小鱼啊，你饿了吧，走，欣姨先陪你上楼，马上就把吃的给你送上去！”

“干什么啊？！”孟小鱼用力挣扎了一下，她就是想要下来目睹一下H市第一美男子的风采而已。

倪雅钧这般如仙如画的人物，看起来好像雪莲般清雅高贵，她才见一眼就动心了。

谁这时候让她上楼去，让她错过金龟婿，她就跟谁急！

而此刻，倪雅钧已经坐不住了：“慕天星！”

倪雅钧一字一句地叫出小丫头的名字，目光灼灼地盯着她：“你要不要解释一下？”

整个慕家的人都头皮发麻起来。

孟逸朗更是不敢随便开口，因为他完全不清楚究竟发生了什么。

慕天星小心翼翼地转过身，看着倪雅钧，小声道：“雅钧哥哥，其实……”

她话还没说完，孟小鱼就已经一副姐妹情深的样子冲了上来，一对耀眼的金珍珠耳环随着惯性的作用摇摆起来，更加璀璨醒目了。

“倪少，你不要怪天星，她就是这样冒冒失失的，不够优雅，不够温柔，不够贤惠，但是她是个很善良的姑娘，要是她做错了什么事情，我代她向您道歉。您大人有大量，就不要跟她计较了。”

孟小鱼说完，一双眼盈盈地望着倪雅钧，一副情真意切的模样。

慕天星单手扶额，有种想要遁地的冲动。

慕亦泽夫妇无语地叹了口气。

凌冽的眼冷如冰锥般直直朝着孟小鱼刺了过去，透着狠戾。

倪雅钧瞧着孟小鱼，像是被气笑了一样，勾起一丝冷笑："怎么，无知、愚蠢又自以为是，是孟家的家风吗？"

闻言，除了从紫薇宫出来的人外，其他人的心都提了起来。

孟小鱼更是吓得不敢再说什么了，下意识看了眼慕天星。她这才意识到慕天星刚才应该是想暗示她什么，只是她没有及时领悟。

而慕天星硬着头皮上前，道："雅钧哥哥，这件事情怪我，是我没有把耳环放好。我跟小鱼从小玩到大，经常互相换首饰戴的。她不知道这耳环是月牙夫人送给我的，所以才会发生这样的事情。雅钧哥哥，我很抱歉。"

孟逸朗父女这时候才彻底惊醒。

这是月牙夫人赐给慕天星的耳环？！

还真是一波未平一波又起。

孟逸朗真是想死的心都有了！

而倪雅钧根本不给任何人开口的机会，在慕天星话落的一瞬便道："你的耳环放在哪里的？"

"房间的首饰盒里。"

"孟小姐是否跟你一个房间？"

"这个……"

"说实话！"

"没有，她有自己的客房。"

"嗯，她没有经过你的允许，进了你的房间，拿了你的贵重物品据为己有，又自己戴上，这样的行为，难道不属于偷窃？"

"……"

慕天星哪里是倪雅钧的对手？

倪雅钧两三句话就把小丫头绕进去了，绕到最后即便她一言不发，答案也是不言而喻的。

孟逸朗吓得面色苍白，赶紧起身道："倪少，这件事情真是误会，小鱼跟天星就跟亲姐妹一样，进彼此房间，不经过对方同意拿对方首饰戴，那是从小到大都有的事情啊！"

"是啊，我怎么知道这是月牙夫人送的。"孟小鱼也吓坏了，扭头瞪着慕天星，埋怨道，"你也是的，月牙夫人送的东西，你怎么也得锁在保险柜里吧？就这样随便放在首饰盒里，我还以为跟别的没什么两样。"

慕天星心中冷笑，如果孟小鱼真的觉得没什么两样，为何那么多耳环，她却独独挑中了这对金珍珠的？

孟小鱼不是小门小户出来的，她会不清楚这品相的金珍珠耳环值多少钱？

孟小鱼一声不吭拿出来戴，闯了祸，还要把责任推到慕天星身上，慕天星真是无语。

慕天星心里清清楚楚，只是不愿意多计较而已。

一来，孟逸朗这个人还是不错的，父亲与他认识多年了，这么多年的情意一朝丧，太可惜。二来，她若是真生气了，凌冽肯定会生气，凌冽一生气，孟小鱼就别想有好日子过了。

这归根结底，还是慕天星太善良了，见不得让人添堵的事情发生。

她求救的眼神扫向凌冽，声音柔柔的，好听极了："大叔，你帮我跟雅钧哥哥求个情呗！"

凌冽深深地看了她一眼，轻轻一叹，却没有任何表示。

因为凌冽清楚地知道，有些人的心是冷的，是黑的，是别人怎么宽容大度、温暖善良都焐不热、漂不白的，他们不会记得别人的好，只会变本加厉利用别人，践踏别人，最后摧毁别人。

所以，对待这种人，宽以待人就是纵容，敬而远之就是放虎归山，最好的方法就是从一开始就让他们清楚，有些人不是可以被她随意利用、践踏、摧毁的。

倪雅钧在等凌冽的动作，可是凌冽没有任何表示，倪雅钧心里便有数了。

"卓然！"

他轻唤了一声，卓然便上前："倪少。"

倪雅钧指了指孟小鱼耳朵上的东西，道："取下来，消毒。"

"是。"卓然转身，目光幽幽地瞧着孟小鱼，吓得孟小鱼连连后退。

她伸手自己去摘耳环，边摘边道："你别过来，你别动，我自己来！"

而卓然从口袋里摸出一副雪白的手套戴上，接过了那对耳环后，又取出一种消毒的湿巾，避开金珠，将耳环的金属部分擦拭干净，然后摘下那副白色的手套，直接丢进了垃圾桶里，再将耳环亲手交给慕天星："慕小姐。"

孟小鱼心里不服，凭什么她戴了一下就要消毒？！

这个卓然不过是个下人，居然敢这样嫌弃她，羞辱她，还将手套直接丢进垃圾桶！

慕天星上前，双手接过："谢谢。"

卓然退下。

这时候，倪雅钧才不疾不徐地开口道："我姑姑与陛下自小相识，同年出生，前后不过差了几十天而已。我姑姑十五岁生日的时候，陛下还是太子，意外得了这一对金珍珠耳环，便赠给了她。大家都知道珍珠最难保养，因为容易氧化变色，但是几十年过去，我姑姑却将它保存得如新的一样，可见姑姑对它的珍惜。"

一室静默。

凌冽眯起眼，若有所思。

慕天星捧着珍珠的小手，更是顿觉灼热。

蒋欣最快反应过来，转身快速取了一块干净的真丝帕子交给慕天星，让她把珍珠包起来，好好珍藏。

而这一瞬，蒋欣暗地里思忖着，月牙夫人一生无所出，将倪少视为亲生儿子般疼爱，她会把陛下当年送的珍珠转赠给天星，是不是就是承认了天星，将天星视为倪少的媳妇？

当然，蒋欣也明白这只是一种猜想，不一定是真的。

但是她希望这种猜想是真的。

孟逸朗更是急得快晕过去了。

谁知道这还是当年陛下赠给月牙夫人，月牙夫人又赠给慕天星的！

“倪少！”孟逸朗鼓起勇气开口，只觉得牙齿都在打哆嗦，到现在为止，他被倪雅钧忽略无数次了，心灵创伤已经很大了。

“我家小鱼不懂事，您大人有大量，就不要计较了。”

孟小鱼听父亲这么说，赶紧也上前，抓住一切可以跟倪雅钧说话的机会：“倪少，我看它就那样随意地放在首饰盒里，还以为是普通饰品呢！谁会跟天星一样把贵重东西这样随手放着呢？我真是不知道，不是有句话叫作，不知者不罪吗？”

“孟小姐！”倪雅钧皱起了眉头，一脸嫌弃地看着她，“你才十八岁，就已经涂脂抹粉，化这么浓的妆，往后的日子，你这张脸还真是不敢让人多想。我倪雅钧对于你这种愚蠢、无知、自以为是、踩着多年姐妹情谊往上爬的女孩子，一点点的兴趣都没有。我倪家上至老祖宗，下至保安，个个都是精明通透的人物，你这一号的，实在不配跟我说话！”

倪雅钧的话，字字诛心！

孟小鱼刚刚燃起的少女之恋，就这样被他无情地扼杀在摇篮里。

倪雅钧懒得再看她一眼，只是对孟逸朗道：“如果还想谈你儿子的问题，就赶紧让你女儿离开我的视线范围，少恶心我！”

孟小鱼有些受不住，跌退了一步。

她泪眼婆娑地盯着倪雅钧：“倪少，您也看上慕天星了是不是？她心里装着的是四少啊，她害得我哥倒了霉，所有爱慕她的男子都没有好下场！”

孟小鱼的话，顿时将整幢房子里的人都惹怒了。

于倪雅钧而言，他心中更重兄弟情义，对慕天星那个小丫头特别，完全是看在凌冽的面上。凌冽本就是个醋坛子，他好不容易才让凌冽相信他不可能爱上慕天星，而现在，孟小鱼竟然拿凌冽的逆鳞来说事。

于慕亦泽夫妇、孟逸朗而言，孟小鱼真是蠢得不能再蠢了，还不分场合、不分轻重，这么不懂事。

于凌冽而言，孟小鱼活着也没什么用了。

于慕天星而言，她无比痛心，错愕地望了孟小鱼一眼，清亮的眼中蓄着泪，随即她狠狠别开眼，不再去看孟小鱼。

慕天星悲伤难过的样子，落入凌冽的眼里，他搁在腿上的手忽而紧握成拳。

屋子里静悄悄的，所有人都沉浸在震怒中尚未回神。

片刻后，孟逸朗忽然上前，一巴掌狠狠扇在了孟小鱼的脸上。

“啊！”

“你这个不知死活的东西，快点给我滚上楼去！”

孟逸朗眼睁睁看着女儿的身子踉跄着后退，强忍着心痛不去扶她。

这对兄妹俩，真是被他宠坏了！

见孟小鱼一脸委屈，还要开口为自己开脱，孟逸朗直接喝住了她：“快点给我滚上楼去！听见了没有？！滚！”

她再不上去，出手的就不是她亲爹了！

“呜呜，呜……”孟小鱼转身就要朝蒋欣的怀里扑去，“欣姨！”

一向对她疼爱有加的蒋欣，此刻沉着脸，在她靠近之前伸出手去，朝上竖起手指做了个禁止的动作，道：“别叫我姨，你这样的外甥女，我高攀不上！”

慕亦泽也生气，却拉过了妻子的手安抚着，示意她不要发火。

毕竟孟逸朗已经够崩溃了，无论子女如何不争气，孟逸朗的为人还是不错的。

“呜呜，我讨厌你们！我不理你们了！呜呜……”孟小鱼见没人理她，羞愤地捏着拳头，转身就要往大厅外跑，一边哭一边捂着脸，还低着头。

就在这时，一个银色的物体直直朝她射了过去。

孟小鱼还在摇摆的马尾辫顷刻间坠落在地。

孟小鱼只觉得脑门一热，束好的头发忽然散开了。她顿步，怔住了，连呼吸都快要忘记了。

众人倒吸一口凉气，还没反应过来是怎么回事，卓然已经缓缓上前，手上不知何时又戴上了一双雪白的手套，走到她掉落的那束辫子前蹲下，从辫子上取下一把银色的小飞刀。

慕天星吓得捧着珍珠生生退后了一步。

一只骨骼分明、好看的大手适时地握住她的小手，甚至从她掌心里取出了被真丝帕子包好的珍珠。

她垂眸一看，凌冽不知何时推着轮椅靠近了她，此刻就在她身边。

他打开丝巾，取出珍珠耳环，再抬眸，一双深不可测的黑瞳朝她幽幽望去，她也不知怎么就下意识地朝他靠近了一些。

凌冽另一只手牵着她，将她身子拉低，就这样亲手帮她把耳环戴好了。

他从来没有做过这样的事情，也不知道别的男人是怎么宠爱自己女人的，只能凭心，凭感觉。看她难过的样子，他不舒服，想要自己舒服，得先看见她笑。

戴好之后，他又那样专注地看着她，那期待的眼神，让他看起来像是个等待被夸奖的孩子。

那满含期待的俊脸，似乎清晰地写着：看，我戴上去了，戴好了，快夸夸我！

慕天星伤心的情绪一下子被抛到了九霄云外，她嘴角一弯，竟含着泪花扑哧一声笑了起来。

他满是期待的表情，也跟着蒙上一层柔柔的情意，微暖。

慕天星走到他身后，推着他的轮椅，回到了倪雅钧身侧的位置。将他推过去之后，她便不再走开了，如禁卫军般伫立在他身后，娇柔的小身子似乎蕴藏着无限的勇气与决心。

她下巴微扬，圣洁的小脸上光芒万丈。

卓然拿着小飞刀，摘下白色的手套，很认真地将小飞刀擦了又擦，然后将手套丢进了垃圾桶。

他语气微凉："孟小姐，在四少跟倪少开口说如何处置你之前，你似乎没有属于你自己的人身自由。"

孟小鱼吓傻了，回神后转身，看向地上，自己的头发掉在了地上。

她颤抖着抬起小手，摸了摸自己的头，惊觉刚才那一阵暖意是因为头发被削去了一些，余下的头发散落下来遮住额头而产生的。

"啊！"她惊恐地叫了一声，吓得哇哇大哭起来。

孟小鱼狼狈的样子，任谁看了都于心不忍。孟逸朗终是走了过去，拉着她的小手无声地安慰。他看着倪雅钧，万分痛心疾首又无奈地道："倪少，您说要怎么样吧！"

倪雅钧却又无视了他，侧头指了指站立已久的卓希，微微笑着："累不累？"

卓希捧着宝蓝色的匣子，摇头，答："不累！"

倪雅钧道："你可以不累，但是四少想来已经心急了。将你们四少的意思，跟我们此番前来的初衷，给慕先生、慕太太解释一番。"

"是。"

卓希上前一步，看着慕亦泽夫妇，捧着匣子礼貌地微微鞠躬，起身后道："慕先生、慕太太，我家四少之前与慕小姐是有婚约的，大家都知道，在宁国，《婚姻法》规定——男女双方婚姻自由民主，第三方不得影响、阻拦、干涉。四少与慕小姐而今情投意合、两情相悦，达成共识，即将喜结连理，可凌老爷子与慕先生又将婚约解除，意图阻止二人成婚，这样违背《婚姻法》条例的做法，显然是不对的。”

众人：“……”

卓希微微笑着，又道：“慕先生已经将凌老爷子给出的聘礼一一归还，所以，依据风俗，四少今日便是亲自过来下聘的。”

众人：“……”

慕天星的小心脏扑通扑通跳得厉害。

她静静望着前面这人的后脑勺，却见他能感应到一般，竟抬起一只手伸到他的肩上，还做了个召唤的小动作，轻轻点了两下手指。

慕天星小脸一红，就这样将自己柔软的小手放到了他温暖的大掌里。

大手拉小手，慕天星垂眸一看，才发现凌冽的皮肤白皙嫩滑，竟与她的不相上下。

他可是个男人呢！

不过她转念一想，他从小身边就有人照顾，即便身体残疾、心灵受创，却没有风餐露宿过，在物质生活上也是颇为奢华，养得白白嫩嫩的也在情理之中。

慕天星动起了手指，轻轻挠了挠他的掌心。

她心下还有些羞涩，想着，这样挠挠他而已，不算占他便宜吧？

那羽毛轻挠般的痒，一点点深入骨髓，直击凌冽的心脏。

他看起来完全没有表情，性感的喉结却不由自主地上下滑动了一下又一下，像是动物循着本能想要进食般。

而对面沙发上的慕亦泽夫妇，则是眼神、思维全都在卓希身上。他们直直盯着卓希，根本没有注意到这边凌冽和慕天星的互动。

那句“四少今日便是亲自过来下聘的”让慕亦泽夫妇震惊得半天都没回过神来。

卓然将茶几上的几个碗跟果盘、茶饮什么的全都收拾在一边。

卓希捧着匣子走过去，然后将匣子放在茶几上，弯腰将其打开，将东西一件件拿出来，细细说给慕亦泽夫妇听——

“这是城南府山国际高尔夫别墅山庄的十幢联排别墅、一幢独家精品别墅的产权证，这是禾熙路步行街的十间商铺的产权证，这些产权证上写的产权所有者是慕小姐的名字，仅她一人，请慕先生、慕太太先行过目。”

卓希将一个个红色的本子打开递上，吓得慕亦泽夫妇看也不是，不看也不是。

夫妻俩将信将疑地扫了一眼，上面有正规的政府部门的钢印，有慕天星的名字，而且上面每幢别墅的面积都大得惊人。

就连步行街的那十间商铺，也全都是面积大得吓人的门面房。

这年头，什么最值钱？

土地、房子最值钱。

更别提是在全市最贵的楼盘里的别墅，跟全市最热闹的市中心的商铺了！这得多少钱啊，一眨眼全都是慕天星的了！

将这些别墅、商铺放在那里，每年只吃租金就足以让一家老小逍遥自在了。

慕亦泽夫妇本想云淡风轻地瞥一眼，可是这一瞥后，全都震惊得难以将视线从产权证上挪开。

他们甚至忍不住去想，四少到底有多少钱啊？

而卓希似乎看穿了他们的心思，及时开口解释："慕先生、慕太太，你们也知道，四少早年离家，独自打拼也不容易，这些房产已经是四少的全部身家了。四少都拿出来给慕小姐作聘礼了，足见诚意。"

这话说得，鬼才信。

就连站在凌冽身后的慕天星都不信。

别的不说，就说紫薇宫的房产，还有紫薇宫后院那么大一片资产，以及资产用途跟做的是什么生意，凌冽一样都没有交代过。

而凌冽厉害的地方就在于，即便他是个残疾人，无形中也能给对手一种喘不过气的压力。他不说，便没人敢问，更没有人敢揭穿他的谎言。

蒋欣硬是咬着牙在丈夫腰上掐了一下。

他们已经为了利益拿女儿的婚姻开过一次玩笑了，女儿只有一个，婚姻是一辈子的事情，这样的错误，犯一次就够了，坚决不能有第二次！

再说了，嫁给四少，就算有花不完的钱又怎样？连个孩子都生不出来……

女儿才十八岁啊，怎么能跟着这样一个残疾人守活寡啊，那一辈子不就完了？

慕亦泽看了妻子一眼，意会，点了点头。

他心里也是这般想的，于是面上闪过一丝为难，开口道："四少，关于您跟天星的婚约……"

"关于四少今天要来慕家下聘的事情，我家族里的人都知道了。"

很突兀地，倪雅钧竟然在这种时候打断了慕亦泽的话，并且带着一丝警告地看了一眼他跟蒋欣，然后又收敛了严肃的神情，轻松随和地笑了起来。

他站起身，亲自走到卓希身边。

卓希退下去，倪雅钧弯腰，继续从那只宝蓝色的匣子里取东西出来。

慕亦泽夫妇一愣，慕天星也紧张起来，而某人的大手却抓着她的小手轻轻晃悠了两下，无声地安抚她。

倪雅钧道："这是我爷爷亲自签署的，将倪氏珠宝集团百分之五的股份赠予慕天星小姐的协议文件。这上面的手续走过法务程序，待慕天星小姐与四少结婚后，便立即生效。我爷爷说，这个算是四少的聘礼之一。"

众人："……"

倪雅钧接着道："这是我姑姑签署的关于一座小岛所有权的赠予文件。这座小岛位于公海，以盛产花卉闻名。上世纪，买下这座岛屿的是一名叫作苏凌儿的女士，鲜有人知的是，天凌大帝是她的亲孙，她将岛屿传给了天凌大帝，天凌大帝又在我姑姑十八岁那年送给了我姑姑。而今，姑姑在协议里也注明了，一旦慕天星小姐为四少诞下男丁，这份岛屿的赠予便算正式完成。这份协议一样走过法务程序，确保公正合法，还望慕先生、慕夫人放心。"

众人："……"

慕天星彻底晕了，不是真的晕倒，而是头晕。

凌冽深不可测的眸带着一丝探究地看着倪雅钧，似乎倪雅钧的这些后招，他事先全不知情。

蒋欣则是又急又恼，忍不住道："倪少啊，这四少已经这样了，我家天星才十八岁，嫁过去，这生孩子的事情只怕……这小岛我们肯定是要不到的，我们也不指望了。而且，虽然你们跟皇室有些关系，也不能强买强卖啊。"

"喀喀。"

倪雅钧抬手掩唇的同时，对着凌冽抛了个眼神，笑了笑，也不知道凌冽被自己未来岳母怀疑那方面的能力是种什么样的感觉。

但见凌冽表情极淡，只是冷冷扫了一眼倪雅钧，全然没有将倪雅钧的眼神放在心上的样子。

倪雅钧转瞬却又一本正经地盯着蒋欣，道："慕太太，有件事情您可能尚不知情。四少虽然身体残疾，但是男性功能方面还是正常的。不知道慕太太有没有听说过中国有个著名的女明星，叫黎姿的，她长得国色天香，却嫁给了一个双腿残疾的富商，还生下了一对双胞胎女儿。"

残疾人四少是可以人道的？这明显与传闻不符啊！

卓然面上闪过不悦，瞧着慕亦泽夫妇一副震惊得回不过神的样子，冷声道："我家四少不过是脊骨神经受损，导致双腿暂时失去站立的能力罢了。从那年车祸后到现在，我们始终没有放弃过治疗，相信要不了多久，四少一定可以站起来的。"

这一句话，就像是平地里炸起了一道惊雷。

慕亦泽夫妇都开始犹豫了，如果说凌冽可以对慕天星一心一意，又可以生孩子，让她做个完整的女人的话，也不是不能考虑的。

不说别的，就说这些资产，等他们结了婚便是慕天星的。而女人将来总要嫁人的，不论对方是个怎样的男人，他置身于这个社会之中，面对复杂的诱惑与环境的影响，都是可能会离婚的。而离婚后，能给前妻多少赡养费跟补偿费，这才是真的因人而异的。

慕亦泽夫妇本就是商人，重利。

他们在社会上奔波了这么多年，也看得多了，知道经济能力的重要性。

再者，慕天星是他们的女儿，唯一的女儿，他们自然是不论考虑哪种，都是首先要将慕天星的利益最大化。

慕天星开始紧张起来，一来担心父母会不答应这门亲事；二来，她的眼直直盯着凌洌的腿，特别希望他真的可以站起来。

蒋欣这时候才看见，女儿不知道什么时候已经站在了凌洌身后，而且他们还是手拉着手的！

蒋欣错愕地张大了嘴巴，联系种种，她终于明白了，忍不住惊讶道："你……你喜欢四少？"

慕天星没有来得及回答，一道娇呼就吸引了所有人的注意："她就是看上四少的钱了，所以才会抛弃我哥，背叛我哥的！说白了，四少，你这样破坏人家感情，你都不羞愧吗？你要是有点良知，就把天星还给我哥！"

"你够了！你是巴不得你哥死得快一点吗？！你到底有没有脑子？！"

孟逸朗真是想死的心都有了！

他用力拉住女儿，说什么都不让她冲上前去。

头发都被人削掉了，还不吸取教训，她这是想要做什么？！

"这么蠢的女人，我还是第一次遇上！"倪雅钧拧着眉，对着卓然递了个眼神。

卓然把手伸进了口袋，眼看就要摸出什么，孟小鱼吓得连忙躲到孟逸朗身后，道："爸爸！爸爸，他要用飞刀杀死我！你快帮我挡着！爸爸，快点帮我挡一下！"

众人："……"

真是没见过这样的女儿，危险降临的关键时刻，居然只顾自己死活，还要亲生父亲替自己去挡飞刀！

慕天星看着这一幕，心里忽而不那么悲伤了。

以前她没有发现孟小鱼的本性，是因为一直以来她无忧无虑，跟孟小鱼没有利益冲突。

哥哥生死未卜，孟小鱼还能想着打扮得光彩照人去钓金龟婿，还能让父亲替她挡刀，那么对待慕天星这样的外人——一个多年与她以姐妹相称却不是亲姐妹的人，如此这般，也就不奇怪了。

慕天星松了口气，拇指轻轻在凌洌的手背上来回摩挲了一下，而后用力握住凌冽的手。

她的幸福就是凌冽，今生不论凌冽能否站起来，她都想要牢牢抓住他。

倪雅钧不再理会孟家父女，挑眉看着慕亦泽夫妇，道：“原本不是定了下月订婚，再一个月后结婚的吗？慕先生、慕太太，别的我不敢多说什么，但是，慕小姐嫁给四少，绝对会比嫁给这世上其他任何一个男人都要幸福。再者，我家人都这般喜爱、维护四少，将来慕家若是遇上什么难事，需要我们帮衬着的，尽管开口，只要在我们能力范围内，我们自然是不会介意那些举手之劳的。”

说完，倪雅钧别有深意地瞥了眼孟逸朗，道：“比如，眼下你们急于解决的关于孟小龙的事情。”

孟逸朗当即放开了孟小鱼，大步走了过去，眼巴巴看着倪雅钧，道：“倪少！我家小龙不懂事，犯了错，闯了祸，我知道。我家小鱼也是被我宠坏了，这些年我只顾着做生意挣钱，忽略了对他们的教育，子不教，父之过，我罪该万死！倪少啊，我求求你了，你……”

“老孟！”慕亦泽忽然开口打断了他的话，道，“倪少的意思是，如果天星跟四少的亲事定下的话，这件事情，便好商量。”

说这句话的时候，慕亦泽的心里有些无奈。

让慕天星嫁给凌冽，听起来确实是对慕家百利而无一害，但是在这个时候提起孟小龙的事情，他总觉得有点受到对方威胁的意味，好像慕天星不嫁，孟小龙就得死。

这份无奈与不喜，慕亦泽自然不会说出来。他只是暗暗自责自己没本事，这辈子最多也就这样了。他要是早点来M市，多些社会人脉，也许救孟小龙不过是件很简单的事情。

很多时候，有的事情，对别人而言是举手之劳，对他们来说却是难乎其难。

结婚条件

第十章 Little wife

蒋欣望着女儿，认真地问了一句：“天星，你真的想好了？”

凌冽的哑巴是假的，这一点，慕亦泽夫妇都清楚。而他的腿也许还会有站起来的可能，即便不能站起来，也不会影响生孩子。最重要的是，凌冽有钱，有钱的话就可以请人，很多事情不需要慕天星操劳辛苦，她还是可以生活得很轻松快乐。

慕天星垂眸看了眼凌冽乌黑的头顶。

她心里暖暖的，然后抬眸看着母亲，目光坚定：“妈妈，我想跟他在一起。”

一句话，宛若一道流星从凌冽幽深的黑瞳中滑过，绽放出璀璨、绝美的光芒。

蒋欣不说话了，半晌后，看着慕亦泽，道：“你拿主意吧！”

孟逸朗想了想，看着凌冽，又看了看慕亦泽，道：“我着急我儿子的事情，但是天星的幸福也是一辈子的事情。我觉得，要嫁的话，也不能人家说什么就是什么，要不然，咱们再讨论一下？”

闻言，倪雅钧乐了：“好啊，没问题啊。寻常人家谈婚论嫁，还要坐下来商讨一番，把条件一一摆出来，何况慕小姐是慕家独生女，我们能理解。那就谈吧！”

卓然搬了张椅子放在倪雅钧身后，倪雅钧优雅从容地坐了下去。

凌冽回眸瞧了眼慕天星，用温柔的眼神示意她坐到他身边的位置——也就是倪雅钧之前坐的那个小沙发上，与他并肩坐着。

她点点头，刚过去坐下，卓然不知道从哪里变出一瓶酸枣汁，还是那种仅供应紫薇宫的，打开后，递给了慕天星："慕小姐，请。"

慕天星接过，心中欢喜，开始咕噜咕噜喝，一口气喝掉了四分之三。

她调皮地晃了晃小瓶子，里面还剩下一点点了。

这时候，一只白皙的大手从她面前拿走了瓶子。

她错愕地抬头，就看见凌冽优雅地仰起了下巴，将她喝剩的酸枣汁全给喝了。

这一幕，令无数双眼睛瞪得眼珠都快要掉下来了。

四少喝了慕天星喝剩下的酸枣汁，还是只剩下那么点儿的！

慕亦泽心中的疑虑就这样消了大半，不论如何，这个男人费尽心机要他女儿，是出自真心的，应该会待小丫头好的。

"说说看吧！"倪雅钧微微笑着，年纪不大，却震慑全场，甚至面对慕亦泽跟孟逸朗这些商界前辈，也丝毫不怯场、不失态，他的言行举止跟思维让他看起来就像是一只小狐狸。

慕亦泽正在沉思着，蒋欣开口了："倪少说四少的身体不影响今后生育，但是这个仅仅是倪少的说法，真不真实谁也不知道。所以，我觉得，为了我家天星一辈子的幸福，我们有必要拟定一份婚前协议，在倪少的见证下，由四少跟天星双方签署比较好。"

慕亦泽没想到，这时候老婆这么清醒，不由怔了怔。

而蒋欣算是豁出去了，白了眼慕亦泽，道："你现在是嫁女儿，就拿出点岳父的气魄来，在四少面前，我们都是长辈！是长辈！"

"咯咯。"倪雅钧掩唇轻咳，温润地开口，"婚前协议里，需要写些什么？"

慕亦泽开始思考，孟逸朗也努力帮着思考起来。

而这时，又是蒋欣率先开口道："不要多的，两点就足够了。"

众人一愣，所有人的视线直直朝着蒋欣射了过去。

慕天星也知道老妈平日里挺彪悍的，尤其是做生意的时候。但是现在面对她的婚姻，老妈却能不畏强权，不卑不亢地帮着她争取利益，这着实让她很感动。

凌冽的手臂忽而伸了过来，揽住她的肩。

尽管他一言不发，漆黑的瞳孔里却有着淡淡的羡慕与向往一闪而逝。

他用另一只手对着卓然做了个简单的手势，卓然当即上前，从轮椅后方的夹层里取出本子跟钢笔，打开后，认真放在他的座椅扶手上。

慕天星小脸一红："你……你还要做笔录啊？"

凌冽微微勾了勾嘴角，却不语，抬眸望向蒋欣的瞬间，敛去了所有的微笑，鬼斧神工的俊脸上只剩下认真。

慕天星鼻子一酸，心头更是感动了。

老妈为了她，这样不卑不亢地帮她争取利益。大叔为了她，这样认认真真做着笔录。

她想着，她再也不要掉眼泪了，因为她是这个世界上最幸福的人。

慕亦泽一把拉过蒋欣的手，有些紧张道：“老婆，不然你先跟我说说看，是哪两个条件，我们商量一下？”

毕竟是女儿的大事，哪能这样随意呢?

蒋欣虽然心里有十足的把握，但还是觉得谨慎为上：“好。”

孟逸朗忙追问：“第一条是什么？”

蒋欣答：“四少必须将紫薇宫所有房产，一间不少地与我们家天星共享，产权证上，要加上天星的名字。如果将来他们离婚了，那紫薇宫有我家天星的一半！”

众人傻眼了。

慕亦泽知道老婆这次豁出去了，却没想到老婆能彪悍到这个地步。

孟逸朗抽了张纸巾擦了擦汗，惊觉自家女儿好半天没声音了，站起身一看，孟小鱼侧卧在不远处的地板上，闭着眼睡着了。

他惊得面色一变，卓希却开了口，道：“刚才孟小姐想要冲上前阻止你们谈话，为了大家都能有个和谐融洽的氛围，我逼于无奈将她打晕了。孟先生放心，孟小姐很快会醒过来的。”

孟逸朗嘴角一抽，很心疼。

可是想起女儿愚蠢又疯狂的样子，他还是觉得，她就这样晕过去也挺好的。

坐下来后，他觉得这第一条有点不切实际，也不可能，却没挑明，而是耐心追问：“弟妹，第二条是什么？”

慕天星心里紧张得不像话，听见老妈说这个的时候，她浑身一僵，绷得紧紧的。

肩上的大手轻轻拍拍她，她努力想要放松，可是双手仍然在双腿上紧握着，这些小细节，全都泄露了她内心的忐忑，也全都入了身侧那一双深不可测的眼中。

凌冽原本是想要记录的，可是蒋欣的话音一落，他的大手一顿，钢笔在纸上洇开一点点墨迹，只有一个很小的点，却印在了他的心上。

倪雅钧也觉得这一点有些过分了，毕竟凌冽拿出的房产，价值早已过亿，而且现在还没结婚呢，就已经写了慕天星的名字，慕家这是卖女儿，还是存心不想促成这门婚事，居然还要房产，还是要凌冽的紫薇宫！

那紫薇宫，是凌冽多年的心血，更是他的根……他的命！

可是，倪雅钧毕竟是帮着谈婚论嫁的，总不能在第一条上就不欢而散了。

倪雅钧努力镇定，温和地看着蒋欣："第二条呢？"

蒋欣脱口而出："第二条，如果婚后三年内，我们家天星没有孩子的话，那么，四少必须同意离婚。并且，之前的聘礼什么的，一概不退！"

众人沉寂。

倪雅钧乐了，见过狮子大开口的，没见过这样大开口的。

他不由开始头疼，自己将来找个媳妇，会不会也遇上一个这么彪悍的岳母？

孟逸朗又抽了张纸巾擦了擦汗，慕亦泽轻轻拉了下蒋欣的袖子，而蒋欣却语不惊人死不休地又追加了一句："生的孩子必须是正常的夫妻生活中怀的孩子，什么试管婴儿、代孕等一切乱七八糟的玩意儿，都不算！"

蒋欣的话掷地有声。

慕亦泽跟孟逸朗想拦也不能拦，虽然知道不可能，但是输人不输阵，自己阵营乱了可不行，会给敌方可乘之机。

慕天星手心里全是汗。

搭在她肩上的大手却一下下轻缓而有节奏地拍着她，那温柔又珍惜的姿态，就像是在哄一个刚出生的小婴儿。

谁都听得出来，蒋欣的第二条要求，其实就是对凌冽是否可以行房的考验。

三年后慕天星二十一岁，刚好大学毕业，如果凌冽如传说中所言不能人道的话，那么离婚后她还有一堆的财产，定能轻轻松松地找个正常男人过日子。

所以说，蒋欣的要求太过苛刻，不仅苛刻，更是让人觉得她简直就是盘算着凌冽的财产，就没想着让他俩过一辈子，就等着他们赶紧离婚分钱。

倪雅钧的脸上闪过一丝不悦。

慕亦泽觉得，气氛差不多了，他刚要开口说不行还可以再谈。

"呵呵呵……"

偏偏这时，一道诡异的笑声贯穿了整个慕家。

这是一道像极了风雨欲来、昭示着本人很生气的笑声；也是一道像极了雨后天晴、昭示着本人很愉悦的笑声。

总之，那笑声令人分不出喜怒，却明显带着情绪。

包括慕天星在内的所有人，都无比紧张地凝视着轮椅上的那个人，但见他笑得眼泪都要出来了，大家的心全都提了起来。

笑过之后，他在纸上写下一个字，卓然上前接过，交给了倪雅钧。

倪雅钧一见，无语地回眸，瞪了凌冽一眼，又回过头来对着慕亦泽夫妇道：“四少的意思是，您刚才提出的两个要求太简单了。无论是将紫薇宫的所有产权证上加上慕小姐的名字，还是三年内没有生出正常受孕的孩子，他们便离婚，他都答应。”

众人绝倒。

慕天星满脸不敢置信的表情，凌冽却瞧着她那副被点了穴一般的傻样，又扑哧一笑，揽在她肩上的大手迅速捞住她的小身子，在她脸颊上亲了一口。

那声音，“啵”地一下，很响。

慕天星的小脸因为这一下变红了。

他却像个得了糖的小孩般，笑意更浓，凝视她的双眸中绽放出的光华，一如绽放的焰火般绚烂夺目。

这一刻，慕亦泽夫妇才终于完完全全地肯定，凌冽真的很爱他们的女儿。

夫妻二人对视了一眼，心里已然有九成愿意了。他们又扭头看了眼孟逸朗，但见孟逸朗焦急地望着他们，无声地说了句：小龙！

慕亦泽赶紧望向了倪雅钧，倪雅钧笑道：“先谈婚事，婚事谈完后，不管是小龙哥，还是小龙虾，出不出来都是我们一句话的事情。”

孟逸朗顿时安心，冲着慕亦泽夫妇道：“答应了吧！人家四少连这么苛刻的条件都答应了，你们还傻愣着干什么，过了这个村，可没这个店了！”

慕亦泽夫妇想要答应，又觉得太快了，这节奏让他们大脑昏昏沉沉的。

慕天星有些心急，小手被凌冽攥在手心里，他拿她的手指当玩具，一根根数着玩。她却坐不住了，大声道：“爸爸妈妈！我就是想跟大叔在一起！”

姑娘家都喊出声了，这是有多想嫁啊！

凌冽心里头高兴，把她另一只小手也拉了过去，两只放一块儿数着玩。

蒋欣瞧着凌冽对女儿的样子，看了丈夫，道：“应了吧！”

慕亦泽点点头：“成！”

于是，倪雅钧吩咐卓然送来纸笔，就这样当着大家的面，将刚才蒋欣的条件写进了这份婚前协议里。

写完后，他看了看，又交给蒋欣：“慕夫人，您看看，可对？”

慕亦泽夫妇真是这辈子都没有这么仔细地看过一份协议，还是手写的。

两人一字一句地反复斟酌着，让孟逸朗也跟着看了看，最终点点头：“没问题！”

倪雅钧终于笑了。

他也是不容易啊，二十二岁的小男人，到现在还是个童子身，别说开荤了，就连女朋友都没有一个呢，今儿却帮凌冽来谈婚论嫁。

倪雅钧跟孟逸朗都以公证人的身份在协议上签字了，随后，协议又送到慕天星跟凌冽手里，让他们分别签字，原件交由蒋欣保管。复印过后，倪雅钧跟孟逸朗以及凌冽，手里都拿着一份复印件。

随后，大家一起移步餐厅用餐。

刚上桌，进口的红酒已经灌入醒酒器里，醒了许久，空气里弥漫着淡淡的酒香。

桌上各色菜肴，琳琅满目，精致得很，一看就非常催人食欲。

“没想到慕家的厨子这么厉害。”倪雅钧微微一笑，瞧着每人面前新上的一份鲍汁鹅掌，笑了笑。他从小就喜欢吃有鲍汁的东西，尤其喜欢鲍汁拌饭。

“见笑了，见笑了，能入倪少的眼，就是荣幸！”慕亦泽说着，给倪雅钧亲自倒上红酒，又给凌冽倒了一杯。

孟逸朗从餐厅门口迈步进来。他刚刚把昏睡的孟小鱼送到客房去了，孟小鱼又醒了，他严厉警告了几番，勒令孟小鱼不许再闹，这才下来的。

现在正是儿子能否获救的关键时刻，他不能让愚蠢的女儿再惹出什么事情来。

凌冽一直给慕天星布菜，上一道油滚大虾的时候，蒋欣亲自给大家发手套，凌冽却拿了慕天星的手套戴上，帮她把虾肉剥好，直接送进她嘴里。

她吃个几只，他便会拿着勺子喂她一口汤，怕她噎着。

这般伺候人的画面，真是让蒋欣都开始羡慕了。

她嫁给慕亦泽多年，慕亦泽对她再好，可除了她生孩子那几天，慕亦泽便没有这般亲力亲为伺候她吃饭。

慕亦泽是男人，虽然不清楚凌冽的底牌，但是凌冽这般霸道、倨傲的男人，能放下身段如此宠爱一个女人，确实世间罕有了。

这一刻，所有人的心里都暂时安定了下来，都觉得其实这门亲事不算坏事，是喜事。

酒过三巡，孟逸朗眼巴巴看着倪雅钧，带着忐忑与期盼，讨好道：“倪少啊，这亲事都定下来了，我儿子……”

倪雅钧笑了，道：“令公子跟尊夫人已经在回来的路上了，我们这顿饭吃完了，他们就进来了。”

闻言，孟逸朗连连端杯对着倪雅钧敬起酒来。

应酬与交谈的事情，就落在了倪雅钧与慕亦泽夫妇，还有孟逸朗的身上。而凌冽跟慕天星，只负责甜甜蜜蜜，谈情说爱。

慕天星见凌冽一直在喂自己，忍不住对他笑：“你不饿？”

凌冽愣了一下，盯着她沾上点油渍、闪闪发光的小嘴儿，喉结再次滑动了一下。

慕天星小脸一红，当即不看他了。

她真怕他兽欲发作，当着一餐桌人的面就抱着她亲起来。

凌冽还真是一阵口渴，直接端起她那份喝了一半的汤，全都喝了下去。

慕天星回头一看，真是羞得不知道说什么才好。这男人，怎么这么喜欢吃她剩下的？

他面前的那份汤，根本没动过呢。

慕天星很快吃饱了，准确地说，是被喂饱了。

她怕凌冽饿着，拿起筷子开始往他的盘子里添菜。凌冽来者不拒，她夹的，不论是什么，他都张口吃了下去。

酒足饭饱后，大家刚要从餐桌上撤离，餐厅门口忽然出现了两道身影。

一个清瘦高大、目光中透着焦急的人直直冲了过来。

另一人略显瘦小单薄，紧紧跟着追了过来。

众人一愣，孟逸朗眼中透着明显的惊喜，还来不及跟儿子说上一句话，就见孟小龙的大手已经朝着慕天星的方向伸了过去。

“天星！你不要答应……啊！”

孟小龙的大手还未触到慕天星的肩，一道银色闪电般掠过，直直刺入孟小龙的掌心。

“小龙！”

“小龙！”

孟逸朗夫妇冲上前，一把拉过孟小龙的手，看着鲜红的血液流了出来，满满的心疼。

卓然冰冷的声音宛若来自北极：“孟小龙先生，你应该庆幸自己还能活着出来，也应该感激你父亲的奔波与四少的宽宏大量，下次再敢对我们未来四少奶奶不敬，这把小刀，就不只是扎在你手心里这么简单了！”

孟逸朗满是心痛地看着儿子：“你这个不争气的东西！你怎么跟你妹妹一样，就不知道让我们为人父母的省点心呢？”

“爸爸，天星是我老婆，你跟凌元不是说好了吗？你去找他，让他来治这个残废！”

“你给我闭嘴吧！”孟逸朗真是要疯了，赶紧拦着他，不让他继续乱说话。

凌冽冷哼了一声，并不言语，却是将身侧的小人儿紧紧拥在怀里。

如果可以，血腥的一幕他永远都不想让她看见，更不愿让她置身于任何风波阴谋之中。

他责备地看了眼卓然，卓然心知急躁了，自责地垂下了头，心里暗暗想着，以后定是不能当着慕小姐的面伤人一分一毫了。

倪雅钧不屑一顾地开口道：“你说的是凌元？哼！如果我没猜错，你们此番一定是早就找过凌元了吧，只是他敢出来吗？”

孟逸朗闻言一惊。

他找过凌元，凌元确实不肯来。

“爸爸，天星是我的！”

“你够了，这样的话不要再说了！”

父子俩争论不休，蒋欣实在听不下去了，站起身道：“小龙，欣姨今日在这里跟你讲清楚，四少是下了聘的，我们天星跟四少是要定亲的，我们做父母的都同意了。四少是我家女婿，便是我们半个儿子，往后你要是再缠着我家天星不放，或者一口一个残废地乱叫，就不要再进我慕家的门了！”

白梅闻言，有些不懂：“阿欣！”

蒋欣看着她，道：“梅梅，我们做姐妹多年了，但是我今日才看清楚两家下一代的差距，你什么都别说了，有这个力气，便回去关起门来好好教育你的一对子女。今日的是非黑白，谁对谁错，我们也不争论了，你儿子自己闯了祸，还要我们跑前跑后把人救出来，我们慕家不欠你们的，你们若是还要闹下去，以后便尽量少些来往为好！”

慕亦泽面色深沉地看着孟小龙，很不高兴：“在我慕家，你都敢趁着我跟你欣姨不在，对天星做那样的事情，现在捡了一条命回来了，竟然当着我们的面又要去惹天星。小龙，你长点心，懂点事吧！”

孟逸朗也是痛心疾首，看着儿子手心不断滴落的血，道：“我先带小龙去医院。老慕，弟妹，你们别生气了。天星，四少，你们也大人大量，回头我们再来请罪吧！”

慕亦泽轻叹了一声：“方齐，备车！”

孟逸朗将妻子儿子送上车，又不放心地折了回来。不为别的，他那个不懂事的宝贝女儿还在楼上呢！

万一他人不在，女儿又惹事了，好不容易救出来一个，再搭进去一个，才是真的焦头烂额了。

而凌冽等人，既然下聘成功了，便不想多留了。

夜色已起，星光璀璨，他拉着慕天星的手，不愿意放开。

慕天星也不舍得跟他分开，小眼神一个劲儿地瞥着蒋欣，道：“妈妈，一会儿梅姨还要带着小龙哥回来，小鱼也在楼上，我住下来只怕会尴尬，也不方便。”

蒋欣万般无奈地看了眼自家闺女，小丫头的那点小心思，全都写在脸上了。

孟逸朗却很惭愧地开口道：“天星啊，你不必担心，这些事情都是孟伯伯教子无方，一会儿你梅姨过来了，我们就开车回青城去，走高速，回家也挺快。”

原本，孟逸朗跟慕亦泽说好了的，慕家先来M市打基础，等到渐渐站稳脚步了，孟家再跟着过来。当初慕家在M市买房子的时候，孟逸朗也跟着买了，房子就买在慕家对面，跟青城的时候一样，两家院门对着院门。

只是孟家的房子买了，还没装修，是毛坯房，还不能住人。

而这次，孟逸朗跟慕亦泽沟通过了，觉得时机差不多了，一来把慕天星跟孟小龙的订婚宴给办了，二来孟逸朗趁这段时间在M市跑跑市场，勘察一番，就准备在M市扎根了。

可现在，两家闹成了这样，孟逸朗也是不好意思再开口，让慕亦泽帮衬自己在M市扎根了。

慕亦泽心知孟逸朗心里有疙瘩，轻叹了一声，上前拍拍他的肩，道："老孟啊，你也别净想些有的没的了，孩子们的事情，过去就过去了，别再提了。你们就暂且在这里住下，咱们该做的事业还得做，明天一早我带你去工业园转转，先谈块地皮下来，把厂房盖起来吧。"

孟逸朗闻言，鼻子一酸。

孩子不争气，他没脸，发小还这么大度宽容，不计前嫌。

蒋欣看着凌冽，道："四少啊，那我们天星今晚就跟你去紫薇宫？"

一句简单的疑问句，蒋欣想着，四少能点个头，就是给她面子了。

没想到，凌冽居然还对她笑了笑，道："嗯！"

孟逸朗闻言一惊，万般疑惑浮现在心头：哑巴还能应声？

思及之前谈婚论嫁的时候，凌冽那阵阵延绵不绝的笑声，宛若古琴的弦拨动一般，声音轻扬婉转，孟逸朗不禁想，四少的哑巴会不会是装的？

他看着凌冽的眼神太过专注，让周围人都感觉到了。

慕亦泽微微一笑，凑近孟逸朗的耳边用仅他们两个人能听见的声音道："很多哑巴虽然不能开口说话，但是简单的音节还是可以发出来的。你别这样盯着人家看，小心惹祸上身！"

孟逸朗这才明白，赶紧收回目光，也收回了揣测凌冽的心思。

慕亦泽与蒋欣对视了一眼，纷纷不语。他俩一早就知道凌冽能说话，以前不说出去，是因为不想惹事，现在不说出去，是因为凌冽是他们女婿。

一家人，自然要互相帮着，尽管他们还不清楚凌冽装哑的意图。

慕天星有些羞涩地抽回自己的小手，对凌冽道："你等我一下，我上去把东西收拾一下。"

这话一说出口，就是她短时间内不会回慕家的意思了。

蒋欣无奈，却也明白女大不中留，见她要上楼，又道："等一下！"

慕天星愣住，回头看她："妈，怎么了？"

蒋欣将那只宝蓝色的匣子递给她："顺便收进保险柜里。"

这可都是钱啊！

这得多少钱啊！

慕天星看了凌冽一眼，有征求的意思，凌冽无奈地轻笑。

蒋欣瞪了她一眼，道：“没出息的丫头！这都是你的东西，人家都是丈夫征询妻子意见，哪里还有妻子事事都要问丈夫意思的？真不给我长脸！”

闻言，慕亦泽的表情有些怪，摸摸鼻子，对着慕天星道：“快上去吧！”

众人在下面又寒暄了两句，慕天星很快从楼上下来，胸前的一枚蓝宝石吊坠闪闪发光，与凌冽胸前的那颗遥相呼应着。

她手里只提了一个小包，里面装着随身的手机、充电器、笔记本电脑，还有几本书，再无其他。

紫薇宫里什么都有，衣服、鞋子多得穿不完，护肤品也都是最好的。她就想着，放暑假好几天了，她都没看过书，功课一定是落下了。

慕天星不同于一般的学生，觉得上了大学后就可以轻松自在，将书束之高阁了。

她是一个很喜欢看推理小说的女孩子，很多世界著名的推理小说几乎被她翻烂了，例如《福尔摩斯探案集》《莫格街凶杀案》《月亮宝石》《钟敲八点》，书中每一个情节她都能记得清清楚楚。

所以，她大学的专业是法医病理学跟犯罪心理学。当初填报志愿的时候，知道她准备选法医病理学和犯罪心理学，慕家还专门为此开了好几天的家庭会议，最后父母还是同意了她的想法。

现在她包里装着的，就是跟专业有关的教科书。

卓然上前，接过了她手里的包，道：“慕小姐，我来吧。”

慕天星点头，上前握住了凌冽的轮椅把手，身子微倾：“我们回去吧。”

凌冽嘴角一弯，点头：“嗯。”

于是，夜色下，慕亦泽夫妇跟孟逸朗将他们送到了院子里，看着他们上了车。车门关上后，慕天星打开车窗对着蒋欣挥挥手：“妈妈，回去吧，我会好好照顾自己的，过些日子我就回来看你！”

凌冽似是想起了什么，对着卓然递去一张便利贴。

他写字的时候，慕天星看见了，上面有一个字：柬。

卓然意会，当即从车前的暗格里取出一个文件袋，然后下车，数了数，把文件袋交给了慕亦泽，道：“慕先生，这是四少与慕小姐的订婚晚宴的请柬，地点在紫薇宫，一共二十张。慕先生看有什么需要邀请的亲朋好友，自己填上名字吧。如果请柬不够，随时可以找我，我再给您送来。”

“够的，够的！”慕亦泽点点头，伸手接过。

他心下也盘算着，一张请柬一家人的话，二十张就是二十户人家。他们在青城老家的亲戚，其实打个电话通知一下就可以了，用不上请柬，一些有过人情往来的老同学和老乡，还有熟识的朋友，算下来一家一张，二十张绰绰有余了。

卓然点点头：“好。”

三位长辈目送他们的车子离开后，才进了别墅。

而这辆黑色的幻影开出慕家所在小区后，倪雅钧忽然想起来了：“对了，小丫头，你学校的同学呢？要不要请？还有什么教授，什么导师的？”

“啊？”慕天星有些羞赧，“没……没有的，我在学校里是走读，没有住校，那些同学来自五湖四海，我跟他们并不熟。以前在高中玩得好的，现在虽说是暑假，但是也有一年没联系了。至于教授、导师什么的，我才大一，没有特别熟悉的。”

说到这里的时候，慕天星的神情透着惋惜。

而她还未开口，凌冽便已经握住了她的小手，柔声安慰着：“她不配做你的闺密。既然是错的人，错过了便是福气，该开心，不要闷闷不乐的。”

慕天星抬眸看着他，心里暖暖的。

她还未说出口的心事，他居然可以一眼看穿，好厉害。

倪雅钧瞧着他俩的婚事已成定局，欣慰地笑了笑，不枉费他今日跟着跑了一趟。他掏出手机，佯装看东西，却悄悄将凌冽跟慕天星十指紧扣的画面拍了下来。

车后座上，慕天星坐在中间，左边是倪雅钧，右边是凌冽，所以倪雅钧不动声色地侧过身，一张高清照片就拍下来了。

倪雅钧将这张照片发到了一个名为“家庭组”的聊天群里，里面的成员有很多，比如外公倪子洋，比如父亲倪夕牧，比如姑姑倪夕玥等。

发了照片后，他还加了一句话：本少爷今日功德圆满。

意思是，他一路保驾护航，没有辜负家人的期望，极力促成这桩婚事，而现在婚事谈成了。

“家庭组”的人很快给他回复——

倪子洋：戒骄戒躁，继续努力。

倪夕牧：他们还没买戒指？

倪夕玥：就等你了，快点找个美丽的姑娘，谈场恋爱。

倪雅钧笑了，笑得欢乐：哪儿那么快，天上又不会掉媳妇下来，没有遇见好的，我宁可一直单着，也不要找备胎姑娘，这是不负责任的行径。

倪子洋：嗯，宁缺毋滥！

倪雅钧：不说了，老是发短信，我哥该起疑了，他精着呢，跟狐狸似的！

将手机收回口袋里，倪雅钧还笑得贼贼的，一抬头，却发现身侧的慕天星跟凌冽都齐齐盯着他，两人面无表情。

他只觉得后背冒出一阵冷汗：“你们两口子干什么盯着我看？”

慕天星毕竟是姑娘家，倪雅钧一句话，她就败下阵来，红着脸低着头，不说话了。

而凌冽则没有这么好糊弄，忽而幽幽地开口：“给天星倪氏股份，还有小岛是怎么回事？”

闻言，慕天星心中一沉，错愕地看着倪雅钧，道：“雅钧哥哥，这些东西大叔事先不知情吗？”

倪氏珠宝集团可是环球企业，百分之五的股份，光是股东分红，每年得拿多少钱啊！

公海海域的小岛，如果慕天星没猜错，那应该就是传说中的玫瑰岛，那得多少个亿才能买下来？

“雅……雅钧哥哥。”

慕天星吓着了，当即面色惨白地看着凌冽：“大叔，我们回去吧，把那两份协议还给雅钧哥哥。”

无功不受禄，既然不是凌冽的意思，这么贵重的礼物，她肯定不能收，若收下了，她做梦都会不得安宁的！

凌冽拉过她的手，并未说话，但一双眼紧紧盯着倪雅钧，黑色瞳仁中蕴藏着的情绪不停翻涌，那眼神令不过二十二岁的倪雅钧很快就别开了眼。

倪雅钧瞧着车窗外，不知道要怎么回答。

其实，倪雅钧一早就知道，自己这次来，肯定会被凌冽揪住，问关于他身世的问题。

来慕家之前，倪雅钧也想过要怎么解释财产赠予的事情，但是直到现在，他都不知道要怎么说。

车里的气氛一下子就僵持了起来。

凌冽一直盯着倪雅钧，他的死心眼和执着，让慕天星都感到心疼。

她扯了扯倪雅钧的袖子：“雅钧哥哥，大叔还在等你答话呢。”

倪雅钧只觉得头皮一阵发麻。

他扭头，看着凌冽，深深看着，然后扑哧一笑，道：“呵呵，这件事情我爷爷不是一早就解释过了吗？你妈妈是当年陪我姑姑去瑞士的助理，也是倪家从小收养的女婴，一直与我姑姑以姐妹相称。所以你妈妈去世了，我们一家人都感到很惋惜，对你就特别优待。”

凌冽不语，深邃的眼眸里闪淡淡的不悦。

慕天星闻言，平静的小脸上没有一丝表情，双眼一眨不眨地盯着倪雅钧：

“连我都不信，雅钧哥哥，你以为大叔会信？”

就算是从小收养的女婴，如亲生的一样，就算倪子洋将她视若亲生，但是也不可能和月牙夫人一起把那么大笔财产给凌冽。

倪家又不是没有后人了，那么大笔财产留着，将来给倪雅钧，给倪雅钧未来的妻子，给倪雅钧未来的孩子，给谁不行？

听了慕天星的话，倪雅钧嘴角直颤。

他只是一心想着打马虎眼：“呵呵呵，是吧，你也不信是吧，呵呵，可是事实就是这样，这说明我们一家人善良嘛，呵呵。”

慕天星无语。

她看了眼凌冽，了然了。

她黑白分明的眼珠转了转，然后小鸟依人般挽住了凌冽的胳膊，靠在他肩上。

凌冽垂眸，她微笑着道：“大叔，我在医学院上课的时候，学到过一些知识，我觉得你应该会很感兴趣。”

凌冽愣了一下，瞧着她别有深意的笑，追问着：“什么样的知识？”

“嘿嘿，关于DNA的啊！”她歪着小脑袋，笑得好像他世界里的小太阳，声音糯糯的，“每个人的DNA分子的序列不一样，所以根据那些分子序列的对比，可以知道彼此之间是否有血缘关系。”

倪雅钧虽然看向窗外，但是一双耳朵竖了起来，光明正大地偷听着。

凌冽眸色渐深，凝视她：“继续。”

她微笑着：“你忘了我是学法医的啦？我们学校老师有教过我们，遗传学在法医物证鉴定上的应用，就是通过基因相似度的百分比确定亲缘关系，帮助警方破案。比如，双胞胎之间是百分之百，亲兄弟是百分之二十五至百分之九十九，母子是百分之五十，表兄弟跟堂兄弟都是百分之十七点五，叔侄跟祖孙都是百分之二十五。这些数据是死的，虽然在遗传过程中基因会发生突变，但是这种可能性极小，而且即便有变化，误差也不会超过百分之一。”

车厢里很静。

说到这里的时候，卓然已经将车子开到了紫薇宫的紫薇花树下，缓缓停好。

可是，车上的主人们没有要下去的意思。

凌冽看着她，忽而觉得她不会无端说出这样的话：“你是不是发现了什么？”

慕天星很想说：我发现，在月牙夫人房间的照片里，如歌夫人跟天凌大帝都跟你长得很像。

但是，倪夫人警告过她。

她尚且不清楚随意说出来的后果是什么，而她越是在意眼前的男子，便越是不敢随意开口。

她思忖了片刻，谨慎的同时，带着一丝天真道："反正闲着也是闲着，大叔拔几根头发下来，跟雅钧哥哥的一起送到医院，做个DNA对比。如果你跟雅钧哥哥毫无血缘关系的话，那就姑且相信他们给你的解释——大叔的母亲是倪家的养女，他们爱屋及乌，所以对你好，还给了你和你的未婚妻一大笔财产。"

慕天星说到后面的时候，自己都想笑了。

许是当初倪家的人还没有帮着大叔来下聘，什么股份、小岛都没有送出手过，所以大叔对于他们的话半信半疑了吧。

但是现在，事实摆在眼前，谁还相信那套说辞，明显就是白痴。

倪雅钧面朝窗外，看着外面的景，听着慕天星的话，两眼一闭，皱着眉头，一副便秘的样子。

他听卓希说过，小丫头虽然社会经验少，但是她聪明起来的时候，真是令人惊叹。

这下子他算是见识了。

她稍显稚嫩，却不是弱智。再加上她年纪小、漂亮、身材好，凌冽会看上她，也不是很奇怪的事情。

可眼下，倪雅钧来不及去感叹慕天星的高智商。他忽而一开车门就蹿了下去，笑呵呵地站在车外，对着车里打趣道："天太黑了，我就不打扰你们小两口卿卿我我了，春宵一刻值千金，你们好好珍惜，我先回客房，明天见！"

不等慕天星他们开口，倪雅钧已经关上车门，一溜烟朝着紫薇宫大门而去了。

慕天星坐在那里，清亮的双眸透过深色的车窗，只能看见车窗里面反射出的自己的脸。因为外面是黑色的，这时的玻璃就成了镜子。

"大叔，你刚才看见了吗？"

"看见了。"

他们不是看见别的，而是看见了倪雅钧这一路上纠结万分的表情！

聪明一世、糊涂一时的倪雅钧，还以为佯装瞧着外面的风景，就可以避开他们打量的眼神。却不知，当车子远离灯火辉煌的市中心之后，倪雅钧脸上所有的表情，都被他们看得一清二楚。

"嗯，既然大叔看见了，我们就去拔他的头发吧！"

"好！"

两人约定好之后，卓希过来开车门，卓然上前帮忙，两兄弟一起把凌冽扶上轮椅，慕天星亲自推着他前行。这一路嗅着花香，沐浴晚风，婚事也定下了，她心情舒畅，只觉夜色美得醉人。

进了海蓝色的家里，慕天星忍不住眯起眼打了个呵欠。

凌冽听见了，微微挑了下眉，道："明天再拔他头发吧，你困了，我们先去睡。"

她看了他一眼，点点头。

她心知倪雅钧是要在这里住两三年的，一时半会儿跑不了。

她推着凌冽从二楼的电梯出来，径直朝着他俩的房间而去。越过了一分为二的书房，他们终于来到了卧室。

眼前，是硕大的圆形床，慕天星瞧了一眼，便又打了个呵欠。

凌冽轻叹，回头望着她："你去洗澡，早点睡觉吧。"

慕天星看着他，小脸一红："那你……"

脑海中浮现出羞人的记忆，她错开眼，又佯装镇定道："你先洗，然后睡觉，我再洗。"

如果她洗完澡出来的时候，他已经睡着了，那么她就不用那么尴尬了。

虽然她言情小说看了不少，但是如果让她现在就跟他做那种事，他的双腿又不能动，还得她主动……

天啦！

那画面她稍微一想象，就觉得脸颊滚烫，不敢往下想。

凌冽幽深的眼紧紧盯着她，对于她的建议全然接受："嗯，两边床头柜上都有床铃，你摁一下，楼下的电话会响起，让希上来就好。"

慕天星听话地上前，摁下了床铃等着，很快，一道女声传了过来："四少，有什么需要？"

"阿诗姐，四少要洗澡，让卓希上来一下吧！"

"好的。"曲诗文又问，"需要吃的或者喝的吗？"

慕天星看了眼凌冽，凌冽摇头，她便对着音筒道："不用了。"

"好的，希已经上去了。慕小姐，有什么需要，您随时可以吩咐我。"

"嗯。"

结束对讲，慕天星站起身看着凌冽，小心脏扑通扑通跳得可快了。

之前她老想着他，想得心都疼了，可是现在看见他就在自己眼前，还坐在那里一动不动，触手可及，她忽而又不好意思起来了。

凌冽有些头疼，怎么才能让小丫头抛去羞涩，主动地跟他亲近些呢？

他推着轮椅缓缓向她逼近，在她面前约一米的时候，她忽然紧张地跑开了，小鹿般迅速跃到了他的黑蓝色衣柜前，打开衣柜，手忙脚乱地翻找着。

"那个，大叔，你的睡衣在哪里？我帮你先拿好！"

凌冽揉着太阳穴，不疾不徐地飘出一句："左边第二个柜子里。"

慕天星赶紧打开柜门，抓了一件咖啡色的真丝短袖睡袍在他眼前晃着："这个可以吗？"

他点头。

她便将衣服拿过去，塞他怀里，道："那就换这个吧。"

凌冽垂眸瞧着身上的睡袍，有些意味深长地开口："就这个吗？"

小丫头是不是忘记什么了？

即便男人的上衣比女人少一件，但是也不能不穿内裤吧？

"四少，慕小姐！"卓希从门口走进来，径直走到凌冽的轮椅后，伸手扶住他，道，"四少，现在洗澡吗？"

凌冽的眼睛还盯着慕天星的脸。

而慕天星是第一次给男人拿睡袍，心思全放在一会儿要与他同床共枕的事情了，小脸红红的，根本没想到男人也要穿内裤的问题。

这时候，凌冽放缓了语速，很认真地问她："天星，你确定……让我只穿这一件吗？"

他想，他说得已经很明显了。

如果他当着这丫头的面说出"内裤"两字，她一定会羞涩到崩溃的。

他的宝贝爱脸红，脸皮薄，他一早就看出来了。

慕天星则呆呆地望着他，只想让他赶紧进去洗，连连点着头，真诚而无辜地说着："这么热的天，当然只能穿一件了。你快去洗吧，早点洗完，早点睡！"

慕天星说完，凌冽有些不懂。

这难道是时下流行的那种暗示？

他确实过着与世隔绝的日子，但是这种隔绝，仅限跟外人之间的交流而已，并不影响他对自己商业王国宏观调控的管理能力。

不给他穿内裤，催着他去洗澡，还让他早点睡，她整个人还香喷喷的……

这应该就是她在暗示他了吧？

凌冽脸色复杂地点点头，对着卓希道："进去吧。小丫头说了，早点洗完，早点睡。"

瞧着浴室的门被关上，慕天星深吸一口气，有些疲乏地往床上一倒。

倦意袭来，真累啊！

头顶大灯的光线太强，刺得慕天星有些睁不开眼，她打了个呵欠，顺势侧了个身，便闭上了眼睛。

流光悄然飞逝，不多时，当空气里弥漫着沐浴露的清香后，一把银色的轮椅无声地靠近她。

卓家兄弟住在一楼。

卓然夫妇有个孩子，住在左边的一个两室一厅的套房里，屋里格局跟公寓楼是一样的，自带一个小厨房跟阳台，方便他们自己用餐、晾晒衣服什么的。

卓希住在哥嫂套房的隔壁，是单人间，自带洗手间。

每每蹭饭的时候，他就会跑到哥嫂的套房里，在小厨房门口等着。

每次小侄子在家里的时候，卓希只要不在四少身边伺候着，就一定是在逗着他的小侄子，他们一起玩电子游戏，一起健身，或者一起练练功夫。

曲诗文总是笑话卓希，说他该找个媳妇了，可是他始终没有遇到能看得上眼的。

紫薇宫的后院里有很多单身女职员，有一早就看上卓希的，她们隔三岔五就给他发短信、打电话、做爱心盒饭……各种招都用过的，她们还眼巴巴站在他的办公室门口等着。

偏偏卓希每天在办公室工作的时间不定，那群姑娘们等急了，又见了情敌，常在他办公室门外吵起来。

卓希说，那些女人太吵，太肤浅，他不喜欢。

卓然也赞同，还跟曲诗文说，如果周围能发现性格好点的姑娘，那种不太闹腾、不太麻烦的，就给卓希介绍一下。

可是他们几乎每天都是围着四少转的，所以，与外面的人接触的机会便少了，接触其他女孩子的机会自然也小了。

每每卓希想谈恋爱，又苦于身边没有合适的姑娘的时候，曲诗文总会安慰他说："没准，爷爷在首都已经给你找好了，还是个大小姐呢。"

卓然跟卓希的爷爷，叫作晏北。

提起晏北御侍，宁国上下无人不晓。

那是天凌大帝的贴身管家，从一代帝王的行程，到陛下的饮食起居，晏北御侍样样都能安排得周全、精致，甚至在王室名下的商界、政界、军界，经常能看见这个人的身影。

天凌大帝多年前退位，从此隐居在幻天阁里，晏北御侍便跟随其一起隐居了。

卓然跟卓希至今都还记得，爷爷隐居后，父亲便做了杰布大帝的御侍。

因此他们是在皇宫的内医院里出生的，一直跟随父母在皇宫里生活得好好的，忽然有一天爷爷通知，他们要被月牙夫人带出皇宫。

出宫的时候，他们哭过，求过母亲，母亲也不舍。可是爷爷态度坚决，又说是天凌大帝的意思，于是父亲不好违背，只能忍痛让他们随着月牙夫人走了。

那时候，卓然四岁，曲诗文三岁，卓希最小，才两岁。

也就是从那时起，他们的世界里便只有四少了。

这么多年了，他们若是不看电视新闻的话，都不记得父亲的模样了。

所以，名义上他们是四少的管家，实际上，他们都是从宫里出来的，是王室成员最信任的御侍的后人。

有时候，他们兄弟俩私下里也会闲谈，都觉得四少应该不会是普通人。

可是这话他们也只敢关起门来谈，只在自己的屋子里说说而已，不敢在外提，更不敢当着四少的面说。

虽然卓然他们年幼的时候就跟着四少了，但是该学的本事，月牙夫人都有请专门的师傅细细地教给他们。

比如，卓然擅长兵器。

什么飞刀、双节棍、短剑、长棍、手枪等样样精通，拳脚功夫也是一流。

比如，卓希擅长计算机编程。

整个紫薇宫，乃至凌冽的整个事业王国，内部员工的安全局域网以及官方网站的安全防护系统，都是卓希做的。至今为止，前来窃取商业机密的黑客众多，却没有一个得手的。

再比如，曲诗文擅长所有女性管家必备的技能。

他们从小一起长大，加上彼此都有血缘关系，各自擅长的刚好互补，在一起合作就像是最强的铁三角。

凌冽有他们三人做后盾，办起事来确实省心省力。

这三人团结一心，力量强大，跟凌冽又是从小一起长大的，所以，这份情谊就让他们成了绝对不可能背叛凌冽的人。

许多年后，凌冽细细回味起来，才发现，月牙夫人将这三人放在他身边，是多么高明又多么温暖的一步棋。

慕天星只觉得身上凉凉的、痒痒的。

当一道陌生的、如触电般的感觉忽而侵袭她胸口的时候，她惊恐得睁大了眼睛。

不同于之前在H市又是发烧，又是醉酒的，她现在的身体状况还算不错，神志逐渐清醒，她立马就明白了是怎么回事。

她垂眸一看，凌冽帅气的脑袋赫然在眼前。

“大叔！”

慕天星欲哭无泪，伸手去推他：“别……别这样！”

他却眷念着她的香软，不舍得放开，抬起迷离的眼瞧着她：“弄疼你了？”

她羞得赶紧拉上被子，不让他看。

可是她拉上被子之后才发现，他的脑袋在下面，被子盖上等于把他给盖进去了。

慕天星哪里遭遇过这样的事情？

“哇！呜哇！”

她本就是半夜睡得晕乎乎的，再一受惊吓，一下子就哭出声来，不知道要怎么办了。

凌冽的脑袋迅速从被窝里钻了出来，整个人压在她娇软的身上，紧张地看着她：“对不起，对不起，我已经很小心了，没想到还是弄疼你了。”

“呜呜，你浑蛋！你下去！你色狼！”

她一边哭，一边将他用力推了下去！

凌冽任由她推，长臂却紧紧抱住她，道：“乖，不哭了，以后我会再轻一点的。你也是太嫩了，年纪小的关系吗，怎么我稍微一动作，你就疼哭了呢？”

慕天星小脸通红，一摸才发现，身上早已经被人扒光了，她一丝不挂地躺在这里，还在他的怀里，被他抱着呢！

“呜呜，浑蛋！你浑蛋！”

慕天星吓得哇哇大叫，凌冽偏偏越抱越紧！

她推他，打他，踢他，他都稳如泰山般将她禁锢在怀里。

她伸手想要遮住露出的春光，偏偏他的手臂横在那里。

他却还是毫无知觉，一脸紧张关切地看着她：“宝贝，你怎么了？不哭不哭，我是不是哪里弄疼你了？你说啊！”

“放开！放开！放开！”

慕天星哭得撕心裂肺，小嗓门都快要喊破了。

凌冽心急如焚，只好将她暂时放开，伸手去按床铃。

很快，卓然的声音响起：“四少。”

凌冽焦急道：“让阿诗上来一下，天星好像受伤了！带点药膏，女人要用的那种！”

卓然似乎愣了一秒，随后声音透着隐匿不住的惊喜：“好好好，我马上让她上去！”

“啊！！！”

慕天星简直要疯掉了！

她狂叫了一声后，扯过被子死死裹住了自己的身子。凌冽伸手去扯，她就毫无章法地一阵乱踢！

哪里有人这么白痴，说个话也这么白痴！

什么叫她受伤了？！

什么叫女人要用的药？！

这不是存心惹人误会吗？以后她还要怎么见人啊！

“凌冽！你这个浑蛋！你不要碰我，不要进我的被窝，你走开！走开！”

“宝贝，你让我看看，是不是受伤了？我只是轻轻……喀喀……一下而已……”

“啊！你不要再说了！”

“宝贝，你别这样，你这样抗拒我，我会伤心的，我们之前不是已经相处得很融洽了吗？”

他努力去扯，可是她的防御太过坚固，他的双腿又不能动，只能坐在原地无力地看着她。嘴里的轻哄声一直就没停过，而她的叫骂声也一直没有停过。

很快，曲诗文上来了。

她一眼望去，就看见圆形的大床上，慕天星裹着被子缩成一团，瑟瑟发抖，哭哭啼啼，嘴里还骂骂咧咧的。

而凌冽披着睡袍，无力又无奈地望着那一团。

他脸上纠结的表情，还有心疼着急的样子，都是这般明显，让曲诗文忽然想起了有回考试不及格却不敢跟她说的儿子来。

“四少。”曲诗文走过去，手里拿着一瓶纯天然的芦荟胶。

这个东西，她第一次的时候擦在伤口上，很快就止痛了，恢复得很好。

凌冽看见曲诗文过来，赶紧轻轻拍着那一团，道：“宝贝！天星？”

“呜呜，滚开！色狼！坏人！”慕天星真是羞死了！

她听见曲诗文的声音了，可是这时候她什么都没穿，要是打开被子让曲诗文看的话，身子自然会被凌冽看去，虽然凌冽已经看过了。

“呜哇！浑蛋！”她越想越急，越急越哭！

曲诗文知道慕天星是个特别容易害羞的女孩子，略一思量，觉得这样僵持下去不是办法，于是道：“四少，您先避开一下吧。”

凌冽捏紧了拳头，眸中浮现出不忍，又忽然看着曲诗文，耳根一红，道：“我可能……没有经验，所以不得要领，弄伤了她，你一定帮她看仔细了。”

曲诗文心中大喜，满脑子想的都是，明个儿一早要给慕天星弄什么补汤喝，好让她赶紧给四少生个可爱的小宝宝。

“四少放心！我一定会把慕小姐照顾好的！”

曲诗文说着，将凌冽的轮椅推到床边去，便没再管他了。

她绕过半个床，来到慕天星那边，蹲下身，轻轻拍着她的背，道：“慕小姐？”

“呜呜，让他走！”

“他走了，四少已经走了。”

曲诗文哄着她，心想，这丫头才十八岁，真是不容易，一定是第一次行房，所以疼极了，才发脾气了。

“慕小姐，您听我说，您现在需要清洗一下，把血迹跟污渍都清洗干净，然后擦上清凉的药膏，睡上一觉，第二天醒来，就什么事都没有了。”

“呜呜，不是的，你也出去！出去！”

“慕小姐，是女人都要经历这么一回的。您别太紧张了，四少是真的疼您的，您看，您一哭，四少都急得不知道要怎么办了。您快点出来，我去帮您放热水吧？”

慕天星听着曲诗文的话，羞得不行，更不想出去了。

听曲诗文说要去放水，慕天星吸吸小鼻子道：“你去吧，你去放热水！”

曲诗文闻言一喜：“我这就去，您快点出来，水放好了，我来叫您。”

被窝里的小丫头竖起了耳朵，非常仔细地听着脚步声远远离去。当空气里似有水花声响起的时候，她赶紧从被窝里露出个小脑袋来，盯着被窝外面看了看，发现偌大的房间里只她一人。

她心上一喜，迅速从被窝里钻了出来，随手扯了一套短袖、长裤，回了被窝里穿好，又踩着拖鞋往外冲。

当她冲到客厅的时候，就看见凌冽正坐在轮椅上，一脸紧张地盯着她。

慕天星真是怒发冲冠，美少女的小宇宙就要爆发了。

而凌冽的目光热切地自下而上扫了她好几眼，开口便道：“小乖，你那里擦过药了？”

“我擦……你……”

慕天星怒吼一声，抡起小拳头就朝着凌冽冲了过去，不顾一切地对他拳打脚踢起来。

凌冽闭着眼，咬牙忍着。

他能感觉到小丫头是真的生气了，因为往常她砸下来的小粉拳，那是花拳绣腿，挠痒痒一般，但是现在，有一两拳或者一两脚招呼在他身上，那是真的疼！

曲诗文从浴室里追出来的时候，就看见这样的画面。

她完全吓傻了，又迅速反应过来，上前抱住慕天星的腰肢，将慕天星从凌冽的身上扯了下来。

“慕小姐！慕小姐您一定要冷静！”

“浑蛋！占我便宜！老是这样！以为老娘好欺负！”

“慕小姐！您消消气！”

“我要揍扁他！”

“四少是个残疾人，无论您怎么对待他，他都没有还手的能力！您真的忍心吗？”

不得不说，还是曲诗文最了解女人的心思了。

这番话一出口，慕天星立即安静了下来。可是，安静不超过两秒，她又一脸狐疑地看着他："你的腿不是不能动吗？每次半夜是怎么爬到我身上去的？"

"我……"凌冽看着她，表情无辜又可怜，大手缓缓抬起，轻轻揉着被她粗暴对待过的地方，声音竟然带着胆怯，"你保证不会再打我了，我就说！"

曲诗文眼角一抽，却不语。

慕天星点点头："你说！给你机会，坦白从宽，抗拒从严！"

凌冽的黑瞳隐匿住那一丝丝狡黠的光，可怜兮兮地道："你身上太香了，那香味老是诱惑我，我一时没忍住，就先努力侧过身抱了抱你，就又再亲了亲你，最后就……"

"停！"

慕天星真是要疯了："我问的是，你是怎么爬上来的，不是问你爬上来的步骤！你的腿是残疾的，不能发力的，你怎么全身在我身上趴着的？！"

凌冽深深地看了眼慕天星之后，忽而小心翼翼地垂下脑袋，声音也跟着越说越小："天星，我们不是未婚夫妻吗，一般情侣都会亲亲抱抱的，你怎么就不能接受我呢？"

"我……"

慕天星真是无语了，他这是亲亲抱抱吗，这不是已经趁着她睡着了，把她扒光了吗？

"小龙哥那天也没对我这样，你……你还把我脱光了！"

凌冽心中冷笑。

还小龙哥呢，不是早变成小龙虾了吗？

还是一只死虾子！

其实，关于孟小龙那日对慕天星做的事到了什么地步，凌冽一直没有问过。他觉得，身为男人没保护好自己的女人，是他的失职。而现在，她亲口说了，孟小龙没做到他刚才做的那个地步，他心里一下子就舒坦了。

"那个婚前协议里说，我们三年内没有生出孩子，就要离婚，我只是不想失去你而已。你在电话里说想我，在你爸妈面前说想跟我在一起，可是你来了，只知道揍我，我身上都痛死了！"

"呃——"

"阿诗！"凌冽忽而抬眸，可怜地望着曲诗文，"你那个药膏，给我擦一下，好不好？"

曲诗文忽而想起什么，迅速将手里的芦荟胶塞进慕天星手心里："慕小姐，浴缸里还放着水，我进去关一下，麻烦你帮四少擦一下！"

望着她匆忙离去的样子，慕天星垂眸看了看手里的芦荟胶，有些内疚。

她抬眼望着凌洌，他却不理她了，只顾揉着他右边的肩膀。

她走上前，看着他："大叔，我帮你擦擦吧。"

她刚才的动作有多狠，她清楚，别说凌洌疼了，她的手跟脚都疼了呢。

她打开芦荟胶，白皙的小手背上有一片红色。

凌洌见了，轻叹一声，松开揉着自己肩膀的大手，接过她手里的芦荟胶，打开盖子，又握紧她嫩滑的小手，取了些透明的胶体轻轻擦在她手背上。

"你下次想要发泄情绪，不要用自己的拳头砸我了。你看，都红了。这里不是书房吗，你随便拿本书打我也行啊！"

"我……"

"虽然这应该属于家庭暴力了，但是谁让我坐轮椅呢，你怎么打我，我都默默受着便是。我是个男人无所谓，可你瞧瞧你的小手，很疼吧？"

"……我以后再也不打你了。"

"嗯，那咱俩以后好好过，彼此都多些信任，好吗？"

"好。"

她从他手里接过了药膏，指了指他的短袖："把袖子提上去吧，我给你擦擦。"

"好啊。"

他答得干脆，一只手将袖子提起些，白皙的肩头露了一半，粉红色的印子也露出来了一半，另一半藏在衣服里头，看不见。

他有些不好意思地看着她："不然，我把睡袍解开，脱了？"

慕天星瞧着他线条优美、肌肉结实的胳膊，别开眼，咽了咽口水："嗯。"

这时候，曲诗文从里面走出来，道："四少，慕小姐，没什么事情的话，我先下去了。"

不等二人作答，她一溜烟跑了。

于是，凌洌又将自己的睡衣衣襟解开。

顷刻间，他整个完美健硕的胸膛赫然出现在慕天星眼前，上面有两三处地方是粉色的，与他白皙的肌肤相比，显得很突兀，那是被她揍的。

"咯咯，我要帮你擦了。"

"嗯。"

她俯下身凑过去，小手指轻轻在他胸口的粉红区域画着小圈圈，画得凌洌心里痒痒的。

他清楚地看见她轻颤的睫毛，那娇艳的红唇就在眼前，还有她俯首后，短袖睡衣的圆领领口敞开，露出一大片桃园春色般的美景。

诱人的香气从她身上散发出来，诱人得很。

他做了好几次深呼吸，可是小腹处蹿起的火苗越烧越旺。

一不小心，他的身体不受控制，大腿间起了变化……

轰！

凌冽浑身僵硬，耳根微红。

慕天星如被雷击了般，盯着凌冽好几秒后，忽然将手里的瓶子往凌冽怀里一塞，转身就要逃跑。

一只大手及时拉住了她，她逃不掉，又不敢回头："你你你……放开！你怎么可以这样！浑蛋！"

幽幽的声音响起，自慕天星的脑后传来："我身子都被你看完了，你现在就要跑，不负责？"

"我不是故意的！"真是的，他管不住自己的那里，还想要她负责什么？

拉着她的手的力气没有减，可是他的音调有了一丝哀怨："看见我，你一点欲望都没有吗？"

"没有没有没有！"

她奋力挣开他的禁锢，拔腿就冲进了卧室，把房门"砰"的一声关上了。

一道门，划分出两个世界。

凌冽无奈地轻叹，自下而上地扫了眼自己的身体，漫不经心地将睡袍的衣襟拉好，掩住自己的春光。

他闷闷不乐地转动轮椅朝着书桌的方向去，还低声呢喃着："我都这样了，她怎么就是对我提不起兴趣呢？"

慕天星不会知道，她那样的举动严重伤害了凌冽的自尊心。以至于接下来一整夜，凌冽什么事儿也没干，就坐在书桌前搜了一晚上的资料，其中有一篇是《两性相处手册》，他还来来回回、仔仔细细地读了好几遍。

百岁之好，一言为定

第十一章 Little wife

早上九点多，火辣辣的阳光透过窗帘照进了屋子里，慕天星揉着眼皮从床上慵懒地爬了起来。

她望着空空荡荡的房间，昨晚的记忆一点点如潮水般涌来，她羞得又气又恼。

她迅速进洗手间将自己收拾干净，又在衣橱里挑了一件白色中透着浅蓝荧光的连衣裙，裙子V领，小露背，裙摆前短后长，上半身是有质感的丝质面料，下半身是浪漫公主范的白纱。

她随意地在耳边两侧挑出一缕长发，用发绳一系，小手在额头上抓了抓，就弄好了一个公主辫。

除了护肤品，她精致的小脸上没有擦任何化妆品，肌肤粉嫩白皙，天然去雕饰，怎么看都赏心悦目。

慕天星拉开门的时候，迎面便看见曲诗文站在套房的门口处，似在等着她。

“慕小姐，您起身了。”

“嗯。”

“四少今日有事，天黑才能回来。我给慕小姐煲了汤，您是下去尝，还是我给您端上来？”

“我下去吃吧。”

“好。”

慕天星根本没问曲诗文煲的是什么汤，因为她对于曲诗文的手艺是百分之百的满意，再加上紫薇宫的菜，基本上都是她爱吃的，即便她不开口，很多事情都有人替她操心。

下楼之前，她跑去了小偏厅里找珍珍。

珍珍正窝在女佣的掌心里大口大口吸着奶瓶里的奶。

见慕天星来了，它打了个嗝，眯起眼，像是在对她笑，接着大口大口吸。

这是慕天星第一次在紫薇宫里见到卓家人之外的陌生人。

对方却很清楚她是谁，并且毕恭毕敬地垂眸低唤着："慕小姐。"

慕天星点点头，小心翼翼地瞥了眼地上的一听猫罐头，蹲下身拿起来一看，上面写着：幼猫。

"它可以吃这个了？"

"是的，慕小姐，昨天带珍珍去打针，兽医说，珍珍可以适当地吃一些肉酱状的幼猫罐头，选择高蛋白、易吸收的那种。"

"哦。"

"慕小姐是想要跟珍珍玩吗？一会儿它吃饱了，我给它梳一下毛，剪一下指甲，再给您送过去。"

"好啊，我在楼下，麻烦你了。"

"慕小姐客气了。"

慕天星下楼后，曲诗文刚好端着托盘过来，里面有一个不大的砂锅，还有一个白净的小瓷碗跟汤匙。

慕天星搓搓小手，拉开椅子赶紧坐下，迫不及待地说："好香呢！"

曲诗文笑了："我砂锅盖子还没打开，您都闻见香气了，也太恭维我了。"

说着，她拿着一块枣红的帕子包裹住砂锅盖子，逆着慕天星的方向先掀起一边盖子，散出了热气之后，才将整个盖子拿开。

曲诗文怕热气熏到她的小细节，让她觉得温暖。

曲诗文又拿过小碗，给慕天星盛了一碗汤，放她面前："慕小姐，慢用。还有什么想吃的，尽管吩咐。"

这是老母鸡益母草枸杞汤。

老母鸡的雌激素可以大大增加女子的受孕概率，益母草跟枸杞搭配，可以调经固本。所以这个汤，是最适合煲给待孕的女子饮用的。

曲诗文想起上次慕天星生病发烧的事情，觉得慕天星体质太弱，所以还给她加了一些珍稀的菌类，帮她提高免疫力。

其实，曲诗文并不知道，慕天星之所以生病，是因为凌冽半夜从房里出来没再管她，而她踢掉了被子，被空调冷气实打实地吹了大半宿。

就说正常一个的大男人，被冷气连续吹大半夜，也会感冒咳嗽的，更别提慕天星这样的软妹子了。

见慕天星吃得香，曲诗文笑了笑，不动声色地又开始盘算着，是不是该给慕小姐订一批宽松的孕妇装？或者先请设计师将婴儿房设计出来，然后提前装修，等残留的有害气体散得差不多了，小主子也该出生了。

想着想着，曲诗文出了神，完全没在意慕天星在她身侧说了什么。

直到慕天星大声唤了一句："阿诗姐！"

"喀喀，在的，我在的，慕小姐有什么吩咐？"

慕天星笑了："你在想什么？一直贼贼地笑，跟花痴一样。"

曲诗文讪然一笑："没……没有。"

慕天星爱喝汤，但是从小到大，都是喝的奶油鸡茸蘑菇汤、南瓜浓汤、咖喱土豆牛肉汤……这一类的，像比较中国化的汤，她真的很少喝。

这一尝，发现汤的味道鲜美，她便忍不住喝了一碗又一碗，很快便将满满的一个小砂锅里的汤全给喝完了，盘子里留下一堆鸡骨头残渣。

曲诗文开心得不得了，看着慕天星摸着圆鼓鼓的肚皮，好像里面已经孕育了一个小生命般。

慕天星满足地舔舔小嘴唇，赞叹道："这汤好喝，鸡肉也入味了！"

"慕小姐若是喜欢，以后我每天早上变着花样给您做！"——保管把您跟小主子都养得白白胖胖的！

"辛苦了。"

"应该的，应该的。"

慕天星起身，发现之前的女佣已经抱着珍珍下来了，就站在餐厅的入口处等着她。

她笑眯眯地上前，接过了珍珍之后道："你下去忙吧，我跟它玩会儿，一会儿把它送上去。"

"好的。"

曲诗文回了厨房，女佣也下去了。

慕天星抱着珍珍来到大厅里，空空荡荡的屋子就她一道身影在晃荡，她忽然就很想念凌冽了。可是她思及昨晚的那幅画面，又觉得不好意思跟他见面。

慕天星一个人逗着一只猫逗得正欢，忽而玩心大起，想知道珍珍这么小的猫咪，坐电梯的时候会不会害怕。

于是她抱着珍珍进了电梯，将它放在地上，她刚要按二楼，却发现电梯的按键里居然还有个负一楼的键。

这是怎么回事？

这别墅是建在地面上的，外面是一马平川的陆地，有院子，有紫薇树，有遥相呼应的其他别墅做邻居，哪里来的负一楼？

难道是地下室？

在好奇心的驱使下，慕天星想着，要不就按一下试试，下去看看是怎么回事。

如果没啥好玩的，大不了她再乘着电梯回来呗！

白皙的手指就这样按了负一楼的键。

她屏息凝神，垂眸看了眼脚边撒娇的珍珍，静静等待。

在电梯下降的过程里，慕天星紧张得手心直冒汗。

脚边的珍珍跟着“喵”地叫唤了一声，她满心戒备地盯着眼前的电梯大门。

当一声“嘀嗒”的电子声响起过后，电梯门缓缓打开，慕天星满怀期待地看了过去，却发现眼前一片明黄，除了两米外有一堵墙，再无其他。

如果下面根本没有路，是被高墙困死的，又何必专门搞个通往这里的电梯？

尤其这个小小的空间里，还铺有米黄色的地砖，地砖上有着金丝一样的纹路，水晶般晶莹剔透，头顶还有漂亮的小射灯，一盏一盏很明亮，很漂亮。

她心中莫名有股惧意。

她想要按二楼的键，回到她海蓝色的套房里，可是就在她伸出手的瞬间，脚边的珍珍一下子蹿了出去。

珍珍调皮地冲到墙边，向左转了个弯，一溜烟不见了。

慕天星吓了一跳，赶紧叫起来：“珍珍！珍珍你回来！”

她硬着头皮，咬着牙，只好跟着珍珍出了电梯，朝着高墙走去，又朝左边拐了个弯。

当一条宽敞而悠长的长廊赫然出现在眼前的时候，慕天星才知道，什么叫作别有洞天。

珍珍白色的小身影还在向前冲，慕天星一边追，一边唤着：“珍珍！你快回来！珍珍！”

慕天星脚上穿的是全新的水晶凉鞋，敲击在地板上发出清脆的声响。这条长廊装修华丽大气，虽不像某些推理小说里的地下室那般阴冷潮湿，但是一个人追着一只猫这样跑，前路不可知，她心里还是有些发怵的。

她跟着珍珍好不容易跑到长廊的尽头，珍珍又拐了个弯。

这一次，珍珍忽然顿住，慕天星也跟着顿住。

因为，眼前竟然出现了半掩着的白色大门，门后似有人影晃动。

慕天星的心一下子提了起来，她蹲下身，小心翼翼地对着珍珍呼唤道：“珍珍，你乖，到这里来，过来！”

“喵！”

珍珍一阵叫唤，似是抵挡不住门后的诱惑般，一下子蹿了过去。

慕天星杏眼圆睁，显然吓到了。

她想过转身就走，可是珍珍还那么小，她走了，珍珍怎么办？

“喵！”

“啊！”

“怎么会有猫？！”

“你踩到它了！”

“喵！”

男男女女的惊呼声以及珍珍的尖叫声传来，慕天星后怕地站起身，一把拉开了大门朝里一看。

呈现在眼前的是宛若电视剧里的大公司一般的格局。

一个个白领模样的职员穿戴整齐地坐在自己的办公桌前，漂亮的隔板切蛋糕一般将一张张电脑桌整齐地分开，墙边有高大漂亮的景观树，不远处的一整面墙壁都是观景鱼缸，里面饲养着好几条幼鲨。

慕天星进去后，没什么人注意到她，因为大家的目光都被突然闯入的珍珍吸引了。

珍珍直直冲着鱼缸跑了过去，伸出毛茸茸的小爪子一下下拍打着鱼缸。

鱼缸底部有好几条银尾鱼欢畅地游着。

“那只小猫好可爱！”

“金吉拉唉，听说金吉拉这个品种的猫超级贵的！”

“一看就是纯种的，你看它的毛，多白！”

“这猫哪里来的？好小呢。”

职员们议论纷纷，有的还站起来看，有的拿起手机开始拍照。

而两分钟前——

总裁办公室的电脑上，忽然响起了报警信号，信号通过无线传播，直接传到了卓希的手机上。

他轻轻点开一看，才知道是有人乘了别墅的电梯下达负一楼，并且一路走到了公司里。

在那条华丽清亮的长廊上，有卓希设置的红外线探测仪，但凡有人经过，便会警报。

卓希赶紧动了动手指，调出长廊的监控画面，才发现，原来是慕小姐追着珍珍一路跑过来，进了公司内部。

与此同时——

慕天星小心翼翼上前，想要在珍珍全神贯注看鱼的时候将它捉住。

随着她缓缓朝着珍珍靠近的同时，大厅里的职员们陆陆续续发现了她。

女人们纷纷艳羡，男人们纷纷惊叹，这小丫头就像是坠落凡尘的精灵，大大的双眼里满是紧张与无辜，一身白色的衣裙在灯光下泛着淡蓝色的荧光，她纯洁天真的模样如雪中走来的精灵。

“她是谁？”

“好像是小猫的主人。”

“天啦，她那条裙子是Dior的高级定制版，全球不超过十件！”

“她好漂亮！怎么会有这么漂亮的女人？”

“难怪了，女人只要漂亮就足够了，多的是愿意出钱出力的男人，什么样的衣服跟猫买不起？”

慕天星耳畔响起这些闲言碎语，她却没有听进去一句。

她大概猜出来了，这些人应该就是大叔公司的职员了。她现在就想快点抓到珍珍，抱着它从这里快点离开。

“珍珍，你过来，乖，珍珍！”

慕天星来到珍珍的背后，缓缓蹲下身子，一点点伸出白皙如雪的双臂，朝着珍珍慢慢靠近。这时候，不知谁叫了一句：“她在抓猫！”

珍珍顿时惊着了，回过头看也没看，直接下口就咬。

“啊！”慕天星惊叫了一声，疼得猛一缩手，但见白皙的手背上有两道小小的牙印，还流出了血。

那个惊呼的女同事当即捂住了嘴，心知闯了祸，再也不敢出声了。

“咬破了吗？要打狂犬疫苗的，小姐。”

“是啊，咬破了吧？一定要打针！快点去打针吧！”

有一两位男士怜香惜玉地开了口，大厅里围观者越来越多。

珍珍听见慕天星的声音，抬眼才看见是她，见她被自己咬伤，便在她脚边一下下蹭着，也不跑了，像个做错事期盼大人原谅的孩子。

慕天星知道珍珍是幼猫，贪玩又胆小，若不是刚才那个女人大叫惊着它了，它不会咬她的。

她伸手将珍珍捞进了怀里，还未来得及站起身，一道高大的身影已经迅速站到了她的面前，一件黑色的西装外套披在她肩上，将她一裹，她就被那人打横抱在了怀里。

又是一道女子的惊呼声响起：“哇！总裁好帅啊！”

慕天星抱着珍珍旋转了小半圈，再抬眼，便看见卓希一脸紧张地盯着她：“慕小姐，我送您上去！”

“那是总裁的女朋友？”

“天啦，难怪这么漂亮！”

“莉莉你没机会了，再好吃的爱心盒饭，也弥补不了你颜值上的缺陷！”

“嘁，我没机会又怎样，你再厉害，也不如人家小姑娘凹凸有致，比例刚刚好，没见总裁怕她春光乍现都将她裹起来了吗？”

身后的议论声此起彼伏，慕天星闻言，蹙了蹙眉。

卓希忽而顿步，犀利的眼神冷冷一扫，所有人闭上了嘴巴，然后坐在各自的位子上认真办公。

卓希抱着慕天星，从另一侧的门走出去，径直上了三楼。

慕天星这才恍然大悟地看着他：“你……他们说的总裁是你？”

“嗯。”卓希应声。

慕天星吐吐舌头，想起刚才卓希气场强大的样子，实在想象不出平日里最亲切爱笑的卓希会有这样冷酷的一面。

珍珍一直很乖地在慕天星的怀里待着，看着慕天星手背上的牙印，它还伸出了小舌头舔了舔，疼得慕天星的小手不自然地缩了一下。

卓希快步走向一条华丽的长廊，走到里面第三间房间的时候，对着电子门扫了一下脸，门自动打开。

“哇！人脸识别器吗？”

“嗯。”

卓希顾不上慕天星的惊叹，他的脸色一直很紧张。

进了屋，慕天星不得不感叹眼前的景象，全都是高端、大气、上档次的银白色。

如此有质感的银色办公桌、书柜、茶几、电脑以及白色的地板、灯光，还有……凌冽！

卓希抱着慕天星走进去，将她轻轻放在纯白色真皮沙发上，起身后非常抱歉地看着凌冽：“四少，去晚了一步，慕小姐被珍珍咬了。”

自卓希抱着慕天星进来时起，凌冽的面色就有些深沉，听完卓希的叙述之后，他拿起钢笔写下一个字：雪。

卓希上前，看着上面的字，点头道：“好，我马上叫庄雪过来！”

他将凌冽推到了慕天星的面前，稍微退后几步，拿着手机打了个电话：“庄小姐，准备狂犬疫苗跟消毒包扎的东西，来四少办公室一趟。”

慕天星看着卓希，微微侧过脑袋，好像在哪里听过庄雪这个名字。

灵光一闪，她惊呼道：“那个喜欢卓然的女人？”

卓希点点头。

而凌冽盯着慕天星怀里的猫，目光狠戾，仿佛随时都可能伸出手将它摔死或者掐死。

他拉过她受伤的小手，眼神冷得吓人。

卓希又道：“慕小姐乘着别墅的电梯下来后，一路追着珍珍进了负一楼的办公区。本来慕小姐可以抱着珍珍离开的，可是要抓住珍珍的时候，有个女员工大喊了一声，珍珍受了惊，回头就咬了慕小姐一口。我赶到的时候刚好看着这一幕，那时候珍珍已经知错了，还在慕小姐脚边撒娇。”

慕天星感激地看了眼卓希。

若是不这么说的话，只怕凌冽不会放过珍珍的。

而凌冽一边执着慕天星的小手，盯着手上的伤口看，一边冷哼了一声，对着卓希道：“我竟不知道你什么时候还学了兽语，还到了可以做猫肚子里的蛔虫的地步。”

卓希：“……”

凌冽抬眸，又无可奈何般瞧了慕天星一眼，道：“你若想知道什么，尽管问我，不要这样冒冒失失的。狂犬病可大可小，不是闹着玩的。”

这丫头发生那么多的事情，还真是不让他省心。

一会儿遇上孟小龙那事，一会儿又被猫儿给咬了，真是少看着她一会儿都不行！

慕天星撇撇嘴，心知他是在关心自己，美滋滋地笑了笑：“我知道了，大叔。”

“珍珍还小，你这几日不要碰它了，我让人把它驯服一下再给你。”

“不要！”慕天星皱着小鼻子抗议起来，“大叔，你这是扼杀珍珍纯洁奔放、热爱自由的天性！”

凌冽白了她一眼，看着被她另一只手紧紧搂着的小猫，又是一声轻叹。

她对一只猫儿可以这般怜爱，于心不忍，时时刻刻宠爱着。那要到什么时候，他才能如她手中的猫儿一般，被她怜爱，被她时时刻刻捧在手心里宠着？

凌冽自顾自摇头，觉得自己真是魔怔了，竟会跟一只猫儿争风吃醋。

“庄雪怎么还不来？！”凌冽有些生气，看着慕天星手背上红肿得越来越厉害了，一颗心紧紧揪着，生怕她有什么闪失。

卓希刚要再打个电话，门口便传来一道电子铃声。

慕天星扭头看去，便见卓希摁亮了门口的小液晶屏，一个女人的脸出现在液晶屏里，卓希又摁了绿色的键，电子门打开。

这时，慕天星才了然，庄雪与凌冽应该不大亲近，不像卓希、曲诗文他们这样天天跟在凌冽身边。

“四少。”庄雪鞠躬打了个招呼，随后将小型的医疗箱放在茶几上，看着慕天星被凌冽抓住的小手后，似乎吓了一跳，还傻傻地盯着慕天星一直看。

就在此刻，慕天星也在打量着她。

细长的凤眼，睫毛很长，就是传说那种会勾人的狐狸精一样的眼，不像曲诗文那种澄澈坦荡的眼神来得舒服。她的皮肤是褐色，没有曲诗文的白。她的个子也不高，还没有生过孩子的曲诗文身材好。

这么看来，只一眼，慕天星就不是很喜欢她。

或者说，在看见这个女人之前，知道她一心想要破坏卓然夫妇感情的时候，慕天星就已经不喜欢她了。

“慕小姐被猫咬伤了，手上是牙印，先给她消毒包扎，然后打一针吧。”

卓希发现庄雪的眼直直盯着慕天星看，生怕凌冽会不高兴。

其实庄雪不说，卓希也知道她在想什么，不就是一向不近女色的四少忽然抓着一个女人的手，还一脸关心紧张的样子吗？

要说从前，卓希也不会相信四少会有这么一天。

但是慕天星出现之后，他不得不信了，并且已经慢慢习惯了。

庄雪回过神来，尴尬地笑了笑：“抱歉！慕小姐太过美丽动人，我一时看得入神了，失了礼数。”

慕天星没说话，也没再看向庄雪。

那淡漠的表情让卓希觉得，她有点四少附身的感觉。

庄雪打开药箱，将医用酒精跟棉棒取了出来，在茶几上摆好。

她刚要从冰格里取出疫苗，却见一只骨骼分明的大手拿过了棉棒，沾了些酒精在慕天星的伤口上擦拭了起来。

他一边擦，一边轻轻地吹着，还很温柔地观察了一下慕天星的脸色，生怕她疼。

庄雪看得眼珠子快要掉下来了。迅速镇定后，她拿着一次性注射器，迅速将疫苗吸入，看着慕天星道：“慕小姐，打在哪边？”

“胳膊上吗？”

“对，上臂三角肌。”

“左边吧。”

“好。”

慕天星想着，右手要吃饭，要拿东西，还要发短信，经常要动，所以还是打在左边为好。

但是，当庄雪给她擦完酒精，那一针下去之后，她才知道，原来打狂犬疫苗那么疼！

“嗞！”

漂亮得不像话的小脸瞬间皱成了一团。

“马上就好了。”庄雪额头也在冒汗，生怕凌冽一个不高兴，自己吃不了兜着走，“好了好了。”

拔出针头的一瞬，她拿着棉棒压在了慕天星上臂扎过针的部位，待慕天星摁住之后，她松手道：“第三天还要打一针，然后是第七天、第十四天、第二十八天，加上今天的一共要打五针。”

慕天星没说话，这些基本知识她都知道，她自己就是医学院的高才生呢。

庄雪又道：“这一个月里，辛辣、刺激的食物，还有海鲜都不要吃了。”

慕天星撇撇嘴，眉宇间有轻微的不耐烦。

而庄雪在收拾医药箱，根本没注意到慕天星脸上的表情。等她收拾好之后，背着药箱往后退了一步，看着凌冽，道：“四少，我什么时候能回前院去？”

原本，紫薇宫的前院是庄雪跟曲诗文一起负责的，曲诗文负责厨房，庄雪负责药房。

但是，凌冽不是每天都要吃药，却要每天吃饭，所以在两个女人为了卓然而明争暗斗的时候，凌冽有意识地偏向了曲诗文。再者，当年卓然悄悄跟凌冽表达过只喜欢也只想娶曲诗文的心愿。

所以，自卓然夫妇结婚后，庄雪就被派到了后院。

凌冽蹙眉，察觉到慕天星眉宇间的不耐烦，看了眼卓希。

卓希对庄雪道：“你先出去吧，等四少有安排，会通知你的。”

庄雪看着卓希，不肯走，过了好一会儿又道：“我给你哥求了个平安符，你帮我带给他吧。”

慕天星听得嘴角直抽搐，卓希也是一脸头疼的样子，道：“我哥不会要的，他对我嫂子一心一意，怎么可能再要别的女人的东西呢？庄雪，你可别忘了，宁国的《婚姻法》，一夫一妻制是受法律保护的，通奸罪要判刑，重婚罪要枪毙，你要是真的爱我哥，就远远祝福他吧，别害他了。”

卓希走过去，摁了下绿色的门锁，电子门一下子打开了。

庄雪咬咬唇，心有不甘又无可奈何地走了出去。

凌冽长臂一伸，取下卓希的外套丢给他：“跟阿诗说一声，未来一个月的饮食里，不要有任何辛辣、刺激的食物，海鲜也暂停吧。”

“是。”卓希接过衣服，也出去了。

房门一关，就只剩他俩，还有一只小奶猫。

珍珍已经在慕天星怀里睡熟了。

而凌冽深深看了眼慕天星后，忍不住偏过脑袋，颇为无奈地低低笑出声来。

书房里很安静，女子羞涩地坐着，男子的轻笑声愉悦悠扬，一遍遍回荡在她的脑中，惹得她更加不安了。

小眼神羞怯怯地瞟过去，她忍不住开口：“大叔，你笑什么？”

慕天星的手背上，被他轻轻地贴了个Hello Kitty的创可贴，很可爱。

他轻轻抚摸她的手背，宠溺而认真地看着她：“我不会有外遇的，也不会找别的女人。如果有别的女人喜欢我，你要是不高兴，我就想方设法地让她们不再喜欢我。所以，庄雪对卓然的这种感情，不会发生在我们身上。”

瞧着她刚才看庄雪的小模样，他就知道，她是个对待感情纯粹而专一的女人。

他的小丫头见不得男人有外遇，也见不得别的女人惦记着已婚的男人，破坏别人的家庭。

“丫头，对于这一点，我很开心，也高兴我们能有一样的认识。”

说着，他摊开她的掌心，俯首，落下一吻，深情而虔诚。

慕天星心中一暖，笑得有几分纯真烂漫：“这可是你说的！以后我们的世界里，只有我们彼此，如果有别的男人跟你争我，我们就联手把他轰走；如果有别的女人喜欢你，我们就联手把她踢飞！怎么样？”

“呵呵呵，一言为定！”

“拉钩，上吊，盖个章！”

“嗯。”

他应了她，又一把捞过她的身子，扣住她的脑袋，在她的唇上狠狠啄了一下。

那一声脆响，清晰悦耳。

慕天星舔舔小嘴唇，有些羞涩，却依旧开心，这会儿也不知道要说什么了，只顾盯着凌冽那张好看的脸傻笑。

凌冽也笑盈盈地望着她，一双眼，一颗心，一缕魂，满满的，装的全都是她。

办公室的门忽然开了。

卓希拿着一份文件走了进来，看着凌冽，表情有些凝重。

慕天星感觉到应该是出了事情，于是对凌冽道：“大叔，你别管我了，你去忙，我自己坐坐就好。”

凌冽点点头，幽深的眼望向了卓希：“怎么了？”

卓希似乎有些不忍和不愿，却还是将手里的东西递了过去：“这是医院刚刚传真发过来的数据。”

凌冽接过，视线迅速一扫。

尽管凌冽一早就知道他跟凌元的关系应该是有问题的，但也只是猜测。

现在事实摆在眼前，凌冽的大手竟然发起抖来。

慕天星担忧他，大大的眼顺势瞧了过去，这一看，她吓了一跳。

居然是DNA鉴定报告！

见凌冽没有避开她看这份东西，她忍不住道：“大……大叔，这是谁跟谁的？”

慕天星清甜的嗓音带着轻颤，她生怕这份东西跟凌冽有关。

一个孩子，从小丧母，遭受生父如此对待，如果身世真的再出问题的话，那么……大叔的亲生父母到底去哪里了？！怎能让一个幼小的孩子遭受那样的童年？！

慕天星忽然把熟睡的珍珍放在了沙发上，蹲在凌冽的面前。

小手紧紧握着他的大手，她泪眼婆娑地仰望他：“大叔，不要难过！不管是不是跟你有关的，都没有关系！那些不好的日子你不是全都熬过来了吗？以后我们会过得很好很好的，我们结婚会有自己的小宝宝。你看，这么多年过去了，卓家兄弟跟阿诗姐姐一直陪在你身边啊，我们都是你的家人，我们永远都会陪着你，再苦再难都会陪着你！大叔，不要难过！”

她一只手紧握着他的手，一只手在他的胸口轻轻拍着，好像安抚一个婴孩，又好似想要将他心口郁结难受的地方彻底抚平。

凌冽忽而抓住了她在胸口乱拍的小手，送到唇边一吻，点点头：“嗯，我也会有家人，也会有妻子跟孩子。”

他把她拉起来，牵着她，让她坐在他的腿上，然后紧紧抱着她。

凌冽忽然变得很安静，闭着眼，将头埋在她的肩上，就这样与她相互温暖，也不说话了。

卓希的眼眶有些红，他跟哥嫂私下里都怀疑过四少的身世，只是不敢议论而已。

他们尽管多年未见亲人，却很清楚地知道自己的父母是谁，祖辈是谁。

但是凌冽不同，这一份DNA报告，鉴定出的结果是，他与凌元并非亲生父子！

这样一来，凌冽到底是从哪儿来的，是只有父亲有问题，还是父母都跟着有问题？

种种疑问，伴随着千斤重的心绪沉沉地压在几个人的心头上，任由时光流逝，也无人开口再说一句。

过了好一会儿，凌冽从她的小香肩上抬起头来，看着她，眼神竟然如同孩子般天真无邪、浅显易懂。

慕天星愣住了。如果可以，她愿意付出一切代价，将他这样单纯的眼神永远留住。

不过转瞬后，他捏着她的小下巴亲了一口，眸光再次变得深邃起来。

他指了指刚才被他放在茶几上的鉴定结果，道：“或许我该听取你的建议，去拔倪雅钧的头发。”

慕天星笑了：“我上午起来的时候，就没看见他。”

“呵呵，他跑了。”凌冽摇头轻笑，道，“我早晨下去用早餐的时候，然就告诉我，倪雅钧已经把行李什么的都带走了，还说是不想留下打搅我们，想给我们多一点二人世界的时间。”

慕天星扑哧一笑：“这分明就是畏罪潜逃！他肯定知道什么，只是不肯说！”

“或许吧。”

“一定是！”

“呵呵。”凌冽又笑了笑，抬手刮了一下她的鼻尖，拿起那份报告单，看着她，“这上面写着，我与凌元的基因相似度为百分之五，这是什么意思？”

昨晚听小丫头说起什么亲人之间的基因相似度百分比，说得头头是道，所以凌冽记起，这丫头是念的医学院。

慕天星看了看报告，道：“应该是表亲的后代。”

“哦？”凌冽挑眉，“这么肯定？”

“反正差不多吧！表亲是肯定的，三四代左右也是符合推断的。因为是第一代表亲的话，相似度是百分之十七点五。这个只有百分之五，肯定是第一代表亲的后代。而如果是完全没有关系的人，相似度一般不会超过百分之一。”

慕天星一本正经地盯着他，小脸上闪烁着圣洁的光芒。

凌冽思忖了片刻，黑亮的眸子变得更深，终是让怀里的小丫头站起身，自己推着轮椅回到了办公桌前。

他也没做别的，就是拿了张雪白的纸，还有钢笔，自顾自地写起来。

慕天星好奇，跟着跑过去凑近一看：“咦，你在画族谱？”

凌冽点点头，又唤道：“希！”

卓希赶紧上前，盯着凌冽写在纸上的一行行名字瞧了又瞧，微微敛眉：“这是……凌家族谱？”

凌冽点头：“按照天星的分析，即便我不是凌元的亲生子，我的祖辈也一定与凌元有着表亲的关系。所以，将与凌家有表亲关系的人都列出来，顺着族谱往上找三四代，这么一来，我亲生父母的身份即便不能够确定，也能锁定在一定的范围之内。”

办公室里忽然变得很安静，因为凌冽的表情异常认真。

慕天星没有见过凌冽工作时候的样子，却听说过男人工作的时候最有魅力。而眼下，他执着万宝龙的蓝宝石钢笔，在雪白的纸上认真写下一个个她认识的或不认识的人的名字，这样专注的眼神，令她的心为他折服。

他把同辈的三个哥哥的名字写完，这是最下面的一代。

凌云、凌元，这是第三代。

凌煦，这是第二代。

凌寻鹤，也就是凌云国际的创始人，是凌家搬来M市的祖宗，也是第一代。

他的钢笔忽然就不动了，他抬起眼，目光灼灼地盯着卓希，道："你知不知道，这些人里面哪些人跟倪家或者皇室有过密切关系？"

凌洌的脑子堪比瑞士的机械表，运转的精确程度简直令人咋舌！

卓希小心翼翼地看了眼这张表，摇了摇头："我不是很清楚。"

"你真的不清楚？"这一句，凌洌几乎是咬牙切齿地问出来的。

自从他确定自己跟凌元没有血缘关系之后，就更加肯定了要么自己与皇室，要么与倪家有着密切的关系。

不然他一个残疾人，凭什么得到那些贵人的青睐与厚爱？

天下可没有免费的午餐！

凌洌知道卓家两兄弟和曲诗文都是月牙夫人派来他身边的，卓然和卓希的爷爷、父亲都是皇室的御侍，他们来扶持他这样一个残疾人，简直大材小用了。

"希！"凌洌痛心疾首地唤了他一声，而后道，"抛开你的责任与义务不谈，你和我是从小一起长大的兄弟，我身边难道还有别的可以信任的人吗？！"

卓希眼眶一红，犹犹豫豫，终是抬手指了指，道："我知道如歌夫人的丈夫叫作凌予，当年凌予将军打下了宁国的江山，却让自己的儿子天凌大帝做了皇帝，后来又传位给了现在的杰布大帝。凌予将军有一个瘸腿的表哥，是从马来西亚来的。"

卓希说完的时候，已经泣不成声了。

他说得太多了。

因为他不忍心！

凌洌简直不敢置信！

因为凌云国际的创始人，也就是凌家的祖宗凌寻鹤，就是马来西亚迁过来的瘸腿富商。这么说来，当今陛下的爷爷跟凌元的爷爷是表兄弟或者堂兄弟？

如果是这样的话，那么凌洌跟凌元有着隔代的表亲关系，不就是说他是凌予将军的后人？

凌予将军的后人，不是皇帝，就是公主，可是他……

他不过是个残疾人！

"这不可能！"凌洌咬着牙吐出这几个字，"你到底有没有想清楚再说？！"

卓然捏着拳头，垂着脑袋，任由眼泪不争气地滑落。

看着自己从小伺候到大的主子，为了身世这般焦灼难安，他更是心疼："四少，您不是说了，这世上除了我们，没有您可以信任的人了吗？"

慕天星一直静静听着，越往后面听，她的小身子越是颤抖得厉害。

她记得在月牙夫人房间里看见的照片，如歌夫人跟天凌大帝那对母子几乎是一个模子刻出来的，而凌冽的这张脸，像极了他们！

慕天星循着以前看过的所有推理小说的痕迹，脑海中产生一种大胆的猜测：大叔他……该不会是天凌大帝的孙子、当今陛下的亲生子吧？

苍天哪！

慕天星猛然转过身去，抬手狠狠抹了一把脸，用力深呼吸。

她再转回身的时候，却发现凌冽已经紧张地推着轮椅朝着她靠近了，还关切地询问着："天星，是不是我刚才太激动，吓着你了？"

他拉起她的一只手，他的情绪都已经濒临崩溃了，却还是先温柔地安抚着她。

慕天星闻言，用力摇了摇头："没有，我就是心疼你了。你没有吓到我，不要担心。"

她走上前，忽而俯首抱住了他的头，在他的额头上落下一吻："大叔，加油哦！"

她想要起身的一瞬，一双大手忽而将她的腰肢用力禁锢住。

沙哑中带着恳求、虔诚与卑微的声音就这样从凌冽的口中溢了出来："再亲一下。"

慕天星闻言一惊，却照做了。

这一次，她的唇轻触他的额头，吻的时间特别特长，一直到她的腰肢支撑不住的时候，她才回身站好。

而他，也没有再禁锢她了。

四目相对，慕天星慌张地发现凌冽的瞳仁中似有泪光闪动。

"大叔！"

她吓得不知所措，卓希也是紧张地走了过来："四少！您还好吗？"

轮椅上的这个男人深吸一口气，然后用力地、连续地、迅速地、令人心疼地眨了眨眼睛，似要将他难得流露出的柔弱的、不堪一击的情绪全都冲散。

就这样一个简单的不让眼泪流下来的小动作，却令慕天星无比心疼。

"大叔！"她开始犹豫，自己知道的事情，要不要告诉凌冽？

可是那日倪夫人那样郑重地警告过她，会不会其中真的有什么现在还不可以让大叔知道的事情？

万一她真的说了，却好心办坏事，最后导致不可预料的后果，又该如何？

慕天星的心就像是被两股大力拉扯着，她只能不断纠结着，挣扎着。

凌冽瞧着她红红的眼眶，微微一笑："小乖，从来没有人这样吻过我。在紫薇宫的时候，我经常会看见卓然夫妇像这样亲吻他们的儿子。那时候我就会想，我出生的时候，我的生母是否也这样吻过我的额头，我的生父是否也用那样慈爱的目光注视过我，但是，我不敢想。母亲那么早就去世了，如果不是每年扫墓，可以看着墓碑上她的照片，我根本不可能记住她的样貌。父亲那么多儿子，不差我一个，现在知道他不是我生父，我便能够理解为什么他会在我不能够自立的时候，将我狠心抛弃在外了。”

所以，刚才慕天星给他的那一吻，是他梦寐以求的。

慕天星捂着嘴，轻轻哭出声来。

她在一个健康幸福的家庭中长大，完全不能想象凌冽是怎么成长起来的。他二十六岁了，至今身世不详。

他经历了那么多坎坷，过着与世隔绝的日子，或许他有着她不知道的阴暗面，但是她觉得，他就是足够令她心疼的。不论他有什么缺点，有什么悲伤，有什么过往，有什么阴暗的地方，她都可以理解，都可以包容，都可以接受。

“呜呜，呜呜呜……”慕天星哭了起来，一头扎进了他的怀里，紧紧抱着他，“大叔！呜呜，你不要难过了，以后我每天都给你一个这样的早安吻，还有晚安吻！以前没人疼你，没人给你送礼物，我以后时时刻刻疼你，不停地给你送礼物！你不要难过，不要难过！”

凌冽拥紧她柔软的小身子，含着泪，微微笑着。

他就知道，他的小丫头是温暖的，是很温暖的。

事情发展到这一步，答案已经一目了然了，凌冽这么聪明，随便想一想就能明白了。

凌冽跟凌元有表亲的关系，而皇室的上几代跟凌元的上几代也有表亲关系，所以，凌冽应该是皇室的后代。而倪家对他这么好，还将倪氏自主的企业股份给了他的未婚妻，就表示，那个皇室成员必须跟倪家也有关系。

而当今陛下跟倪家的月牙夫人的关系暧昧不清、各自不婚的事实摆在眼前。

凌冽拥着怀里的小丫头，看得出她为了自己的事情很难过、很担心。

凌冽心中感动，不愿她一直哭，他忽而调皮地笑了起来：“走，咱们现在就去拔倪雅钧的头发去！”

倪雅钧若是出门住宾馆，不论在全球的哪一个城市，入住的都是祈星大酒店。

这是皇族洛氏旗下的产业，陛下对他宠爱有加，仅在皇室内部流通的几种颜色的卡，倪雅钧几乎都有。而在洛氏旗下所有产业消费可以免单的卡，就是他现在用的这张黑金卡。

此刻，他正安逸地躺在总统套房的超大豪华床上，全身上下只穿了一条白色的平角内裤，身上披了一条白净的小毯子，太阳都晒在屁股上了，他也懒得起来睁开眼看一眼。

他是真的累坏了。

他昨天半夜急得睡不着，给爷爷倪子洋打电话，说了慕天星那个小丫头智商高得令人惊叹的事情，还说了凌冽真的打算拔他头发的事情。

所以他不敢在紫薇宫多待了，越待下去，事情暴露得越早，大家的好日子就去得越快。

偏偏，倪子洋在电话里只回了一句：“顺其自然吧！”

倪雅钧觉得，爷爷越来越适合去修仙修道了，每每问他什么，他总是跟没答一样。他就算是满口说着废话，也能透着高深的禅意，也不知道这么多年奶奶是怎么过来的。

倪雅钧想着对付凌冽的方法，可是想得天都快亮了，脑细胞也不知道死了多少，他最终还是觉得斗不过凌冽那只老狐狸。

他甚至觉得慕天星都是一只小狐狸。

他狼狈地从紫薇宫逃了出来，赶到酒店的时候，天已经亮了。他在自助餐厅用了早餐，直接就趴在酒店的床上睡到了现在。

门口传来一阵阵门铃声。

他置若罔闻，天大的事，也别想打扰他睡觉。

门铃响了四五遍，便停下了。

紧接着，空气里响起一道电子音乐的声音，总统套房的大门被人从外面打开，一把银色的轮椅首先进去房间。轮椅后紧紧跟着的，是一件轻盈灵动的白纱裙，还有一双崭新的水晶鞋。

套房大门被关上，一道高大的身影从水晶鞋旁越了过去，首先打开一个房间的门，出来，又打开另一个房间的门。

卓希站在门口，朝里面望了一眼，回眸看着厅里的那一对，道：“倪少还在睡。”

凌冽的目光幽幽的，透着前所未有的深邃：“拔！”

卓希站着没动。

他毕竟是当初爷爷亲自交给月牙夫人的人，等于半个倪家人。这么多年，他们跟皇家人的联系全都靠倪家人从中转达，包括他们这些年的教育、学业、本领能得以精钻，都是来自倪家的恩惠。

他有些为难地看着凌冽：“四少，我……”

凌冽不着痕迹地移开目光，视线落在倪雅钧微微裸露的白色肩膀上，道：“你把我推过去，我来拔！”

慕天星却道：“我去拔吧！你不方便，卓希也为难。雅钧哥哥反正在睡觉，我去正合适。”

凌冽坐在轮椅上，那张床那么大，倪雅钧睡在大床中间，床跟轮椅的距离有些远，凌冽想要拔下倪雅钧的头发，简直是高难度动作。

面对心爱的少女给出的建议，凌冽却轻轻摇头。

他不想她看到另一个年轻男子的身体，哪怕只是露了肩膀。

凌冽到现在还记得，昨天晚上，小丫头把他看光了，却还是不感兴趣的样子。

这一点，真是让他愤怒又害羞啊！

“没关系，我去就好。希，记得关门！”

凌冽丢下一句之后，自己推着轮椅行云流水般进了卧室，直直朝着倪雅钧的大床而去。

而卓希很听话地将卧室的房门关上，不让慕天星看见里面的一切。

他彬彬有礼地站着，门神般站在门前，后背几乎贴在门板上，大有一夫当关，万夫莫开的架势。

可是慕天星焦急万分道：“我觉得，你应该把门打开一道缝儿，万一大叔的轮椅倒下了……”

卓希对着她微笑：“慕小姐放心，四少的臂力大，掰手腕的话，我跟我哥都不是他的对手。所以，虽然四少的双腿不能行走，但是他即便爬着，也能支撑自己爬到倪少枕边去的。”

闻言，慕天星不由想起了之前几个晚上她被凌冽吃豆腐的事情。

她小脸一红，咬咬唇后小声道：“是啊，他臂力很大的。”

“所以，慕小姐就不用再担心了。”

“嗯。”

慕天星心里想的是，凌冽那么爱她，一定想要在她心里留下最完美的一面。他那样骄傲的男人，当着心爱的女人的面，一点点爬到倪雅钧的枕边，这样尴尬的画面，他定是不愿意让她看见的。

越是这么想，慕天星越是肯定凌冽打的就是这个主意。

她有些心疼，微微叹息，想着一会儿等他出来了，千万不要问他拔下头发的过程，免得他自卑、尴尬。

不多时，一道凄惨的惊呼声隔着门板传了过来：“啊！”

那是……

倪雅钧的声音？

慕天星有些不确定地上前，说什么都要进去看一眼。

“卓希，你放我进去，万一是大叔的轮椅翻了怎么办？！”

“不会的，慕小姐请放心，如果四少的轮椅翻了的话，我们首先听见的应该是金属砸在地板上的声音，而不是这一声尖叫。”

“可……”

“没有可是，四少为人谨慎，从不做没有把握的事情，还请慕小姐安心。”

卓希一脸微笑，字字句句透着温润之感，听起来很是悦耳，可是表达的意思是拒绝慕天星进去。慕天星第一次认真打量卓希，这才恍然大悟：“我差点忘记了，你还是总裁呢，要是口才不好，脑筋不快，大叔还不会用你呢！”

卓希依旧微笑着：“慕小姐过奖。”

慕天星：“……”

咚！

是什么重物摔在地板上的声音，不是金属，更像是人。

这一下，慕天星脸色大变，卓希也是神色紧张了起来。

“让我进去！大叔摔倒了！快点让开！卓希！你给我让开！”

慕天星发了疯一样一脸焦急地想要进去，卓希却不敢轻易放人，任由她的拳头砸在他身上，他侧过脸对着门板道：“四少，您还好吗？”

慕天星忽然停止了对卓希用武。

因为她也正眼巴巴地盼望着心爱的男人能在里面回一句话，她迫切想要知道他好不好。

凌冽似乎与她有心灵感应，开口道：“我没事。”

这一声，明显带着欢愉，还透着几分怡然自得。

卓希闻言，嘴角一抽，四少的功夫他们自然是清楚的，对付倪少，根本不可能吃亏。

而紧接着，倪雅钧的尖叫声直接印证了卓希的猜测：“卓希快点进来救我！救命！小丫头，你男人要杀了我！快点救……啊！轻……你轻点……啊！嗯啊！”

门板内，断断续续的求救声令人唏嘘。

慕天星下意识地后退了两步，听得头皮发麻。

大叔要杀了雅钧哥哥，这个不大可能吧？

“雅钧哥哥，你别装了，你不欺负我家大叔就已经不错了。”对于倪雅钧的话，慕天星想想就觉得不可能，扬起下巴，心中依旧更为担心凌冽，道，“雅钧哥哥，你乖乖交几根头发吧！再欺负我家大叔，我一定会帮他报仇的！”

“你这丫头！你真是聪明一世，糊涂一……啊！救命啊！卓希！卓希！”

许是倪雅钧知道小丫头靠不住，所以在里面大叫卓希的名字。

那一声声惨叫刺耳、尖锐，凄凄惨惨，听起来还真像那么一回事。

卓希也不想事情闹大，更不能看着倪少吃太多苦头，免得不好交代，于是抬手敲了敲门，道：“四少，慕小姐要进来了。”

空气中像被谁施了魔法一般，凄厉的惨叫跟嘈杂声瞬间停止了。

大约隔了三四秒钟，凌冽幽幽地开口："嗯。"

于是，卓希将门打开。

慕天星一下子就冲了进去，第一件事就是扑到凌冽的身边，弯下腰来在他这里摸摸、那里捏捏。她绝对不是在占他便宜，而是真的想要知道他受伤了没。

"大叔，你有没有怎样？"关切的眼神，满满的紧张与心疼，全都呈现在她这一双不会说谎的澄澈的大眼睛里。

凌冽看了看她，又看了眼倪雅钧，忽而抬手一指，道："他欺负我！"

这一个动作，成功让所有人的目光都转移到了大床上的倪雅钧身上。

他跟个蚕宝宝一样裹了起来，只露了个头出来，一脸无语的样子，既崩溃又憋屈，看着凌冽："四少，你还真敢说！你敢说，也要有人肯信啊！"

到底是谁欺负谁啊？

他现在头皮还发疼呢，疼死了！

他的腿也疼！

背也疼！

腰也疼！

浑身疼！

"我信！"慕天星雄赳赳、气昂昂地站起身，怒瞪倪雅钧，道，"雅钧哥哥，你明知道我家大叔腿脚不好，你还这样欺负他，你于心何忍？"

"我……我怎么欺负他了？你亲眼看见了？"

倪雅钧真是很崩溃，觉得他整个人都不好了，也完全没有办法跟凌冽他们两口子在一个空间里相处了。

一个老谋深算，比狐狸还精；一个在关键时刻掉链子，该糊涂的时候智商却能碾压众人，这俩人凑一块儿还真是绝配。

关键是，一个演戏，另一个还愿意傻乎乎地看。

倪雅钧这会儿真想在心里说一句：我的天星妹妹哦，你遇人不淑啊，这哪里是大叔？这分明是大灰狼啊！

"我没看见，但是我信任他！"慕天星清楚地记得，刚才在凌冽办公室里，凌冽为了身世而纠结难过的时候，虔诚而认真地对她说，以后他们彼此需要多点信任。

尽管慕天星对于刚才的事情稍有疑虑，觉得倪雅钧看起来不像是个会欺负残疾人的人，但是，她既然答应了大叔，以后要疼他，现在便要试着相信他。

"雅钧哥哥，大叔不会骗我的！他就算骗了全世界，也不会骗我的！"慕天星瞪着他，倔强的小脸上正气凛然。

倪雅钧深吸一口气，无力地歪过脑袋，倒下身子，闭上眼。

“四少，兄弟我等着看，看你最后怎么收场！”

慕天星不明所以，好端端的，说这么一句是什么意思？

而卓希了然地看了眼凌冽，道：“四少，倪少看起来很累的样子，看在昨晚他为了您跟慕小姐的婚事尽心尽力的分上，还是不要打扰他休息了吧。”

凌冽还沉浸在慕天星气势磅礴的那一句“他就算骗了全世界，也不会骗我的”里。

感觉肩上多了一双温暖的小手，他抬眸一瞧，迎上的正是慕天星闪烁迷人的大眼睛：“大叔，头发拿到了吗？”

凌冽深深地看了她一眼，点点头：“拿到了。”

她一下子就笑了，澄澈的眼眸纯净如水晶：“那我们走吧！我饿了，想吃阿诗姐做的饭！”

“好！”

瞧着他俩离开的背影，倪雅钧慢悠悠地睁开了双眼。

想着刚才硬生生被凌冽拔掉的头发，他心下担忧不已。

他哪里还有什么睡意啊，再浓厚的睡意也都被刚才的一场闹剧给闹没了。

他进了洗手间洗漱、换衣服，收拾干净出来后，又提着行李箱，打车回紫薇宫去了。

反正他逃出来就是为了躲开他们对自己下这样的黑手，现在，他头皮疼得厉害，想要护住的东西已经丢了，他再住在外面，也没有必要了。

倪雅钧是个积极上进的好青年，倪家家教严格，即便他是家里唯一的男丁，爷爷也不曾溺爱他，让他放纵。

这些，从倪雅钧的为人处世，以及他一贯拥有的好人缘上都可以看出来。

回去的路上，他还让出租车司机拉着自己在市中心转悠了一圈，心里暗暗盘算着他想要开的珠宝店位置选在哪里比较好。

既然出来了，那么他就必须做出点成绩，给爷爷看看他有多争气。

而凌冽他们从宾馆离开后，便直接将车开去了医院。

一如上次一般，卓希分别将装有凌冽发丝跟倪雅钧发丝的两个小袋子都送进了医院，再回来的时候，依旧对凌冽说要三天时间才能出结果。

慕天星见凌冽好像有心事的样子，便微笑着挽过他的胳膊道：“大叔，放心，不管结果如何，你身边都有我！”

少女清甜的声音飘荡在整个车里，也温暖着凌冽的心。

他拉过她的手，非常认真地看着她：“天星，你可知，我是真的不能失去你！”

突如其来的表白，惹得慕天星小脸一红。

她有些难为情地白了他一眼："大叔，我不会离开你的，我们还要结婚的。"

凌冽盯着她看，一直一直看，直到她的小脸由粉红变成了酡红，这才挪开眼，伸手将她揽进怀里。

这一刻，天地很静。

她只能听得见他胸口的心跳声，一下一下，似乎有些快，却强健而有力。

卓希将车缓缓开向紫薇宫，见车后座上两人相互依偎在一起的画面，温馨而美好。他不敢说话，呼吸都不敢大声，生怕惊扰了这一份美好。

他手指轻轻一摁，车帘落下，车内的世界再次一分为二。

凌冽这才被眼前的景唤回些许思绪，吻了吻她的额头："天星，若是有天我骗了你，你会不会原谅我？"

"不会！"她答得干脆，"大叔说过的，我们彼此间要多些信任，所以我会百分之百相信你。"

她从他怀里坐起身，学着偶像剧里的男主角捧着女主角的脸那般轻轻捧着他的脸，看着他，一字一句道："大叔，我说过的，过去的都过去了。以后，我来疼你，我来给你送你礼物，你还有什么大大小小的心愿，全都告诉我，我统统帮你实现。"

她的声音甜甜的，充满虔诚，天真无邪，令他有些受不住。他忽然拥住了她，温润的唇瓣就这样印了上去，一吻天荒。

到了紫薇宫的紫薇花树下时，卓希在前面说："四少，到了。"

凌冽这才喘着粗气，依依不舍地停止了对她口中城池的掠夺。

而慕天星，早已经在他怀里化作了一摊水。

二人轻轻相拥，稍作喘息，慕天星以为他们就要下车了，凌冽却又拉起她的手，看着她，认真道："天星，是不是订了婚，我们就可以开始制造小宝宝了？"

"啥？"

她一个激灵就吓醒了。

之前那个绵长的、让她晕乎乎的法式深吻，在这一刻彻底随着风的脚步飞到了九霄云外。

她老妈说的是三年，她才十八岁，怎么着也得等到她二十岁，最后一年的时候再努力吧？

可是凌冽像看穿了她的小心思般，道："你知道的，女子怀孕要十个月的时间，受孕的过程还是未知的。很多夫妻在一起正常生活了很多年，却依旧没有孩子。"

言外之意，让她不要抱着侥幸心理，想着在最后一年怀孕生子。

不得不说，凌冽就是只大灰狼。

有的话，他想说给她听，还不把话说全了。他只是表达那个意思，还只表达一半，句子像是歇后语一样，前半句他道出来，后半句让她自己去想。

这样一来，不管这话她多么不乐意听，也不是从他嘴里说出来的，而是她自己脑子里想出来的。

慕天星就是陷在他这样资深腹黑的高手手里，奋力挣扎也于事无补。

但见，她漂亮的小脸上表情开始变得沉重起来，眉头紧锁，似在认真思考着。

凌冽又凑近了她，道："我还听说，男人不能总是忍着，长此以往，对身体很不好。"

此言一出，小丫头的眼神不自觉地就朝着他瞄了过去。

她瞄了一眼又是一眼，还有些羞涩地小声道："那……那你自己想想办法呀！"

"想办法？想什么办法？人家不是一心想把第一次留给你吗？"

凌冽学着她的样子，越说声音越小，越说越羞涩，惹得她呼吸都有些乱了。

而最崩溃的就是卓希了。

他是真的没想到，四少居然会无耻到这种境界，居然在车里，当着他的面就这样诱拐小白兔！

最后，凌冽俯首在慕天星的耳旁说了一句话，但见小丫头点了点头，他嘴角也跟着一弯，这才抬手敲了敲身侧的玻璃窗。

站在门外久候的卓然当即拉开了车门，卓希也下车去后备厢拿轮椅，兄弟俩携手将凌冽扶上轮椅，再由慕天星亲自将凌冽推向别墅大门。

慕天星他们刚刚抵达餐厅的时候，便见一道清雅华贵的身影披着万千光华从门口走了过来。

倪雅钧也不客气，来了之后直接拉开凌冽身侧的椅子，挨着凌冽坐了下来。

小丫头就在他俩对面坐着，一脸惊奇地盯着他："雅钧哥哥，你怎么又回来了？"

卓然在倪雅钧面前又多加了一套餐具，倪雅钧微笑着看着她，道："我想吃阿诗做的饭了。"

慕天星摇头笑道："你们有钱人家的公子哥真会玩！"

倪雅钧："……"

曲诗文很快将食物端上来，倪雅钧只是扫了一眼，便有些不解地开口："没有海鲜吗？"

他喜欢吃海鲜，尤其是曲诗文做的鲍汁系列，他特别喜欢。

不然他大可以在外面的饭店吃完了再回来的。

曲诗文抱歉地冲他笑了笑，道："四少上午吩咐的，慕小姐被猫咬了，所以不能吃辛辣的食物，也不能吃海鲜。"

其实，曲诗文的心里是在哭的。

这打狂犬疫苗可大可小，万一慕天星肚子里已经有了孩子，孕妇能打那种疫苗吗？孩子还能要吗？那可是她千盼万盼的小宝贝，谁不想将他留下啊！

从曲诗文得到消息的那一刻起，她就已经愁眉苦脸两三个小时了。

倪雅钧闻言，漂亮的桃花大眼在慕天星的手背上扫了一眼，看着那可爱的粉色创可贴，扑哧一笑："原来是负伤了。"

这丫头，负伤了还能这么彪悍地冲他发脾气，也真是厉害。

倪雅钧拿着刀叉，勉强用了点培根卷和比萨，打了个呵欠，便上楼去休息了。

慕天星看着他离去的背影，一边喝着奶油鸡茸蘑菇汤，一边问："大叔，你发现他奇怪的地方了没？"

"发现了。"

他俩都发现了。

昨晚说要拔倪雅钧头发，倪雅钧就跑了。

刚才他们把他头发拔下来了，他又回来了，表情还怏怏的，一副没精打采的样子。

说白了，一个二十二岁、人高马大的年轻人，别说睡得迟了些，就算是一夜不睡，也不至于像他这样有气无力。再者，在他们赶到酒店之前，他不是已经睡了个回笼觉了吗？

答案几乎就在凌冽跟慕天星的心里，呼之欲出，可是这种事情关系重大，谁也没有真的说出口。

待凌冽和慕天星用过午餐，凌冽看着她："我要去后院处理点事情，你要不要跟我去办公室？"

凌冽有很多工作没有完成。

自从生活里多了一个她，他的世界丰富了很多。别墅周围一圈浪漫的紫薇花，过去只是开在院门之外，而现在，直接开进了他的心里。

慕天星会想他，不舍得跟他分开，却也不想过分腻着他。

"你什么时候会回来？"她看着他，似乎在预算自己离开他以后可以支撑多久。

凌冽很认真地把要做的事情在脑子里细细过了一遍，道："下午六点半左右回来，不会超过七点，我保证。"

慕天星看了眼墙上的挂钟，折腾了好半天，都已经下午一点了。

她点点头，乖巧地对着他笑："大叔，加油哦！如果太累了的话，就要记得休息一下，不要疲劳地工作，想我的话可以随时给我打电话。"

其实，她也不能笃定他百忙之中一定会想她，只是她会想他，又怕打电话过去刚好打搅了他的工作，所以才让他打给她。

凌洌的眼一如既往漆黑明亮，目光带着足以洞悉一切的犀利刺入她的瞳孔中，他莞尔一笑："现在是一点，距离七点还有六个小时。你呢，先上楼去，好好睡一觉，能睡到我晚上回来，那就最好。要是睡不到的话，我每隔一个小时就给你打一次电话，如何？"

"还是不要了！"慕天星撇撇嘴，有些难为情，"我又不是什么情窦初开的小女生！你去吧，去吧，我睡一觉起来，看看书、上上网挺好的。"

还一个小时打一个电话呢，传出去会笑死人的，说得好像她离不开他一样。

慕天星说完，就佯装不在意地往前走，想要踏着旋转楼梯上楼。

凌洌却及时拉住她。

她脚步顿住，扭头，看他："怎么了？"

他用一种极为哀怨的眼神看着她，像是个受了伤的宝宝，几度欲言又止。

慕天星看到他这样的表情，一时愣住了，竟然忘记了安抚，就这样盯着他一直看一直看。脑中灵光一闪，她忽而想起什么，从口袋里掏出手机，对着凌洌的俊脸就准备拍。

曲诗文在一边看得直叹气：慕小姐啊慕小姐，不管你是不是情窦初开的少女，我家四少都比情窦初开的少年更为纯情啊！

慕天星调好了手机相机，对着凌洌的脸时，发现刚才还一脸可爱懵懂的大叔，现在的眼神却透着犀利，面色阴沉地看着她。

不过，她不怕！

"嘻嘻，大叔！"

自知是她要拍照闯了祸，她赶紧把手机收好："大叔，我等你，你安心去上班吧，好好赚钱养家哦！"

凌洌懒得跟她计较了。

他再开口，又会毒舌，两人又得吵，搞不好她又要冲过来，掐着他的脖子说要杀了他。

两人好不容易建立起来的感情，可不能就这么毁了。

心中稍作一番思量，凌洌白了她一眼："去吧，我看你上去了我再走。"

慕天星忽而觉得鼻子有点酸，记得是在哪本言情小说上看见过的，说真正爱你的男人，会尽量将自己的胸膛留给你，而不是他的背影。

她家大叔虽然双腿不能站立，也没看过多少浪漫言情剧，更不是那种会追小说的人，他却发自内心地想多看看她。

慕天星越发内疚起来，想着到底要不要把在月牙夫人房里看见那张照片的事情告诉他。

然而，她终究没说出来。

因为她不愿意因为自己的冒失，而造成什么无法挽回的后果。

转身，她踏上美美的旋转阶梯，留下华丽的背影。这里的每一处景，每一个细节，都跟她梦想中的海蓝色的家是一样的。

她感受着凌冽含着爱意的注目，感受着海蓝色的童话气息，心里每一个地方都被填得满满的。

– 未完待续 –